Gregors vergebliche Reise

Kurt Ihlenfeld

Gregors vergebliche Reise

Roman

Europaverlag
Wien · München · Zürich

Umschlag und Einband von Hilde Stern

Lektorat Peter Dempe

Printed in Austria
Satz und Druck Elbemühl Wien
ISBN 3-203-50759-5

Tolling reminiscent bells.

T. S. Eliot, The Waste Land

Der Gymnasiumsaal ist auf ewig für mich mit schwarzem Tuch ausgeschlagen. Ich kann nicht mehr hinein.

Jean Paul, Selina

Und machen Sie keinen solchen Lärm mit dem Gefühl Ihrer Unschuld . . .

Franz Kafka, Der Prozeß

I

Gelobt sei Jesus Christus, sagte ich halblaut, als die Nonne an mir vorüberhuschte, sagte es aber so deutlich, daß sie es hörte und, ohne aufzublicken, mit dem zweiten Teil des Grußes antwortete:
– in Ewigkeit. Amen.
Ich hatte den Waschraum verlassen und strebte meinem Abteil zu, in dem ich bis dahin allein gesessen hatte. Inzwischen waren zwei Reisende zugestiegen, und gleich darauf trat auch die Nonne ein. Sie hatte Mühe, sich mit ihrer übergroßen Flügelhaube durch die Tür zu zwängen. Ihre Gestalt hingegen war sehr zierlich. Selbst der unförmige Umhang konnte diesem Eindruck nichts anhaben. Ihr Gesicht war von der Haube verschattet. Ein Eckplatz, dem meinen gegenüber, war frei, sie setzte sich. Halb sieben Uhr morgens. Vollkommene Helle, es mußte einen schönen Tag geben. Die Müdigkeit, die mir noch anhaftete, trübte mir den Blick für meine Umwelt. Auch meine Gedanken kamen nicht von der Stelle. Doch fühlte ich die Veränderung, die mit dem Eintritt der Nonne erfolgt war. Eine mir völlig fremde Frau, aber sie saß mir gegenüber wie eine vermummte Frage – so in sich zusammengesunken. Von ihrem Körper war nichts zu sehen, alles zugedeckt. Dann, als ich aus meinem Halbschlaf wieder einmal auffuhr, kurz durchs Fenster blickte – draußen glitt eine von Morgensonne überflutete Ebene vorbei –, mich wieder ins Polster zurückfallen ließ, bemerkte ich, daß sie eine Hand, es war die rechte, durch den Umhang streckte, eine zierliche, aber verkrüppelte Hand: ihr fehlte der Daumen. Ich nahm es zur Kenntnis, ohne einen Gedanken daran zu knüpfen, und schlief wieder ein. Übrigens hatte sich ihr Eintritt in das Abteil etwas anders als eben beschrieben vollzogen. Noch zögernder: sie war dabei von einem

jungen Mann, offenbar einem Bahnpolizisten, unterstützt worden. Warum, war nicht zu erkennen. Der junge Mann hatte sich danach gleich wieder zurückgezogen. Ich beobachtete das alles wie durch einen Schleier, mit halboffenen Augen. Die erste Grenze hatten wir ohne Aufenthalt erreicht, ohne Scherereien überquert. Paß in Ordnung, keine Gepäckkontrolle. Von da bis zur zweiten Grenze – aber ich bringe das nicht mehr zusammen in der Erinnerung. Ich werde wohl wieder eingeschlafen sein. Dann sah ich die Nonne. Dann den jungen Bahnpolizisten. Wir hielten. Ich erwachte. Der Zug hatte die zweite Grenze erreicht. Die drei Mitreisenden, unter ihnen die Nonne, waren ausgestiegen. Verwirrt richtete ich mich auf. Vor mir stand ein Bahnpolizist, ich weiß nicht, ob jener oder ein anderer, er hatte mich an der Schulter gerüttelt –
Guten Morgen.
Er sprach polnisch.
Paßkontrolle, bitte.
Das sagte er auf deutsch. Ich gab ihm den Paß, und er verschwand damit. Ich zog das Fenster auf und blickte hinaus. Nichts Besonderes. Ich zog das Fenster wieder zu, nahm den Koffer aus dem Netz, öffnete ihn, legte die Zeitung, das Buch hinein, schloß ihn wieder.
Zollpflichtige Waren?
Nein.
Uniformierte pendelten auf dem Gang hin und her. Ich setzte mich wieder. Er mußte mir meinen Paß zurückbringen. Ein paar Minuten vergingen, da kam er, schob die Abteiltür auseinander, trat ein, schob die Tür wieder ins Schloß, reichte mir den Paß.
Danke, sagte ich.
Er blieb stehen, leicht an die Tür gelehnt. War nicht alles erledigt? Ich hatte kein Interesse an einem Gespräch, keine Lust, ihn zu einem solchen zu ermuntern. Ich wünschte so schnell wie möglich von der Grenze weg ins Land zu kommen. Ich war auf das Land neugierig, nicht auf –
Sie sind in Posen geboren, sagte er und betrachtete seine Fingerspitzen.
Poznań, wiederholte er.

Beim Sprechen war der Unterschied kaum wahrnehmbar. Andere Städte waren schon damals, gleich nach dem ersten Krieg, völlig umbenannt worden, nicht zum Wiedererkennen.
Wann waren Sie zuletzt in Poznań?
Das ging über die Paßkontrolle hinaus. Ich zögerte zu antworten. Auch aus dem Grunde, weil ich im Augenblick nicht genau wußte –
Egal, sagte er.
Warum dann die Frage. Pause. Dann sah er mich an, unverändert ernst, und fragte, ob er sich setzen dürfe.
Ja, bitte. Aber ich denke –
Nur einen Augenblick.
Nur. Aber ich wollte doch weiter. Plötzlich bekam das Phantom Grenze Substanz.
Bitte, sagte ich, und hielt ihm meine Fahrkarte hin.
Gut, gut, sagte er, ohne hinzublicken. Nur ein paar Fragen.
Ich lehnte mich ins Polster zurück, griff in die Brusttasche, in die ich den Paß gesteckt hatte, wie um mich zu vergewissern, man handelt in solchen Fällen ziemlich mechanisch.
Wenn Sie in Poznań geboren sind – haben Sie auch in Poznań gelebt?
Ich zückte noch einmal den Paß, tippte mit dem Finger auf die Stelle.
Sie werden bemerkt haben, wie lange das her ist.
Gewiß, gewiß. Aber –
Er stockte, schien nach dem passenden Wort zu suchen. Ich brauchte ihm die Sache ja wohl nicht zu erleichtern und schwieg.
Ich weiß, sagte er, man wird irgendwo geboren und wächst doch woanders auf.
Ja, so verhielt es sich mit mir. Ich nickte.
Und wo – sind Sie aufgewachsen?
In B., sagte ich wahrheitsgemäß. Ich wußte den polnischen Namen nicht.
Er zuckte die Achseln. Ihm war der deutsche Name unbekannt. Das sind so die Schwierigkeiten. Er nahm seine viereckige Mütze ab, fuhr sich über das pomadisierte Haar. Ich sah ihn an – der Name stand zwischen uns.

Gut, sagte er. Es kommt auch nicht so genau darauf an. Wichtiger ist –
Worauf wollte er hinaus? Es war ein untersetzter, hübscher Mann, noch jung. Wie man sich bei uns die polnischen jungen Männer vorstellt. Mit einem Zug ins Elegante, Spielerische. Er trug diese Uniformmütze, im übrigen Zivil. In der äußeren Brusttasche des dunkelgrauen Anzuges steckte ein Taschentuchzipfel, weiß, und etwas Rotes, das ich nicht definieren konnte, ein Abzeichen offenbar. Ich habe nie in meinem Leben ein Abzeichen getragen.
Wichtiger ist, ob Sie später noch einmal bei uns gewesen sind.
Später?
Zum Beispiel – im Kriege?
Ach so. Nein. Im Krieg bin ich nicht in Polen gewesen. Nicht im heutigen Polen –
Natürlich konnte ich im zweiten Weltkrieg nicht im heutigen Polen gewesen sein, das ja erst aus dem zweiten Weltkrieg hervorgegangen ist, aber wie soll man es ausdrücken.
Es kommt auf dasselbe hinaus. Aber gut.
Er schien die Frage nicht weiter verfolgen zu wollen. Ich dachte an die Weiterfahrt. Plötzlich fiel mir ein, daß ich, um nach B. zu kommen, eigentlich noch eine weitere Grenze, die dritte, überqueren müßte – ein ganz dummer Gedanke, denn die war natürlich 45 kassiert worden. Er setzte die Mütze wieder auf, mit lässigem Schwung.
Und jetzt wollen Sie dorthin, wo Sie aufgewachsen sind?
Es stand auf der Fahrkarte verzeichnet. Wozu die Umstände.
Geschäftlich?
Nein.
Bloß so?
Er war jung. Von den Entwicklungen, die zwischen damals und heute sich abgespielt hatten, wußte er nichts. Kurz vor dem Kriege geboren. In seinen Erinnerungen gab es keine Veränderung. Man muß das ja auch mal menschlich sehen. Ich war gerne dazu bereit. Ich hatte die Reise im Vertrauen darauf angetreten, daß man es auch drüben – ich war jetzt drüben – so ansehen würde. Durfte ich ihm eine Zigarette

anbieten? Ich bin Nichtraucher, hatte mir aber ein Päckchen eingesteckt. Ich sah auf seine Finger, sah die gelben Tabakspuren daran. Nein, lieber nicht. Er erhob sich. Ich blieb sitzen. Er legte zwei Finger an den Mützenschirm und sagte: Wenn Sie bitte mitkommen wollen.
Es klang nicht unfreundlich, nur dienstlich bestimmt. Ich unterdrückte eine Frage, eine Antwort und ergriff schweigend meinen Koffer, meinen Staubmantel, meinen Hut. Er trat in den Gang hinaus, wandte sich zum Ausgang. Ich folgte ihm.

Der Bahnsteig war leer. Die wenigen Reisenden, die hier ausgestiegen waren – wer macht schon an einem Grenzort Station – hatten sich zerstreut. Aber da sah ich meinen Beamten über die Gleise gehen, er hatte mich einfach stehenlassen, ohne ein Wort der Erklärung, als ob wir nichts mehr miteinander zu tun hätten, als ob es damit genug wäre, daß ich seiner Aufforderung, den Wagen zu verlassen, nachgekommen war. Eine merkwürdige Nachlässigkeit, ja, Nichtachtung, die sich der junge Mann mir gegenüber leistete. Noch merkwürdiger aber war, daß er sich inzwischen mit einer ganz ungewöhnlichen, geradezu pittoresken Last beladen hatte, die ich ihn jetzt über die Gleise tragen sah. Wahrhaftig, er trug auf seinen Armen die Nonne! Ich erkannte sie, obwohl ich sie im Abteil nur flüchtig betrachtet hatte, sofort wieder, allein schon an ihrem auffälligen Ordenskleid mit der weißen Flügelhaube. Sie hockte – mir kam der Vergleich: wie ein kleines, ängstliches Mädchen – in seinen Armen, ihren einen Arm um seinen Nacken gelegt. Warum das? Hatte sie etwa einen Unfall gehabt in der kurzen Zeit, die seit dem Halten des Zuges vergangen war? Es mußte eine solche oder ähnliche Ursache haben, sonst läßt sich doch eine Nonne nicht von einem jungen Polizeibeamten auf den Arm nehmen, das wäre ja höchst unschicklich. Noch wunderte ich mich über den seltsamen Anblick – da setzte sich der Zug, dem ich entstiegen war und neben dem ich wartend stand, offenbar auf ein von mir überhörtes Signal hin, plötzlich in Bewegung, ich merkte es erst, als er schon in schnellerem Rollen war, in der Richtung, in welcher meine

Weiterreise verlaufen sollte, ostwärts: Wagen auf Wagen rollte an mir vorüber, der ich fassungslos zurückblieb. An den Abteilfenstern standen Leute, niemand winkte, lauter gleichgültige Gesichter, Wagen auf Wagen und schon der letzte, in dem ich auf der Herreise gesessen hatte – es war furchtbar, ich hatte Mühe, ein zorniges Weinen zu unterdrücken. Es empörte mich, meine Fahrt auf so willkürliche Weise unterbrochen zu sehen. Ich wußte, daß noch ein zweiter Zug nach B. gehen würde, doch erst am späten Nachmittag. Was sollte ich inzwischen hier, in diesem öden, östlichen Kaff? Was sollte –

Aber – die dritte Überraschung im Verlauf von nur wenigen Minuten. Ich kannte die Stätte. Ich erkannte sie wieder. In diesem Augenblick erkannte ich sie wieder. Mitten in meinem Zorn, meiner Empörung, meiner Ratlosigkeit erinnerte ich mich: hier, genau hier, auf diesem Bahnsteig gestanden zu haben, damals – und dann nie wieder.

Fünfzig Jahre. Sie waren mit mir zusammen ausgestiegen, hatten sich neben mir auf dem Bahnsteig aufgebaut, still und stumm, wie eine Reihe von wartendem Gepäck. Ich stand da mit meinem Köfferchen, setzte es auf den Boden, strich mir die Haare zurecht, es war schwül, trotz der frühen Morgenstunde. Ein unwahrscheinlich üppiger Mai.

Ja, hier hatte ich in den großen Ferien gestanden, ein paarmal in den Sommern vor Kriegsausbruch. Auf der Reise zu den Großeltern, die in einem dieser westpreußischen Landstädtchen wohnten, einem dieser rührend netten und bescheidenen Nester, wo der Ostwind die Gräser und die Herzen beugte. Ortschaften, wirklich wie graue Nester in die Landschaft gesetzt, die von allen Seiten mit landwirtschaftlicher Unverwüstlichkeit auf sie eindrang. Mit riesigen Äkkern, mit ebenso riesigen Wäldern, mit Flußläufen und Moorflächen. Derbes, wuchsfreudiges, schwerbrütendes Land. Darüber dieser glasklare Himmel, unter dem das hohe Gewölk hin und her fuhr, Osten, oben und unten. Stand man, ferienfroh, auf dem Bahnsteig, griff es einen mit Heftigkeit an, riß an Mütze und Mantel, immer durchsetzt von diesem Dunst und Duft von Roggen und Heu. Brotland. Auch jetzt, auch heute. Das hatte sich nicht geändert. Herrliche Unbekümmertheit der Natur um die Geschichte! Ich empfand die Fremde wohl, aber nur als Grund des Vertrauten, das keinen Substanzverlust erlitten hatte. Ich war in Polen. Ich war in Deutschland. Ich mußte fast lachen über die fünfzig mit mir wartenden Jahre, das alte bunte Gepäck dieser Jahre.

Das dunkle Holzdach des Bahnsteiges erkannte ich wieder, die gußeisernen Verzierungen an seinem Rande, die ebenfalls gußeisernen grünspanfarbigen Säulen, die es trugen. Auch das Pflaster hatte sich nicht verändert, war so holprig und schmuddlig wie damals. Verändert hatte sich nur der Name, der auf einem Holzschild geschrieben stand, schwarz auf weiß, und mich allerdings unaussprechlich anmutete. Die Station hatte früher Jastrow geheißen, der Name paßte zu ihr in seiner Beziehungslosigkeit. Das ganze weite Land war mit solchen Stationen besetzt, eine so nüchtern wie die andere. Eine so unscheinbar wie die andere. Manchmal, an Sommertagen, in der flimmernden Hitze, lagen sie wie ermattet, totenstill, als ob nur einmal am Tage oder einmal in der Woche oder einmal im Jahr ein Zug vorüberkäme. Und zu dem Duft von Roggen und Heu strich ein anderer, strengerer, von ganz nahe her, aus den draußen, nicht mehr unter dem Dach gelegenen Aborten. Beides erinnerte mich. An beides erinnerte ich mich. An alles.

Komm, lieber Mai, und mache die Bäume wieder grün . . .
Ich summte den Kindervers vor mich hin. Schwieg. Sprach ihn vor mich hin, halblaut. Schwieg wieder. Blickte auf die Tafel mit dem unverständlichen polnischen Namen, der wie ein Palimpsest den einstigen deutschen durchschimmern ließ, für meine Augen jedenfalls. Der Wind kam in Stößen, lau, schmeichelnd, ein sanftes Grüßen, Atem der Kindheit. Und ich stand, klein kleiner Knabe, und wartete auf den Zug, der mich ins Land mitnehmen sollte, da drüben hinaus, in die grüne Ackerweite, die er dann pfeifend und stampfend durchquerte, wie ein Dampfschiff die Ostsee durchquert.

Ich kehrte zu dem Stationsschild zurück, um den unverständlichen Namen zu buchstabieren:
W–I–E–R–S–C–Z–O–C–H–S–L–A–W–I–C–E.

Früher zwei Silben: Jastrow. Kürzer, aber nicht ganz ohne Anklang an Polnisches.
Ich stand und las und sah wieder um mich. Allein. Einfach alleingelassen. Ich hatte Erfahrung mit Polizeimethoden. Russischen, deutschen, amerikanischen. Nie war es mir begegnet, daß man mich, nachdem man mich zum Mitkommen oder Mitgehen genötigt hatte, einfach stehen ließ. Hier lernte ich etwas zu. Und noch mehr als das –
Die Station hatte Augen.
Obwohl fast unverändert gegen damals, genau so fern und einsam und weltverloren, genau so still, verschlafen, schon – oder noch – am frühen Morgen verschlafen, ohne daß jemand sich zeigte, kein Vorsteher, kein Gepäckträger, war sie jetzt doch mit eingeordnet in das große Augensystem, die glorreiche Erfindung, das glorreiche Ergebnis von zwei Völkerkriegen, mit welcher es möglich wurde, die einsamste Einsamkeit zu durchdringen, sei es, wie hier, einer von Wäldern fast zugedeckten Eisenbahnstation, sei es – auch wie hier – eines Menschen in seiner einsamsten Einsamkeit.
Mein kleiner, wichtig tuender Bahnpolizist hatte keine Pflichtverletzung begangen. Er hatte ganz im Sinne seiner Vorschriften gehandelt, als er pfeifend davonging, ohne mich darüber zu orientieren, was weiter mit mir geschehen werde. Das System funktionierte. Das Augensystem meine ich, nicht das politische, von welchem es allerdings ein Bestandteil war. Das schmutzigrote Stationsgebäude hatte zum Bahnsteig hin vier Fenster. Die beiden rechten hatten damals zum Wartesaal gehört. Oben, wieder vier Fenster, war damals die Wohnung des Vorstehers gewesen. In der Mitte – die Preußen hielten auf Symmetrie – die braungestrichene Tür. Schinkel hatte im Lande gebaut, in Posen zum Beispiel, davon waren Einflüsse ausgegangen, in Jastrow wußte man nichts von Schinkel. Das Stationsgebäude war seine achtzig Jahre alt. Gut möglich, daß Bismarck gelegentlich hier vorbeigekommen war. Augen also. Nur von daher? Warum nicht auch von der andern Seite, von der langgestreckten Baracke her, über der die polnische Fahne wehte, ein langes mairotes Tuch, mit dem weißen Adler, dem preußischen nicht unähnlich, in breiten Falten schwang es sich um den

Mast, vom Maiwind getätschelt. Einsam, gelangweilt. Nirgends Blumen. Nicht am Stationsgebäude, nicht an der Baracke.
Ungeduld ergriff mich. Ich ging jetzt schon gute zwanzig Minuten auf und ab, im Gespräch mit mir selber über das, was ich sah, verfolgt von dem, was ich nicht sah – den Augen der andern. Ich wußte es. Die Ungeduld wuchs.
Auf und ab. Auf und ab. Auf und ab.
Ich sah nach der Uhr. Nach meiner eigenen, am linken Handgelenk, nur zum Vergleich mit der großen unterm Bahnsteigdach. Sieben Uhr vierzehn – hier wie dort. Es gab noch Übereinstimmungen. Zeit kennt keine Grenzen.
Plötzlich wurde ich angesprochen. Doch blieb die Person, die mich ansprach, unsichtbar. Die Stimme schien mir aus dem Dach zu quellen, sehr nahe, sehr laut. Ich blieb stehen und lauschte. Der Unsichtbare, in welchem ich, sicher mit Recht, den Stationsvorsteher vermutete, sagte:
Sie werden gebeten, sogleich in die Baracke zu kommen. Sie dürfen zu dem Zwecke die Gleise überschreiten.
Nicht unhöflich, aber dienstlich-bestimmt. Eine kräftige, nach Autorität schmeckende Stimme, ein bißchen heiser. Einwandfreies Deutsch. So machten sie es also: unsichtbare Augen, Lautsprecher, Stimme im Raum. Ich ergriff meinen Koffer, nahm Abschied von der Bahnsteigerinnerung, machte mich auf anderes gefaßt. Erinnerungen, wenigstens so weitreichende, liegen wohl außerhalb des Interesses derartiger Instanzen. Ich überquerte das Doppelgeleise, was damals streng verboten war. Damals machten sie es mit Tafeln und entsprechend kürzeren Anweisungen, einfach ›Überschreiten der Gleise verboten‹. Ich blickte unwillkürlich, des alten Verbotes eingedenk, nach rechts und nach links. In beiden Richtungen verloren sich die eisernen Stränge in flimmernde Ferne – nach Westen, nach Osten. Ich befand mich genau in der Mitte zwischen Westen und Osten. Ein Punkt. Wer war ich? Wohin wollte ich? Wohin gehörte ich?
Die Baracke hatte oben wie unten je sechs schmale Fenster. Ich sah sie vor mir, mußte mich an der Bahnsteigkante hinaufschwingen, nachdem ich den Koffer schon vorgeschoben

hatte, und machte sicher keine gute Figur dabei. Wo war der Eingang? Wahrscheinlich dort, wo der Fahnenmast stand. Ich ging um die Baracke herum. Stille und Leere. Und Wald – kaum zwanzig Meter von der Baracke begann er, dazwischen lag die Straße, weiß, staubig, ebenfalls morgenstill, morgenleer. Die Fahne schwappte. Den Koffer in der Linken, pochte ich mit dem Knöchel der Rechten an die mit Harztropfen gesprenkelte Tür. Niemand antwortete. Ich wartete noch einen Augenblick. Dann drückte ich die Klinke nieder. Trat ein.
Wieder wurde ich von dem Unsichtbaren angewiesen: Die letzte Tür rechts. Nummer acht.
Barackenluft. Mir wohlbekannt. Ein dämmriger Gang, von dessen Decke ein paar Glühbirnen herabhingen. Plakate rechts und links.
Wieder stand ich vor einer Tür, wieder pochte ich, wieder keine Antwort. Ich drückte die Klinke nieder, öffnete und trat ein.

Räume, die jeder kennt, braucht man nicht zu beschreiben. Ich bin überzeugt, daß jeder einen Raum wie diesen kennt, mindestens von Träumen her. Wir träumen alle den gleichen Traum. Von Räumen, die wir alle kennen. Stammen wir daher? Sind wir in Baracken geboren? In Büros aufgewachsen? Denn kaum, daß man einen solchen Raum betritt, hat man doch das Gefühl, ihn seit ewig zu kennen. Gibt es nicht bei Plato die Andeutung, daß wir Erinnerungen an ein Leben vor dem Leben mit uns tragen und daß diese oft ganz unerwartet in uns aufsteigen, begleitet von der Empfindung, wie ich sie hatte, als ich jetzt Zimmer acht der Grenzbaracke von Jastrow – der polnische Name ist mir zu umständlich – betrat? Erinnerung auch hier – aber noch weiter zurück als vorhin auf dem Bahnsteig. Nicht klein kleiner Knabe, sondern – Fötus vielleicht, eben empfangen, von noch viel weiter her. Denn wo beginnen wir eigentlich? Mit dieser, hier ganz unangebrachten, unangemessenen Frage – nicht auf den Lippen, sondern im innersten Innern – betrat ich Zimmer acht. Zog die Tür hinter mir zu.
Oft beschrieben, unbeschreiblich.

An einem gelben Schreibtisch in Fensternähe – Fenster zur Straße, nicht zum Bahnsteig – saß hinter einer niedrigen gelben Holzschranke, über ein Schriftstück gebeugt, zugleich aber, den Hörer in der Hand und an die Wange geschmiegt, telefonierend, mein Bekannter, der Bahnpolizist, saß, ohne aufzublicken. Drei Schritt von ihm, auf der andern Seite der Schranke, vor oder hinter einer massiven Schreibmaschine alten Systems ein Fräulein. Hochbusig, rothaarig, die Finger auf den Tasten, wie den Fortgang des Diktates abwartend, blickte sie mich über den Rand der Maschine hinweg flüchtig an, hob flüchtig eine Hand, winkte, mit unbewegtem Gesicht, ich machte ein paar Schritte in das Zimmer hinein, in den Raum, in die Zeit, schwer zu unterscheiden. Unterbrochene Reise. Das kann seine Reize haben, selbst wenn es nicht freiwillig geschieht. Eine Wagenpanne etwa oder eine Umleitung – plötzlich beginnt ein Abenteuer.
Der Mann telefonierte anhaltend, ohne mir einen Blick zu gönnen. Das Fräulein hatte sich wieder der Arbeit zugewendet, fertigte jetzt offenbar eine Abschrift an, die Hämmer schlugen ungewöhnlich laut. Ein Stuhl stand da, kein bequemes Möbel. Ich blickte mich um, setzte den Koffer ab, hängte den Mantel über die Lehne des Stuhles, alles in mir sonst ungewohnter Umständlichkeit. Wie um Zeit zu gewinnen, dachte ich – aber warum? – und nahm endlich Platz. Wieder waren zwanzig Minuten vergangen. Im ganzen, seit ich den Zug verlassen hatte, eine gute Stunde. Sieben Uhr vierundfünfzig. Ich schlug ein Bein über das andere, kreuzte die Hände im Schoß und wartete.
Das Klappern der Maschine, das Flüstern in die Hörmuschel, das Summen einer dicken Fliege am Fenster, das leise Auf- und Abzittern meiner Fußspitze vor mir, der Druck der Stuhllehne, die dumpfe Wärme des Zimmers, die Ausstrahlung von den Holzwänden, den toten, gespaltenen Kiefern, auch von der Decke herab, die Zettel, Plakate, Karten an den Wänden, unverständliche Zeichen: Kurven, Kolumnen, Ziffern, ein Kalender mit der dicken schwarzen Tageszahl, 23. Mai, lauter unpersönliche Dinge, nichts von Bezug auf einen einzelnen – höchstens das Datum: es war mein Ge-

burtstag, ich hatte es mir hübsch vorgestellt, an meinem Geburtstag die Grenze zu überschreiten –, alles ins Allgemeine gerichtet, allmählich unterscheidet man auch die Gerüche: zum Holzgeruch die Ausdünstung der schreibenden Dame, ein unangenehm süßlicher Parfümhauch und, natürlich, Zigaretten, Zigaretten. Je ein Aschbecher auf dem Schreibtisch des Beamten, auf dem der Dame. Beide mit Stummeln gefüllt. Wann fingen sie hier mit dem Dienst an? Oder waren es die Reste der Nacht? Plötzlich fiel mich der Gedanke an, es könne noch vor kurzem jemand auf diesem Stuhl gesessen haben. Wo war er geblieben? Entlassen? Verhaftet? Die Zigarettenreste beunruhigten mich, wie mich der Geruch davon anwiderte. Ich bin, wie gesagt, Nichtraucher. In solchen Räumen spielen sich Tragödien ab. Grenze – ein Rasiermesser mitten durchs Fleisch der Erde gezogen. Vorsicht, du kannst dich schneiden. Man meint, gründliche Erfahrungen zu haben, und doch ist es immer wieder neu.
Die Umgangsformen in solchen Räumen sind nach einem internationalen Kodex entwickelt. So hatte mich zum Beispiel weder der Mann noch das Fräulein begrüßt. Irgend etwas schnappt zu, das ist der Gruß. Unhörbar, mit festen, unsichtbaren Zähnen. Ohne daß jemand auch nur die Hand rührt.
Es war mir unmöglich, wieder an die auf dem Bahnsteig aufgestiegenen Erinnerungen anzuknüpfen. Nach rückwärts keine Verbindung. Ich existierte nur als Punkt im Raum, als Augenblick in der Zeit. Ohne die geringste Beziehung zu diesem Raum, zu dieser Zeit. Ich fühlte meine Ausdehnung, bis an die Haut. Fühlte sie kräftiger als je. Und war doch nur ein Punkt. Gibt es Parallelen dazu? Ich weiß nicht.
Müdigkeit wandelte mich von neuem an. Die Gedanken lösten sich aus ihrer Folge. Leichtes Gedränge um die Augen. Schwere im Kopf. Es war wie eine Versuchung. Ich widerstand ihr, indem ich mich an die Augen erinnerte, die mich beobachteten, von irgendwoher, die es registrierten. Ich richtete mich auf, stellte das übergeschlagene Bein wieder auf den Boden, rückte mich zurecht, kleine Handhaben, den toten Punkt zu überwinden. Plötzlich wurde ich angesprochen –

Ohne daß der Mann am Schreibtisch, hinter der Schranke, sein Telefongespräch unterbrach, ohne daß die Dame aufhörte, die Tasten zu klopfen. Es war auch nicht die Stimme, die mich auf dem Bahnsteig angeredet und zur Baracke hinüber dirigiert hatte. Es war eine lautlose Gewalt, die auf mich eindrang, mich, ohne daß ich hätte widerstehen können, in die Lage des Befragten versetzte, mich in die Rolle des Verdächtigten drängte – kurz: mit dem Verhör begann. Ist es möglich, daß in einem solchen Raum einem gar nichts anderes übrig bleibt, als ganz von selber – und doch durch den Raum genötigt – Fragen zu vernehmen, Antworten zu geben? Die Methodik des Verhörs hat im Laufe der letzten Jahrzehnte zweifellos bedeutende Fortschritte gemacht. Ich denke jetzt nicht an die technischen Mittel und Werkzeuge, auch nicht an die chemischen. Die Entwicklung ist darüber hinausgeschritten. Tonband und Droge wirken schon leicht veraltet. Es gibt immaterielle Einwirkungen, pneumatische Injektionen, Speicherungen von Energien, die sich auf den Verdächtigen entladen, moralische Spannungen und Ballungen, die Folge einer unentwegten Arbeit am Phänomen Verhör. Höchstwahrscheinlich dringt es auch längst über die eigens dafür bestimmten Räume hinaus, teilt sich dem allgemeinen – öffentlichen wie privaten – Leben in den verschiedensten Abwandlungen mit. Angestellte, Beamte, Wissenschaftler, Künstler, Lehrer, Geistliche, Sportler usw., sie alle unterliegen diesem ungeheuer ausschweifenden Zwang, sich auszusprechen vor einem völlig unsichtbaren Tribunal. Es reicht bis in die höchsten Spitzen, einem jeden schlägt die Stunde, manchem auch das Gewissen, Staatsmänner und Kirchenfürsten nicht ausgenommen. Verständlicherweise am stärksten, am konsequentesten dort, wo zwei Länder zusammenstoßen, zwei Weltanschauungen, zwei Wissenschaften, zwei Religionen, zwei Ideologien, zwei Theorien, zwei Systeme, zwei Kulturen, zwei Epochen. An der Grenze also. Mir gingen diese Gedanken blitzschnell durch den Kopf, ich bekam dadurch einigen Halt in der nun folgenden Szene. Es ist immer gut, wenn man in einer schwierigen Lage wenigstens deren Ursprung überblickt.

II

– Danke, ich rauche nicht. Wenn Sie mir aber ein Glas Wasser – (Man stellt das Gewünschte vor mich hin, auf ein über der Holzschranke angebrachtes Brett)
– Walter Wilhelm Gregor. Wie im Paß vermerkt. Ein Doppelname, ja. Meine Mitschüler, fällt mir eben ein, nannten mich demgemäß Wehweh. Später verbat ich es mir. Aber so etwas hängt einem lange an.
(Das Fräulein sitzt leicht vornübergebeugt und schreibt mit. Ihre Finger fliegen. Ich wünschte, so fix schreiben zu können. Ich kann gar nicht so schnell sprechen, wie sie schreibt. Einfach so durchs Ohr in die Finger, fabelhaft. Sicher doch ohne nachzudenken, ohne den Sinn des Gesagten zu erfassen. Aber so lesen die Leute ja auch.)
– Schriftsteller? Nein. Archivar. Wie im Paß vermerkt. Schriftsteller nur im Nebenberuf. Sachbücher, wie man bei uns sagt. Historisches. Manchmal auch Utopisches. Es geht beides sowieso ineinander über. Ob meine Reise damit zusammenhängt? Nein. Nein. Sie werden es vielleicht gar nicht verstehen. Noch weniger billigen. Aber in meinen Jahren –
– Eines Tages tauchen die alten Inseln wieder auf, weiß und wunderbar, die längst verschollen geglaubten. Die alten Wälder, die längst vergessenen. Mit einem Wort – Kindheit. Sehen Sie, ich bin in der peinlichen Lage, von sämtlichen Orten meiner Kindheit abgeschnitten zu sein. Warum? Weil sie alle, ohne Ausnahme, in andern Besitz übergegangen sind. In vier östlichen Provinzen bin ich Kind gewesen, jung gewesen, aufgewachsen, da liegen die Wurzeln, und es ist ja nicht ganz gleichgültig, in welchem Erdreich man wurzelt. Fast zwanzig Jahre Osten, das läßt sich nicht einfach abtun, abschreiben, es war schließlich der Anfang, nicht wahr. Und als ich nun las, daß eine gewisse Milderung eingetreten sei,

Tauwetter, wie die Zeitungen schrieben, gleich kam mir der Gedanke, es noch einmal zu versuchen, obwohl – Wir haben bloß noch Tote drüben, um die sich natürlich niemand mehr kümmert, ich meine um ihre Gräber. Mein Vater liegt zum Beispiel drüben – wenn ich jetzt so noch sagen darf – begraben. In einem dieser pommerschen Landnester. Sie werden es nicht kennen. Vierzehn Jahre reichen nicht hin, um ein Land kennenzulernen. Ich weiß nicht, wie es heute heißt. Wir lebten zuerst in Posen, dann in Westpreußen, dann in Pommern, dann in Schlesien. Alles gewesen. Alles umorientiert. Oder wie man es nennen will. Ich sage das ganz sachlich, enthalte mich jeder gefühlsmäßigen Auslegung. Nur soviel, daß einen manchmal eine rasende Sehnsucht ankommt. Leute, die im Westen wohnen, können das nicht begreifen. Sie halten den Westen für den Inbegriff aller Kultur, alles wahren Lebens. Der Westen ist hochmütig. Ob ich – aber nein, wo denken Sie hin. Was sind Ansprüche in dieser Zeit. Es ist Weltraumzeit, man kann das Rad doch nicht zurückdrehen wollen. Aber vielleicht stimmen Sie mir zu, wenn ich sage: wie geht das zusammen, hier unten die Grenzen dichtmachen, unüberschreitbar, Beton und Stacheldraht, Bluthunde und Tellerminen, Kontrollen über Kontrollen – und gleichzeitig schießt man Astronauten ins Grenzenlose. Doch lassen wir das auf sich beruhen. Meine Beweggründe sind ganz einfache, vollkommen private. Ich bin im ersten Jahr dieses Jahrhunderts geboren. Sie werden mindestens das erste des neuen Jahrhunderts erleben. Ich habe noch Erinnerungen an die Zeit vor dem ersten Krieg. Sie werden – was Gott verhüte – vielleicht einmal solche an den dritten haben. Die Krise ist enorm. Ich will also ganz einfach ein paar Gräber besuchen und noch einmal, ein letztes Mal, ein paar dieser alten Wege gehen. Die Menschen, die damals mit mir lebten, sind entweder gestorben oder in alle Winde zerstreut. Ein toller Prozeß. Aber die Geschichte ist überreich an tollen Prozessen, ich sehe das ganz nüchtern. Und – (Ich hatte mich trotz der Beteuerung, alles ganz nüchtern zu sehen, doch hinreißen lassen, es liegt am Thema, ich kann dabei nicht gleichgültig bleiben, es hat einen merkwürdigen Sog, ich merke das immer wieder, aber nun unterbrach ich mich, ergriff das Wasserglas, nahm einen Schluck, es schmeckte lau. Ein leises Gefühl erneuter Verwirrung beschlich mich. Ich sagte: utopisch, aber betrifft das nur die Zukunft? Nein, auch die Vergangenheit hat utopische Züge angenommen. Alles ungreifbar, unbegreilich. Ich hatte es mir einfach gedacht, jetzt merke ich, daß es schwierig ist. Nicht bloß, weil sich diese alberne Kontrolle dazwischengeschaltet hat, sondern weil – Die Toten sind tot, die Gräber zerfallen, die Namen gelöscht, die Grenzen gezogen, die Wurzeln verdorrt. Aber ich kann nicht mehr zurück, ich muß Rede und Antwort stehen, gleich, jetzt, über beides, über gestern und morgen, über morgen und gestern –)

– Sie wünschen, daß ich so weit zurückgehe? Nun wohl, es trifft sich mit meinen eigenen Absichten. Wenngleich – ich möchte doch darauf aufmerksam machen, daß mein Gedächtnis nicht mehr das beste ist. Ich habe nicht die Absicht zu lügen, aber Sie werden Nachsicht mit meinen Jahren haben müssen. Wirklich von Anfang an? Sie bestehen darauf? Aber das bedeutet, daß man ein Gebirge übersteigen muß. Allein schon die zwei Kriege, denken Sie mal. Und dann – über den Anfängen liegt immer ein Zwielicht. Das doppelte der Verklärung und der Verwirrung. Heißt es nicht, daß Menschen, die nach vielen Jahren ihre Heimat wieder aufsuchten, die ihnen noch zugängliche, Leute des Westens also, Mühe hatten, das in ihnen noch vorhandene Vorstellungsbild mit dem, was sich ihnen an Ort und Stelle darbot, zusammenzureimen? Ein Gärtchen von wenigen Quadratmetern Umfang lebte in ihrem Gedächtnis als ein Park fort. Sie hofften einen Fluß wiederzusehen, und es war dann nur ein Wassergraben. Sie traten an ein Fenster in der Erwartung, eine herrliche Landschaft zu erblicken, statt dessen lag da nur ein verwilderter Hof. Und das prächtige Theater, in dem sie zum erstenmal die Helden der Tragödie hatten leiden und sterben sehen, erwies sich, als sie es nach so langen Jahren wiedersahen, als ein bescheidener Saal. Ich erwähne das nur, um naheliegenden Mißverständnissen vorzubeugen. Verzeihen Sie. Noch eins, ehe ich anfange. Es führt natürlich alles in eine Zeit, in ein Zeitalter zurück, wo es weder diese Grenze noch die andere, die erste, noch die letzte, die

dritte gab – oder doch die dritte schon, eben als letzte, ich überblicke das, obwohl es ziemlich verwirrend ist. Damals waren wir hier, wenn Sie mir den Ausdruck erlauben, zu Hause. Ziemlich lange schon – jedoch, was sind Jahrzehnte, was Jahrhunderte, gemessen an den Empfindungen von Völkern. Ich habe darüber viel nachgedacht. Man kommt nicht zu Ende damit, zu keinem schlüssigen Ergebnis. Politische Entscheidungen, habe ich den Eindruck, entspringen nur scheinbar vernünftigen Erwägungen. In Wahrheit spielt immer etwas ganz von unten und ganz von weither mitherein, ohne daß sich die Verantwortlichen dessen bewußt sind. So kommt es zu Veränderungen der Landkarte, dreimal in dreißig Jahren. Nicht ganz unwichtig ist dabei auch der Umstand, daß nicht nur die Völker im allgemeinen davon betroffen werden, sondern in den Völkern die einzelnen, die, man wird das nie verhindern können, eine Art von Gefühlsgeographie treiben, Länderkunde des Herzens, keine Karte gibt darüber Auskunft, kein Lehrbuch. Und bei den Entscheidungen, von welchen der künftige Grenzverlauf abhängt, wird darauf keinerlei Rücksicht genommen – weder hüben noch drüben –. Man arbeitet mit dem Zirkel und mit dem Lineal. Die Menschen – aber ich will das nicht weiter ausführen, ich danke Ihnen, daß Sie mir die Vorbemerkung erlaubt haben. Ich trat die Reise doch wohl im Rahmen der Gefühlsgeographie an –. Aber wenn ich recht verstehe, drängen Sie darum auf möglichst weit zurückgreifenden Bericht, weil Sie –
(Ich war im Begriff, mich zu verhaspeln. Schuld daran war mein Kommissar, wenn ich ihn so nennen soll, derselbe junge Mann, der schon im Abteil mit der Fragerei begonnen hatte. Es ist nicht das erste Verhör, dem ich in meinem Leben unterworfen werde. Dieses unterscheidet sich allerdings von früheren, an die ich mich erinnere, dadurch, daß der Beamte, der mich verhört, still dasitzt, mich ab und zu ansieht, sonst aber mit seinem Bleistift spielt, diskret hüstelt, den Kopf schüttelt, sich mit der Hand über das dünne schwarze Haar fährt, durchs Fenster blickt, sich eine neue Zigarette ansteckt, sie wieder ausdrückt, an seinem Ehering dreht, sich eine Notiz macht, ein paar unverständliche Worte ins

Telefon flüstert, ein Gähnen unterdrückt, sich die Stirne wischt, dem Fräulein ein paar ebenfalls unverständliche Worte zuflüstert, nach einem Aktenstück greift, den Handrücken kratzt, mit dem Lineal hin und her fuchtelt, Männchen auf sein Löschpapier malt, nach der Armbanduhr blinzelt, an seinem schmalen Schnurrbärtchen zwirbelt, ein Stück Papier zu einem Kügelchen zusammendrückt, das Kügelchen mit der flachen Hand hin und her rollt, das Taschentuch hervorzieht, sich mit abgewandtem Gesicht die Nase putzt, ein paar Takte mit den Fingernägeln trommelt, den Rücken gegen die Stuhllehne preßt, sich wieder vornüber beugt, aufmerksam durch ein bestieltes Brennglas schaut, das Ding darunter plötzlich mit zwei Fingern wegschnipst, sein Feuerzeug auf- und zuschnappen läßt, leise durch die Zähne pfeift, ein Buch ergreift und darin blättert, es wieder von sich schiebt, ein anderes ergreift, ohne es aufzuschlagen, von seinem Ärmel die Asche pustet, die darauf gestäubt ist, an seiner Krawatte rückt, mit zwei Fingern zwischen Hals und Kragen fährt, sich plötzlich erhebt, sein Jackett auszieht und über die Stuhllehne hängt, sich wieder setzt, ein dunkelgrünes Fläschchen öffnet und seine Hand, sein Haar, sein Hemd mit einer übersüß duftenden Flüssigkeit besprengt, das Fläschchen wieder zuschraubt und hinter sich in die Rocktasche steckt, an einem elfenbeinernen Zahnstocher kaut, mich zwischendurch immer wieder einmal ansieht – flüchtig, gelangweilt, kritisch, aufmerksam, mißtrauisch, ironisch, ermunternd, bedenklich, ärgerlich, amüsiert, überrascht, nachsichtig, streng, irritiert, feindlich, zustimmend, mal so, mal so – das alles, das alles und noch mehr als das: ohne mich auch nur ein einziges Mal anzusprechen, ohne mir auch nur ein einziges Wort zu gönnen, ohne eine einzige Frage an mich zu richten, während das Fräulein ununterbrochen die Finger über die Tasten fliegen läßt, weil ich ununterbrochen rede, berichte, erzähle, allerdings auch mich immer wieder einmal selber unterbreche, um ihn mit einer Frage zum Reden zu bringen, was jedoch immer wieder mißlingt – das seltsamste, weil völlig einseitige Verhör. Und doch ein Verhör: weil das Schweigen stärker auf mich einwirkt als es Fragen vermöchten, weil es mich, ein geheimnisvoller Motor, weiter und weiter treibt, mir keine Ruhe, keine Pause gönnt, auch keine Abweichung, vielmehr mich mit äußerster Strenge beim Thema festhält, auf das man mich mit den ersten einleitenden ›Worten‹ verpflichtet hat: ANFANG.)

– Eigentlich haben Sie recht, Wenn man jemanden ausfragt, um zu erfahren, wer er ist, muß man da beginnen, wo er selber begann. Nur, wie gesagt, es ist ein weites Feld. Ohne Aufstellung eines ganzen Heeres von Beamten gar nicht zu bewältigen. Nicht mit Unrecht heißt es ja, daß in höheren Jahren die Kindheitseindrücke sich wie nie zuvor beleben, frische Farben bekommen, rote Backen sozusagen – eine Art Euphorie des Gedächtnisses. Nun, Sie werden wissen, warum Sie darauf bestehen. Sie haben Ihre Vorschriften und Ihre Erfahrungen. Was mich betrifft –

DER VORSTEHER: Es wird Zeit, daß Sie zur Sache kommen. (Ich nenne ihn von jetzt ab ohne Umschweife den Vorsteher, im Vertrauen auf die Richtigkeit meiner Vermutung. Er muß ja wohl durch irgendeine unsichtbare Apparatur in Verbindung mit den hier vorhandenen Räumlichkeiten stehen – der Unsichtbare. Zur Sache, gewiß. Was ich bisher sagte, hat das Fräulein pausenlos mitgeschrieben, die kleine rothaarige Person. An der linken Hand trägt sie einen Ring mit einem dicken Brillanten. Bisweilen fährt sie sich mit dieser Hand übers Gesicht, auch ihr ist heiß, natürlich. Aber sie kennt keinen Aufenthalt, jedes Wort ist wichtig. Wenn es so weiter geht, diktiere ich noch ein ganzes Buch zusammen. Schade, daß ich keine Abschrift davon bekommen, daß es alles zu den Akten geht und dort – es wird hier damit nicht anders sein als anderswo – untergeht.)

– Sofort, sofort. Sie werden verstehen, daß man zögert, wenn es gilt, ein Labyrinth zu betreten. So kommt es mir jetzt jedenfalls vor. Sonst war ich – wenigstens manchmal – geneigt, es für ein Paradies zu halten.

Ich sehe ein Wasser. Nicht die Weichsel, aber einen Nebenfluß von ihr. Wie er heute heißt, weiß ich nicht. Sie müssen mir erlauben, ihn bei seinem damaligen, deutschen Namen zu nennen. Wenn Sie gestatten, erkläre ich es Ihnen auf der Karte, die dort hängt und offensichtlich die betreffenden Ge-

biete darstellt. (Man nickt, und ich erhebe mich, trete zur Wand, hebe den Arm und fahre suchend mit dem Zeigefinger über die mit Reißzwecken angeheftete Karte hin. Man beobachtet meine Bewegungen, ohne aufzustehen. Hier, sage ich, und ich bin bemüht, gleichzeitig die Lage meines gegenwärtigen Aufenthaltsortes festzustellen. Es gelingt nicht, weil die Karte lauter polnische Namen enthält. Ich muß es aufgeben. Aber der Fluß ist in seiner Schlangenbewegung leicht zu erkennen, es erinnert mich unwillkürlich an eine Schulstunde. Karten und Wände stehen für Länder und Völker. Ich kehre zu meinem Platz zurück.) Damals also hieß er die Brahe. Und floß an derselben Stelle in die Weichsel wie offenbar heute noch. Graues, manchmal blaues Wasser. Immer in sachter, ziehender Bewegung. Und auf dem Wasser die Flöße. Sechs oder sieben Baumstämme, rote Kiefernsäulen, zu einer Gruppe zusammengefaßt, von einem Doppelrahmen gehalten, und sechs oder sieben solcher Gruppen zu einem Floß vereinigt. Das trudelte hinter dem Schlepper her oder wurde mit Stangen weitergeschoben. Ich muß es Ihnen nicht näher beschreiben. Sie kennen es, kennen vielleicht auch die Stadt.
Doch müssen Sie mir erlauben, daß ich ihr, die jetzt ebenfalls anders heißt, als sie damals hieß – einen anderen Namen gebe als den, den sie damals hatte, ich habe mich daran gewöhnt, ich habe sie so genannt, seitdem sie den neuen Namen trug, ich nannte sie und möchte sie darum auch jetzt so nennen: Fernau. Nein, auf der Karte gibt es den Namen nicht. Ich wohnte in Fernau. Dort wuchs ich auf. Davon erzähle ich. Das war der Anfang. Eine Stadt am Wasser, und das Wasser fließt weiter. Durch die Stadt hindurch. Und durch mich hindurch – Erinnerungswasser.
Ich sitze am Ufer und halte eine Angel in der Hand. Was wir Kinder so Angel nannten. Eine Rute mit einer Schnur daran und an der Schnur ein Haken und an dem Haken ein Wurm. Die Fische machten einen Bogen drum. Wenn schon, so wollten sie von einer richtigen Angel gefangen werden. Wir sitzen am Braheufer und angeln. Wir – ach, einen Augenblick. Wieder ein Name. Er liegt mir auf der Zunge. Ich habe ihn damals jeden Tag ein paarmal ausgesprochen. Kinder

sitzen mit Kindern zusammen, Namen mit Namen. Jetzt weiß ich ihn wieder. Dieter hieß er. Dieter Sandberg. Was sagen Sie zu dem Namen? Ein deutscher, kein polnischer. Ich muß bei der Wahrheit bleiben. Und die lautet in diesem Fall, ein für allemal: daß in Fernau mehr Deutsche wohnten als Polen, und daß unsre Schule von mehr deutschen Kindern als polnischen besucht wurde. Sie mögen es bezweifeln, aber es war so.

Dieter Sandberg saß neben mir, wie ich mit einer Angel bewaffnet. Das Wasser wimmelte von Stichlingen, winzige Schatten, die niemals anbissen. Wir nannten es trotzdem angeln. Und plötzlich, es muß im Juni gewesen sein, der Juni hat es in sich, ein Monat der Erwartung und der Erfüllung zugleich, Rosen und Flieder, und vom Wasser her der Holzgeruch, warm und harzig, plötzlich, sagte ich, fällt von hinten her über uns ein anderer Schatten, wir saßen in Badehosen, die Beine im Wasser, ich drehe mich um: Willibald, der verrückte Willibald. Wir nannten ihn so. Er hieß ganz anders. Er hieß – ich komme jetzt nicht darauf. Mit der Verrücktheit war es nur halb wo wild. Schließlich hat jede kleine Stadt ihre zwei, drei komischen Figuren, und wer oder was normal ist, wer will das bestimmen. Damals war es noch einfacher zu bestimmen als heute.

Willibald ging spazieren. Und hatte auch eine Angelrute in der Hand, eine richtige. Der Platz, auf dem wir saßen, war sein Platz. Uns war das bekannt, eben deswegen hatten wir ihn gewählt. Willibald war konservativ, wie alle Narren. Jetzt sah er uns da sitzen, stand dicht hinter uns und sprach auf uns herab. Dieter tat unschuldig und abwesend. Ich mochte Willibald ganz gern. Sein Grinsen, seinen Wackelgang, seine krähende Stimme. Er rührte mich. (Auch in der Schule hatte ich für die Außenseiter einiges übrig. Vielleicht weil ich selber einer war und bin. Das Fräulein verzieht keine Miene, obwohl es jetzt doch spannend für sie werden dürfte. Ungerührt verwandelt sie meinen stockenden Vortrag in ihre fließenden Zeilen.)

Tag, Willibald, was gibt es, fragte ich.

Den Spitznamen nahm er nicht übel. Er legte die Angel von einer Schulter über die andere und krächzte:

Einen Barsch fangen.
Dieter wiederholte das Wort, jedoch, verzeihen Sie, ohne den Anfangsbuchstaben. Er konnte Willibald nicht leiden. Noch einmal also: Barsch – ohne B. Narren sind empfindlich. Willibald war es auch.
Du vielleicht mit deiner Drecksangel, sagte er.
Dieter drehte sich um, zur Beleidigung entschlossen, fuhr dem harmlosen Menschen mit seiner Angel ins Gesicht und sagte:
Willibald, ach Willibald, dir werden ja die Füße kalt. Das war es – unter anderem –, was die Kinder dem armen Burschen auf der Straße nachriefen. Ganz sinnlos. Narren werden von Narren verhöhnt. – Ich kannte Willibald, er wohnte in unserer Nähe. Ich wußte, wie leicht erregbar er war.
Laß ihn doch, sagte ich und machte zu Willibald eine begütigende Bewegung. Vergeblich. Wir saßen auf Willibalds Angelplatz, und Dieter beschimpfte ihn obendrein. Das war zuviel. Willibald versuchte, Dieter eins mit der Angel überzuziehen, Dieter bog sich zur Seite, sprang auf und entwand ihm die Rute. Schon umklammerten sie einander, Dieter kräftig, gelenkig, Willibald weniger kräftig, aber zornig. Ich hätte mich einmischen können, unterließ es nur, weil ich es nicht ernst nahm. Es war aber ernst und endete nach einigem Hin und Her damit, daß Dieter seinen Gegner zum Ufer drängte, von dem sie sich inzwischen entfernt hatten, und ihn nahe unsrer Angelstelle ins Wasser stürzen ließ, einfach indem er sich ihm mit einer geschickten Wendung entzog, so daß Willibald ins Leere griff und vornüber fiel. Es planschte mächtig. Dieter hatte gesiegt. Es war das erste Mal, daß ich Willibald im Wasser erlebte. Konnte er schwimmen? Nein, er konnte es nicht, was daran zu merken war, daß er sich mit verzweifelter Heftigkeit an einer vom Ufer ins Wasser ragenden Wurzel festklammerte. Er war in Kleidern. Wir waren nackt und konnten schwimmen. Sein schwarzer Haarschopf hing ihm strähnig ins Gesicht. Wütend und ängstlich brabbelte er zu uns herauf. Dieter war es nicht genug. Er kniete sich hin und versuchte Willibalds Hände von dem Wurzelstock zu lösen. Bist du verrückt, schrie ich. Es blieb mir nichts übrig, als mich gegen Dieter zu wenden und ihn,

da er nicht abließ, mit ein paar Hieben und Stößen von seinem Vorhaben abzubringen. Die Angst um Willibald gab mir die Kraft dazu. Und noch etwas – wie soll ich es nennen? (So warten Sie doch mal, Fräulein, es will schließlich überlegt sein, es ist alles so neu für mich, obwohl es sehr alt ist. Kindliche Empfindungen – wer hat denn immer gleich die richtigen Worte dafür. Wir sind ja nicht feiner und zarter geworden als Erwachsene, wir sind gröber geworden, so daß wir Mühe haben, uns in die Empfindungen, die wir damals hatten, einzufühlen, ziemlich subtile Empfindungen, das können Sie mir glauben, mit flinken Händen ist da gar nichts zu machen.) Ich wollte sagen: es war wohl eine plötzliche Parteinahme meinerseits, verstehen Sie, für Willibald gegen Dieter, für den Verrückten gegen den Normalen, für den Fremden gegen den Freund. Anfang, sagten Sie. Anfang denn auch von Möglichkeiten, menschlichen und unmenschlichen, wie sie zunächst noch ungeschieden in uns liegen. Anders ausgedrückt –: Mitleid, plötzliches tiefes Mitleid. Kinder können auch das Gegenteil davon empfinden, die schrecklichste Grausamkeit. Dieter kapitulierte. Er zog sich zurück und warf sich auf der anderen Seite des Uferweges ärgerlich ins Gras. Ich ließ ihn laufen. Ich war mit Willibald beschäftigt, der zwar keinen Grund unter den Füßen hatte, aber den rettenden Wurzelstock immer noch mit beiden Händen fest umklammert hielt. Allein hätte ich ihn nicht aufs Land ziehen können. Schon wollte ich, trotz meiner Abneigung, Dieter zu Hilfe zu rufen – da kam Hilfe von anderswoher, nicht vom Lande, sondern vom Wasser. Ein Floß trieb heran, glücklicherweise auf unserer Seite. Die Männer auf dem Floß hatten unsern unglücklichen Willibald erspäht, sie winkten und setzten ein kleines schmales Boot, einen richtigen Seelenverkäufer, das sie mit sich führten, ins Wasser, trieben es mit ein paar Ruderschlägen näher und hoben, angelangt, den prustenden und blubbernden Mann ans Ufer, ich griff von oben mit zu, und so lag er denn endlich wieder auf dem Trockenen, pitschnaß, aber sonst wohlbehalten, am schönen warmen Juninachmittag, Flieder und Rosen, lag mit ausgestreckten Händen auf der Seite und spuckte Wasser, lebendig, lebendig. Die beiden Männer im

Boot ruderten zu ihrem Floß zurück, nicht ohne dem Geretteten ein paar gute Wünsche zuzurufen, ich hielt es jedenfalls dafür. Sie sprachen polnisch, und meine Kenntnisse des Polnischen waren überaus schwach. In der Schule wurde es nicht gelehrt, warum eigentlich nicht? Die übliche nationale Arroganz. Den Schaden hatten wir jungen Leute, damals und später. Ich muß hinzufügen: auch Willibald war Pole, und das ließ ihn in den Augen der Fernauer noch närrischer erscheinen, als er war. Die Deutschen, müssen Sie wissen, hatten immer die Neigung, im Fremden den Feind zu sehen, oder sagen wir: lieber den Feind als den Freund. So lag denn auch in der Tatsache, daß sie den armen Kerl Willibald nannten, eine gewisse nationale Heimtücke: sie tauften ihn um, damit man ihnen nicht nachsagen konnte, sie hätten ihn wegen seiner polnischen Herkunft veräppelt. Das ist eine Vermutung, mehr nicht.

Der Vorsteher: Wie hieß er denn eigentlich, da er doch Pole war?

– Jetzt fällt es mir ein. Er hieß Waschiniak. Ignaz Waschiniak. Im Herbst und im Frühjahr kam er zu Gartenarbeiten in unser Haus. Namen sind wie Nägel und das Gedächtnis die Wand, in die man sie schlägt.

Der Vorsteher: Und Sie haben ihn einfach liegenlassen und sind davongegangen?

– Meine Erinnerung bricht da plötzlich ab. Ich möchte nur mitteilen, was ich weiß, nicht, was ich vermute.

Der Vorsteher: Es wird so nicht geendet haben.

– Sicher nicht. Aber –

Der Vorsteher: War es am Vormittag oder am Nachmittag?

– Keine Ahnung.

Der Vorsteher: Wir stehen erst am Anfang.

– Des Verhörs, meinen Sie?

Der Vorsteher: Sagen wir lieber: Ihres Berichtes.

– Auf den ich keineswegs vorbereitet war.

Der Vorsteher: Darauf läßt die Unvollständigkeit des Bisherigen allerdings schließen.

– Ich komme mir, offen gestanden, selber wie ein ins Wasser Geworfener vor.

Der Vorsteher: Ihr Deutschen wollt euch durchaus nicht erinnern.
– Kann man seinen Erinnerungen kommandieren?
Der Vorsteher: Sicher ebensowenig wie seinen Gefühlen. Man kann sich ihnen jedoch stellen. Man muß es sogar.
– Was voraussetzt, daß die Erinnerungen von selber auf uns eindringen, unabhängig von unserm Wollen oder Nichtwollen.
Der Vorsteher: Was nur dann geschehen wird, wenn man ihnen freie Bahn läßt. In Deutschland sollten Schulen der Erinnerung eingerichtet werden. An Lehrstoff würde kein Mangel sein. Eher schon an Lehrkräften.
– Ich bin Historiker.
Der Vorsteher: Und was haben Sie getan, was veröffentlicht, um dem allzu verzärtelten Gedächtnis Ihrer Landsleute nachzuhelfen?
– Mein Spezialfach ist mittelalterliche Verfassungsgeschichte.
Der Vorsteher: Womit Sie sagen wollen, daß andere Geschichtsfächer Sie nichts angehen?
– Nur, daß ich mich in ihnen nicht ebenso gut auskenne.
Der Vorsteher: Diese Entschuldigung hört man immer wieder. Um so besser werden Sie sich in dem auskennen, was Sie selber erlebt haben.
– Kindheitserinnerungen sind wohl kaum geeignet, der Geschichtsschreibung zuverlässiges Material zu liefern.
Der Vorsteher: Es ist Ihnen ungewohnt, man merkt es.
– Wer ist schon imstande, sich seiner eigenen Kindheit gegenüber so objektiv zu verhalten, wie es im Interesse der Zuverlässigkeit nötig wäre.
Der Vorsteher: Unwissenschaftlicher Aberglaube, weiter nichts. Ihre bisher bewiesene Ungeschicklichkeit ist eine Folge dieses Aberglaubens.
– Ich sagte bereits, daß ich meine Reise mit der Absicht antrat, gewisse Kindheitseindrücke wieder aufzufrischen.
Der Vorsteher: Hübsch gesagt. Auffrischen. Wie man den Farbanstrich einer Parkbank auffrischt oder –
– Es ist mir wirklich ernst damit.
Der Vorsteher: Nun, dann beweisen Sie es, indem Sie uns

nicht länger mit Bedenklichkeiten aufhalten, sondern aufrichtig und genau wiedergeben, was war!
(Damals, vor beinah fünfzig Jahren, huschte ich hier vorbei, ferienselig, ein kleiner Knabe. Es gab keinen längeren Aufenthalt als den im Kursbuch vorgesehenen. Man stieg von einem Zug in den andern über. Dann ging es weiter. Keine Grenze. Keine Kontrolle. Keine Baracke. Kein Verhör. Freiheit, uneingeschränkte Freiheit. Am Ende der Fahrt zog einen die Großmutter ans Herz. Na, da bist du ja mal wieder. Läßt sich das darstellen, wiederbeleben? Nein, ich komme da nicht weiter. Höchstens indem ich – indem ich das Ende des Tages – das Ende des Tages –)
– Aufrichtig und genau. Das sollte man in bezug auf das eigene Leben wohl überhaupt sein. Es hilft aber nichts, ich muß einen Sprung machen, über einige Stunden hinweg – auf den Abend zu. Von allen Tageszeiten liebte ich am meisten den Abend. Warum? Weil er sanfter und stiller und gütiger war als die andern. Besonders liebte ich die kleine Zeremonie des Lampenanzündens. Damals, als es noch keine Gasbeleuchtung gab. Aber das liegt noch weiter zurück als jener Abend, dessen Vorgeschichte ich erzählte. Ich möchte nicht ganz so weit zurückgehen. Die Epoche des Gaslichtes war schon angebrochen. Ich fand, als ich zurückkehrte, unter der Gaslampe meine Schwester, Marion, und – nein, nicht meine Eltern, die waren ausgegangen, aber einen Gast. Es stimmt, was ich vorhin von dem Herandrängen der Erinnerungen sagte, nicht nur ein Vorhang teilt sich, sondern eine Schleuse öffnet sich. Roman. Roman Januschewski. Zwanzig Jahre lang war dieser Name in mir wie verschollen. Ich werde noch darauf zu sprechen kommen. Er war ein Klassenkamerad von Dieter und mir. Pole. Und ein hochbegabter Musikus. Gott ja, er schwärmte für Marion, kam aber selten ins Haus. Sie saßen am Tisch, unter der Gaslampe, und spielten Dame oder Halma. Es wird im September gewesen sein oder im Frühjahr, die Abende brachen früh herein. Sie saßen, die beiden, am Tisch, natürlich war auch das Mädchen im Haus, in der Küche nebenan, und blickten kaum auf, als wir hereintraten. Wir hatten uns verspätet. Erst mal was essen, sagte ich und zog Dieter mit mir in die

Küche. Jetzt fällt es mir ein: wir hatten uns darum verspätet, weil wir Ignaz Waschiniak nach Hause gebracht hatten! Wir hatten ihn also nicht liegenlassen in seinen nassen Kleidern. So gut es ging, trockneten und rieben wir ihn ab, Dieter gab ihm die Hand – ob er sich auch entschuldigte, weiß ich nicht, unversöhnlich war er nicht, ich traue ihm zu, daß er sich entschuldigte. Wir gelangten, möglichst Nebenstraßen benutzend, zu Ignazens Wohnung und gaben ihn da ab. Er wohnte bei seiner Mutter, die schon in Sorge um ihn war. Nun bedankte sie sich sogar dafür, daß wir ihn aus dem Wasser gezogen hatten, was ja auch stimmte. Daß er im Streit mit Dieter ins Wasser gefallen war, brauchten wir ihr nicht zu erzählen, und ob Ignaz eine klare Erinnerung daran hatte, möchte ich bezweifeln, schwache Geister haben ja wohl auch ein schwaches Gedächtnis. Dann eilten wir nach Hause. Das heißt, erst mal zu uns, Gregors. Dieter genoß, was Gehen und Kommen betraf, ziemlich weitgehende Freiheit. Meine Eltern waren, wie schon erwähnt, ausgegangen. Stille im Haus, im Zimmer. Wir stärkten uns an den Broten, die das Hausmädchen uns bereitete. Dann kehrten wir wieder zu Marion und Roman zurück, die immer noch beim Dame- oder Halmaspiel saßen.

Nun macht aber mal Schluß, sagte ich. Sie schoben das Brett auch gleich beiseite, und jetzt saßen wir zu viert am Tisch unter der Gaslampe.

Thema? frage Marion.

Es hatte sich bei uns so eingebürgert, daß wir uns irgendein Thema stellten, über das wir sprechen wollten. Natürlich blieben wir nicht streng dabei, aber es war damit doch ein Anfang gemacht.

Maikäfer, sagte Dieter. Er wollte einen Witz machen. Er kam ziemlich schnell über Niederlagen hinweg. Keiner lachte.

Roman war an der Reihe. Er sagte:

Ich wäre für Verdun.

Also war es nicht im Juni, sondern im September vierzehn. Aber was dachte sich Roman bei diesem Vorschlag? Was ging ihn der Krieg an? Er ging ja nicht einmal uns an, uns drei Deutsche. Tatsächlich lebten wir am Krieg vorbei, nur in der Schule wurden wir an ihn erinnert. Und sonst bei Siegesfeiern, die aber nicht häufig waren. Und als die ersten Verwundeten kamen und in den Lazaretten verschwanden. Wir lebten noch im Frieden. Darum ging Romans Vorschlag ganz daneben.

Was anderes, sagte Marion.

Ich war an der Reihe und sagte:

Wir sollten mal davon sprechen, was für Todesarten es so gibt.

Allgemeines Erstaunen. Erst Verdun, dann dies. Aber ich hatte gar nicht an den Krieg gedacht. Mein Vorschlag ging aus dem hervor, was ich nachmittag erlebt hatte. Schließlich hätte Willibald ja auch ertrinken können. Wir hatten verabredet, Dieter und ich, daß wir über die Angelegenheit Schweigen bewahren wollten. Dieter hob den Kopf und sah mich mißtrauisch an. Sollte die Verabredung etwa nicht mehr gelten? Doch, ich hielt mich an sie. Es hatte auch mit Willibald nichts zu tun. Im Grunde beschäftigte es mich schon längere Zeit. Besonders seit einem gewissen Erlebnis, auf das ich noch zu sprechen komme. (Aus dem Fluß der Erinnerungen kann leicht ein Strudel werden, und man hat Mühe, chronologisch zu verfahren. Sie bringen eben auch die Zeit in Verwirrung. Aus Ursache wird Wirkung und umgekehrt. Aus Gestern wird Heute und umgekehrt. Oft ist, wie eben, ein Name die einzige Garantie dafür, daß die Szene sich zu einem bestimmten Zeitpunkt abgespielt hat. Verdun. Oder – warten wir ab. Mich beschäftigte nicht das Todesrätsel als solches, vielmehr –)

Ja, warum eigentlich nicht, sagte Dieter. Er war nicht mehr mißtrauisch. Zwei gegen zwei. Nun kapitulierten auch Roman und Marion.

Du mußt aber anfangen, sagte Roman.

Köpfen, sagte ich.

Das Wort rollte wie ein Kopf über den Tisch.

Erschießen, sagte Dieter.

Aufhängen, sagte Roman.

Und Marion? Sie schwieg. Wir ließen aber nicht locker, sie mußte etwas sagen. Schließlich bequemte sie sich und sagte: Ertränken.

Nun schwiegen wir alle. Das Thema war aber noch nicht erschöpft. Man mußte auch die Einzelheiten in Augenschein nehmen. Dieter hatte erneut einen mißtrauischen Blick auf mich geworfen, als Marion ihr Wort gesagt hatte. Dann, als er merkte, daß ich auch jetzt bei der Verabredung blieb, fing er an zu lachen.

Und jetzt, rief er, und sein Lachen ärgerte mich nun doch – welche Todesart führt am schnellsten zum Ziel?

Ich glaube, ich war der einzige, der dabeigewesen war. Nicht beim Erschießen, nicht beim Aufhängen, nicht beim Ertränken, sondern –

DER VORSTEHER: Überstürzen Sie sich nicht. Wir haben Zeit.

(Zeit? Wie lange denn? Bis der Vorrat erschöpft ist? Es wird sich im Laufe der Zeit überhaupt erst herausstellen, wie groß er ist. Kann gut sein, daß er für Tage reicht. Eine Erinnerung treibt die andere hervor. Ein Tag sagt's dem andern. Tausend Jahre sind wie der Tag, der gestern vergangen ist. Aber gilt das hier?)

– Mit seiner Frage nötigte uns Dieter, jede der vorgeschlagenen Todesarten näher ins Auge zu fassen. Abwartend sah er sich um. Übrigens hatte er uns insofern einige Erfahrung voraus, als er sich naturwissenschaftlich beschäftigte, zum Beispiel Schmetterlinge sammelte, die ja erst getötet werden mußten, ehe sie auf die Nadel und in den Kasten kamen. Aufspießen, sagte ich – es klang gräßlich, aber ich dachte an die Schmetterlinge und wollte Dieter zu einer diesbezüglichen Äußerung veranlassen. Er ging auch in die Falle.

Natürlich werden sie erst mit Äther getötet, sagte er, überzeugt, daß wir alle gleichzeitig an seine Schmetterlinge dachten. Damit waren wir bei den Tieren angelangt, und sofort stellte Dieter die Frage, auf welche Weise denn die Tiere noch getötet würden.

Marion riet auf den Tod durch Pulver und Blei. Roman sagte etwas von Schlingen und Eisen. Ich erinnerte an den Schlachthof – und niemand wußte zu sagen, wie es da zuging, was den schönen Ergebnissen wie Braten, Wurst und Schinken voraufging an Schrecklichem. Dann rief Marion, als hätte sie etwas ganz Neues entdeckt:

Und die Fische werden mit der Angel getötet.
Ungefähr stimmte es. Und wieder rührte es an unser Nachmittagserlebnis, von dem Roman und Marion nichts wußten. Es war ein ziemlich heikles Thema, auf das wir da geraten waren. Ein weiter Weg von Verdun bis zu Willibalds Angelstelle. Ein Todesweg auf alle Fälle. Und von merkwürdig süßem Reiz für uns vier unter der Gaslampe. Mir fielen jetzt Beipiele aus der Geschichte ein.
Verbrennen, sagte ich. Die ersten Christen sind verbrannt worden.
Und die Hexen, ergänzte Roman.
Und Giordano Bruno, wußte Dieter.
Bei Verdun wurden sie erschossen, gespießt, geköpft, erhängt, verbrannt – jetzt, diesen Abend, aber das war weit weg, wir hatten keine Vorstellung davon. Der einzige, der die Sprache darauf brachte, war Dieter. Na, und wie werden sie draußen zu Tode gebracht? fragte er, mit einer vagen Handbewegung, die jenes ungewisse Draußen andeuten sollte. Wir saßen ja drinnen.
Allgemeines Schweigen, wie eine Gedenkminute. Mein Vater war draußen, aber nicht bei Verdun. Romans Vater – er sprach nicht davon. Wir fragten ihn nicht. Dieter hatte keine Geschwister, sein Vater war zu bejahrt, um noch eingezogen zu werden. Der Krieg war erst zwei Monate alt, niemand wußte, wie er sich entwickeln würde. Fahnen und Glocken gaben ihm den Anschein eines Festes.
Na? drängte Dieter.
Wenn du es nicht weißt, nörgelte Roman.
In den Todesanzeigen steht immer nur: Gefallen fürs Vaterland, sagte ich.
Und Marion:
Gefallen ist dasselbe wie gestorben. Hört sich bloß besser an.
Besser – ich weiß nicht, meinte Roman.
Dieter ermannte sich und gab Auskunft:
Sie haben Gewehre und Kanonen – folglich werden die meisten erschossen. Er schien es für einen glatten, eindeutigen Vorgang zu halten.
Aber sie sind nicht alle gleich tot, gab Roman zu bedenken.

Natürlich nicht. Die Verwundeten kommen in die Lazarette.
Wenn sie gefunden werden.
Dafür sind die Sanitäter da.
Es ist auch ein Unterschied, ob man von einer Granate getroffen wird oder bloß von einer Gewehrkugel.
Ein Granatsplitter ist schon schlimm genug.
Manchen zerreißt es vielleicht.
Und dann die Dumdumgeschosse.
Und der Nahkampf.
Da wird geschlagen und gestochen.
Mit Bajonetten.
Und Kolben.
Und Messern.
Und Spaten.
Wir waren ganz schön in Hitze geraten, einer wußte es immer noch besser als der andere. Bis Marion, die sich an dem Wettbewerb nicht beteiligt hatte, die Hände flach auf die Tischplatte warf und den Kopf darauf und wieder zurück und laut weinend rief:
Ich kann das nicht anhören. Ihr seid ja verrückt. Ihr seid ja wie die Mörder.
Wir hatten gar nicht berücksichtigt, daß ein Mädchen unter uns war. Marions Tränen riefen uns zur Besinnung, versetzten uns aber auch in Verlegenheit. Wer hatte das dumme Thema überhaupt vorgeschlagen? Dieter? Nein. Roman? Nein. Blieb ich übrig. Hatte ich es wirklich vorgeschlagen? Wie war ich darauf gekommen? Jetzt schämte ich mich. Vor Marion, aber auch vor Dieter und Roman. Aber sie waren darauf eingegangen und hatten es weiter und weiter getrieben. Vor allem Dieter mit seiner Frage, welche Todesart am schnellsten zum Ziele führt. Doch war diese Frage völlig unbeantwortet geblieben. Wir tappten umher wie Blinde oder wie kleine Kinder. Worte, nichts als Worte. Und schließlich Tränen. Dabei hatten mindestens Dieter und ich heute nachmittag einen Vorgeschmack des Wirklichen bekommen, wir dachten jetzt beide an Willibald, sahen uns an – und schwiegen. Marion weinte. Roman flüsterte ihr etwas zu, strich ihr über das Haar. Sie fuhr fort zu weinen, den

Kopf auf die Arme gepreßt. Wir waren ziemlich ratlos. Bis Roman – wie deutlich ich mich daran erinnere! – über den Tisch weg mit zwei Fingern gegen ihren Scheitel stieß und zärtlich fragte: Soll ich etwas spielen?
Sie nickte, ohne den Kopf zu heben. Da stand Roman auf und ging zum Klavier, das im Hintergrund des Zimmers aufgestellt war. Er öffnete es – und gleich darauf rieselten die klaren Töne aus seinen Händen. Ja, so kam es mir vor: aus Romans Händen. Es hatte Ähnlichkeit mit dem Ausstreuen von Samenkörnern oder von Perlen. Ich kannte das Stück nicht. Es war nicht lang, er spielte es auswendig. Als er geendet hatte, hob Marion den Kopf. Sie weinte nicht mehr. Sie lachte. Unsre Verlegenheit hatte ein Ende. Roman hatte sich auf dem Klaviersessel zu uns umgedreht. Er sieht richtig schön aus, dachte ich. Und vielleicht sehen wir alle jetzt so aus? Ein Thema hatte das andere verdrängt. Und wie hieß das neue, das zweite? Ich fragte Roman.
An seiner Stelle antwortete Marion, unter Tränen lachend: Das hat er doch schon öfter gespielt.
Wirklich? Dann war ich ein unaufmerksamer Zuhörer. Aber ich schämte mich nicht, empfand vielmehr heftig eine mir ganz neue Sehnsucht, mich anders ausdrücken zu können als bloß mit Worten. Roman konnte das. Und darum war er sicher glücklicher als ich. Er hatte eine der Bach-Inventionen gespielt. Es hatte nicht länger als drei Minuten gedauert: Und weg war die ganze dumme Aufregung, in die wir uns hineingesteigert hatten.
Ich muß jetzt gehen, sagte Roman. Auch Dieter mußte gehen. Doch ehe sich Dieter dazu entschloß, war Roman schon zur Tür hinaus. Es war so seine Art – sich plötzlich zu entfernen, zu entziehen. Wir hörten die Tür zufallen. Dieter stand noch unschlüssig herum. Wir nötigten ihn nicht, länger zu bleiben. Obwohl der Krieg erst zwei Monate alt war und wir die Friedenswelt bisher nicht verlassen hatten – waren wir doch eben dem Kriege unterworfen gewesen. Nein, Krieg war nichts Heiliges und nichts Großes. Er war etwas Gemeines und Schmutziges. So empfand ich jedenfalls jetzt. Und wußte, daß ich mich immer, wenn ich die Wahl hätte, für Roman entscheiden würde und nicht für Dieter. Obwohl

Dieter mir näherstand als Roman. Obwohl ich vielleicht an ihn in einer Weise gebunden war – aber wohin führten solche Empfindungen? Dieter selber überhob mich jedes Wortes, indem er sein gewöhnliches Lachen aufsetzte und munter sagte:
Nächstes Thema: Musik. Oder: Aus dem Wasser gezogen.
Wie meinst du das? fragte Marion.
Er legte zwei Finger auf die Lippen und sagte:
Geheimnis. Aber – frag deinen Bruder, der weiß es.
Sprach's und empfahl sich nun auch. Unverlegen und unerschüttert. So schien es mir jedenfalls. War es ihm wirklich recht, wenn ich Marion von heute nachmittag erzählte? Er war mir mal wieder ein Rätsel. Wirst du aus ihm schlau? fragte Marion, als er hinaus war.
Ich schüttelte den Kopf. Ich wußte nicht, ob ich ja oder nein antworten sollte.
Und wie bist du bloß auf das gräßliche Thema gekommen? frage Marion weiter.
Auch das wußte ich nicht. Um meine Verlegenheit zu verbergen, antwortete ich mit der Gegenfrage: Und du – warum hast du geweint?
In Marions schönen blaugrauen Augen waren die Tränen noch nicht ganz versiegt.
Weil ihr solche Freude am Töten gehabt habt.
Unsinn, sagte ich.
Doch, widersprach Marion. Ihr habt euch richtig angeschrieen. Ich bekam Angst.
Na, sagte ich, Roman hat es denn ja wieder gutgemacht.
Marion nickte.
Er hat es auch gut, sagte ich. Wenn er nicht weiter weiß, setzt er sich hin und spielt.
Es müßte viel mehr solche Menschen geben, sagte Marion.
An diesen Worten merkte ich, daß sie Roman liebte. Sie war noch nicht fünfzehn – aber in ihrem Gefühl von einer Sicherheit, weit über ihre Jahre hinaus. Oder nein: von einer Sicherheit, die vielen um Jahre älteren Mädchen mangelte. Damals empfand ich das natürlich nur ungefähr, ließ es aber bei der Antwort bewenden, die sie mir gab, und ging hinauf in mein Zimmer.

Ein einziger Tag. Jetzt wie eine Seifenblase, die ich mit leichtem Andruck der Lippen erzeugte – und die ebenso rasch zerspringt, wie sie entstanden ist.
(Ich habe vorhin aufgezählt, womit sich mein Kommissar, wenn ich ihn so nennen soll, beschäftigte, als ich noch gar nicht richtig zum Erzählen gekommen war, während des ersten Geplänkels sozusagen. Er setzte dies Verhalten natürlich fort, während ich von den beiden Septembererlebnissen erzählte. Dann aber, als ich damit endete, erhob er sich, flüsterte der Schreibmamsell ein paar Worte zu und verschwand durch die Korridortür. Gleich darauf erschien er draußen, und ich sah, durchs Fenster, daß er sich an einem kleinen Kiosk eine Illustrierte und Zigaretten kaufte. Das Fräulein zog ein Frühstücksbrot aus der Handtasche, legte ein Romanheft auf die Maschine, und jetzt liest sie und kaut, kaut und liest, ich bin Luft für sie, natürlich hat sie ihre Vorschriften, so schweige ich denn auch. Fliegen brummen im Kreise, ein Motorrad donnert die Straße entlang, mit deren Reparatur ein paar ältere Arbeiter beschäftigt sind, der Hammerlärm ist schwach zu hören, sonst herrscht Stille, es ist ein wenig benutzter Übergang, und wer unterwirft sich denn gern diesen blödsinnigen Kontrollen. Ich bin nicht hungrig, habe noch im Hotel drüben gut gefrühstückt – in einem deutschen Hotel, einem westdeutschen, das liegt weit zurück und sieht sich von hier ungemein entlegen an, überaus unwirklich, aber ich bin nicht hungrig, das ist die Hauptsache, ich werde es noch eine ganze Weile aushalten, und sollte es Abend darüber werden, was ich nicht hoffe. Wir haben jetzt, Moment mal – Und die Nonne? Das Nönnchen? Wo ist sie geblieben? Hier ist doch kein Krankenhaus. Ein Polizist und eine Nonne, ich werde das Bild nicht vergessen. Und daß er so vorsichtig mit ihr umging, wie er sie über die Gleise trug, das machte ihn mir geradezu sympathisch, den jungen Mann. Sein Verhalten hier erweckt hingegen überhaupt keine bestimmten Empfindungen in mir. Ich habe mit einem Mechanismus zu tun. Nicht mit Personen. Da kommt er zurück. Lässig, dandyhaft, die Zigarette im Mundwinkel, mit den Fingern schnipsend, in glänzend polierten Stiefeln, gut gelaunt, bestimmt der richtige Mann für

diesen Posten, und dementsprechend routiniert, aber das müssen sie mit der Zeit ja werden, wer weiß, wie lange er hier schon seinen Dienst versieht. Schattengrün dämmert durchs Fenster herein – Wald, Kiefernwald, das hat sich auch nicht verändert, Wasser und Wälder, Wälder und Wasser, beides vom Wind bewegt, der Anblick gibt mir irgendwie Hoffnung, muß ich sagen, keine bestimmte, mehr so ein allgemeines Gefühl von Dasein, von Dauer. Er hat schon wieder Platz genommen, die Zeitung vor sich auf den Tisch gelegt, das Fräulein sitzt wieder aufnahmebereit. Die Pause war kurz. Er wirft mir einen Blick zu, nicht unfreundlich, gibt mir einen Wink mit der Hand – fahren Sie fort, heißt das, ich verstehe.

III

Aber was denn, wie denn – ein Morgengewitter? Plötzlich fällt Regen draußen, und wie heftig gleich, ein Wolkenbruch, es drischt auf das Dach, gegen die Wand, eine wahre Erquickung, deswegen ist der Kommissar so schnell wiedergekommen, ich hatte nur auf den Wald geblickt, gut, daß sie das Fenster nicht schließen, so kommt kühle, reine Luft ins Zimmer, und dieser herrliche Geruch von triefenden Kiefern, gelöschtem Staub, es lockert den Geist, die Gedanken, es ruft neue Erinnerungen herauf, das Geräusch, der Geruch –)

– Es regnet. Und mir kommt eine Regen-Erinnerung. Immer schon wirkte Regen stimulierend auf mich, machte mich melancholisch, manchmal auch fröhlich, je nachdem. Sehen Sie – in Mathematik war ich immer tief unter dem Durchschnitt, total unbegabt und dementsprechend total uninteressiert. Was nicht ausschloß, daß ich Qualen litt bei diesen unverständlichen, überflüssigen Operationen. Sie lächeln. Meinetwegen. Kann mir denken, daß Ihnen in Ihrer Position die Mathematik näher liegt. Meine Qualen begannen, wenn die Woche begann, jeden Montagmorgen. Gleich früh, in der ersten Stunde, gleich nach der Andacht. Der Professor – damals gab es eine ganze Menge Professoren an den höheren Schulen – hieß Popplowitz, wir nannten ihn Poppel. Er war dem Alkohol ergeben und Montag früh meist noch vom Sonntagabend betrunken oder doch benebelt. Um nicht das Gleichgewicht zu verlieren, stand er mit dem Rücken gegen den Kachelofen gelehnt und stellte von diesem sicheren Posten her seine Fragen: ganz mechanisch, und wir antworteten auch ganz mechanisch. Stellen Sie sich das im Winter vor, bei Gasbeleuchtung. Aber was ich erzählen will, gehört in den Sommer. Trunkenheit gibt sich bei dem einen gutmü-

tig, bei dem andern bösartig. Poppel gehörte zur zweiten Sorte. Ich saß da und zitterte. Im Turnen war ich gut, kein Athlet, aber leicht und gelenkig. Beim Rundlauf schwang ich mich dahin wie ein Blatt am Baum. Jetzt, bei Poppel, zitterte ich wie Espenlaub. Er ließ bei dieser mechanischen Tour niemanden aus, man konnte sich ausrechnen, wann man an der Reihe war. Und jetzt war es soweit: Poppel rief meinen Namen. Ich stand auf. Algebra. Millionen von Technikern gebrauchen die Formeln, bauen damit unsere Welt. Ich passe vielleicht gar nicht in diese Welt. Denn ich kenne die Formeln nicht, mit deren Hilfe sie gebaut wird. Wer im Besitz von Formeln ist, wird immer demjenigen überlegen sein, der keine Formel kennt.
Ich war aufgestanden. Von der Formel hatte ich keine Ahnung und schwieg infolgedessen. Poppel schwieg auch und wartete. Sicher mußte es auf ihn einen schlechten Eindruck machen. Aber während wir uns eine Weile – eine für mich ganz schreckliche Weile – gegenseitig anschwiegen, war ich doch aufmerksam genug, um ein Geräusch wahrzunehmen, das von draußen, durchs offene Fenster – denn Poppel legte Wert auf frische Luft – hereindrang, ganz plötzlich und gleich sehr stark, wie eben jetzt auch, ein gleichmäßiges, intensives, nicht unangenehmes Geräusch: es regnete. Vielmehr – es goß, es pladderte. Ich spürte eine Gänsehaut über meinen Körper laufen, auch nicht unangenehm. Irgend jemand flüstere mir etwas zu, ich verstand es nur halb – war es die Formel? – und gab es noch unvollständiger wieder.
Lauter, sagte Poppel und meinte nicht den Regen.
Ich sah ihn stehen: leicht schwankend, die Hände hinter dem Rücken gegen den Ofen gepreßt. Aus geröteten Trinkeraugen stierte er mich an. Ah, wie ich ihn haßte. Der Regen macht einen ganz verwirrt, sagte ich und sagte es so laut, daß Poppel es hören mußte. Er tat aber so, als hätte er nicht verstanden, ich mußte es wiederholen.
Der Regen, sagte ich, macht einen ganz verwirrt.
Gelächter der Klasse. Poppel hob den Kopf. Er hatte eine Glatze.
Unverschämtheit, sagte er. Los, sag die Formel.
Ich wußte sie nicht und blieb dabei, den Regen für meine

Verwirrung verantwortlich zu machen. Wer gesteht schon gern sein Nichtwissen ein. Und wie gesagt, Regen wirkt auf mich immer stimulierend, mal positiv, mal negativ. Es schlug nun auch ganz kolossal gegen die Scheiben. Die Rinnen rauschten.

Wolkenbruch, sagte jemand.

Ruhe, donnerte Poppel. Wirst du die Formel sagen.

Um Gottes willen, die Formel. Ich sah mich vor einem Abgrund. Vor mir, unten, Poppel. Die Sitzreihen waren in einer Schräge abfallend angeordnet. Links die beiden offenen Fenster. Dazwischen der Abgrund. Plötzlich verließ Poppel seinen Stützpunkt. Wut hatte ihn erfaßt, man merkte es seinen Augen an, seiner Stimme.

Die Formel, schrie er, unbeherrscht und schrill. Doch um so mächtiger, um so reiner erscholl draußen die Stimme des Regens. Herrlich, sage ich Ihnen. Ich blickte nicht mehr in den Abgrund, ich sah Poppel nicht an. Ich blickte nach links, wo die Wasser tobten, wo der Regen seufzte und schluchzte: eine Sintflut, und unsre Schule die Arche, wir ihre Insassen; wenn wir untergingen – und es war nicht Religion, sondern Mathematik, also konnte die Arche untergehen –, dann mußte auch Poppel mit untergehen. Ich hoffte es, ich wünschte seinen und unsern Untergang herbei. Jedoch es war Poppel, der sich – von mir nicht beachtet – näher geschlichen hatte, im Gang zwischen den Bankreihen, Poppel, der jetzt dicht neben mir stand, Poppel, der plötzlich ausholte und mir eine heftige Ohrfeige versetzte – (Schläge in der Schule, damals waren sie erlaubt, na ja, es war halb so schlimm, inzwischen haben sich andere Institute aufgetan, in denen geschlagen wird ohne Rücksicht auf die Folgen, man kann dabei umkommen, es ist mir ein paarmal passiert, vor Jahren, daß sie mich schlugen, die Schmerzen waren nicht das schlimmste, das schlimmste war die Erniedrigung und der Haß, mit dem man darauf reagierte, ein schrecklicher, schändlicher Haß, eine Flamme, quer durch den ganzen Menschen hindurch, die Schulen müssen vorsichtig sein, daß sie nicht auch dazu beitragen, wie soll denn sonst der Haß aus der Welt kommen? Das Fräulein hat mit einemmal rote Backen bekommen, kein Make-up, nicht von der Hitze, doch immer wenn von Haß und Erniedrigung erzählt wird, bekommen die Leute rote Backen –), ja, und gleich darauf eine zweite, ebenso heftige Ohrfeige, ich schwankte, nicht vor Schmerz, sondern vor Haß und vor Scham, mir kamen die Tränen.

Die Formel, schrie Poppel.

Ich wußte sie nicht und schrie:

Der Regen.

Schon knallten zwei weitere Ohrfeigen. Jetzt stürzte mir der andere Regen aus den Augen, der salzige, ich sah nichts mehr, weder das Fenster noch Poppel noch den Abgrund, so lief mir das Wasser übers Gesicht. (Ich weiß, was ist schon ein geschlagener Schulknabe gegen ein geschlagenes Volk, was sind die Demütigungen, die uns ein Lehrer zufügt, gegen diejenigen, mit denen die Eroberer an den Unterworfenen ihr Mütchen kühlen, der Gedanke liegt nahe, ich weiß, aber wenn man mich hier unbedingt auf den Anfang festlegt, so hat es eben angefangen, und sicher nicht bloß bei uns, sondern bei denen hier doch wohl auch, der junge Mann ist ja auch mal Kind gewesen, wer weiß, was zu Tage käme, wenn er an meiner Stelle säße und auspacken müßte, es ist wie ein unterirdischer Strom, überallhin verzweigt. Der Druck auf mein Erinnerungsvermögen läßt nicht nach, ich weiß nicht, wie es kommt, es macht sich auch physisch bemerkbar, im Nacken und am Puls – pneumatische Injektion –) Aber dann, dann ereignete sich das Wunder, das schöne, gerechte, unerwartete Wunder! Poppel hatte sich zuviel zugemutet, hatte sich mit seinen ausholenden Armbewegungen zu heftig in Schwung gebracht, und die letzte gab nun den Ausschlag –

Der Vorsteher: Sie selber brauchen sich deswegen nicht in Schwung bringen zu lassen, bleiben Sie ruhig beim Thema, und vor allem, bitte, genau, so genau wie möglich, die Szene ist wichtig.

– Ich korrigiere mich. Vor mir, richtiger unter mir, denn die Bänke waren, wie ich schon erwähnte, schräg abwärts angeordnet, amphitheatralisch sozusagen, es war der Physiksaal, ich saß auf dem Platz neben dem Mittelgang, und – Dieter Sandberg saß auch so, ich nehme an, daß Poppel mit einem

Bein auf der unteren Schräge, mit dem anderen auf der oberen stand, ja, so wird es gewesen sein, nur so konnte Dieter es machen, nur so konnte er Poppel zu Fall bringen, indem er ihm nämlich ein Bein stellte, ihm das untere mit einem Schlag wegzog. Ist das genau genug? Ich hoffe; solche Vorkommnisse spielen sich ja gewöhnlich mit Blitzesschnelle ab, da bleibt kein Raum zum Überlegen. Poppel jedenfalls geriet ins Schwanken, ins Stolpern, ziellos fuchtelte er mit den Armen hin und her, der große, schwere Mann, und fiel, fiel rückwärts – oder vorwärts? – ich möchte das unentschieden lassen –, fiel gegen eine von unsern alten, schwarzen, mit Tintenflecken und Messerkerben bedeckten Schulbänken, es krachte laut. Die Klasse erstarrte. Es sah hochgefährlich aus. Doch haben ja Kinder und Betrunkene, wie es heißt, ihren Schutzengel. So auch Poppel. Ich wußte nicht, ob er mit dem Kopf oder mit dem Rücken aufgeschlagen war, ich sah nur, daß er sich gleich wieder in der Gewalt hatte, daß er sich mit Katzengeschmeidigkeit wieder aufrichtete, daß er sich stützte und stand. Unter seinem Ohr wurde ein dünnes, rotes Rinnsal sichtbar.
Herr Professor, Sie bluten, sagte jemand. Dieter sagte es – und drehte sich zu mir um, lachend, nicht lauthals, mehr in sich hinein, über die gelungene Intervention, mit der er allerdings Poppel von mir abgelenkt hatte; triumphierend, befriedigt, es war sicher ganz kameradschaftlich gemeint, und doch paßte es nicht ganz, ich fühlte das, draußen goß es noch immer, und ich stand mehr unter dem Eindruck und Einfluß des Regens als unter dem der eben durch Dieters Eingreifen erfolgten Rettung und Rache. Vielleicht empfand ich jetzt auch stärker die reinigende, die abwaschende Gewalt des Regens. Poppel blutete. Wasser hätte ihm gut getan. Der Sturz hatte ihn ernüchtert. Schweigend zog er sein Taschentuch hervor und wischte sich das Blut unter dem Ohr weg. Schweigend tastete er sich aus dem Mittelgang abwärts wieder zum Katheder zurück, setzte sich an den Tisch, riß das berüchtigte Klassenbuch an sich heran und begann zu schreiben, alles schweigend. Die Klasse schwieg auch. Ich konnte mir denken, was er da schrieb. Ich hatte ihn stürzen sehen, ich hatte gewünscht, er möge sich zu Tode stürzen,

ich war traurig, daß es nicht geschehen war, ich ärgerte mich, daß er wieder da saß und ins Klassenbuch schrieb. Doch wenn ich genau sein soll – diesen Empfindungen war noch eine andere beigemischt, die für Poppel sprach. Ich hätte sie nicht benennen können, natürlich nicht. Ich kann ihr auch jetzt noch keinen Namen geben. Vielleicht später.
Einen Tadel wegen ungebührlichen Benehmens und zwei Stunden Arrest. Außerdem eine Benachrichtigung an deine Eltern.
Das Urteil.
Zwei Stunden Arrest, das bedeutete, daß ich mich nachmittags allein in die Klasse zu setzen und unter Poppels Anleitung alle möglichen und unmöglichen Aufgaben zu rechnen hatte. Es befriedigte mich zwar zu denken, daß Poppel auf diese Weise ebenfalls zwei Nachmittagsstunden opfern mußte, doch ängstigte mich die Vorstellung, mit ihm allein die ganze lange Zeit zuzubringen. Montags, wie gesagt, war er besonders unleidlich und unberechenbar. Ich komme zum zweiten Akt des Dramas. (Regenluft, Würze des Waldes, selbst das Holz, aus dem die Baracke gebaut ist, scheint erfrischt zu sein. Der Bürogeruch verweht, vom Erd- und Wasser- und Waldgeruch verdrängt. O diese lautlosen Kämpfe der Atmosphäre. Und daß wir immer an ihnen beteiligt sind.) Die Benachrichtigung mußte von meinen Eltern unterschrieben werden, ich durfte sie nicht unterschlagen. Den Namenszug meines Vaters nachzuahmen hatte ich kein Talent, keinen Mut.
Nachmittag. Totenstille in grau dämmernden Gängen. Feuchte, schwere Luft, vermischt mit Schulgeruch, Klassendunst von Kreidestaub, Angstschweiß und altem Frühstücksbrot. Der Korridor war in seiner ganzen Ausdehnung – im ersten wie im zweiten Stock – mit Bildern aus der Odyssee geschmückt. Ja, wir waren Humanisten. Eine westliche Importe, die aber bis Warschau, bis Petersburg gedrungen war. Die kleinen Städte bekamen davon den ihnen gebührenden Anteil. Edel sei der Mensch, hilfreich und gut. Es eifre jeder seiner unbestochenen, von Vorurteilen freien Liebe nach. Wie schön, o Mensch, stehst du an des Jahrhunderts Neige. Vieles Gewaltige lebt, doch nichts ist gewaltiger

als der Mensch. Ein paar Zitate, die mir gerade einfallen. Sie lächeln? Weil ich es behalten habe? Ich bitte Sie, so etwas vergißt sich doch nicht. Dreißig Jahre später, wenn Sie darauf anspielen, wurde es immer noch gelehrt und gerühmt. 1914. 1944. Ein Menschenalter. So lange muß es doch mindestens vorhalten, sollte man denken. Offenbar war es dann doch nicht stark genug, um sich gegen anderes zu behaupten. In Fernau – ich weiß nicht, ich habe Fernau nie wieder gesehen. Es wechselte bald darauf, sechs Jahre später, seinen Besitzer. Und dann noch einmal. Und noch einmal. Und was gilt heute in Fernau? Politische Veränderungen pflegen andere nach sich zu ziehen. Von Homer bis Lenin ist eine lange Zeit. Und Menschlichkeit wohl kein unbedingt feststehender Begriff. Der Freiermord war doch kaum humaner als das Nibelungengemetzel. Beides gehörte zum Lehrplan. Man kann auch an den Kindermord von Bethlehem denken. Zu Rama hat man ein Geschrei gehört, viel Weinen und Heulen; Rahel beweinte ihre Kinder und wollte sich nicht trösten lassen, denn es war aus mit ihnen. Auch ein Zitat, ein biblisches. Auch Zitate werden von dieser Erinnerungsflut mit heraufgespült. Wir erschöpfen uns ja nicht bloß in Handlungen. ›Wer denn auch dachte beim Mahle der Männer / Daß ein einziger Mann, auch zehnmal stark und gewaltig / Traurigen Tod ihm schüf und Los des schwarzen Verderbens? / Doch ihn traf des Odysseus Pfeil grad mitten im Kehlkopf. / Rückwärts fuhr ihm zum Nacken heraus die hakige Spitze: / Und er sank hintübergeneigt. Der Becher entrollte / Dem zu Tod verwundeten Mann. Ihm schoß aus den Nüstern / Dick ein Strom lebendigen Blutes. Er schlug mit den Füßen / Gegen den Tisch im Krampf. Der fiel; und es flossen die Speisen, / Brot und Gebratenes, alles im Blut‹. Zweiundzwanzigster Gesang. Der Freiermord. An der Wand des Korridors hingen sämtliche 24 Gesänge, das Werk des liebenswürdigen Herrn Preller. Eine bläuliche Fata Morgana aus der Frühe der Welt, dreihundert Knaben wandelten bei Regenwetter darunter auf und ab, in einem mehr grauen als blauen Klima. Ithaka und Fernau – du liebe Güte. Griechische Verse machten mir weit weniger Verdruß als mathematische Formeln, doch viel hatte ich mit dem Riesengedicht auch nicht im Sinn. Möchte wissen, was mich überhaupt richtig anging, fesselte, faszinierte. Alles Versuch. Das Ganze ein Labyrinth. Keiner kennt sich darin aus, findet den rettenden Faden. Eines Tages wird man entlassen. Aus der Schule. Auch aus dem Labyrinth?

Das Klassenzimmer lag still und vereinsamt. Ich suchte meinen Platz, setzte mich und stand auf, als Poppel eintrat.

Setzen, sagte er.

Ich sah, daß ihm unter dem Ohr ein Pflaster klebte, dann, als er zur Tafel ging, daß auch über seinen Hinterkopf mit dem gelichteten Haar eine Schramme lief. Die Wunden des Vormittags. Ich bedauerte ihn nicht. Ich war gerüstet. Nicht wissenschaftlich, aber militärisch sozusagen. Ich hatte mir – völlig verrückt, aber genau, genau – ein Messer eingesteckt, ich war auch willens, es zu gebrauchen, wenn er wieder gegen mich gewalttätig werden würde. Notwehr ist zulässig. Er schrieb ein paar Aufgaben an die Tafel, klopfte sich den Kreidestaub vom Ärmel, fragte, ob ich mit dem nötigen Schreibzeug versehen sei, und forderte mich auf, ihm das Heft ans Katheder zu bringen. Ich gehorchte, wenn auch mit Widerwillen. In der Nähe sah Poppel ganz anders aus. Man müßte Menschen, gegen die man Abneigung fühlt, möglichst nahe in Augenschein nehmen. Die Ferne ist an vielem schuld. Er kam mir jetzt wie ein ganz anderer Mensch vor. Stöhnend und schnaubend, mit Kopfschütteln und einer Art von ungläubigem Entsetzen blätterte er in dem Heft, das ich ihm gereicht hatte. Sicher erregten ihm meine ohnmächtigen Versuche, die gestellten Aufgaben zu lösen, tiefes Unbehagen. Heute verstehe ich das. Damals – doch als ich ihn so nahe vor mir hatte, ihn atmen hörte, an seinen Fingernägeln die Kreidespuren sah, auf seinen fleischigen, aber grauen Backen die blonden Stoppeln, das Karomuster seines abgewetzten Anzuges, die Blutkruste am Hinterkopf, das an den Rändern ausgefranste Pflaster unterm Ohr, ein Mann, ein Mensch, nicht bloß ein Lehrer, da änderte sich etwas in mir, löste sich etwas in mir. Ein Regentag – aber nun machte sich die andere Seite des immer noch anhaltenden Regens geltend, nicht seine Zerstörungsgewalt, nicht seine blinde Naturkraft, nicht seine zornige Sintflutswucht,

nein, das andere, das er ja auch ist und enthält: die Wonne des Strömens und Verströmens, die Wollust der Auflösung, das Glück des Zerfließens, das kam jetzt über mich, wie ein Nachtrag, wie ein Epilog zu heute früh. Denn Poppel – zum Sehen trat endlich auch das Erkennen – Poppel, der mächtige jähzornige Poppel, er war ja verwundbar, die Schramme, das Pflaster, das Stöhnen lieferten den Beweis dafür, er dachte wohl nicht daran, mich umzustimmen, er wußte ja gar nicht, wie ich gestimmt war, was weiß denn ein Lehrer vom Schüler, nicht wahr – (Es wiederholt sich, in diesem Augenblick, was ich damals erlebte, auf anderer Ebene sozusagen, wieder macht sich die andere Seite des Regens geltend, in diesem im Verhältnis zum Schulmilieu wahrlich nicht angenehmeren, wahrlich nicht humaneren Barackenmilieu, es ist möglich, alles ist möglich, die Veränderungen sind unberechenbar, damals wie heute, Gott sei Dank sind sie unberechenbar, denn allein ihre Unberechenbarkeit gibt Ursache zur Hoffnung, für euch und für uns, oben Wolken, unten Regen, damals wie heute, heute wie damals, auch wenn ich meinen Kommissar nicht ganz so nahe vor mir habe wie Poppel, es geht doch über uns hinweg: die Regenmusik, das Regenmotiv) – aber ich, ich fühlte das Schwinden meines Widerstandes, gab nach, ergab mich, ich hätte auch stöhnen können, unterdrückte es aber, stand still, von Wohllaut überflossen, von Wollust überrieselt, stand und schwieg und wartete, wartete, wartete, auf ein Wort, ein Wort von Poppel, ein anderes, neues, das ich noch nie von ihm gehört hatte.
Er legte das Heft auf den Tisch und drehte sich zu mir um. Wie Milchglas starrten mich seine grauen Augen über den Brillenrand an.
Du weinst ja, sagte er.
Ich weinte? Ich wußte es nicht.
Na, sagte er, wir wollen es nicht übertreiben.
Wir, sagte er.
Ich schüttelte den Kopf.
Poppel nahm das Heft wieder in die Hand, strich drüberhin, zögerte einen Augenblick und gab es mir dann zurück, immer den Milchglasblick auf mich gerichtet.

Wir wollen es mal zusammen versuchen, sagte er.
Wir, sagte er.
Ich wollte etwas erwidern, brachte aber kein Wort heraus. Ich hatte die rechte Hand in der Tasche vergraben, mit der linken hielt ich das Heft, etwas ungeschickt, er hätte es merken müssen. Er merkte es nicht. In der rechten Hand steckte das Messer, ich fühlte den Horngriff, die metallene Schneide. Ich zog die Hand wieder zurück.
Vielleicht, sagte Poppel mit einem leichten Zucken der Mundwinkel, das ein Lächeln sein konnte, vielleicht war es wirklich so. Vielleicht war wirklich der verdammte Regen schuld.
Verdammter Regen? Nein, nicht verdammt: süßer, lieber guter herrlicher Regen.
Da, sagte Poppel und legte den Kopf schief, ich habe mich ganz schön gestoßen.
Er war gestoßen worden. Dieter hatte ihn gestoßen. Poppel wußte das nicht. Ich sah es, ich nickte.
Das kommt davon, sagte er.
Lauter Rätselworte. Dann plötzlich, indem er das Klassen buch von sich weg schob:
Im Turnen bist du besser.
Ich nickte.
Na, sagte er, das zählt ja auch.
Ich zog die Hand aus der Tasche, die andere,mit der ich nach dem Taschentuch gesucht hatte, ich zog es mit hervor und wischte mir die Augen.
Hör auf zu weinen, sagte Poppel, es hätte schlimmer kommen können.
Er wußte gar nicht, wie schlimm es hätte kommen können, noch jetzt, vor ein paar Minuten.
Die Benachrichtigung nehme ich zurück, sagte er. Hoffentlich hast du sie deinen Eltern noch nicht gezeigt. Ich schüttelte den Kopf.
Dann gib her, sagte er.
Sie liegt im Heft, sagte ich und gab ihm das Heft. Er nahm sie heraus, überflog sie und zerriß sie in kleine Stücke. Zerriß die Benachrichtigung! Es war als wenn er mein Todesurteil zerrissen hätte, mich dem Leben wiedergegeben hätte. Der

Regen drosch wieder gegen das Fenster. Ich hörte bloß das Knirschen des Papiers.
So, sagte Poppel, wirf das in den Papierkorb.
Ich nahm die Stücke und trug sie weg, der Korb war frisch geleert. Ich sah das Papier am Grunde liegen, tief unten.
Und jetzt, sagte Poppel, geh auf deinen Platz, wir wollen zusammen rechnen.
Ich stand noch in der Ecke beim Papierkorb.
Was hast du, sagte Poppel. Was ist?
Ich hatte die Hand wieder in der Tasche und fühlte das Messer, meine Finger umkrampften den Griff. Mit einem Ruck hätte ich es herausreißen und ihm zeigen können: Hier, das ist das Messer, mit dem ich Sie – (Aber doch nicht Sie, Herr Kommissar, was ist denn, was ist denn –. Er ist aufgesprungen, winkt, daß ich auch aufstehe, ich stehe auf, er tritt dicht an mich heran, bückt sich über die Schranke weg, tastet mir die Beine, die Oberschenkel ab, ich muß das Taschenfutter herausziehen, was ist bloß in ihn gefahren, er tut ganz aufgeregt, Leibesvisitation, das hätten sie ja gleich anfangs machen können, ich muß auch die Rocktaschen umkrempeln, dann fährt er mir in die Brusttasche, zu albern, es geht aber alles blitzschnell, die Routine des Fachmannes, dabei sehe ich ihn jetzt so dicht vor mir wie damals Poppel, sein pomadisiertes Haar, die Pusteln auf der Stirn, kleine Schweißtropfen in den Nasenwinkeln, die engen Schlitze der schwarzen Augen, die hin und her fahrenden Hände, an der einen den Ehering, die rechte mit den starken Tabakspuren, und dieser süßliche Kavaliersduft, alles in allem doch ein ganz durchschnittlicher Typ, genau den Vorstellungen entsprechend, die man sich von Kommissaren macht, ob hier, ob anderswo, ich breite die Arme aus, es ist wirklich eine lächerliche Szene, aber ich muß sie über mich ergehen lassen, die Russen machten es gröber, er macht es mit leichten Händen, mit Damenfingern, das Fräulein könnte es nicht zarter machen, na, was gefunden, nein, nichts, gar nichts, plötzlich läßt er von mir ab, ebenso plötzlich, wie er angefangen hat, und zieht sich wieder auf seinen Platz zurück, hinter die gelbe Schranke, ich darf weitermachen.)
– Ich wollte derartiges wirklich nicht provoziert haben, Herr

Kommissar, tut mir leid, daß Sie es verwechselten oder – Nein, dazu fehlte mir denn doch der Mut, wissen Sie, wie er mir zu dem andern, denke ich heute, sicher auch gefehlt haben würde. Ihn nachträglich erschrecken, wozu, er war so unerwartet gütig zu mir gewesen, ich fürchtete, es gleich aufs neue mit ihm verderben zu können, ich ließ den Messergriff wieder los, zog die leere Hand aus der Tasche.
Nichts, sagte ich und kehrte auf meinen Platz zurück. Weinend. Von neuem weinend. Weil ich diese Güte nicht begreifen konnte. Weil es mich umwarf, dieses Erlebnis, mich hinwarf dem zu Füßen, der so gütig gegen mich war, dem ahnungslosen Poppel. Tränen, Tränen. Entschuldigen Sie. Auch jetzt wieder. Es kommt eben manches zusammen. Und schuld war natürlich, schuld ist natürlich der Regen, der unaufhörliche, wie er die Fenster, die Wände, die Bäume abwärts rinnt, tiefer und tiefer, bis an die Wurzeln, da wo es anfängt, das Leben, das unbegreifliche Leben. Ja, bis dahin. Verzeihen Sie. Poppel hieß er und war ein Trinker. Ich saß und weinte über meinem Algebraheft. Er sah es, er hielt die Kreide in der Hand, er hörte auf zu schreiben und zu rechnen, er verließ das Katheder und trat neben mich, fuhr mir mit seiner zittrigen Hand über das Haar und sagte:
Und die Ohrfeigen nehme ich auch zurück. Einverstanden? Sie ließen sich nicht zurücknehmen. Es war eine Geste, eine Redensart, aber von Güte diktiert. Das fühlte ich wohl. Auch Poppel war durch den Regen verändert. Sie zucken die Achseln. Sie sind mindestens dreißig Jahre jünger als ich. Wie war das, als Sie noch Algebra – und das andere – vielleicht vor – (Ich hätte die Frage nicht stellen sollen. Er wendet sich mir wieder zu mit aufgehobenen Händen, wie eine Beschwörung sieht es aus, ah, ich verstehe, vor – wenn er damals dreizehn war, dann war das also vierzig, gleich nach dem Kriege, dem ersten, dem Blitzkrieg der achtundzwanzig Tage, keine Güte, keine Güte, alles andere, bloß keine Güte, Tränen, ja die auch, des Hasses, des Grauens – und die werden von dem bißchen Regen natürlich nicht abgewaschen, wie sollten sie, und wenn schon die Ohrfeigen nicht zurückzunehmen waren, trotz allen guten Willens auf seiten Poppels, um wieviel weniger läßt sich das andere zurück-

nehmen, das über den hier und über seine Schulkameraden erging, sich ergoß, kein Tränenregen, sondern Feuerregen mit roten und goldenen Schnüren, es ist in seinem Gesicht, auch dies, die Maske verdeckt es nicht ganz, es ist in dieser Gebärde der Abwehr, es ist in den schwarzen Kugeln seiner Augen, nichts ist zurückzunehmen, weder die Ohrfeigen, die ungerechten, die der Lehrer einem Schüler gibt, noch die Leiden, die maßlosen, die ein Volk über ein anderes verhängt, es bleibt, es dauert, es konserviert sich, wir nennen es Geschichte. – Langsam läßt er die Arme wieder sinken, langsam und wortlos, es wirkt aber viel stärker, als wenn er gesprochen hätte. Er muß endlich auch einmal sprechen, warten wir ab, mit dieser Erinnerung bin ich am Ende –)
– Ich weiß nicht, ob Sie das für möglich halten, Herr Kommissar, ich muß bei der Wahrheit bleiben, es war so, wie ich es geschildert habe. Ein Mensch, wissen Sie, ist vielen Einflüssen zugänglich, auch kosmischen, auch das Wetter vermag ihn umzustimmen, ein Regentag bringt ihn ganz aus den Fugen – genug – und wenn ich jetzt einen Augenblick (mit einem Blick auf das Tippfräulein) – Sie verstehen – (Er versteht, er erhebt sich, gibt dem Fräulein einen Wink, läßt mir an der Tür den Vortritt, ich gehe hinaus, den Korridor entlang, weitere zehn Schritte, bis zum Abort, er zeigt mir den Weg, wartet draußen, der Regen hat nachgelassen, hat aufgehört, ich atme den frischen Hauch vom Walde her – dann umfängt mich Teer- und Uringeruch, und ich sehe an den Wänden die in den Kalk geritzten, geschriebenen Zeichnungen und Inschriften, wie damals, wie damals, ein Museum des Obszönen, jedes System, jeden Besitzwechsel überdauernd, deutsche und polnische Inschriften, die deutschen werden die älteren sein, stammen vielleicht noch aus den vierziger Jahren, vielleicht noch aus der Zeit vor der ersten Veränderung, schamlos, nichts wird verschwiegen, es könnte auch Hamburg sein oder Köln oder eine Station an der Bergstraße, auch kyrillische Buchstaben fehlen nicht, dieses Jastrow ist von der Völkerwanderung berührt worden, der Abort bewahrt die Spuren davon, Geschlecht und Geschichte sind eins in der Wurzel, man verschweigt es so gerne, hier tritt es hervor. Nach ein paar Minuten kehren wir

wieder zurück zur Baracke: ein Sonnenstrahl stiehlt sich in den von Zigarettendunst verschleierten Raum, das Fräulein hat die Gelegenheit wahrgenommen und schnell ein Röllchen geraucht, das Sonnenlicht hängt über ihr, macht ihren roten Haarschopf glühen, sie merkt es, sie rückt an ihrem Stuhl, ich würde mich nicht wundern, wenn jetzt, kraft Assoziation, eine Feuergeschichte zutage käme – brennt es nicht schon –.) Immer noch oder immer wieder die komische Gotik dieses verwitterten Schulpalastes, mit Spitzbogenfenstern und Fialen und einem völlig nutzlosen Turm, man hat, das heißt, ich habe darin immerhin zehn Jahre meines Lebens zugebracht, eine lange Zeit, wenn man es am Ganzen mißt, immerhin ein Fünftel davon, tagaus tagein derselbe Weg mit demselben Ziel, das große dunkle Portal, das uns jeden Morgen schluckte und nach innen weitergab, die Korridore entlang, noch weiter rechts und links in die Klassenzimmer – ich muß plötzlich an unseren Religionslehrer denken, Professor Zawadzki. Er war katholisch, er gab auch Hebräisch für diejenigen, die Theologen werden wollten, er war selber Theologe, an seinem runden weißen Kragen, dem schwarzen Gehrock als solcher erkennbar. Katechismus, Beichtspiegel, biblische Geschichte, wie verhielt sich das zu dem übrigen, zu Homer, zu den Nibelungen, zum Pythagoras, es wird überall so sein, sie nennen es Bildung, ob es nun paßt oder nicht. Zawadzki konnte interessant erzählen, ein netter, ernsthafter, aber auch Späßen nicht abgeneigter Herr mit spiegelglatt rasierten Hängebacken. Manchmal flocht er auch Hebräisch ein, Moment, ich werde es gleich haben, ich habe es. Talitha kumi. Hebräisch, wie gesagt. Oder aramäisch. Ich erzähle –

IV

Der erste Tote, den ich zu sehen bekam, war ein Mädchen. Ich ging spazieren, den Fluß entlang, über eine der Brücken, über den Markt, ohne Ziel und doch wohl einem Zuge folgend. Es war der Friedhof, vor den ich endlich gelangte. Der große. Es gab noch einen kleineren. Erst vor wenigen Wochen hatten sie dort den Bürgermeister begraben, mit viel Gepränge: vier bis über die Augen schwarz vermummte Pferde zogen den Totenwagen, dem auf dem Fuße ein Blumenwagen folgte. Weil der Verstorbene Reserveoffizier gewesen war, hatte man seinen Helm und Degen auf dem Sarge angebracht. Ich stand in der Menge der Neugierigen und hörte zum erstenmal den Chopinschen Trauermarsch. Nur Bürgermeistern und Generälen wurde ein so feierlicher Kondukt zuteil. Man vergaß über all der Pracht, daß ein Toter im Sarge lag. Es wurde auch Totenparade genannt. Und was war der Tod? Das eiserne Friedhofstor stand offen. Ich hatte Zeit und war neugierig. Noch hatten wir dort keinen eigenen Toten liegen. Was gingen mich die fremden an. Doch ich war neugierig und hatte Zeit.
Ziellos ging ich umher und kam doch an ein Ziel. Auf einem runden, von ernsten Koniferen umrandeten Platz stand die Kapelle, ein ebenfalls runder Bau mit einer Säulenvorhalle. Der Platz war leer. Die Sonne schien kräftig. Vogelstimmen, sonst Stille. Ich ging um den Bau herum und entdeckte auf seiner Rückseite einen zweiten Eingang. Die Tür stand halb offen, und ich dachte einen Blick ins Innere tun zu können. Es war aber nicht die Halle, in die ich eintrat, sondern die Leichenkammer, die durch ein paar in der oberen Wand eingeschnittene Fenster ein mildes Licht empfing.
DER VORSTEHER: Ohne Sie unterbrechen zu wollen – Sie haben einen neuen Namen genannt. Zawadzki. War denn von

Dieter Sandberg nichts mehr zu sagen? Er verschwand aus Ihrer Geschichte wie ein Schauspieler von der Bühne. Es wird doch nicht sein letzter Auftritt gewesen sein? Aber bitte, fahren Sie fort.

– Ich versuchte eben, das Innere der Kammer zu beschreiben. Sie war sonst leer, bis auf einen Sarg, der nicht weit vom Eingang stand. Ich erschrak nicht über den Anblick, wunderte mich nur, daß er so klein war und weiß statt schwarz. Meine Neugier war immer stärker als Empfindungen etwa des Widerwillens oder des Ekels. Sie ließ mich auch an der Tatsache, daß der Sarg geöffnet war, ruhig vorbeisehen. Unbefangen ging ich näher und sah nun auf weißem Kissen, von weißem Laken bedeckt ein Wesen liegen – ein bleiches, mageres Wesen. Ich mußte an eine Puppe denken, nicht aus Stoff, sondern aus Wachs. Blumen bekränzten die Umrisse der schmalen Gestalt, deren Knie sich im dünnen Deckbett abdrückten. Ein schwarzer Zopf war über eine Schulter nach vorne gezogen. Die Hände lagen gefaltet, die Lippen waren halb geöffnet, die Zähne halb sichtbar. Über die Augen waren die Lider wie bläuliche Seide gezogen.

Keine Fremde. Ich kannte sie gut. Mariechen Schimanski war es, die Tochter des Schuldieners. Er hatte sie so mißhandelt, daß sie gestorben war. Ihre Stirn war mit einem weißen Tuch umwickelt, sicher weil sie noch die Spuren der Mißhandlung trug. Die ganze Stadt war erregt über den Todesfall. Ihr Vater wurde von der Polizei gesucht. Hier lag sie nun. Still und reglos. Tot. Und sah doch fast wie schlafend aus. Jairi Tochter? Nein, Mariechen Schimanski. Aber warum nicht auch die andere, von der Zawadzki erzählt hatte? Nicht Mathematik, nicht Latein, nicht Naturkunde, sondern –

Rums, lag er da, lag auf den Knien, der stattliche Mann. Es kam ihm gar nicht darauf an. Amt und Würde galten ihm nichts in diesem Augenblick. Aber alles das Leben seiner Tochter.

Mariechen – kleines dummes Mädchen. Wenn du doch auch solchen Vater gehabt hättest, der dich vom Tode losbat, statt daß er dich, wie deiner, zu Tode schlug.

Ich war ja sogar dazugekommen, wie er dich mißhandelte,

der Unhold. Die Schule wurde noch geheizt, es wird im April gewesen sein, irgendeine Nachmittagsstunde. Ich kam am Eingang zum Kohlenkeller vorüber, es war ganz still, wo es sonst doch brodelte wie in einem Riesenkessel. Ich kam vorbei – und hörte Schreie. Ich blieb stehen, überlegte, was es sein mochte und ob ich hinunter gehen sollte. Noch nie war ich da unten gewesen, in Plutos Reich, Schimanskis Unterwelt. Das Schreien hielt an, nicht laut, aber jämmerlich. Ich entschloß mich und tastete mich die dunkle Treppe abwärts, am Geländer entlang, auf den Lichtschein zu ganz unten am Ende der Treppe. Tief abwärts.
Meine Tochter liegt in den letzten Zügen, du wollest kommen und deine Hände auf sie legen, daß sie gesund werde und lebe.
Es war ein weitläufiger Keller, unbehaglich, von einer Gaslampe nur schwach erhellt. Auch da unten mußte ich mich vorwärtstappen und -tasten. Doch das Geschrei wies mir den Weg. Dann, plötzlich hörbar, das Klatschen der Schläge. Mir wurde heiß, mein Herz klopfte hart. Er konnte mich nicht kommen hören bei dem schrecklichen Lärm – er stieß auch Schimpfworte aus, polnische und deutsche –, trotzdem ging ich auf Zehenspitzen näher. Dann stolperte ich über einen Gegenstand, eine Schaufel oder was es sonst sein mochte, und blieb Atem schöpfend stehen. Da sah ich es denn. Mariechen wälzte sich am Boden. Schimanski riß sie immer wieder hoch, schlug mit einem Ausklopfer, so einem Lederding mit Lederstreifen daran, auf sie ein, trat sie mit den Füßen. Er war ein hünenhafter Kerl, hätte mich, wenn ich ihn ansprang, mit einem Griff in den Sand gelegt, und jähzornig wie er war – Wie konnte man einen solchen Menschen zum Schuldiener machen? Was hatten sich die Lehrer dabei gedacht? Er war es schon jahrelang, keiner mochte ihn leiden. Doch treu und bieder schwang er zu jeder Pause und am Ende jeder Pause den Glockenstrang, so herrschte er über uns, über alle.
Ich stand und sah, mir glühten die Augen, meine Hände waren feucht wie von Fieber. Es durfte nicht sein, es durfte nicht sein. Doch es war. So deutlich wie nichts anderes, überdeutlich. Die Schläge prasselten. Es ging um ihr Leben.

Ich bewegte mich und stieß noch einmal an den Gegenstand, bückte mich – es war keine Schaufel, es war ein großes, kantiges Stück Kohle. Ich hob es auf. Es wog schwer, aber die Entfernung war nicht mehr groß, und Schimanski kehrte mir den Rücken zu. Ich drehte das Stück ein paarmal in der Hand, um es richtig in den Griff zu bekommen, dann holte ich aus und schleuderte es gegen Schimanski. Es traf ihn genau in den Rücken, ich hörte den Aufschlag. Sogleich ließ er von dem wimmernden Kinde ab, fuhr mit der Hand an die getroffene Stelle, drehte sich um – da war ich schon zur Seite gewichen, war schon auf dem Wege zur Treppe, die Hände wie ein Blinder vorausgestreckt, nur fort, nur fort, hastete hinauf, immer zwei Stufen auf einmal nehmend, erreichte den Korridor und stürzte durch die gegenüberliegende Tür hinaus, wieder die Treppe abwärts, ins Freie, auf die Straße, zu den Anlagen. Es war Unterricht, es war mir gleichgültig, anderes, Wichtigeres war dazwischengekommen, mochte der Lehrer fragen und sich wundern, mochte er mich morgen zur Rechenschaft ziehen. Ich rannte und rannte, das Schreien im Ohr, das im Kohlenstaub sich wälzende Kind vor Augen.
Da er noch redete, kamen etliche aus dem Hause des Obersten der Synagoge und sprachen: Deine Tochter ist gestorben, was bemühest du weiter den Meister?
Aber man muß sich doch bemühen, wenn so etwas geschieht, man muß doch tun, was man kann, und wenn es etwas ganz Aussichtsloses ist, so aussichtslos wie der Angriff eines schmächtigen Tertianers auf den Riesen Schimanski. Hatte ich getan, was zu tun war – was ich zu tun vermochte? Ich frage dich, Mariechen, aber du schweigst. Hinter dem weißen Tuch um deine geschundene Stirn ist die Antwort verborgen, ich weiß.
Denn ich habe nicht getan, was ich hätte tun können und tun sollen. Ich habe weder zu Hause davon erzählt, noch bin ich am anderen Tage zum Direktor gegangen, um es ihm zu melden. Ich habe geschwiegen. Und warum? Sicher darum, weil ich Angst hatte. Oder auch darum, weil ich Zeuge eines widernatürlichen Vorganges gewesen war, aus Scham also. Und noch einmal aus Scham – weil ich fortgelaufen war. Ein

ganzes Knäuel von Gründen und Entschuldigungen. Und noch etwas. Wenn er mich nun hätte flüchten sehen: die Treppe hinauf, über den Korridor, über die Straße weg in den Park, weiter und weiter, als ob er hinter mir her wäre, was er doch gar nicht war – wie, wenn er seine Wut darüber, daß ich ihm entwischt war, danach an Mariechen ausgelassen hätte, wenn ich sie also, anstatt sie zu retten, ihm erst recht ausgeliefert hätte? So schwieg ich. Zu den Eltern, zu den Mitschülern –. Ist es nicht immer so –? Und die Schimanskis haben den Gewinn davon, machen weiter und werden groß.

Und sie kamen in das Haus des Obersten, und er sah das Getümmel und wie sie weinten und heulten. Und ging hinein und sprach zu ihnen: Was weint und lärmt ihr? Das Kind ist nicht gestorben, sondern es schläft.

Wenn ich dich so liegen sehe, Mariechen, er könnte wohl recht haben. Du schläfst. Bloß daß es nicht die richtige Schlaffarbe ist, keine roten Backen, sondern dieses fahle Gesicht, diese bläulichen Schatten. Und daß nichts sich regt, nicht mal der Atem, die kindliche Brust. Ich gebrauchte eine Ausrede, anderntags, als der Lehrer mich fragte, nahm es auf mich, daß er mir eine Strafarbeit zudiktierte. Sonst ereignete sich nichts weiter. Schimanski ging wie bisher durch die Korridore, klopfte bescheiden an die Klassentüren, rüttelte den Glockenstrang, wie bisher. Täglich ging ich an der Kellertür vorbei. Niemand hatte gesehen, was ich gesehen hatte. Mariechen sei krank, hieß es. Ich schwieg. Warum nur? Ich träumte doch, böse und aufregende Träume, Kellerträume, Unterweltszenen. Ich war eingeschlossen in dieses finstere Erlebnis wie in einen Kerker, eine Zelle. Verurteilt zum Schweigen.

Und sie verlachten ihn. Er aber trieb sie alle hinaus und nahm mit sich den Vater des Kindes und die Mutter und die bei ihm waren, und ging hinein, wo das Kind lag.

Ja, wo das Kind lag. Jetzt nicht mehr im Kohlenstaub des Schulkellers, sondern in diesem kahlen Abschiedsraum, still und schmal und reinlich gebettet. Sie war krank gewesen und gestorben. Ich war nicht mehr der einzige, der die Krankheit kannte, an der sie gestorben war. Unwidersteh-

lich lockte es mich, den armen Leichnam anzurühren – bloß mit der Fingerspitze. Talitha kumi.
Verzeihen Sie, wenn ich die Zeiten ein wenig durcheinander bringe, die Zeitabstände, ich komme damit natürlich leicht ins Gedränge. Es ist in diesem Falle wohl auch nicht entscheidend.
Bloß mit der Fingerspitze. Neugierig auf etwas, was ich nicht kannte. Es genügte. Erschauernd fühlte ich die schreckliche Kälte. Fühlte das Endgültige. Und von dieser Berührung, von diesem Gefühl – nur daß ich ihr die Fingerkuppe aufs Kinn setzte – ging das Gericht aus, die Strafe für mein Schweigen, der Lohn für meine Schuld, fuhr glühend heiß in meinen Körper, überall hin, Starkstrom, der mich verbrannte oder vereiste. Meine Krankheit begann. Statt daß Mariechen auf den Anruf zum Leben sich erhob und wandelte, fiel ich neben ihrem offenen Sarg um.
Und sie entsetzten sich über die Maßen.
Denn sie fanden mich, den bewußtlosen Knaben, in der Leichenkammer und wußten nicht, wer ich war und was mit mir war. Es dauerte lange, bis ich wieder zu mir kam. Fremde Leute standen um mich und fragten mich, ohne daß ich eine Antwort geben konnte.
Aber nicht bloß fremde Leute. Einer stand da, den ich kannte. Ich weiß nicht mehr, wie er hergefunden hatte. Immer war er mir auf der Spur, hing mir an, auch später, viel mehr als ich ihm, suchte meine Freundschaft, meine Nähe. Vielleicht, denke ich heute, war etwas in ihm, wovon ich nichts wußte, etwas Schwieriges, Dunkles, trotz seiner äußeren Helligkeit, denn er war blond und blauäugig, ein kleiner Vollblutgermane. Was aus ihm geworden ist, weiß ich nicht, habe nur in Erinnerung dieses sein Herzukommen und Dabeisein, Ummichherumsein, und so hatte es ihn wohl auch hergetrieben, so war er der erste, auf den, als ich aus der Ohnmacht erwachte, mein Blick fiel. Er stand über mich gebeugt, neugierig, die blauen Augen auf mich gerichtet, seine üppigen Lippen waren zu einem mir wohlbekannten Lächeln geöffnet. Sie werden sich wundern darüber, aber es ist nicht erst nachträglich so zurechtgereimt, es hat seine Richtigkeit, und irgendwo muß es ja auch seine Wurzeln haben,

nicht wahr, wer weiß, wie weit es zurückreicht. Dieter Sandberg ist ja auch nur einer von vielen, und daß ich mich gerade an ihn erinnere, das mag durch einen gewissen Druck bedingt sein, dem ich – wenn ich das sagen darf – gegenwärtig ausgesetzt bin oder mich ausgesetzt fühle, es kommt mir vor, als ob meine Erinnerung – wie soll ich sagen – gelenkt wird, unter Ausschaltung von vielem anderem auf ein bestimmtes Ziel hin, fast möchte ich sagen: auf eine bestimmte Person hin, auf Dieter Sandberg, der, wie Sie versichert sein können, sonst keineswegs eine so wichtige Rolle in meiner Kindheit gespielt hat, wie sie ihm jetzt zugeteilt wird, und wenn er nur so am Rande, nur ganz zuletzt in Erscheinung tritt wie bei dieser Schimanski-Affäre. Kurz und gut – er stand da und lachte, nicht so einfach drauflos, das verbot ja der Ort, an dem wir uns befanden, aber doch deutlich erkennbar, Gott, vielleicht war es auch gut gemeint, wollte er mich aufmuntern, oder war es Verlegenheit, wer will das heute noch entscheiden – Ich aber, ich soll bloß immer Talitha kumi geschnattert haben, immer diese beiden, den Umstehenden natürlich ganz unverständlichen Worte. Bis, auch ganz überraschend, unser Religionslehrer auftauchte, Professor Zawadzki, polnischer Herkunft nebenbei, wie ja so viele Deutsche dort polnische Namen hatten und mancher Pole einen deutschen, was ja doch jeder strengen Grenzziehung zwischen beiden Nationen eigentlich spottet, aber man ließ sich davon nicht beirren, man war immer klüger als die Tatsachen, als das Leben. Zawadzki hatte in der Zeit meines Besuches bei Mariechen Schimanski eine Beerdigung gehalten. Er kannte mich und er kannte die unverständlichen Worte. Er sorgte dafür, daß ich nach Hause geschafft wurde. Mariechen aber wurde mit großem Gefolge und Gepränge beerdigt, kaum weniger feierlich als kurz zuvor der Bürgermeister. Ihr Vater war geflüchtet, und die Polizei jagte ihn in den Wäldern. Gefunden wurde er am Tage nach Mariechens Beisetzung – im Kohlenkeller unserer Schule. Er hatte sich selbst gerichtet. Dort, wo ich vergeblich versucht hatte, ihn unschädlich zu machen, hing er am Fensterkreuz. (Schluß. Und sie sollten nun mal überhaupt Schluß machen oder wenigstens, wenn es weitergehen soll, eine Pause einlegen. Ich schweige jetzt und möchte, daß mein Schweigen als Protest verstanden wird. Ich ziehe mein Taschentuch hervor, wische mir die Stirn, putze die Brillengläser, es ist furchtbar heiß. Es geht mir seltsam, während ich erzähle, bin ich mit meinen Gedanken mir selber schon immer voraus, – eben auf das Ziel hin, von dem ich sprach. Auch diese Erinnerung ist wie Wasser an mir abgelaufen, ich kann nicht sagen, daß ich mit besonderer Gemütsbeteiligung erzählt habe, und zwar darum nicht, weil es – wenn ich so sagen soll – immer noch nicht die richtige Erinnerung war, nur eine Vorbereitung, ein Mitnehmen auf dem Wege ganz anderswohin, und das wird auch der Grund dafür sein, daß der Kommissar sich so gleichgültig verhält, in seinen eingangs geschilderten Hantierungen fortfährt und mich, so scheint es, gewähren läßt, selbst mein Schweigen veranlaßt ihn nicht, aus seiner kühlen Reserve herauszugehen. Also wird es, wenn meine Empfindung richtig ist, wohl noch eine Weile dauern. Es sei denn – Aber jetzt erhebt sich der Kommissar, geht auf einen dieser gräßlichen braunen Büroschränke zu, von welchen es drei in dem Zimmer gibt, schließt auf und fährt mit der Hand darin suchend umher. Offenbar ergebnislos. Er schließt die Tür wieder und kehrt zu seinem Platz zurück. Ich beobachtete ihn während der kleinen Szene – und dabei fiel mir etwas auf, was mir bisher noch entgangen war, obwohl es an diesem Orte doch ziemlich ungewöhnlich wirkt. An der Wand neben dem Schrank hängt eine farbige Tafel, etwas Wissenschaftliches offenbar, etwas Medizinisches, Anatomisches, eine graphische Darstellung, schwarz und rot, mit vielen winzigen Beschriftungen, lateinischem Text – das Innere des Menschen, man kennt so etwas aus dem Konversationslexikon, aus Hörsälen, aber was hat das hier zu suchen? Was hat das Innere des Menschen –)

V

– Nerven, Adern, Eingeweide, Knochen, natürlich. So sind wir alle beschaffen. Aber halten Sie das für das Innere des Menschen? Halten Sie es für das einzige Innere? Sie schütteln den Kopf, Sie glauben nicht, daß es noch ein anderes Innere gibt, das mit dem da gar nicht zu vergleichen ist, so anders ist es. Und doch nötigen Sie mich, Ihnen dieses andere Innere preiszugeben: meine Erinnerungen. Nein, nein, das sind keine Gehirnabsonderungen, das geht quer durch alle physischen – wie soll ich sagen – Apparaturen hindurch, das wird nicht von ihnen hervorgebracht, das spielt auf ihnen, so sehe ich es jedenfalls, bloß daß man es nicht zeichnen kann, wie das andere, wie die Apparatur – nein, zeichnen nicht, aber erzählen kann man davon, und Sie haben mich dazu aufgefordert, und haben es damit zugegeben, anerkannt – ich höre schon auf, ich fange schon an – und will es mal so nehmen, wie Sie es da hängen haben, mal ganz physiologisch, zunächst wenigstens, den Körper also, den hier, jawohl, meinen, der ja immer noch, trotz verschiedener Metamorphosen, identisch ist mit dem, von dem ich erzählen will, meinem schmalen Knabenkörper von damals, ich wog keine achtzig Pfund, jetzt wiege ich hundertfünfzig.
Draußen, am Rande der Stadt, wo schon die Felder begannen, wo das Gelände sich anhob zu einem bescheidenen Höhenzug, oben die graue Granitsäule des Bismarckturms, lag eine Badeanstalt. Wir nannten sie Mille. So wie die Studenten Uni sagen statt Universität, die Oberschüler Mathe statt Mathematik, so sagten wir Mille statt Militärbadeanstalt. Etwas ganz Einfaches, alles aus Holz natürlich, die Laufstege, die Sprungbretter, die Umkleidekabinen, die Kantine, und um das Ganze ein Bretterzaun. Holzgeruch, Teergeruch, Wassergeruch, es schmorte im Sommer und

dampfte. Und Schweiß- und Uringeruch, versteht sich. Zu bestimmten Tageszeiten war die Anstalt auch für den zivilen Gebrauch freigegeben. Entschuldigen Sie, ich kann es nicht ändern. Vor 50 Jahren war es so. In der kleinen Stadt wimmelte es von Soldaten.

Den Schwimmunterricht, wenn ich das noch ergänzen darf, erteilten Unteroffiziere und Sergeanten, und es war üblich, daß man, wenn man sich ›freigeschwommen‹ hatte, seinem Lehrer ein Geschenk überreichte, Zigaretten oder Zigarren. Ich hatte es bis zu einer halben Stunde gebracht, ich weiß nicht, wie man es nannte, heute schaffe ich das bestimmt nicht mehr. Mein Lehrer war ein Unteroffizier namens Blödorn. Er stammte vom Lande und hatte etwas Gutmütig-Einfältiges in seinem Wesen, gab sich auch reichlich Mühe mit den ihm anvertrauten Knaben, führte sie an der Angel oder an der Leine hin und her, spornte sie durch Zurufe an, alles in allem ein milder Charakter. Die Schwimmlehrer gingen barfuß und trugen weiße Drillichkittel und -hosen, das ließ sie weniger militärisch erscheinen. Manchmal herrschte beängstigende Fülle in der Badeanstalt, man hatte Mühe, ein freies Plätzchen im schmutzigen Grase zu finden, das Gewühl im Wasser war grausam. (Es wird wieder eine Wassergeschichte, es war ja auch eine Wasserstadt, eine Wasserlandschaft – und wir kommen alle aus dem Wasser, haben als Fische begonnen im Mutterleib. Ich wollte so gerne zu den Flüssen, zur Brahe, zur Weichsel. Statt dessen diktiere ich diese Geschichten – oder muß mir sie diktieren lassen. Ja, ich diktiere nach Diktat. Was nicht bedeutet, daß es ohne Stocken geht. Das rothaarige Fräulein muß immer wieder einmal ganz gegen den ihr innewohnenden Rhythmus die Hände von den Tasten sinken lassen, es ist ihr anzumerken, daß sie es nicht gern tut, solche Wesen sind wie verwachsen mit ihrer Maschine. Wenn das Geklapper ein paar Sekunden oder eine Minute lang aufhört, weil ich selber eine Pause mache, komme ich mir vor wie in einem Bassin, wie eingeschlossen von durchsichtigen, aber undurchdringlichen Wänden. Es sind nicht nur die hölzernen der Baracke. Die machen mir nichts aus. Aber die andern – ich bewege mich im Kreise, und von oben schaut mir jemand zu, ein unsichtbares Auge, groß und streng, ich fühle das unbestimmt, und ich halte es nicht lange aus, ich muß weiterdiktieren, weiter – Das Fräulein macht auch so wartende Augen, sie ist stark geschminkt, tiefrote Lippen, mehr violett, es paßt zum kupferroten Haar, aber wer würde erwarten, in diesem Milieu, in dieser Baracke, mitten im Wald, ein so überaus städtisches Frauenzimmer anzutreffen. Ja, wie denn, ist hier nichts als Bahnhof? Jastrow, oder wie es auf polnisch heißt, ist das, war das eine Stadt? Damals bin ich nie über den Bahnhof hinausgekommen, man stieg um, weiter nichts. Was dazu gehörte – und sicher gehörte etwas dazu, eins von diesen kleinen grauen Nestern wird es wohl auch gewesen sein – blieb einem völlig verborgen. Wenn das Nönnchen hier ausgestiegen ist, vielleicht ist in der Nähe eine Ordensniederlassung, ein Krankenhaus, ein Spital, wohin sie gehört, man wird auf sie gewartet haben mit Fuhrwerk, ich erinnere mich, daß damals auch immer Fuhrwerke warteten, von Autos war noch nicht die Rede, lauter Pferdewagen, ländliche Kaleschen. Gehen konnte sie nicht. Wird sich den Fuß verknaxt haben. Wie können sie sich überhaupt fortbewegen in diesen dichten, derben Hüllen, den bis auf die Erde reichenden Umhängen –)

– Das Gewühl im Wasser war grausam – sagte ich schon. Ich war elf oder zwölf Jahre alt, nicht unsportlich, aber zart und sensibel, so erinnere ich mich jedenfalls, so sehe ich mich: klein, kleiner Knabe, leichtes, bewegliches Körperchen, richtig, davon wollte ich sprechen, es ist immer noch mein Körper, ich bin der Knabe, der Knabe bin ich, die Identität ist gegeben, es kann niemand aus seiner Haut. Blödorn hatte einen Bruder, der nicht Soldat war, sondern Arbeiter in einem Sägewerk, von denen es eine ganze Anzahl gab, der Wald lieferte das Holz, die Brahe trug es zur Weichsel. Ein richtiger Athlet, er kam ab und zu in die Mille, manche bewunderten ihn, die meisten fürchteten ihn. Ich mochte ihn gar nicht. Er riß Zoten am laufenden Band, Witze, die ich nicht verstand, griff einem unter Wasser zwischen die Beine, widerlich – Na, er hatte es bald heraus, daß ich ihn ablehnte, merkte, daß ich mich, wenn er in der Nähe war, um so enger an seinen Bruder hielt, den Unteroffizier Blödorn. Ja, einmal mußte er sich von diesem sogar heftig zurechtweisen lassen in meiner Gegenwart, er war jünger als der Unteroffizier, vielleicht dreiundzwanzig. Er hatte sich das um so mehr gemerkt, als ich Anlaß zu der Zurechtweisung gab. Er hatte mich, der ich neben Blödorn stand und dem Unterricht, übers Geländer gebeugt, zusah, ins Wasser gestoßen, ich schlug mit dem Knie gegen einen Pfosten, es tat scheußlich weh und blutete. Blödorn holte mich aus dem Wasser, brachte mich zur Liegewiese, rief den Sanitäter und kanzelte seinen Bruder dann wie einen Rekruten ab, ich hörte es bis zu mir herüberschallen. Karl, so hieß der Bruder, steckte die Blamage ein, aber ich konnte mir denken, wie erbost er war, und wünschte, Blödorn hätte lieber den Mund gehalten. Auf der anderen Seite gefiel es mir, daß er mich gegen den brutalen Kerl in Schutz nahm. Nein, kein Paradies, man hatte sich immer gegen etwas zu wehren, mal gegen die Lehrer, mal gegen die Eltern, mal gegen Freunde, mal gegen Fremde, eine durchaus feindliche Welt, trotz Sonntag und Glockenklang, der nationale Gegensatz flocht sich dazwischen, manche Tage waren völlig unverständlich, Labyrinth von morgens bis abends. Vom Geschlechtlichen zu schweigen, das sich plötzlich über einen stürzte, mit Pelzhänden über den Körper fuhr. In der Mille waren Mädchen ausgeschlossen. Immer warteten ein paar am Eingang. Auf Soldaten, auf Schüler. Es kam auch zu Schlägereien. Und – nicht zu vergessen – es wetterleuchtete, Krieg lag in der Luft, Manöver kündigten ihn an, Zeppeline und Flugzeuge landeten vor der Stadt, von Bürgerkomitees begrüßt, Militärmusik scholl über den Platz – (Erinnerungen gleiten über Abgründe hinweg. Fünfzig Jahre sind schon ein Abgrund. Aber nur dem bekannt und bewußt, der sie erlebt hat. Dem Kommissar und dem Fräulein muß, was ich erzähle, geradezu sagenhaft vorkommen. Der Verkehr auf der Straße draußen ist gleich null. Schweigen im Walde. Wenn jetzt die Bude zusammenbräche, lautlos wie ein Zelt, und ich könnte da hinaus, waldwärts entweichen. Wald ist Wildnis. Ich muß noch vom Wald erzählen. Von den alten roten Schicksalsstämmen, zwischen denen wir unsre Kindheitspfade wandelten. Pilze und Heidekraut. Man lagerte da, die Erde war eine einzige Umarmung, in die man einsank, ohne zu wissen, was einem geschah. Zwischen den dunkelgrünen Kronen die weißen Wolken, beide in Bewegung, die Stämme bogen sich und ächzten. Dann sprangen wir auf und spielten Krieg. Wenig später war er da. Mächtig hauste die Axt im Wald. Ganze Regimenter von Kiefernsäulen wankten und fielen, wurden für Schützengräben und Bunker verarbeitet. Später, als die Gefahr aus Osten vorüber war, trieben wir uns in den unterirdischen Befestigungen umher. Der Krieg war noch nicht vorüber –)

– Acht Tage später. Ein heißer Julisonntag. Morgens, sehr früh schon – sonderbare Stille noch in der Anstalt, nur ein paar Schwimmer im Wasser, ein paar Faule im Grase. Von Bekannten niemand. Ich weiß nicht, was mich so früh hergetrieben hatte. Es gibt Einfälle, die in Wirklichkeit Befehle sind. Ich erschrak, als ich aus der Kabine trat – Blödorn war da, Karl Blödorn. Er saß auf dem Laufsteg und ließ die Beine baumeln. Ich machte einen Umweg und legte mich möglichst weit von ihm entfernt ins Gras. Natürlich hatte er mich gleich beim Eintreten erblickt, noch ehe ich mich ausgezogen hatte. Und es dauerte nicht lange, so erschien er auf der Wiese, tat, als ob er nach einem passenden Platz Ausschau hielt – und warf sich dann dicht neben mich auf den Boden. Ich lag auf dem Bauch, hatte ihn aber kommen sehen, hatte seinen Schatten auf mich fallen sehen. Ich spürte seine Haut, versuchte von ihm abzurücken, überlegte, ob ich aufstehen und weggehen sollte, aber das kam mir feige vor, außerdem konnte er's übelnehmen. So tat ich, als ob ich – aber mit welchem Herzklopfen! – schlief, das Gesicht auf den verschränkten Armen. Zunächst verhielt er sich still, lag mit dem Nacken auf den Händen, sein Ellenbogen stieß gegen meine Schulter. Wieder rückte ich zur Seite, Blödorn merkte es und warf sich nun auch herum auf den Bauch, zugleich noch dichter an mich heran. Ich lag wie erstarrt. Und dann begann es, Kopf neben Kopf – dieses furchtbare, schamlose Geflüster, von ihm zu mir, ich lag wie angenagelt, wollte weglaufen, wollte bleiben, wollte mir die Ohren zuhalten, wollte hören, ein Zustand, sage ich Ihnen, eine Folter, ich hatte so etwas noch nie gehört, wie aus einem Gully kam es auf mich zugeflossen, überschwemmte mich, eine Zote nach der anderen, von Frauen, von Männern, von Frauen mit Frauen, von Männern mit Männern, Worte, Worte, Worte, aber wie Blasen, wie quellende, platzende Schmutzblasen, er zischelte es alles vor sich hin, aber so laut, daß ich's hören mußte, zwischendurch fragte er auch, ob ich verstanden hätte, lachte, schmatzte, ich war ganz in seiner Gewalt, lag und schwieg und litt. Auf die Dauer verdroß ihn wohl mein stummes Daliegen, er mochte es für Verachtung nehmen, was es zum Teil ja auch war, er wurde wütend und hieb mir plötzlich mit der flachen Hand eins hinten drauf, es klatschte laut und schmerzte heftig durch die dünne Badehose. Sofort warf ich mich herum – er gleich ebenso, stützte sich mit beiden Händen auf und grinste mir ins Gesicht: Na, war das nicht süß?

Ich saß noch einen Augenblick mit angezogenen Knien, dann sprang ich auf und rannte abwärts zum Schwimmbassin, sprang kopfüber in die noch morgenkühle Flut und empfand sofort Erleichterung, Erlösung. Blödorn aber hatte es einmal auf mich abgesehen, wollte unbedingt sein Mütchen an mir kühlen für die neulich erlittene Beschämung. Mit großen Sätzen eilte er – ich sah es vom Wasser her – über die Wiese, sprang vom Brett flach hinaus, wir waren die beiden einzigen Schwimmer im Bassin, und begann mich zu jagen. Natürlich war er mir bei weitem über mit seinem athletischen Körper, ich hastete und strampelte mich furchtbar ab, von Angst getrieben, was half es, schon war er wieder neben mir, packte zu und drückte mich unter Wasser, wieder und wieder, ich riß mich los, wollte prustend zur Treppe steuern, aber noch ehe ich da anlangte, nach dem Pfosten griff, hatte er mich schon wieder erreicht und riß mich zurück, drückte mich jetzt mit den Beinen unter Wasser, trampelte auf mir herum, ich schluckte mächtig und kam wie ein Ertrinkender hoch, wollte rufen, da fühlte ich seine Hand auf meinem Gesicht, wie einen Hammer, so schlug er zu, ich merkte, wie ernst es ihm war, wie vernichtend es gemeint war, Todesangst ergriff mich, wieder kam ich hoch und schrie, doch niemand hörte mich, die wenigen Besucher mochten meinen, daß wir unseren Spaß miteinander trieben, sie lagen von der Sonne ermüdet, keiner stand auf, keiner kam, auch der Bademeister nicht, der um diese Zeit seinen Posten noch nicht bezogen hatte, ich war meinem Schinder ausgeliefert auf Gnade oder Ungnade. Plötzlich ließ er dann von mir ab, schwamm mit ein paar langen Stößen zur Treppe, als ob nichts gewesen wäre, stieg aus, hüpfte mit schiefgehaltenem Kopf ein paarmal auf und nieder, blickte sich nach mir überhaupt nicht um, als ich an der gegenüberliegenden Treppe ausstieg, aus der Nase blutend, benommen, verstört, wie eben dem Tode entronnen. Sollte ich mich beim Bademeister beschweren? Der würde mir gegen Blödorn bestimmt nicht recht geben, war selber ein Schinder, ehemaliger Feldwebel, mit Schnauzbart und einer roten Narbe über der Stirn. Und die andern lagen und dösten. So wankte ich wieder zur Liegewiese und legte mich nieder, um mich zu erholen. Wieder in Angst, daß Blödorn zu einer neuen Attacke gegen mich ansetzen könnte. Doch er war inzwischen, laut pfeifend, zu den Turngeräten gegangen, ich sah ihn auf und ab schwingen am Barren, am Reck. Nach einer Weile stummen, erschöpften Daliegens erhob ich mich und ging langsam zur Umkleidehalle. Da lag mein Zeug, ich trocknete mich ab, auch die Tränen, die ich geweint hatte, kleidete mich an und – doch um zum Ausgang zu gelangen, mußte ich noch einmal an Blödorn vorüber, an den Turngeräten. Es war nun schon sehr heiß geworden, neue Badelustige waren gekommen. Blödorn, vom Barren in den Sand springend, sieht mich, macht ein paar Schritte – versperrt mir den Weg. Ich biege zur Seite, er drängt mich tänzelnd wieder gegen das Bassin, er sagt nichts, blickt mich nur drohend an, ich will laufen, er merkt es, stürmt auf mich zu, packt mich – wir halten jetzt dicht am Kinderbassin – erst an den Hüften, hebt mich hoch über sich, faßt meine Beine und stülpt mich kopfüber abwärts, in das Bassin, so daß ich mit dem Kopf ins Wasser tauche, bis über die Schulter, ich zappele, er hält mich wie mit Schrauben, ich schlucke Wasser, ich merke, wie mir das Blut zu Kopfe steigt, ich hänge, ja, wie ein Kaninchen, dem der Jäger gleich den tödlichen Schlag versetzt, und in mir dieses schreckliche Toben der Wut, der ohnmächtigen Wut, des ohnmächtigen Hasses, zum Zerspringen, sage ich Ihnen, wäre ich doch nur zersprungen, niemand sieht zu, Sonntagsfrieden, Sonntagsstille – und ich werde von diesen eisernen Händen auf und ab getaucht, wie ein Pumpenschwengel, ich weiß nicht, wie oft, dann endlich reißt er mich hoch, wirft mich auf die Planken, versetzt mir noch einen Tritt gegen die Beine, ruft mir etwas zu, das ich nicht verstehe, doch, ein Wort verstehe ich, das Wort Rache. Ich wußte bis dahin nicht, was Rache ist, es war mir ein leeres Wort gewesen, jetzt hatte es Sinn und Inhalt und Gestalt gewonnen. Rache gleich Blödorn, Blödorn gleich Rache. Jetzt wußte ich es.

Ich lag wieder auf dem Bauch. Wer etwa vorbeikam, mochte denken, daß ich mich sonnte – allerdings: ich war schon in Kleidern –, ich weinte, biß mir vor Wut in die Arme, ich fühlte den Druck des vielen geschluckten Wassers, mir war übel, ich stand auf, schwankte ein paar Schritte weiter und erbrach mich, lauter Wasser, ich mußte da weg, sie würden mich sonst wegjagen. Ich taste mich am Geländer entlang, lasse es los, gebe mir Mühe, bis zum Ausgang aufrecht zu gehen, erreiche ihn, der Bademeister sitzt da, sieht auf, sieht wieder weg, ich muß ja ganz grün ausgesehen haben, ich erreiche das Freie, Kinder kommen zu Fuß und zu Rad, ich haste an ihnen vorüber, sie lachen, rufen mir etwas zu, ich gehe weiter, den Uferweg entlang, nach zwanzig Schritten bleibe ich stehen und übergebe mich, wieder und wieder, und so komme ich nach Hause. Meine Mutter saß am Fenster, schaute hinaus, genoß den Sonntagsfrieden. In der Küche schmorte der Braten. Ich ging in meine Stube, warf mich, ohne mich auszuziehen, aufs Bett, lag fröstelnd, schloß die Augen, sterbenselend. Ich bin in diesem Sommer nicht wieder baden gegangen. Unteroffizier Blödorn ließ mich ein paarmal grüßen, es war mir gleichgültig – ich konnte den Namen nicht mehr hören.

(Soweit. Pause. Das hätte doch wohl lieber begraben bleiben sollen. Von selber hätte ich nie daran gerührt. Es ist gerade kein Blütenstrauß von Erinnerungen, vielmehr lauter Bitterkraut, scheint mir. Aber es hat keinen Zweck, ihm zu versichern, daß ich ebensogut auch anderes, Freundlicheres hätte berichten können. Was wird er mit dem eben Gehör-

ten anfangen? Wieder steht er auf, wieder geht er zum Schrank – und jetzt findet er das Gesuchte. Er kehrt mit einer blauen Mappe zurück, entnimmt ihr ein paar Blätter, betrachtet sie, ordnet sie, fährt wie glättend mit der Hand drüberhin und legt sie endlich auf das Brett. Ich möchte fragen – aber man kommt mir zuvor –)
DER VORSTEHER: Es wird sich so abgespielt haben, an Genauigkeit ließ Ihr Bericht nichts zu wünschen übrig. Eine Frage: war es denn schon im Kriege?
– Es wird im Frühsommer dreizehn gewesen sein.
DER VORSTEHER: Die beiden Blödorns sind wohl nicht mehr am Leben. Sie hatten in zwei Kriegen Gelegenheit, umzukommen.
– Der ältere Blödorn ist im ersten Krieg gefallen.
DER VORSTEHER: Und der jüngere lebt noch? Solche Personen überleben gewöhnlich. Sie haben übrigens kein Wort von Dieter Sandberg gesagt. War er nicht zugegen damals?
– Ich erinnere mich nicht.
DER VORSTEHER: Badeszenen sind wichtig.
– Ich erinnere mich an nichts Besonderes.
DER VORSTEHER: Sie sollen zu nichts genötigt werden, was nicht in Ihnen ist.
– Lassen Sie bitte nicht außer acht, daß auch der genaueste Bericht sich niemals mit der Wirklichkeit, wie sie war, vollständig deckt. Ferner, daß gegen das, was man berichtet, anderes steht, was man verschweigt.
DER VORSTEHER: Haben Sie uns etwas verschwiegen?
– Innerhalb des Erzählten nichts. Aber wer wäre in der Lage, das Gedränge von Erinnerungen – aus fünfzig Jahren – zu ordnen.
DER VORSTEHER: Es kommt nicht auf die Ordnung an, sondern auf das Gewicht. Und auf den Zusammenhang.
– Mir scheint, daß Sie nur auf ganz bestimmte Mitteilungen Gewicht legen – und nur einen bestimmten Zusammenhang im Auge haben. Oder eine bestimmte Person.
DER VORSTEHER: Sie waren mit Dieter Sandberg befreundet?
– Das ist zuviel gesagt. Schülerfreundschaften hängen von sehr verschiedenen Umständen ab. Man kommt sich näher,

man entfremdet sich wieder. Man faßt eine Zuneigung, die später in Widerwillen übergeht. Alles ist im Werdezustand.
Der Vorsteher: Gilt das für Ihr Verhältnis zu Dieter?
– Ich müßte hinzufügen, daß er mich bisweilen interessierte, jedenfalls als wir Sekundaner und Primaner wurden.
Der Vorsteher: Können Sie das näher erläutern?
– Es war etwas in ihm, was mich befremdete und anzog. Er war, so möchte ich sagen, ebenso leidenschaftlich wie kalt.
Der Vorsteher: Vielleicht war er von leidenschaftlicher Kälte?
– Wenn Sie so wollen, ja. Natürlich geht mein diesbezüglicher Eindruck auf die späteren Jahre zurück, auf die letzte Schulzeit, die letzte Kriegszeit.
Der Vorsteher: Wann haben Sie die Schule verlassen?
– Im Herbst achtzehn.
Der Vorsteher: Und wann die Stadt?
– Ein Jahr später.
Der Vorsteher: Mit Ihren Eltern?
– Nein, die blieben noch kurze Zeit. Ich begann mit dem Studium.
Der Vorsteher: Was studierten Sie?
– Philosophie und Geschichte.
Der Vorsteher: Und Dieter Sandberg?
– Medizin. Er wollte Arzt werden.
Der Vorsteher: Wissen Sie, welchen Beruf sein Vater ausübte?
– Sein Vater war Buchhändler.
Der Vorsteher: Bezogen Sie dieselbe Universität wie Dieter Sandberg?
– Nein. Und da wir nicht mehr nach Fernau zurückkehren konnten, dessen deutsche Bevölkerung nach dem Westen abgewandert war, so kamen wir uns aus den Augen.
Der Vorsteher: Sie haben seinen Namen bis heute nicht wieder gehört oder gelesen?
– Nein. In meinem Fach kam er nicht vor. Und ob er gerade das Zeug dazu hatte, eine Berühmtheit zu werden? Intelligent war er.
Der Vorsteher: Und kalt.
– Ich weiß nicht, warum Sie darauf insistieren. Es gibt ja

auch eine Art von wissenschaftlicher Kälte, nicht wahr. Man muß ablenkende Empfindungen ausschalten, wenn man sein Objekt möglichst genau in den Griff bekommen will.
DER VORSTEHER: Sind Sie wirklich der Meinung?
– Ich sage nur, daß es so etwas gibt. Ich sage nicht, daß ich es billige.
DER VORSTEHER: Sie haben es beobachtet?
– Ziemlich häufig, ja.
DER VORSTEHER: Auch im Kriege?
– Ich bin nicht Soldat gewesen.
DER VORSTEHER: An der Universität?
– Ja, auch da. Was wollen Sie, es ist das Klima, in dem wir leben. Ich möchte Ihnen nicht zu nahe treten – aber ich glaube nicht, daß es inzwischen, ich meine, seitdem die neuen Grenzen gezogen wurden, wärmer geworden ist innerhalb dieser Grenzen. Es ist zwar sehr heiß hier, in diesem Raum. Aber – mich fröstelt.
DER VORSTEHER: Um auf Dieter Sandberg zurückzukommen. An der Badeszene war er also nicht beteiligt?
– Bestimmt nicht.
DER VORSTEHER: Sie sagten, daß er Sie interessiert habe.
– Ich wollte damit nur zum Ausdruck bringen, daß wir nicht eigentlich befreundet waren. Freundschaft beruht auf anderen Grundlagen als auf der des Interesses.
DER VORSTEHER: Und was für ein Interesse hat Sie bewogen, diese Reise anzutreten?
– Mehr als Interesse. Sehnsucht.
DER VORSTEHER: Sie wissen, daß an den Grenzen nicht zu rütteln ist.
– An welchen Grenzen?
DER VORSTEHER: An denen, die Sie überschritten haben. Sie befinden sich auf polnischem Boden.
– Ich befinde mich auf dem Boden meiner Kindheit. Wo sind da Grenzen?
DER VORSTEHER: Bitte keine Ausflüchte.
– Und was das Rütteln betrifft – es sind andere Fäuste als die unsern, die an den Grenzen rütteln, an allen Grenzen, an den Grenzen der Welt.
DER VORSTEHER: Noch einmal: keine Ausflüchte.

– Ich wehre mich dagegen, daß Sie meiner Reise politische Motive unterschieben wollen.
DER VORSTEHER: Alles ist politisch.
– Alles – und nichts. Es kommt auf den Maßstab an.
DER VORSTEHER: Um es kurz zu machen: Ihre Reise hierher dient dem Zwecke, gewisse politische Sehnsüchte mittels Wiederbegegnung mit der verlorenen – Heimat sagt man ja wohl bei Ihnen – neu anzufachen.
– Natürlich kann ich Sie nicht daran hindern, es so anzusehen. Ich verstehe jetzt allerdings, warum Sie sich meiner Erinnerungen bemächtigen, warum Sie – nein, noch verstehe ich es nicht ganz, mir schwant nur, daß Sie auf etwas hinauswollen, aber wir sind noch nicht dort, wir sind erst auf dem Wege dahin. Bitte, lassen Sie mich noch einmal versichern, daß ich – (Ja, ich wollte es ihm noch einmal versichern, geriet aber in zunehmende Verwirrung, so als ob meine Argumente, deren ich bisher sicher zu sein glaubte, plötzlich ins Wanken geraten wären, Stäbe, auf die ich mich stützen wollte, die nun aber durch die Hand gingen. Die Stimme füllt den Raum, ohne daß zu merken ist, woher sie kommt. Während ich antworte, blicke ich gegen das Fenster – draußen ist der Wald zu sehen, jenseits der Straße, ganz nahe der Schatten der polnischen Flagge, die sich im Mittagswind schwerfällig hin und her bewegt, selber jedoch nicht zu sehen ist, höchstens ab und zu ein Zipfel. Merkwürdigerweise verbindet sich mit diesem beweglichen Anblick etwas ganz anderes, so als ob eines dem andern winke und rufe, es stimmt nicht, daß die Zeichen, unter denen wir leben, genau angeben, unter welchen Bedingungen wir leben. So wie wir selber unablässig über uns hinausreichen, hinausgehen, so auch die Zeichen und Male, die wir setzen. Ich habe das Empfinden, als wehte mich von der Schattenbewegung dort etwas sehr Vertrautes an, das weder mit meiner Vergangenheit identisch ist noch mit der mich umfangenden Gegenwart – ich möchte sagen: etwas Wartendes, etwas still auf mich und auf alle Wartendes. Meinem Frager könnte ich es kaum plausibel machen. Er ist ganz auf die Perfektion von Ja und Nein eingestellt. Er denkt im Schema der Gegebenheiten. Seine Macht – auch über mich – ist dementsprechend begrenzt.

Ich fühle mich nicht eigentlich zur Rechenschaft gezogen. Ich fühle mich – beinahe hätte ich gesagt: nicht schuldig. Schuldig? Wo in dem allen war bisher von Schuld die Rede? Kinder sind unschuldig an den Verwirrungen und Verirrungen, die über sie kommen, sie bringen sie nicht hervor, sie werden davon ergriffen. Und was sich darin – und im Verhalten der Kinder – etwa ankündigt – Ja, was kündigte sich in Dieter Sandbergs Verhalten mir gegenüber oder Poppel gegenüber oder Willibald gegenüber an? Schuldig? Wieso? Jedenfalls reicht das Bisherige nicht hin, um daraus so weitreichende Schlüsse zu ziehen. Merkwürdig auch das Verhalten des Kommissars. Er kommt mir fast eingeschüchtert vor, wie einer, der eine Untersuchung begonnen hat, munter darin fortfuhr – und auf einmal nimmt ihm ein anderer, Erfahrenerer, Wissenderer die Sache aus der Hand, und er kann nur noch dabeistehen und zusehen, welche Bahn die Untersuchung jetzt einschlägt. Ausgeschaltet, kaltgestellt. Fast tut er mir leid, er hat sich mir gegenüber, bis auf die kleine Szene mit der Leibesvisitation, ganz korrekt benommen. Ich habe schlimmere Erfahrungen mit Verhören hinter mir. Die Gedanken überstürzen sich in meinem Innern. Und ich fühle wohl, daß ich den innersten Kern, den sie, wie im Atommodell, umkreisen, immer noch nicht anblicken, immer noch nicht aufdecken will. Solange ich sprach, seit meinem Eintritt in die Baracke, war in meine Worte, meine Berichte, meine Erinnerungen eine leise Unaufrichtigkeit gemischt. Ohne Zweifel hörte mein Frager das aus allem heraus, und so bewegte sich unser Gespräch – wenn man ein Verhör ein Gespräch nennen kann – in einer merkwürdigen Parallelität: während er konsequent sein Ziel verfolgte, das in einer bestimmten Person, nämlich Dieter Sandberg, besteht, und mich auf dieses sein Bestreben einzugehen nötigte, bewegte ich mich – halb unbewußt – auch auf ein Ziel zu, nämlich dieses: von allem Erlebten und Berichteten die letzte Haut abzuziehen, von den sieben oder siebzig Häuten, die über alles Vergangene gezogen sind – *und endlich in völliger Aufrichtigkeit zu sagen, was war und was ist.* Nur daß ich dieses Ziel bis jetzt nicht erreichte. Ebensowenig wie er imstande war, das Geheimnis um Dieter Sandberg – wenn es überhaupt ein Geheimnis ist – zu lüften. Ein seltsamer Weg, den wir da gehen. Immer die langsam hin und her schwappende Fahne vor Augen, vielmehr ihren Schatten, der diese ihre Bewegung verrät.)

Der Vorsteher: Lassen Sie nur. Es wird sich schon herausstellen. Wenn die Erinnerungen nicht ausreichen, muß man, falls solche vorhanden sind, auf Dokumente zurückgreifen. Nummer 62 a bitte.

(Sofort erhebt sich der Kommissar, ergreift die blaue Mappe, die er dem Schrank entnommen hatte, blättert, faltet sie auseinander, legt sie aber erst noch einmal vor sich auf den Tisch – wie um weitere Weisung abzuwarten.)

Der Vorsteher: Es ist ein Dokument, in welchem der Name Sandberg vorkommt. Kein Schulzeugnis. Kein Doktordiplom, obwohl auch solche Dokumente in unserm Besitz sind. Sie werden gleich hören.

(Zum erstenmal seit meinem Eintritt in dieses Zimmer höre ich den Kommissar sprechen. Der Vormittag ist vergangen. Wenn ich daran denke, mit welcher Freude und Erwartung ich die Reise vorbereitet habe. Ich hätte ja auch nach Mallorca oder Capri fahren können, es gibt so viele Möglichkeiten. Die Deutschen verbreiten sich mit alter Wikingerlust überallhin. Siedeln sich auf südlichen Inseln und Bergen an, heiter und unbeschwert. Bergeslasten, die auf ihnen lagen, scheinen wie von unsichtbaren hilfreichen Händen von ihnen genommen. Die Welt sieht ihren Fahrten und Zügen ohne Widerspruch zu, keine Ferne macht sie schwierig. Und ich begegne auf dieser wahrhaft bescheidenen, anspruchslosen, fast möchte ich sagen: asketischen Reise Schwierigkeiten von einem Ausmaß – Und wenn es noch die üblichen Paßgeschichten wären, Devisenscherereien. Dem allen hatte ich durch genaue Erkundigungen auf dem Reisebüro vorgebeugt, ich war meiner Sache vollkommen sicher. Blatt 62 a. Er schlägt es auf und glättet und beginnt zu lesen. Mit kühler, geschäftsmäßiger Stimme –)

»In etwa fünfzehn bis fünfundzwanzig Kinderbettchen lagen ebenso viele Kinder von ungefähr ein bis fünf Jahren. Um sie versammelt standen unter Leitung von Dr. S. mehrere deutsche Ärzte, von denen Dr. P. seine Ansichten näher ex-

plizierte. Folgende zusammenfassende Aussprüche dürfte ich mir ziemlich genau gemerkt haben, da sie entweder aus Zynismus oder Tölpelhaftigkeit erstaunlich offen waren. ›Diese Geschöpfe, gemeint waren besagte Kinder, stellen für mich nur eine Belastung unseres Volkskörpers dar. Wir töten, er kann auch gesagt haben, wir machen die Sache nicht durch Gift, Injektionen usw., da würde die Auslandspresse und gewisse Herren in der Schweiz, gemeint war wohl das Rote Kreuz, nur neues Hetzmaterial haben. Nein, unsre Methode ist viel einfacher und natürlicher, wie Sie sehen.‹ Bei diesen Worten zog er unter Beihilfe einer mit der Arbeit in dieser Station anscheinend ständig betrauten Pflegerin ein Kind aus dem Bettchen. Während er das Kind wie einen toten Hasen herumzeigte, konstatierte er mit Kennermiene und zynischem Grinsen so etwas wie: Bei diesem wird es noch zwei bis drei Tage dauern. Den Anblick des fetten, grinsenden Mannes – aber auch den Herrn Dr. S. sah ich bei diesen Worten eigentümlich lachen, – in der Hand das wimmernde Gerippe, umgeben von den andern verhungernden Kindern kann ich nimmer vergessen. Weiterhin erklärte Dr. P., daß nicht plötzlicher Nahrungsentzug angewandt werden würde, sondern allmähliche Verringerung der Rationen.«
(Der Kommissar läßt die blaue Mappe sinken, blickt wie lauschend schräg in die Höhe –)
DER VORSTEHER: Danke. Es ist das erste Dokument, in welchem uns der Name Sandberg begegnete. Auch wenn er nur abgekürzt mitgeteilt ist, besteht wohl kein Zweifel, daß Dr. Sandberg gemeint ist.
(Ich hatte zugehört, ohne zu verstehen. Was hatte es mit meinen Erinnerungen zu tun? Nur als die Rede davon war, daß dieser Dr. P. das Kind wie einen toten Hasen herumzeigte, schien mir eine leichte Beziehung aufzutauchen. Insofern ja auch ich damals, als Blödorn seine Schindereien an mir verübte, in seinen Händen wie ein toter Hase hing. Aber sonst? Derartiges gehörte ja doch wohl in eine ganz andere Zeit, an die ich selbstverständlich auch Erinnerungen habe, aber –)
DER VORSTEHER: Ich mache sie darauf aufmerksam, daß Doktor Sandberg lachte.

(Ah – das war es. Tatsächlich war mir die Bemerkung kaum aufgefallen. Jetzt gewann sie allerdings an Gewicht. Die geschilderte Situation war gräßlich. Durch die bekannten Prozesse, aber auch durch eine umfangreiche Literatur, insbesondere bilddokumentarischer Art, waren solche und ähnliche Vorkommnisse allgemein bekannt geworden. Ich hatte Filme gesehen, hatte in verschiedenen Büchern geblättert, immer mit dem Gefühl, vor ein völlig unbegreifliches, unsre menschlichen Grenzen schlechthin sprengendes Phänomen gestellt zu sein. Die Bilder und Filme gaben immer nur Ausschnitte des Wirklichen, das als solches in einem unzugänglichen Dunkel blieb, Worte reichten überhaupt nicht bis dahin. Im Gefühl dieser Unzulänglichkeit aller Darstellungsversuche gewöhnte ich es mir mehr und mehr ab, mich mit dem fatalen Gegenstand zu beschäftigen. Es war geschehen, unzweifelhaft, und konnte durch keine Entschuldigung oder Rechtfertigung aus der Welt geschafft werden. Es lag auf unserm Wege – und so jetzt auch auf meinem – wie ein Gebirge. Und mir schien, daß die meisten Menschen sich lieber die Mühe machten, das Gebirge, so ausgedehnt es immer sein mochte, zu umgehen, als es zu durchqueren. Ich glaube nicht einmal, daß das Umgehen leichter war als das Durchqueren. Eine Vergangenheit, zu welcher man sich nicht bekennt, gewinnt bekanntlich auf allen möglichen Umwegen Macht über uns, manchmal in geradezu zerstörender Weise. Das ist oft warnend ausgesprochen worden. Aber – wie stand es mit mir selber? Sicher kam es nicht darauf an, sämtliche Filme zu sehen, die das Entsetzliche zeigten, sämtliche Bücher zu lesen, die es darstellten. Dazu war der Vorrat an derartigen Filmen und Büchern schon viel zu umfänglich geworden. Jedoch auf irgendeine Weise, und wenn nur durch zufällige Anregung, besser natürlich kraft eigenen Entschlusses, jenes schwarze Gebirge zu betreten, durfte sich niemand, durfte also auch ich mir nicht versagen, mir nicht ersparen. Es gab keinen einzigen stichhaltigen Grund dafür, diesen Weg nicht einzuschlagen. Stattdessen – ach, daß ichs nur gestehe: in die Hitze des Verhörzimmers, in den Sommerdunst der hölzernen Baracke fuhr plötzlich ein Eishauch und wehte mich vernichtend an. Ich sage nicht zuviel.

Dieses eine Dokument 62 a hatte solche Veränderung bewirkt, außer mir und in mir. Wer weiß, vielleicht hatte ich es sogar schon einmal in einer dieser vielen Dokumentensammlungen gelesen, hatte es dann wieder vergessen – warum? Wahrscheinlich darum, weil es nicht zu meinen persönlichen Erinnerungen gehörte, mich also unmittelbar nichts anging. Ich war nicht dabei gewesen, weder in Auschwitz noch in Mauthausen noch in Maidanek, ich hatte mich weder an Euthanasiehandlungen beteiligt, noch an Judenerschießungen. Ich war dessen auch nie bezichtigt worden. Meine Erinnerungen enthielten derartiges nicht. Und so nahm ich, während das Gebirge langsam weiter wuchs, innerlich Abstand dazu, betrachtete sein Anwachsen zwar mit verwunderten, aber doch auch gleichgültigen Augen. Ja, so war es. Vielmehr, um genau zu sein – mein Frager hatte schon recht mit seinem Drängen auf Genauigkeit, die man übrigens dennoch nicht mit Aufrichtigkeit verwechseln soll: was für Komplikationen!: – ich sah und sah doch nicht, ich hörte und hörte doch nicht, ich wußte und wußte doch nicht. Nicht erst hier, in diesem Raum, war ich wie in ein undurchlässiges Bassin versetzt, ich hatte selber schon lange in einem solchen Zuflucht gesucht, froh, daß durch seine gläsernen Wände weder Geschrei hereindrang noch Geruch: weder Geschrei von verhungernden Kindern, noch Geruch von schmorenden Leichen. Ich hatte offenbar anderes zu tun. Nämlich was? Nämlich was? Die Frage stieg jetzt in mir hoch wie jenes Würgen, das dem Erbrechen vorangeht. Ich mußte Luft haben, mußte ins Freie –)
– Verzeihen Sie, es ist so dumpf hier, so stickig, wenn das Fenster wieder geöffnet werden könnte. Bitte.
(Ich strich über meine Stirn, sie war mit Schweißperlen bedeckt. Doch kaum hatte ich die Bitte ausgesprochen, quoll noch etwas anderes in mir auf, – das Verhör geriet zweifellos in ein neues Stadium, – eine neue Erinnerung nämlich, die sich nicht abweisen ließ, und zwar, so empfand ich, eine Erinnerung, die zu meinen und vielleicht auch zu Dieters Gunsten gedeutet werden konnte. Wie denn – enthielten meine persönlichen Erinnerungen, deren Unschuld ich vorhin so entschieden betonte, enthielten auch sie – der Gedanke an

diese Möglichkeit verwirrte mich – etwas von jenem Stoff, aus dem das schwarze Gebirge gemacht war, war schon die Kindheit, auf deren rosigen Spuren ich in diesen Urlaubswochen zu wandeln hoffte, meine eigene Kindheit eingetaucht in dieses finstere Element, Morgenröte, aber mit Schmutzflecken, und wenn ich jetzt, ganz gegen meine ursprüngliche Absicht, immer wieder in die Nähe von Dieter Sandberg geriet, vielmehr gedrängt wurde, war ich berechtigt, diese Nähe zu leugnen, mich von ihm zu distanzieren, als ob in ihm etwas war, das nicht auch gleichzeitig in mir war, Fragen über Fragen – Gott sei Dank hat der Kommissar das Fenster geöffnet, strömt wieder Waldluft herein –)

– Vielen Dank. Und ich glaube, ehe ich auf jenes Dokument näher eingehe –

Der Vorsteher: Das ist jetzt nicht erforderlich. Man darf, obwohl der Vorname des betreffenden Arztes nicht genannt ist, mit Sicherheit annehmen, daß es sich um Ihren ehemaligen Schulkameraden Dieter Sandberg handelt. Er tritt aus seiner Statistenrolle hier nur dadurch einen Augenblick heraus, daß er lacht. Wie finden Sie das?

– Ich – ich kann es mir kaum vorstellen. Andererseits – ich habe ihn auch damals lachen sehen –

Der Vorsteher: Ihr Bericht enthielt Andeutungen davon.

– Ja, ich weiß. Und nachdem Sie mich jetzt ausdrücklich darauf aufmerksam gemacht haben, tritt er mit diesem seinem Lachen auch in meiner Erinnerung deutlicher hervor. Ich sehe ihn lachen. Mehr, als daß ich ihn lachen höre. Er hatte ein glattes und ebenmäßiges Gesicht, eigentlich war er ein recht hübscher Junge. Bloß die allzukräftig heraustretenden Vorderzähne seines Oberkiefers brachten in sein sonst intelligentes Gesicht einen etwas dümmlichen Zug. Ich bin um Genauigkeit bemüht. Ich frage mich, ob es nicht mit seinen Zähnen zusammenhängt, dieses seltsame, fast sinnlose Lachen. Ich möchte ihm nicht nachträglich Unrecht tun. De absentibus nil nisi bene. Freilich, wie steht es um seine Abwesenheit? Ich habe eher den Eindruck erneuter, mich völlig überraschender Anwesenheit. Aber auch damals, bei der Schimanski-Affäre, als er sich über mich beugte – nein, nein, er wird nicht gelacht haben, es lag an seinen vorstehenden Zähnen, daß ich den Eindruck hatte – Wenn Sie das bitte zur Kenntnis nehmen wollen.

Der Vorsteher: Obwohl er nicht Ihr Freund war, geben Sie sich Mühe, gerecht gegen ihn zu sein.

– Gerechtigkeit ist vielleicht noch besser als Genauigkeit.

Der Vorsteher: Sie ist nur eine andere Form der Genauigkeit.

– Vielleicht.

VI

Ich hatte im Augenblick nicht recht zugehört, ich hing inzwischen noch einem anderen Gedanken nach, der mir vorhin gekommen war, begleitet von jener Empfindung eines über mich hinwegfahrenden Eishauches. Er arbeitet noch weiter in mir fort, ohne daß ich ihn schon in Worte fassen könnte, ein Gedankenembryo sozusagen, noch fast gestaltlos, aber mit der Tendenz, sich zu unmißverständlicher Gestalt zu entwickeln und dann auszubrechen und mich, wie Gedanken das manchmal vermögen, aus den Angeln zu heben. Ich habe doch wohl allzulange anderes zu tun gehabt. Und was war dieses andere? Eben das, was zu dieser Ostreise – ostwärts und abwärts – geführt hat, ihr eigentliches Motiv doch wohl. Kindheitsträume, gewiß. Aber solche mit einem geheimen Drang, sich zu realisieren. Mit dem geheimen Bewußtsein, dahin zu gehören, wo sie ihren Schauplatz haben. Genauer: auf diesen Schauplatz einen Anspruch zu haben. Noch anders: mit der Tendenz, auf dem Wege der Erinnerung das Verlorene wiederzugewinnen. Erinnerungen sind oft nichts anderes als verkappte Eroberungen. Kindheit ist nicht bloß Gegenstand unserer Sehnsucht, sondern auch Ziel unseres Eroberungswillens. Noch anders, noch genauer: Kindheit ist nur ein Vorwand – aber genug, genug. Eine neue Erinnerung will herauf und muß erst mal zu Worte kommen. Offenbar gedenkt man an die eben erfolgte Verlesung keine weiteren Fragen zu knüpfen. Der Kommissar hat wieder Platz genommen und die blaue Mappe wieder auf das Brett gelegt. Das Fräulein hat ein neues Blatt eingespannt –)

– Wenn Sie erlauben, komme ich nun zu einer Begebenheit, die in die letzte Zeit meiner Verbindung mit Dieter Sandberg fällt. Ich möchte noch einmal klar zum Ausdruck bringen, daß diese Verbindung immer eine ziemlich lose gewesen ist, wenn sie auch unter gewissen Umständen rasch zu größerer Festigkeit gedeihen konnte. Ich habe darüber keinen genauen Überblick. Und für die eben geäußerte Feststellung spricht ja auch die Tatsache, daß ich, nachdem Fernau polnisch geworden war und unsre Eltern für Deutschland optiert hatten, wie man es damals nannte, Dieter nie wiedergesehen, auch keine Briefe mit ihm gewechselt habe. Ich will nicht leugnen, daß wir die alten Beziehungen vielleicht doch noch weiter gepflegt haben würden, wenn – Sie verstehen – wenn Fernau deutsch geblieben wäre. Politischer Besitzwechsel zieht alle möglichen menschlichen Folgen nach sich, was von denen, die ihn bestimmen und durchführen, gewöhnlich nicht bedacht wird. Das ist in Korea oder in Indien nicht anders, als es damals bei uns war, und dann noch einmal bei uns war, 25 Jahre später. Bei uns und bei Ihnen. Die Begebenheit, von der ich jetzt sprechen möchte, spielte sich im ersten Nachkriegsjahr ab. Und, um es gleich vorwegzunehmen – sie liefert den Beweis dafür, daß Dieter Sandberg nicht bloß zu lachen fähig war, sondern daß ihm auch die Gabe der Tränen verliehen war, verzeihen Sie den etwas pathetischen Ausdruck.

Frühsommer 1919. Die Lage war kritisch. Eine Entscheidung sollte gefällt werden, die für uns auf die Alternative Gehen oder Bleiben hinauslief. Überall regte sich Widerstand. Mit der Beendigung eines Krieges sind die Geister, die er entfesselte, ja nicht auch zugleich gebunden. Kein Feuersturm war über die Städte hinweggegangen, Fernau trat unerschüttert in den Frieden zurück, mit seinen unbewegt in der Brahe sich abspiegelnden Speichern. Es hätte, wie man so sagt, alles beim alten bleiben können. Blieb aber nicht, Sie wissen es. Auf einen trüben Winter folgte ein schon wieder munterer Sommer, mit Rosenblüte und Roggenernte. Die alten bewährten Düfte des Landes. Zu wittern aber war noch anderes, Neues. Künftige Veränderung kündigte sich in politischen Besuchen, Kommissionen, Konferenzen an. Auf dem Markt versammelten sich die Bürger, schwenkten Fahnen, riefen und sangen. Und plötzlich regte sich der Krieg noch einmal, fanden die schon heimgeschickten Militärs unvermutet neue Aufgaben. Es drang bis in die

Schulen. Werber sprachen vor, Parolen liefen um. Dieter Sandberg war unter den ersten, die sich für den Dienst im Freikorps meldeten. Das geisterte in der Umgebung von Fernau umher. Abgesandte ließen sich in der Stadt blicken, sammelten Anhänger. Eines Tages stellte sich Dieter in Uniform bei uns vor. Nicht mehr das beste Zeug, es trug die Spuren des eben liquidierten Krieges und war eben darum das rechte für den anhebenden Kleinkrieg. Die Namen der neuen Führer wurden bekannt, die Korps damit belehnt. Zwei sind mir in Erinnerung geblieben: Parsenow und Lambey. Mit ihnen die Personen. Parsenow kam von der Flotte. Lambey von den Jägern. Parsenow groß, geschmeidig, leichtsinnig, nobel. Lambey mit Einglas, schmal, ernst, erfahren. Beide auf junge Leute ungeheuer stark wirkend. Auch auf uns ganz unerfahrene Muli. Langsam sickerten die Rekruten aus der Stadt zu den irgendwo draußen aufgestellten Formationen ab. Wäre Dieter nicht gewesen, ich hätte, unsoldatisch wie ich war, keine Hand geregt. So aber. Sie sehen – es gab Berührungen zwischen uns, noch spät. Ich halte mich an Ihre Anweisung, genau zu sein.
Polnische Insurgenten, wie man damals sagte, sollten im Anmarsch auf Fernau sein. Die Stadt war unruhig. Auch darum, weil man den Freikorps nicht recht traute. Was wollten sie? Wer trug die Verantwortung? Welche politischen Folgen würde ihr Eingreifen haben? Alles war offen, nichts entschieden. Ich entsinne mich keiner Schwierigkeit mit polnischen Mitbürgern, Mitschülern. Natürlich – wer zu den Freikorps stieß, war nicht ihr Freund. Dieter empfand ehrliche Begeisterung. Überschwenglichkeit lag ihm fern, ein Korn kritischen Salzes war seinen Interessen, seinen Gedanken immer beigemischt. Es ging bis zum Zynismus. Aber – Nationalismus nährte sich wohl immer vom Zynismus. Auch unbewußt. Man mußte auf eigene Faust operieren, kam sich als verlorener Haufe vor. Das erhöhte das Selbstbewußtsein, nährte den Zynismus. Es gab Teilnehmer am verlorenen Krieg, die heftig abrieten; Sozialisten, die offen opponierten. Die Revolution hatte auch in Fernau stattgefunden, war aber nicht gerade siegreich gewesen. Immerhin hatten die alten Offiziere Grund, aus der Öffentlichkeit zu-

rückzutreten. An ihrer Stelle gewannen die Korpsführer legendären Ruhm, freilich auch rasch vergänglichen. Dieter war zur Gruppe Parsenow gestoßen. Nachdem er ein paar Tage in dessen Hauptquartier, ein paar Kilometer vor der Stadt, sich umgetan hatte, erschien er schwer bewaffnet bei seinen Freunden. Wir empfingen ihn respektvoll. Wer dagegen war, hielt sich von derartigen Zusammenkünften, die entweder in den Häusern oder in Lokalen stattfanden, selbstverständlich fern. Es war der Keim zu späteren Organisationsformen, die ihren Auftrag dann – vierzehn Jahre danach – musterhaft durchführten: ich darf mich auch einmal zynischer Ausdrucksweise bedienen.
Dieter hatte es wieder einmal auf mich abgesehen. So kann man es wohl nennen. Die Frage wäre auch zu stellen, was ihn eigentlich zu mir zog, der ich so oft verschiedener Meinung mit ihm war, seinen Interessen wenig Teilnahme entgegenbrachte. Ich war und bin ein schwerfälliger Mensch, neige zu zögerndem Verhalten in allen Situationen, ein vorwiegend passiver, kontemplativer Typ, während Dieter ja doch ganz schöne Energien entwickeln konnte – so auch diesmal.
Ich sehe uns fünf oder sechs junge Leute oben im Singesaal unsres Gymnasiums versammelt, das wir ein Jahr zuvor mit mehr oder weniger guter Zensur verlassen hatten – es war in den Ferien, kein Schimanski störte uns, Dieters Auftreten in voller Kriegsbemalung fand durchaus die Billigung des Direktors und anderer Herren des Lehrkörpers. Sie übertrugen ihren durch die Niederlage nicht erschütterten Patriotismus naiv auf das, was ihr folgte, auf die letzten, ohnmächtigen Versuche zur Rettung des Landes, also auch auf die zur Rettung angetretene Jugend. Dieter, der zum Waffendienst nicht mehr eingezogen worden war, und freiwilliger Meldung hatte sein demokratisch gesinnter Vater sich auf das entschiedenste widersetzt, trat hell und unverlegen unter die schlecht ernährten und schlecht gekleideten Magister, die mit jenem Stolz auf ihn blickten, der mit der Liebe zum Vaterland immer gleich die Pflicht zum Tode fürs Vaterland verkündete: ›und im Unglück nun erst recht‹. Plötzlich, als wir in dem vertrauten, von heiteren Erinnerungen durchsonnten Raum Dieters erstem Lagebericht lauschten, den er

mit der ihm eigenen Witzigkeit, ja Nichtsnutzigkeit vortrug, öffnete sich die Tür, und der Direktor trat ein, ging gleich auf Dieter zu und hielt eine kleine Ansprache an ihn, des Inhalts, daß die Schule stolz auf ihn sei und die Stadt ihm und seinen Mitkämpfern vollstes Vertrauen entgegenbringe und so weiter. Dieter stand lässig gegen die Bank gelehnt und hörte sich den kernigen Sermon an. Ich blickte auf ihn und bemerkte in seinem hellen Gesicht das Aufkommen eines höchst unfeierlichen Lachens, er konnte wohl nicht anders. In diesem Falle, muß ich sagen, fand ich es auch ganz angebracht, und es erheiterte mich, mit welcher Beflissenheit der Direktor über die unerwartete Wirkung seiner Ansprache hinwegredete. Er verschwand dann ebenso plötzlich, wie er gekommen war. Dieter brachte ihn höflich bis zur Tür und rief, als er sie wieder geschlossen hatte, laut und erleichtert:
Lieb Vaterland, magst ruhig sein –
Wir erwiderten einstimmig und zugleich in Gelächter ausbrechend:
Fest steht und treu die Wacht am Rhein.
Es war aber die Wacht an der Brahe. Oder an der Weichsel. Krieg nach dem Kriege. Der Wurm saß sowohl in dem Unternehmen als in der Gesinnung, die es trug. Ein Bruch hatte sich vollzogen, den die älteren nicht wahrhaben wollten. Wir spürten ihn. Ich glaube, auch Dieter spürte ihn. Seine Teilnahme an der Rettungsaktion erfolgte erstens aus Opposition zu seinem Vater, mit dem er ewig auf Kriegsfuß stand, und zweitens aus reiner Abenteuerlust. Die patriotischen Vokabeln waren ihm geläufig, doch gebrauchte er sie ohne tiefere Empfindung. Er stieß eben schon zu neuen Ufern vor. Und dann – Parsenow und Lambey. Die hatten es ihm angetan. Er war damit wohl in jenen negativen Ausleseprozeß geraten, der damals nach dem Kriege begann, sich über vierzehn Jahre fortsetzte und in jene furchtbare Apotheose mündete, die das Vaterland endgültig zum alles verschlingenden Moloch aufblähte.
(Ich spreche mit Polen, es könnten auch ihre Erinnerungen sein, Parsenow und Lambey sind längst zu den Schatten versammelt, haben aber Nachfolger gefunden, ein Dieter Sandberg hätte unter diesen sein können; indem ich mich an

ihn erinnere, stoße ich auf Anfänge von etwas schwer Definierbarem, und wie soll ich das polnischen Zuhörern verständlich machen. Es ist nicht mehr nur meine Kindheit, es reicht schon in die Kindheit dieses jungen Mannes, mein Gott, wir spielen nun schon so lange mit, und das Stück ist immer noch nicht zu Ende, mir ist gar nicht, als ob ich Selbsterlebtes mitteile, sondern als ob ich aus einem Buch vorlese, das mir jemand vor die Augen hält mit dem Befehl, zu lesen und nichts auszulassen, aber beim besten Willen, genau zu sein, entstehen doch geradezu riesige Lücken –)
DER VORSTEHER: Es ist zu merken, daß Sie Historiker sind. Vielleicht sollten sie jetzt doch wieder mehr ins Persönliche gehen. Sie wollten erzählen, oder beweisen, daß Dieter Sandberg, wie Sie sich ausdrückten, auch die Gabe der Tränen verliehen war.
– Für mich endete die Zusammenkunft im Singesaal mit einem unvorhergesehenen Ereignis: mit meinem Entschluß, es Dieter nachzutun und bei der Gruppe Parsenow einzutreten. Klingt ganz heroisch, war aber, wie Sie mir glauben können, eine Art von Traumhandlung. Weder der Stahlhelm, den Dieter trug, noch das Gewehr, das er mit sich führte, machten mir Eindruck. Waffen haben mich immer geniert. Armierte Männer kamen mir immer wie vergrößerte Hirschkäfer vor, die zur Abwechslung einmal aufrecht gingen. Tatsächlich habe ich nie eine Waffe getragen und gebraucht – bis auf die eine, durch Dieter verursachte Ausnahme (und die Strafstunde damals bei Poppel?). Ich erlag Dieters ironischen Anspielungen auf unsre Freundschaft, auf meine Herkunft aus einer Offiziersfamilie, ja sogar auf die guten Zensuren, die ich für während des Krieges geschriebene Aufsätze bekommen hatte, endlich auf eine Sammlung von Kriegsgedichten, die ich mir angelegt hatte. Ich kapitulierte – zusammen mit den anderen Teilnehmern an dieser sonderbaren Werbeveranstaltung. Ich meldete mich – und wurde trotz totaler Unerfahrenheit angenommen. Man brauchte eben Soldaten, noch einmal, und nahm sie, wo man sie kriegen konnte. Mein Vater war tot. Meine Mutter war schwach, fast willenlos.
Schon ein paar Tage später ließ ich mich im gleichen Aufzug

wie Dieter in der Stadt blicken. Eigentlich eine Schießbudenfigur, aber im Dienste des Vaterlandes. Das Gewehr, oder die Knarre, wie ich von jetzt ab zu sagen hatte, wog schwerer, als ich vermutet hatte, ich wußte nicht, wie man damit umging, trug es aber bei mir auf dem Gang in die Stadt. Dieter begleitete mich und sparte nicht an gutmütig-spöttischen Bemerkungen über mein martialisches Aussehen. Wir besuchten gemeinsam ein Lokal, ernteten dort aber nicht die erhoffte Sensation. Gelächter wurde laut, wir empfahlen uns bald wieder und begaben uns zur Wideraufrischung unseres Selbstbewußtseins zu einem Fotografen, der weniger uns als seinen Auftrag ernst nahm und nach einigem Hin und Her in seinem von Lichtgardinen umwölkten Atelier die beiden Retter des Vaterlandes in halbwegs erträglicher Pose auf die Platte bannte. Dann kehrten wir wieder ins Hauptquartier zurück. Ich nenne es so, vielleicht war es auch nur eine Dependance davon. Parsenow ließ sich ab und zu blicken, in seemännischer Uniform, Oberleutnant Lambey nahm sich des weniger verlorenen als verworrenen Haufens mit ernster Geduld an. Wir hausten einige Kilometer vor der Stadt in einer von ihren Besitzern verlassenen Villa, deren weitläufiger Keller genug Raum für müde Krieger bot und für das allmählich eintreffende Kriegsgerät, Maschinengewehre, Handgranaten und dergleichen mehr.
Die Sache wurde dann doch ernster, als wir sie uns vorgestellt hatten. Mit dem Exerzieren fing es an. Natürlich kamen wir über die Anfangsgründe nicht hinaus. Staat war mit der Truppe sowieso nicht zu machen. Die Kriegsteilnehmer ließen sich gehen, rauchten, tranken und lärmten, leisteten sich ungescheut Urlaubsüberschreitungen, lachten über uns hilflose Neulinge, gaben unwillig Ratschläge, wünschten uns eigentlich, und nicht mit Unrecht, zum Teufel. Wäre Dieter nicht gewesen – ich muß es wiederum sagen –, hätte ich mich noch in der ersten Woche gedrückt. So aber – er paßte nämlich auf mich auf, nicht, um mich zu schikanieren, sondern doch wohl mit dem Gefühl, eine gewisse Verantwortung für mich übernommen zu haben. Ich stellte mich ungewöhnlich dumm an in Kriegsangelegenheiten, wurde mit dem Gewehr nicht fertig, ja nicht mal mit der Uniform, mit dem Koppel,

vielleicht genierte Dieter sich auch, eine derartige Niete angeheuert zu haben, kurz, er hatte immer ein Auge auf mich, und da er überhaupt wohlgelitten war im Kameradenkreis der Villa Schädel, so fiel es ihm auch nicht schwer, für mich weitgehende Nachsicht zu erwirken. Das Gerücht vom Herannahen polnischer Truppen erwies sich als begründet, nach Ablauf der ersten Dienstwoche erhob sich in der Ferne sanftes Grollen. Der Stützpunkt wurde in Alarmzustand versetzt. Aus war es mit den Kindereien. Die alten Landser liefen mit Kennermiene umher, taten uns gegenüber geheimnisvoll – deutlich zu spüren war aber der Stimmungsumschwung, dieses gewisse Etwas, wenn Gefahr im Anzuge ist. Es gab keinen Stadturlaub mehr. Melder flitzten hin und her. Parsenow erschien und hielt Kriegsrat. Lambey bewahrte unerschütterliche Ruhe. Ich kann nicht umhin, über ihn ein paar Worte zu sagen, Sie wollen das bitte nicht mißverstehen, Dieter Sandberg bleibt trotzdem die Hauptperson – ich möchte die Bezeichnung Held vermeiden – in meiner Geschichte.
Lambey rief mich gleich in den ersten Tagen zu sich in sein Zimmer. Es war das Herrenzimmer des Fabrikanten Schädel, und sein hauptsächlichster Schmuck eine Unzahl von Geweihen, großen und kleinen. Ein Wald von Geweihen. Mein Versuch, die Hacken zusammenzuknallen, mißlang, Lambey wehrte lächelnd ab.
Keine Umstände, sagte er. Nehmen Sie Platz.
Ich tat, wie er mich hieß. Er bot mir eine Zigarette an, die ich ablehnte. Der Qualm im Zimmer verriet den starken Raucher.
Ihr Vater ist – war Major? fragte er.
Ich nickte.
In welchem Truppenteil?
Oder sagte er Regiment, – ich konnte darüber wenigstens Auskunft geben. Lambey nahm es zur Kenntnis. Ja, der verfluchte Krieg, sagte er dann, ganz beiläufig. Und was hat Sie zu uns geführt?
Ich wußte es nicht und zuckte die Achseln.
Na, sagte er – irgendeinen Grund müssen Sie doch schon haben. Oder hat Sie Ihr Freund dazu überredet?

Wir galten also als Freunde. Dieter wird mich unter diesem Titel eingeführt haben.
Ich gab es zu.
Kein Milieu für Sie, sagte Lambey. Und schloß an diese mir im ersten Augenblick befremdliche Feststellung eine kleine Rede, eigentlich mehr ein Selbstgespräch. Im Sessel sitzend, schlicht, grau, schlank, ohne die geringste Prätention. Ein Mann nicht nur – ein Mensch. Es machte mir großen Eindruck. Zwischendurch hätte ich heulen können. Er konnte sich ja weiß Gott einen besseren Partner aussuchen, hatte er keinen? Er sagte – und ich gebe es natürlich anders wieder, etwa in der Art, wie die griechischen Historiker freie Reden in ihre Erzählungen einflochten, hoffe dennoch, daß etwas von Lambey, dem wirklichen Lambey, ein Hauch wenigstens, zu verspüren ist:
Ich bin gar nicht so furchtbar viel älter als Sie. Ich nehme an, Sie sind achtzehn. Ich bin sechsundzwanzig. Ich hörte von Ihrem Freund, daß Sie studieren wollen. Ich wollte es auch. Dann wurde der Krieg mein Studium. Ziemlich gründlich – von Anfang an. Und, wie Sie sehen, mit einem Anhang: Villa Schädel. Sie kennen den ganzen Schwindel nur vom Hörensagen. Geniert Sie das? Hoffentlich nicht. Zu diesen Erfahrungen sollte sich niemand drängen. Ich habe mich auch nicht gedrängt. Ich bekam meine Einberufung, ganz normal, und tat dann, was zu tun sich gehörte. Mehr nicht. (Er war im Besitz verschiedener Tapferkeitsauszeichnungen, trug aber nur eine, die bekannte). Sie wollen Geschichte studieren. Tun Sie das. Aber mit dem nötigen Mißtrauen, bitte. Es ist alles anders gewesen, als man uns gelehrt hat. Es war alles anders, als man uns verheißen hat. Es ist ganz einfach ein riesiger Verbrauch von Ideen, Gedanken, Worten auf der einen Seite – und auf der andern von Menschen und Material. Ein Mahlgang ohnegleichen.
Ich bin eines Müllers Sohn. Ich habe das immer vor Augen gehabt. Mit dem Unterschied, daß die Mühle am Ende das Mehl herausgab, die Anstrengung also nicht umsonst war. Der Krieg aber – wenn wir im Bilde bleiben wollen: Blut, nichts als Blut. Streng genommen aber kommt überhaupt nichts dabei heraus. Und passen Sie auf, man wird noch grö-

ßere Anstrengungen machen, wenn dieser Krieg erst mal vergessen ist, und es wird wiederum nichts herauskommen. Wundern Sie sich, daß ich Ihnen das sage? Sicher wundern Sie sich. Und wundern sich vielleicht noch mehr darüber, daß ich mit solcher Ansicht von den Dingen hier sitze und weitermache. Es hängt damit zusammen, daß die Mühle, von der ich sprach, meines Vaters Mühle, in der Gegend liegt, wo dieser Herr – er machte eine Bewegung über seinen Kopf zu der Wand mit den Geweihen hin – seine Jagd gehabt hat. Ich bin auf dem Wege dorthin. Man verlegt mir den Weg, folglich muß ich ihn mir mit Gewalt erzwingen. Jedoch – und nun hören Sie hübsch zu, junger Freund: es ist falsch, was ich mache. Man könnte es für konsequent halten, es ist aber eine falsche Konsequenz. (Während er redete, nahm er ab und zu das Einglas vom Auge, und sein Gesicht bekam sofort einen tieftraurigen Ausdruck.)
Er erzählte nun von einem Traum, den er in einer der letzten Nächte gehabt habe. Ungefähr des Inhalts: Er sei mit seinem Vater nachts zur Mühle gegangen, ein kleiner Junge noch, und habe sich vor den riesigen Flügeln gefürchtet, die der Wind in schnelle Umdrehungen vesetzte. Sein Vater habe ihm die Furcht ausreden wollen – doch bei dem lauten Ächzen und Knarren der Flügel habe er kein einziges Wort verstanden, nur gesehen, wie der Vater den Mund bewegte und sich zu ihm niederbeugte, vergeblich. Er habe über die Ohnmacht des Vaters eine solche Trauer empfunden, daß er zu weinen anfing. Sonst habe sich in dem Traum nichts weiter ereignet. Ein ganz einfacher Traum also, der dennoch von tiefer Bedeutung sei. Passen Sie auf, sagte er, es wird überhaupt keine Verständigung mehr geben über das, was geschieht und was die Völker gegeneinander treibt. Geschehen wird Schreckliches, aber die Väter, die es ausführen, werden ihren Söhnen keine Erklärung dafür geben können, die Flügel werden sausen, und niemand wird sagen können, warum und wozu. Wir gehen einer völlig unverständlichen Zeit entgegen, in der die Menschen völlig unverständliche Dinge treiben und begehen werden.
Es fängt jetzt an damit. Mit diesen willkürlichen Unternehmungen, an denen sich ein vernünftiger Mensch nicht betei-

ligen sollte. Und ich sitze hier vor Ihnen als Erstbeteiligter. Ohne, wie ich Ihnen in allem Ernst versichere, auch nur die geringste Hoffnung zu haben, daß die Kriegsverlängerung, die wir hier betreiben, uns vor dem Verlust des Landes bewahren wird.
Ein merkwürdiger Zustand: dieser, daß man völlig gegen seine bessere Einsicht handelt, daß man Krieg führt, obwohl er schon verloren ist. Aber passen Sie auf, eben dieser Zustand wird in Zukunft allbeherrschend werden. Man wird im Gefühl der völligen Vergeblichkeit dessen, was man tut, um so gewaltigere Anstrengungen machen, wird, um dieses Gefühl zu verdrängen, zu übertäuben, Aktionen vornehmen, die alles in Schatten stellen, was die bisherige Geschichte zustande brachte. Man wird zu einer Konsequenz des Schrecklichen kommen, die dann allerdings den Eindruck erwecken wird, daß dem Menschen nichts unmöglich sei. Auf diesen Höhepunkt aller Geschichte treiben wir zu. Und dann wird niemand mehr den Mut haben, Historiker zu werden, weil allein schon die Worte fehlen werden, um darzustellen, was geschehen ist und wie es geschehen konnte. Endlich wird Schweigen eintreten, wird die Welt an ihrer Geschichte ersticken.
Von allem, was Oberleutnant Lambey sagte, ist mir wortwörtlich nur dieser letzte Satz im Gedächtnis geblieben, für dessen Richtigkeit ich mich verbürge. Ich war viel zu jung und zu unerfahren, um seinen Gedankengängen folgen zu können, sie haben sich mir dennoch eingeprägt, nicht wörtlich, aber ihr Geist – und die Stimme, die leise, ruhige, höfliche Stimme eines zum Tode entschlossenen Menschen. Herrn Schädels Geweihe blickten auf uns herab. Lambey zu Füßen lag ein schwarzer Schäferhund, ein herrliches Tier, das ihn überallhin begleitete. Er hielt, während er sprach, seine Hand in dessen Fell vergraben, lässig, fast träumerisch. Es hat sich mir eingeprägt, ich gebe es ganz unentstellt wieder, ganz genau, ich war ein Kind gegen den bloß acht Jahre älteren, jedoch kriegserfahrenen Mann, ich hörte ihm staunend zu – und hatte dabei immer mit den Tränen zu kämpfen, in einer Art von Vorahnung. Wissen Sie, diese jungen Männer trugen in sich doch wohl noch ein Erbe, ein lang ge-

hütetes, ein fast heilig gehaltenes, wir wollen das nicht nachträglich in Abrede stellen, nicht – weil es zu uns natürlich nicht mehr paßt – nachträglich denunzieren, ich bin Historiker und möchte mich auch jetzt keiner Unredlichkeit gegenüber der Geschichte, noch dazu einer von uns selber erlebten, schuldig machen. Lambey war wirklich großartig, und ich empfand tiefe Sympathie für ihn, die freilich nicht auf der Freude am kriegerischen Handwerk beruhte, sondern auf dem Gefühl für die ausweglos tragische Situation, in welche er mit so vielen Kameraden geraten war.
Der Vorsteher: Interessant. Aber was war mit Dieter Sandberg? Hätte nicht er an Ihrer Stelle sitzen und Lambeys Weissagungen empfangen müssen? Wo war er, wo hielt er sich auf?
– Die Antwort ist einfach: draußen im Gang, vor der Tür des Zimmers, in welchem wir saßen. Da stand er, da wanderte er hin und her, erfüllt von tiefer, nagender Eifersucht, aus welcher er mir gegenüber auch keinen Hehl machte, als Lambey mich dann entließ – übrigens ganz heiter, mit einem kleinen spöttischen Lächeln über meine mangelhafte Kriegsbemalung und mit der dann wieder ernsten Anheimstellung, ob ich nicht doch lieber, wie er sich ausdrückte, wieder ins Zivilleben zurückkehren möchte. Aber ich wollte nicht, und ich konnte auch nicht – Dieter Sandberg war dieser Absicht, wenn ich sie überhaupt gehabt haben sollte, im Wege. Auch jetzt, als ich den Gang vor dem Zimmer betrat, schoß er gleich auf mich los und wollte wissen, was Lambey von mir gewollt, mit mir gesprochen habe. Ich sah ihn an: er war sehr erregt, sein Gesicht war gerötet, er fühlte sich benachteiligt, zurückgesetzt und sagte es mir mit bitteren Worten: Was kann denn Lambey schon an einem so unmilitärischen Knaben finden! Du hast natürlich wie ein Ölgötze dagesessen, hast Mund und Augen aufgesperrt – he? Ein Mann wie Lambey und eine Niete wie unser Wehweh, unmöglich. Es war aber immer noch eine Spur von kameradschaftlichem, gutmütigem Spott in seinen Worten, hinter welchem sich nun einmal seine Sympathie für mich verbarg. Sympathie? Vielleicht war es etwas noch anderes, vielleicht – so sehe ich es heute – eine Art von Sehnsucht nach einer anderen, ihm

unzugänglichen, ihm von der Natur, vom Schicksal verwehrten Lebensart, die ihn an mich band? Wer weiß. Ich wurde noch am selben Abend darüber ins Bild gesetzt, auf eine für alle Beteiligten schreckliche Weise. Ich komme gleich darauf zu sprechen. Zuvor möchte ich nachholen, daß ich Dieter die gewünschte Auskunft schuldig blieb. Ich konnte es einfach nicht weitergeben, ich empfand es als mein persönliches Eigentum, von dem ich nicht wünschte, daß Dieter daran – wie ich mit Bestimmtheit annahm – seine Lästerzunge wetzte. So begnügte ich mich mit ein paar allgemeinen Redensarten, ließ nur durchblicken, daß Lambey die Lage doch wohl ziemlich ernst ansähe – das war alles. Dieter gab sich zufrieden, ohne das Mißtrauen gegen meine Darstellung ganz unterdrücken zu können. Wir begaben uns ins Freie, und draußen sagte er dann:

Wenn Lambey nicht hier wäre, das kannst du mir glauben, wäre ich auch nicht mehr hier.

Ich hatte keinen Zweifel an der Ehrlichkeit dieser Mitteilung. Mir war längst klar, daß er an Lambey mit großer Verehrung hing. Jedoch – und das mochte er empfinden, ohne es sich einzugestehen – Lambey erwiderte sein Gefühl nicht, Lambey beachtete ihm gegenüber eine betonte Zurückhaltung. Man könnte heute fragen, ob derartige Beziehungen oder Nichtbeziehungen damals überhaupt stattfinden konnten, wo es sich doch nur um eine kurze, sinnlose militärische Unternehmung gehandelt habe, um einen lose zusammengewürfelten Haufen junger und alter Krieger, die der Schicksalswind für ein paar Wochen oder Monate zusammenwehte. Polnische Insurgenten – ich bediene mich des damals üblichen Ausdrucks – waren im Anmarsch auf Fernau. Villa Schädel geriet in entsprechende Aufregung. Meine Unterredung mit Lambey hatte am frühen Vormittag stattgefunden. Es gehörte – um auf den eben erwähnten Einwand zurückzukommen – gerade zum Stil dieser Nachkriegsunternehmungen, daß sich mitten im reichlich chaotischen Trubel merkwürdig intensive menschliche Beziehungen anknüpften, kurz auch sie, aber eben intensiv, man kam aufeinander zu, wie Sterne aufeinander zukommen, man wurde zu Aussagen, Bekenntnissen genötigt, zu denen man

unter friedlicheren Umständen nie den Mut gehabt hätte. So dürfen Sie mir auch ohne weiteres glauben, daß meine Begegnung mit Lambey sich, wenn auch nicht mit eben den Worten, die ich gebrauchte, so doch dem Sinn und Geiste nach abgespielt hat, wie ich sie beschrieb. Ganz nebensächliche, beiläufige, banale Vorkommnisse gewannen unversehens symbolischen Charakter. Es war schließlich ein Erdbeben, in das wir hineingezogen waren, da ist vieles möglich. Die folgenden Jahrzehnte haben ihr Siegel darauf gedrückt, haben uns noch eine Menge ähnlicher ›Unmöglichkeiten‹ beschert. Das Erdbeben dauert an.
DER VORSTEHER: Was Sie Insurgenten nannten, war nichts als die Vorhut der Gerechtigkeit.
– Andererseits waren Leute wie Lambey und Parsenow die Nachhut der –
DER VORSTEHER: Ungerechtigkeit.
(Er sieht es so, er muß es so sehen, es ist zwecklos, dagegen zu argumentieren, außerdem bringt er es mit einem Tonfall vor, der jeden Widerspruch ausschließt. Es ist eben ein Verhör und keine Diskussion.)
– Ich fahre fort in meiner Erzählung, die notwendigerweise, das heißt um über gewisse Einzelheiten, die fremd und fern wirken müssen, Verständigung zu erzielen, von erläuternden Einlagen unterbrochen werden muß. Ich hoffe trotzdem den Faden nicht zu verlieren.
Erst kurz nach Mitternacht fand die Berührung mit dem Gegner statt. Für manch einen von uns die Feuertaufe. Auch für Dieter. Ich hingegen – Ja, wie war das?
Unter damaligen Voraussetzungen war die Rolle, die ich in jener Nacht gespielt habe, eine ziemlich blamable. Ich zögere nicht, davon zu sprechen. Ein Teil der Mannschaften war im Keller der Villa Schädel untergebracht, ebendort auch die in Mengen herbeigeschaffte Munition. Dieter war einem schweren Maschinengewehr zugeteilt worden, mich hatte man in den vierzehn Tagen meines Aufenthaltes in der Villa zu weniger soldatischen Diensten herangezogen wie Kartoffelschälen, Aufräumen, aber auch zum Wacheschieben. Es war deutlich, daß man mich – offenbar um meiner vermeintlichen Begeisterung nicht zu nahe zu treten – als

Randfigur duldete und demgemäß beschäftigte. Ich hatte auch keinerlei darüber hinausgehenden Ehrgeiz, bin aber doch heute davon überzeugt, daß Dieter seine Hand im Spiele hatte, indem er Auskünfte über mich gab, die die Vorgesetzten zu derartiger Schonung ermunterten. Es gab also plötzlich Alarm – ich hörte es, war aber von der Tagesarbeit so ermüdet, daß ich es zugleich überhörte. Dieter, der neben mir lag, sprang auf, ich nahm es wie aus weiter Ferne wahr, er war sehr aufgeregt, versäumte aber nicht, sich über mich beugend, mir zuzuflüstern, ich dürfe ruhig liegen bleiben – ›dich betrifft es nicht, du bist nicht gemeint‹ oder so ähnlich – und verschwand im unsicheren Kellerlicht nach draußen, ich blieb allein zurück und versank gleich wieder in festen Schlaf.
Sie sind dann ziemlich weit hinausmarschiert, das Gefecht fand etwa sechs Kilometer von der Villa Schädel entfernt statt. Ergebnislos. Die Polen zogen sich zurück, die Deutschen zogen sich zurück. Gegen Morgen trafen unsere Leute wieder in der Villa ein. Ich erwachte. Lag und lauschte. Nicht lange, dann öffnete sich die Tür – und Dieter Sandberg trat ein. Ohne Waffe, bleich, mit dem Ausdruck eines Irrsinnigen im Gesicht, Worte lallend, die ich nicht verstand. Dann warf er sich ins Stroh, nicht weit von mir, und ich sah, wie seine Schultern zuckten, hörte ihn weinen. Was war geschehen? Sie können es sich denken. Oberleutnant Lambey war gefallen. In Dieters unmittelbarer Nähe war er mit dem Kopf auf dessen Maschinengewehr aufgeschlagen. ›Du glaubst nicht, wie es gekracht hat.‹ Dieter selber war nichts geschehen. Wie ein waidwund geschossenes Raubtier noch im Verenden tödliche Prankenhiebe austeilt, so hatte der Krieg, der eben beendete, noch einmal um sich geschlagen und außer manchem anderen auch uns beide erwischt, Dieter und mich, Neulinge durchaus, Kinder und Anfänger. Auch ich brach in Tränen aus, unfähig mir vorzustellen, daß Lambey nicht mehr leben sollte, zu deutlich war er mir vor Augen, wie er mir in Herrn Schädels Geweihzimmer gegenübergesessen hatte. Und daß eben jetzt die Erfüllung dessen begonnen haben sollte, was er in dunkler Ahnung mir mitgeteilt hatte – das zu begreifen, für möglich zu halten, war ich

zu jung, zu unerfahren in menschlichen Schicksalen. Nur daß ich jetzt Dieter zu trösten hatte, begriff ich, der das Schreckliche ja unmittelbar miterlebt hatte, vielleicht vom Blute des tödlich Getroffenen besprengt worden war. Mystisches Todesgrauen wehte mich an, da unten in der Kellertiefe, beim trüben Gaslicht, angesichts des sich fassungslos im Stroh wälzenden Schulkameraden. Ängstlich rührte ich an seiner Schulter und sagte:
Er hatte mit mir über den Tod gesprochen, Dieter. Aber daß er selber sterben würde –
Dieter drehte sich auf den Rücken, lag mit hilflos ausgebreiteten Händen.
Wenn er wenigstens mit mir gesprochen hätte, sagte er, aber mit mir hat er kein Wort gesprochen, auch draußen nicht. Warum eigentlich nicht?
Ja, warum nicht? Ich wußte es nicht. Lambey hatte die Antwort auf diese verzweifelte Frage mit ins ewige Schweigen genommen. Es war, als ob wir mit den Fingernägeln an einer Betonmauer kratzten. Dieter stöhnte. Ich hätte gerne erfahren, ob sie Lambey von draußen zurückgebracht hatten, wagte die Frage aber nicht zu stellen. Der Gedanke an Siegfrieds Tod zuckte mir durchs Hirn, an Kriemhilds laute Klage über dem vor ihrer Kammertür niedergelegten Leichnam. Auch ein gewisses spitzes Schuldempfinden war meiner Trauer beigemischt, Lambey gegenüber, aber auch Dieter gegenüber. Endlich wurde ich mir auch meiner soldatischen Unzulänglichkeit bewußt, schämte mich, die furchtbare Stunde verschlafen zu haben. Und so weiter. Ich deute es nur an, meine Absicht war ja lediglich, Ihnen den Beweis dafür zu liefern –
Der Vorsteher: Daß Dieter auch die Gabe der Tränen verliehen war. Gewiß. Aber an dieser Tatsache war sowieso kein Zweifel. Auch Verbrecher können weinen.
– Verbrecher? Wie meinen Sie das?
Der Vorsteher: Ihre bisherigen Mitteilungen ergänzen das Bild, das wir von Dieter Sandberg aus den Dokumenten gewonnen haben, in der erwarteten Weise. Tatsächlich wissen wir vom späteren Dieter mindestens ebensoviel wie Sie von dem jungen.

– Interessant. Ich ging also nicht fehl in der Annahme, daß es Ihnen im Grunde nur auf eine Person ankäme, nämlich Dieter Sandberg.
DER VORSTEHER: Ein wenig auch auf Sie, obwohl – aber erzählen Sie doch erstmal zu Ende.
– Eigentlich bin ich am Ende mit dieser Erinnerung.
DER VORSTEHER: Sollte Dieter es Ihnen nicht doch nachgetragen haben, daß Lambey Sie zu seinem Vertrauten gemacht hatte statt seiner, der doch schon allein durch seine soldatischen Qualitäten den größeren Anspruch darauf gehabt hätte? Oder war er nicht nachtragend?
– Er war es nicht in bezug auf mich, wirklich nicht.
DER VORSTEHER: Sondern?
– Ich muß noch einmal zu jenem nächtlichen Augenblick im Keller der Villa Schädel zurückkehren.
DER VORSTEHER: Bitte.
– Denn Dieter – ja, er wollte nun, wie schon am Vormittag, unbedingt wissen, was Lambey mir anvertraut habe. Und wieder war ich nicht in der Lage, es auszuplaudern. Seltsam. Wahrscheinlich hielt mich ein ähnliches Gefühl davon ab, wie es Lambey gehabt haben mochte – man stieß bei Dieter eben dann, wenn man sich ihm zu nähern trachtete, auf eine eigentümliche, ihm sicher ganz unbewußte Abwehr, er setzte dann leicht eine geradezu hochmütige Miene auf, so als ob er in seiner – wie soll ich sagen, in seiner Einsamkeit nicht gestört zu werden wünschte.
DER VORSTEHER: Das ist Ihnen wirklich noch erinnerlich?
– Ich möchte sagen: es wird mir jetzt wieder erinnerlich, jetzt, wo Sie mich sozusagen – über vierzig und mehr Jahre hinweg – noch einmal mich ihm zu nähern nötigen.
DER VORSTEHER: Sie weigerten sich also, es ihm zu sagen. Und er?
– Seine Tränen waren versiegt. Er hatte sich im Stroh aufgerichtet und sah nachdenklich vor sich hin. Dann sagte er: Worte sind nicht so wichtig. Was immer er zu dir gesagt haben mag – ich habe ihn fallen sehen. Er hob einen Arm und zeigte mir die dunklen Flecken auf der Uniform. Blut, sagte er. Das wiegt mehr als Worte. Und dann – wieder nach einem Schweigen –: Worte werden durch Worte wettgemacht.

Blut kann nur durch Blut gerächt werden.
Es war das zweite Mal in meinem Leben, daß ich erfuhr, was Rache bedeutet. Erst Blödorn, jetzt Sandberg. Beides junge Leute. Beide, jawohl, beide ganz unmittelbar reagierende Menschen, von hier und heute aus beurteilt. Ich bin fest davon überzeugt, daß auch Rachegefühle geholfen haben, die spätere Katastrophe herbeizuführen, sehr weit zurückliegende sogar. Beweise dafür stehen mir im Augenblick nur von unserer Seite, der deutschen, zur Verfügung. Vielleicht –
Der Vorsteher: Können Sie sich für die Wahrheit dessen verbürgen, was Sie eben sagten? Bedienten Sie sich nicht doch einer gewissen Stilisierung –
– Nein, nein. Nachdem Sie mich einmal so weit gebracht, mich so tief hinabzusteigen genötigt haben, löst sich mehr und mehr auch jenes dämmrige Ungefähr auf, das über so frühen Erinnerungen gewöhnlich ausgebreitet liegt. Die Bilder werden deutlicher, die Stimmen klarer, die Worte genauer. Wie lässig gehen wir doch gewöhnlich mit unseren Erinnerungen um! Sicher in dem unbewußten Bestreben, uns ihnen nicht eigentlich zu stellen, sie vielmehr als eine Art von Park zu benutzen, in dem man je nach Lust und Laune einherwandelt, immer angeweht von angenehmen Lüften und Düften. Weder die Kothaufen noch die Blutlachen nehmen wir wahr. Das verschwindet alles hinter dem Bedürfnis, uns selber bestätigt zu sehen. In Wirklichkeit war alles ganz anders, als wir uns erinnern – es sei denn, die Erinnerung wird so dicht, daß sie jene abgelebte Wirklichkeit noch einmal heraufruft und sich mit ihr identifiziert. Aber wann geschieht das schon einmal?
Der Vorsteher: Haben Sie den Eindruck, daß es – jetzt geschieht?
– Vielleicht. Jedenfalls bin ich bereit – mitzugehen.
Der Vorsteher: Dann werden wir sicher zum Ziel kommen. Siegfrieds Tod. So nannten Sie es.
– Oder die Geburtsstunde der Rache. Dieter erhob sich und sagte, jetzt wieder ruhig: Komm, wir wollen ihn noch einmal ansehen. Wir gingen hinaus. Sie hatten Lambey im Geweihzimmer aufgebahrt, auf der alten, abgewetzten Chaiselon-

gue des Herrn Schädel lag er, von einer Zeltbahn zugedeckt. Still und bleich und friedlich. Ohne das Einglas. Wir traten nahe heran. Blickten auf ihn nieder. Zum zweitenmal: das Geheimnis des Todes. Aber nicht aus Neugier geschah es, daß ich eine Hand erhob und die erkaltete Wange des Toten berührte. Talitha kumi. Das lag weit zurück. Und hing doch auf unbegreifliche Weise mit diesem hier und jetzt zusammen. Es war die andere Seite des Lebens, das uns heute wie noch nie zuvor in Anspruch und in Dienst genommen hatte. Dieter konnte es nicht wissen – ich hörte die Flügel sausen, die Flügel der alten Mühle, die wir Schicksal nennen. Und hörte – anders als Lambey in seinem Traum – auch die Worte, die gesprochen wurden, Lambeys geflüsterte Deutung des Künftigen:

Wir gehen einer völlig unverständlichen Zeit entgegen, in der die Menschen völlig unverständliche Dinge treiben und begehen werden.

Man wird im Gefühl der völligen Vergeblichkeit dessen, was man tut, um so gewaltigere Anstrengungen machen, wird, um dieses Gefühl zu verdrängen, zu übertäuben, Aktionen vornehmen, die alles in Schatten stellen, was die bisherige Geschichte zustande brachte. Man wird zu einer Konsequenz des Schrecklichen kommen, die dann allerdings den Eindruck erwecken wird, daß dem Menschen nichts unmöglich sei. Auf diesen Höhepunkt der Geschichte treiben wir zu.

Der Mund, der diese Worte gesprochen hatte – vor noch nicht vierundzwanzig Stunden –, war für immer geschlossen. Und dann, so hörte ich ihn weiter flüstern, wird niemand mehr den Mut haben, Historiker zu werden, weil allein schon die Worte fehlen werden, um darzustellen, was geschehen ist und wie es geschehen konnte. Endlich wird Schweigen eintreten – und die Welt an ihrer Geschichte ersticken.

Nun, hier war das von ihm prophezeite Schweigen schon eingetreten. Lambey lag vor uns nicht nur als Opfer der Geschichte, sondern auch als ihr Zeuge. Wir beiden Achtzehnjährigen standen an seinem Totenbett, Dieter drüben, ich hier – und sahen uns an. Es geschah wie auf einen Befehl, daß wir uns ansahen, nachdem wir lange genug auf den stillen Mann geblickt hatten.

DER VORSTEHER: Nun – und?

– Einen Augenblick. Es ist nicht ganz leicht, Unsagbares in Worte zu fassen. Vielleicht erwarten Sie zu hören, daß Dieter – lachte? Nein, er lachte nicht. Aber in seinem Gesicht, ober über den leicht hervorstehenden Zähnen, lag der Ausdruck eines – ja, eines Versprechens, das ebenso in die Zukunft ging wie meine Erinnerung an Lambeys Vermächtnis, also begegneten sich unsere Gedanken, seine blauen Augen blickten kühl, an mir vorbei, durch mich hindurch, auf etwas in der Ferne Liegendes – einen Augenblick, bitte, ich möchte nichts konstruieren, ich will sagen, was war und wie es war, das Wirkliche, über Dieter und über mich, und – ja, ich merkte es an seinen Augen, es war inzwischen Morgen geworden, sehr früh und sehr hell, kurz nach Sonnenaufgang, natürlich waren wir beide übermüdet und überreizt von allem gestern Erlebten, daher auch empfindlicher und empfänglicher als sonst, ich merkte es an seinen Augen, daß er sozusagen sein Leben nach vorne geworfen hatte, eben in die von Lambey geweissagte Zukunft, und zwar als einer, der Anteil an ihr haben, sie mit heraufführen helfen würde, decise maker, sagt man heute dazu, insofern war er mir nicht bloß weit voraus in diesem Augenblick, sondern auch weit überlegen, seine Augen blickten nicht nur kühl, sondern auch hochmütig, und ich, ich – nun, mich überkam in diesem Augenblick eine tiefe heiße Sorge um Dieter eben als um einen, der sich so weit vorwagte, so weit aussetzte, schwer zu erklären, damals hätte ich's natürlich überhaupt nicht erklären können, damals empfand ich nur, heute kann ich das Empfinden beschreiben und erläutern, nicht nur weil so viele Jahre vergangen sind, sondern weil die Erinnerung nun doch auch, man mag gegen sie sagen, was man will, die Wirklichkeit nicht bloß reproduziert, sondern immer auch – wenn Sie das ominöse Wort erlauben – transzendiert. Ich bin Historiker. Auch schriftliche Quellen können – kraft unsres historischen Bewußtseins – in dieser Weise ›über sich hinauszugehen‹ genötigt werden. Auch hier gilt das alte Wort: Der Buchstabe tötet, aber der Geist macht lebendig.

Die Lebenden machen lebendig, was einst Leben war. Verzeihen Sie den kleinen Exkurs.

DER VORSTEHER: Es entspricht genau den Ergebnissen –

– Welchen Ergebnissen?

DER VORSTEHER: – mit welchen wir Sie noch bekannt machen werden. Oberleutnant Lambey hat ziemlich richtige Ahnungen gehabt. Schließlich mußten diese eben darum, weil sie richtig waren, sich auch einmal realisieren.

– Mußten sie das wirklich? Ich kann Ihren Determinismus nicht teilen. Vor allem darum nicht, weil die Realisierung ja – durch Menschen erfolgen mußte. Was für eine Macht ist es, die darüber bestimmt, welche Menschen geeignet sind, es auszuführen, und welche nicht? Genau gesagt: Ich fürchtete für Dieter. Später, jedoch ohne besondere Bezugnahme auf Dieter, sondern mehr im Blick auf das ganze Verhängnis, geriet ich an das geheimnisvolle, das Rätsel noch rätselhafter machende Wort: Es müssen ja Ärgernisse kommen. Doch wehe denen, durch welche die Ärgernisse kommen. Finstere Zusammenhänge. Noch einmal ein Labyrinth.

DER VORSTEHER: Haben Sie mit Dieter darüber gesprochen?

– Nein. Mit jener Morgenstunde an Oberleutnant Lambeys Leiche endete unsre Beziehung. Ich wurde am selben Tage aus der Gruppe entlassen. Ein Verwandter, Bruder meines verstorbenen Vaters, hatte sich dazwischengesteckt und erwirkt, daß man mich nach Hause schickte. Ich zögerte nicht, atmete vielmehr auf, der fatalen Kolonne Valet sagen zu können – hätte mich natürlich gerne von Dieter verabschiedet, doch war er am Nachmittag schon wieder ›im Einsatz‹, wie man später sagte. Wir schrieben August 1919. Im Oktober bezog ich die Universität. Im März des folgenden Jahres verließen wir Fernau für immer. Ende der Kindheit. Ende der Erinnerung. Dieter habe ich, wie gesagt, seitdem nicht wiedergesehen, auch nichts von ihm gehört. Sie wissen, was die Jahre mit sich brachten an Veränderungen, Störungen, Verwirrungen, Katastrophen. Es war wohl eine Art Wachablösung gewesen in jener Nacht – von Oberleutnant Lambey zu Dieter Sandberg. Möchte wissen, wie er sein Versprechen wahr gemacht hat. Wissen Sie es?

DER VORSTEHER: Recht genau.

– Genügt das Dokument, das Sie vorhin mitteilten –
DER VORSTEHER: Es ist nicht das einzige.
– Er ist also wirklich Arzt geworden.
DER VORSTEHER: Die Affäre Lambey hat uns von dem Dokument ein wenig abgelenkt – bitte noch einmal 62 a.
(Der Kommissar, der meine Erzählung in der bekannten Weise mit angehört hatte, und natürlich war auch das rothaarige Fräulein ihr Wort für Wort gefolgt, ergreift die blaue Mappe und wiederholt, was er schon einmal gelesen hatte. Und erst jetzt übt der kurze Bericht seine volle, ich möchte sagen: niederschmetternde Wirkung auf mich aus – erst jetzt kommt mir klar zum Bewußtsein, auf was für finstere Aktionen sich Dieter Sandberg eingelassen haben muß, immer vorausgesetzt, daß er es wirklich ist, wirklich derselbe Dieter Sandberg, mit dem ich einmal an Oberleutnant Lambeys Leiche stand, heute vor fast vierzig Jahren. Noch immer zögere ich, es zu glauben, möchte jedoch von meinem Mißtrauen gegen das Dokument nichts merken lassen. Auch Dokumente können irren. Auch Quellen können lügen. Freilich, wenn er sagte, daß es nicht das einzige Dokument sei, muß er ja noch mit einigen weiteren Beweisen aufwarten können. Vierzehn Uhr dreißig. An Weiterfahrt ist nicht mehr zu denken. Ich werde hier übernachten müssen. Hier in Jastrow. Hoffentlich gibt es ein halbwegs anständiges Hotel. Ich kenne ja nur den Bahnhof. Wenn alle Stränge reißen, klopfe ich in dem Krankenhaus an, wo das Nönnchen inzwischen Unterkunft gefunden haben wird. Aber das sind nur kurze Gedankenblitze – in Wahrheit hänge ich an dem eben noch einmal verlesenen Dokument wie der Eisenspan am Magneten. Es ist nicht das einzige, nein, auch nicht das einzige mir bekannte, ich muß das doch einmal aussprechen –)
– Ich weiß nicht, ob Ihnen bekannt ist, daß bei uns inzwischen eine Anzahl von Dokumentensammlungen erschienen ist, die ziemlich genau über jene scheußlichen Vorkommnisse orientieren. Ich kann Ihnen versichern, daß ich mich damit beschäftigt habe.
DER VORSTEHER: Als Historiker waren Sie dazu wohl verpflichtet.
– Nicht mehr als jeder andere Zeitgenosse.

DER VORSTEHER: Und als Deutscher.
– Gewiß. Doch wäre zu wünschen, daß in allen am Krieg beteiligt gewesenen Länder das geschehene Unrecht dokumentarisch festgehalten würde. Man sollte es nicht den Deutschen allein überlassen.
DER VORSTEHER: Eine Frage der Zweckmäßigkeit.
– Doch wohl auch der Gerechtigkeit.
DER VORSTEHER: Halten Sie es immer noch für angebracht, zugunsten Ihres Schulkameraden Dieter Sandberg zu argumentieren? Das heißt doch wohl die Objektivität des Historikers etwas weit getrieben.
– In dubio pro reo.
DER VORSTEHER: Also haben Sie Zweifel an der Richtigkeit des Dokumentes.
– Es ist so Schreckliches geschehen, daß die Prüfung der Dokumente gar nicht sorgfältig genug vorgenommen werden kann.
DER VORSTEHER: Eben damit sind wir ja beschäftigt – zu prüfen, und zwar beides: Ihre Erinnerungen und unsere Dokumente.
– Die Erinnerungen sind wohl abgeschlossen, nachdem wir bis zur Affäre Lambey vorgedrungen sind, bis zur letzten Begegnung zwischen Dieter und mir.
DER VORSTEHER: Merkwürdigerweise fehlt in Ihren Erinnerungen fast ganz das weibliche Element. In der Schimanskigeschichte spielte es nur eine ganz passive Rolle.
– Mir fällt derartiges nicht ein – verzeihen Sie. Nicht, daß ich mich genieren würde.
DER VORSTEHER: Es käme auch nur insoweit in Frage, als es wiederum das Dunkel um Dieter Sandberg aufzuhellen geeignet wäre.

VII

– Was man so Weibergeschichten nennt, – nein, ich wüßte nicht, daß Dieter damals in derartiges verwickelt war. Natürlich gab es Schulkameraden, die schon als Sekundaner und erst recht als Primaner Erfahrungen in diesem Bereich sammelten. Es war eine Zeit, für die Wedekinds ›Frühlings Erwachen‹ immer noch galt: der Weg der Jugend von Tabus umstellt, die Erwachsenen auf Prüderie gedrillt. Moritz Stiefel und Wendla Bergmann. Lehrer und Eltern hüteten das Geheimnis, als wäre da Gift ausgelegt. Wedekind wurde ausgepfiffen. Inzwischen hat sich manches geändert, aber die Schwierigkeiten sind wohl immer noch groß.
Der Vorsteher: Man könnte sich vorstellen, daß Dieter Sandberg – wie sagt man bei Ihnen – von den Mädchen – umschwärmt wurde?
– Vielleicht hatte ich keinen rechten Blick dafür, jedenfalls erinnere ich mich nicht. Von Koedukation war noch keine Rede. Der Krieg lenkte die Gedanken auch vorzüglich auf männliche Angelegenheiten.
Der Vorsteher: Sie wissen natürlich, daß Krieg und Sexualität aufeinander einwirken.
– Wollen Sie wirklich, daß ich Ihnen von entsprechenden Explosionen, die selbstverständlich stattfanden, berichte? Besonderes ist daran so gut wie nichts.
Der Vorsteher: Wir haben Zeit.
(Eine ausgesprochen zynische Feststellung. Auch die Katze läßt sich Zeit, die ihrer Beute sicher ist. Eine solche Improvisation von Gerichtshof ist mir noch nicht vorgekommen. Wenn man schließlich, außer meinen Erinnerungen und den Dokumenten, noch auf Zeugenaussagen zurückgreifen will, kann das ja ein langwieriger Prozeß werden – notabene auf einem Grenzbahnhof zwischen Polen und Deutschland, der

selbst dann, wenn er auf deutscher Seite läge, keine Gewähr dafür böte, daß das Recht nicht gebeugt wird. Die Grenzen scheiden auch Recht von Recht. Immer wird ein Augenblick eintreten, in dem der Reisende als vogelfrei gilt. ›Wir haben Zeit‹. Das ist der Augenblick. Und ich dachte mir das Tauwetter zunutze machen zu können –)

– Zurück also vom Dokument zur Erinnerung. Nicht ganz einfach. Denn ich habe Dieter Sandberg jetzt sozusagen wiedergesehen, als Arzt, in einer ihn eben als Arzt schwer kompromittierenden Situation – das kann leicht auf meine Erinnerung einwirken, kann sie gewissermaßen tendenziös vereinfachen, Sie verstehen, daß ich Mühe habe –

Der Vorsteher: Aber warum? Wenn Dieter noch lebt, muß er in Ihrem Alter sein, also hoch in den Fünfzigern, und warum sollte er nicht mehr leben –

– Sie wissen es nicht?

Der Vorsteher: Leider nein. Aber wir nehmen es an. Es leben noch viele, die in den Dokumenten vorkommen. Bloß ihre Opfer leben nicht mehr. Oder nur wenige – und dann beladen mit Erinnerungen, denen gegenüber diejenigen, von welchen Sie zu berichten haben, alles in allem von märchenhafter Harmlosigkeit sind, auch wenn in ihnen schon gewisse Keime zu Späterem enthalten sein sollten.

– Im Anfang das Ende.

Der Vorsteher: Im Anfang das Ende. Bleiben wir bei der Formel. Und kehren jetzt noch einmal zum Anfang zurück. (In diesem Augenblick fährt draußen ein heftiger Windstoß auf die Baracke zu, der ganze Bau knistert und zittert, und die polnische Fahne wacht erschreckt aus ihrem dumpfen Brüten auf, entfaltet mit mächtigem Schwung das blutig rote Tuch, den weißen Adler mit seinen gespreizten Flügeln und Fängen, es leuchtet in unser Zimmer, etwas wie Herausforderung geht von dem Vorgang aus, und zugleich strömt durch das vom Winde aufgerissene Fenster die Harzluft des Waldes herein, ich halte das Gesicht dem erquickenden Luftstrom entgegen und atme ihn mit tiefen Zügen ein.

Wald ist Freiheit, Wald ist Leben, Wald ist Wachstum, Wald ist Wärme, und dieses dumme Gehäuse ist immerhin aus seinem Holz gemacht, ich schließe die Augen, nicht nur der

Duft des Waldes dringt durchs Fenster, sondern der Wald selber, Stamm bei Stamm, im Nu ist Wand und Dach wieder zu Wald geworden –).

– Oben saust es, unten ist Stille, der Nadelboden mit Sonnenflecken gesprenkelt, weiße und gelbe Falter taumeln über Erika und Preißelbeergesträuch, Pechnelken schwanken, ich liege am Kiefernhang, in der Kuhle, im grünen, scharf und bitter riechenden Kraut, und neben mir, nein, kein Mädchen, wie Sie vielleicht denken, ich kümmerte mich noch nicht um Mädchen, sie existierten für mich noch nicht, ein Jahr später, ja, da existierten sie schon, also wer denn – Sie wissen es: Dieter Sandberg. Beide liegen wir in der Kuhle, behaglich zusammengerollt, waren es Ferien oder sonst ein Nachmittag im Sommer, ich weiß es nicht, es wird aber im Sommer dreizehn gewesen sein, ein Jubiläum wurde gefeiert, wir liefen mit Seidenbändern am Anzug umher, auf der Höhe über dem Fluß flammte das Jubelfeuer, loderte in den Bronzeschalen des Bismarckturms. Kein Jahr ohne Bekundungen des Patriotismus. Die Kaiserhymne, das Deutschlandlied, die schwarzweißroten Fahnen, die Paraden, die Fackelzüge, die Schulferien. Hundert Jahre waren seit den Freiheitskriegen vergangen. Man feierte die Freiheit – die man für sich beanspruchte, ohne sie anderen, zum Beispiel den Polen, zu gewähren. Lüge war in jede Rede gemischt, in jede Zeremonie. Es nahm kein Ende. Zwischendurch flüchteten wir in den Wald oder ans Wasser oder zu beiden zugleich, wie an diesem Nachmittag. Übrigens war es ein Sonntagnachmittag. Dieter –

DER VORSTEHER: Vielleicht können Sie uns etwas über seine Herkunft verraten, über sein Elternhaus?

– Sein Vater war Buchhändler, ich sagte es wohl schon. Natürlich mit Schreibwaren dazu. Die Bücher allein hätten ihn nicht ernähren können, so lesefreudig waren die Fernauer denn doch nicht. Auch eine Leihbibliothek hatte er – Herzog, Ganghofer, Skowronnek, natürlich auch Sienkiewicz. Quo vadis, ein lateinischer Titel, aber jedermann kannte ihn, als ob jedermann das Gymnasium besucht hätte.

DER VORSTEHER: Sie kannten das Buch, nicht bloß den Titel?

– Ich las es als Obertertianer.

Der Vorsteher: Sonst noch Polnisches?

– Nein. Ich glaube, die Kenntnis der Deutschen von der polnischen Literatur beschränkte sich auf Quo vadis und, verzeihen Sie, auf eine Anzahl von Mikoschwitzen – oder war das ein Ungar? Es ist kaum auszumachen, wo Bildung anfängt und wo sie aufhört. Dem Vater Sandberg verdankte ich immerhin die Bekanntschaft mit einigen besseren deutschen Autoren als den vorhin genannten. Er gab mir Bücher aus seiner eigenen Bibliothek zu lesen. Ich verschlang alles, was er mir gab. Und Dieter verdankte ich, daß ich zum ersten- und einzigenmal in meinem Leben hinter den Ladentisch trat, und das ist etwas ganz anderes als vorm Ladentisch. Ganz verschiedene Aspekte. Dieter kannte es. Mir war es neu, und immer wieder suchte ich Gelegenheit, von der Käuferseite auf die Verkaufsseite zu kommen. Es war ein recht salopper, fast genialischer Betrieb. Vater Sandberg wurde mit seinem so verschiedenartigen Kram einfach nicht fertig. Auch Peitschen und Schwämme und Nippes hielt er feil, auch Feuerwerkskörper, es lag alles in heillosem Durcheinander, in großen und kleinen Pappschachteln, aufgestapelt. Die Dämmerung eines venezianischen Kaufgewölbes herrschte in dem weitläufigen Raum. Vater Sandberg hantierte irgendwo im Hintergrund, betrat man den Laden, war er zunächst unsichtbar – ›Was steht zu Diensten‹ fragte es aus dem Dunkel, und erst, wenn man geantwortet hatte, trat er persönlich in Erscheinung: ein hagerer, magerer Mann, mit einem dünnen grauen Schnurrbart und einem Pincenez auf der traurig abwärts hängenden Nase. Um den Hals statt eines steifen Eckenkragens, wie es sich gehört hätte, einen sogenannten Schillerkragen. Merkwürdig genau erinnere ich mich auch der vier oder fünf Ringe, die er an seinen behaarten Fingern trug, einer davon mit einem altertümlichen Goldstück, polnischer Herkunft. Sie dürfen mir glauben: Vater Sandberg war ein Polenfreund. War es ebenso eigensinnig, wie er Demokrat war. Nicht wenige Fernauer nahmen Anstoß daran, am einen wie am andern. Doch er machte sich nichts daraus. ›Wer nicht bleiben will, kann gehen‹, pflegte er zu sagen. Die meisten seiner

Kunden blieben. Wahrscheinlich, weil es eben doch ein nicht alltäglicher Umgang mit dem originellen Mann war. Von mir selber kann ich sagen, daß ich bei meinen Besuchen lieber die Buchhandlung mit Vater Sandberg zum Ziel nahm als die Sandbergsche Wohnung, die im selben Hause, nicht weit von der polnischen Pfarrkirche, lag, mit Dieters Knabenzimmer. Es kam vor, daß ich die Bleisoldaten, mit denen wir beschäftigt waren, oder die Schularbeit, an der wir knobelten, im Stich ließ und abwärts in die Buchhandlung wandelte, Vater Sandberg zu begrüßen und ihn um ein neues Buch zu bitten. Gleich neben dem Laden hatte er seine Werkstatt, er war nämlich nicht bloß Buchhändler, sondern auch Buchbinder, suchen Sie sich das mal heute. Da stand die Schneidemaschine mit dem runden Eisengewicht, da roch es nach Leim, Bündel von Schnüren und Fäden hingen herum, Papierrollen standen und lagen in den Ecken. Manchmal nahm ich das eben geliehene Buch gleich vor und setzte mich in die Nähe des Hoffensters oder im Winter unter die Gaslampe. Vater Sandberg ließ mich gewähren. Ihn freute mein Lesehunger. Noch mehr hätte es ihn gefreut, wenn Dieter ihn auch gehabt hätte, aber der hatte eben andere Interessen, naturwissenschaftliche, die er ziemlich ernst nahm, während sein Vater darüber lachte – sie verstanden einander ganz und gar nicht, Vater und Sohn, obwohl Dieter der einzige war, keine Mutter im Hause waltete, sondern eine Haushälterin, Emanuel Sandbergs Schwester, die mit einem polnischen Geiger durchgegangen war – ganz Fernau hatte sich darüber erregt. Zwei Jahre später kehrte sie, ungebrochen, über jegliche Erinnerung erhaben, zurück, und da inzwischen Dieters Mutter gestorben war, nahm der Vater sie ins Haus. Eine lebhafte, stolze Person, führte sie den leicht überschaubaren Haushalt ebenfalls auf saloppe, fast genialische Weise. Mir war so etwas ganz ungewohnt, und es zog mich sonderbar an, eine Lebensart wurde da sichtbar, die gegen unsere preußische sich mit Grazie behauptete. Übrigens – ich darf das alles ja nur andeuten, aber Sie haben nun einmal die Frage nach Dieters Herkunft gestellt, müssen mir daher wenigstens ein paar kräftigere Striche erlauben, wir haben Zeit, sagen Sie vorhin –,

übrigens hatte Vater Sandberg seinen Stammplatz in einem über der Brahe gelegenen Café, das heißt: eine dem Hauptraum vorgelagerte Glasveranda hing auf Eisenstreben über dem Fluß, man hatte den Blick auf die zum Café führende Brücke, auf die Bewegung der Dampfer und Kähne und Flöße, sicher einer der interessantesten Punkte der Stadt. Täglich nach Tisch erschien hier Emanuel Sandberg und genoß bei einer Tasse Kaffee und einer Virginia die Mittagsstille. Nicht im geringsten störte ihn der stadtbekannte Umstand, daß der dort konzertierenden Kapelle eben jener Geiger vorgestanden hatte, mit welchem seine Schwester Valeska das Weite gesucht hatte. Imponierende Unabhängigkeit von dem, was die Leute sagen und meinen!
DER VORSTEHER: Hatte Dieter davon etwas mitbekommen?
– Schwer zu sagen. Er war eher pedantisch als genialisch. Eher sorgfältig als salopp. Tante Valeska – ich höre noch, wie er hochmütig sagte: Das Weib geht mir auf die Nerven. Dabei nahm sie sich seiner ganz mütterlich an, begegnete seiner manchmal geradezu aufreizenden Arroganz mit freundlichem Gleichmut. Ich glaube, daß er seiner Mutter nachartete, die für Vater Sandberg sicher nicht die richtige Partnerin gewesen war: eine kühle Blondine, von der er auch die vorstehenden Zähne überkommen hatte. Sie stammte aus Hannover. Buchhändlerstochter. Ihre Hauptbeschäftigung war, sich zu langweilen. Sei es die Stadt, sei es das Geschäft, sei es die Landschaft – alles langweilte sie. Auch ihre Ehe. Möchte wissen, wofür sie sich interessierte. Ja, richtig – es gab ein Sommertheater in Fernau. Von Juni bis September trat dort eine Schauspielertruppe auf und machte die Leute mit den neuesten Operetten bekannt, zuletzt, in den ersten Kriegsmonaten, noch mit – wie hieß es doch, das alberne Stück – ›Extrablätter‹ oder so ähnlich. Dahin zog es die immer noch junge Frau Sandberg: sie starb mit 35 Jahren, wohl bald nach Kriegsbeginn. Die Kriegsoperetten hat sie nicht mehr kennengelernt. Es endete für sie wohl mit ›Wie einst im Mai‹.
DER VORSTEHER: Sind Sie im Hause Sandberg auch Polen begegnet?
– Ja.

DER VORSTEHER: Auch Juden?

– Ja. Das heißt: im Hause Sandberg ist zuviel gesagt. Ich muß noch eines Raumes Erwähnung tun, der gegenüber der Werkstatt gelegen war, des Büros. Dorthin zog sich Emanuel Sandberg abends zurück, nach dem Abendessen, das er oben zusammen mit den Seinen einnahm. Natürlich herrschte auch hier die ihm nun einmal eigentümliche Unordnung. Ich erinnere mich an einen großen, schweren Bücherschrank, an ein großes Bild im Goldrahmen – irgend etwas Historisches, eine Schlacht, ziemlich nachgedunkelt, ich rätselte manchmal daran herum, Nelson bei Cap Trafalgar, was hatte es in Vater Sandbergs Büro zu suchen. Aber auch die Engländer hatten es ihm angetan. Die unterdrückte Freiheit bei den Polen, die verwirklichte Freiheit bei den Engländern – das war es, was ihn anzog. Und er hat es auf mich übertragen. Nicht ebenso auf seinen Sohn. Mich lud er manchmal zu den abendlichen Zusammenkünften in seinem Büro ein – Dieter habe ich dort nie getroffen. Wie gesagt: Juden und Polen waren dann seine Gäste, die er mit Wein und mit Zigarren bewirtete. Mein Vater sah es nicht gern, daß ich mich daran beteiligte, verbot es mir aber auch nicht. Es gab im Heer auch demokratisch gesinnte Offiziere, nicht viele, aber es gab sie. Mein Vater hatte eine Neigung dahin. Sein Gerechtigkeitssinn mußte mit dem preußischen Drill kollidieren. Er hat es nicht weiter als bis zum Major gebracht, wurde dann eine Zeitlang zum Bezirkskommando abgestellt. Das nebenbei. Verschwiegen werden durfte es nicht – ich bin Historiker. Schließlich gibt es auch in den heutigen totalitären Systemen Lücken, weiße Flecke oder wie mans nennen will. Sie erlauben mir die Bemerkung. Es war damals noch kein totalitäres System. Der beste Beweis dafür: Emanuel Sandbergs ungezwungener, ungestörter Umgang mit Juden und Polen. Warum er nicht in der Wohnung stattfand? Darum nicht, weil es eine reine Männersache war. Herrenabend, nichts für die Frau, nichts für die Schwester. Aber auch, wie gesagt: nichts für Dieter. Der sog vielmehr aus der wöchentlich geübten Geselligkeit in seines Vaters Büro einen regelrechten Haß gegen die ›Zigeuner‹, die ›Itzigs‹ oder wie er sie sonst benamste. Sie sehen, es ging ziemlich bunt durcheinander mit den Stimmungen, Neigungen, Richtungen und so weiter. Und soviel Zeit haben wir wiederum nicht, daß ich darüber noch ausführlicher werden könnte. Eine Abschweifung war es aber nicht – Sie hatten ausdrücklich Näheres über Dieters Herkunft zu erfahren gewünscht. Immer müssen Sie sich, zu allen Einzelheiten, die Zeit hinzudenken, die Epoche. Ein halbes Jahrhundert zurück. Also, was Dieter und mich betrifft, 1913: die geschlechtlichen Tabus, den Patriotismus, die Spielerei mit der Geschichte, die Bildungsfassade, Homer plus Hohenzollern, Fridericus plus Christus – ein wüstes Durcheinander, über dem Herd eines Erdbebens. In Emanuel Sandbergs Büro, am Trinktisch unter dem Bilde von Cap Trafalgar, hab ich vielleicht die ersten leisen Stöße des Erdbebens zu spüren bekommen, den ersten Unterricht in Geschichte, in wirklicher Geschichte empfangen. Sie erlauben, daß ich ihm mit meinem Berichte ebenso einen kleinen Dankeskranz gewunden habe – wie vorhin Oberleutnant Lambey mit der Erinnerung an Villa Schädel.

Der Vorsteher: Wie Sie wollen. Kehren Sie nun aber zu Ihrer eigentlichen Erzählung zurück.

(Ich hätte noch lange so fortfahren können. Das Ganze interessiert mich ja mehr als die Details. Und für das Ganze, ich meine für dessen Beurteilung, springt aus solcher Gesamtaufnahme sicher mehr heraus als aus diesen ziemlich abseitigen, kindlich-skurrilen Knabengeschichten, auf die hin ich immer wieder gedrängt werde. Es ist, als ob man mich unter allen Umständen bei Dieter festhalten möchte, von dem ich mich dann doch meilenweit entfernt habe. Unsre Freundschaft – man kann es so nennen – war streng auf die Schulzeit beschränkt. Das gibt es, hat es immer gegeben. Wenn er noch lebte, hätte er gut und gerne an unserm Klassentreffen teilnehmen können, das vor zwei Jahren in meiner Wohnung stattfand und zu dem immerhin noch sechs Fernauer Gymnasiasten erschienen waren, alte Knaben jetzt, aber es war ganz nett, obwohl es nicht ganz zu der erwarteten Harmonie gedieh infolge der Anwesenheit eines – ja, man muß sagen: übriggebliebenen jüdischen Mitschülers, ebenfalls Arzt, aber was hatte der inzwischen hinter sich gebracht, eulengesichtig saß er unter uns, mit todtraurigen Augen, ein Denkmal dessen, was war und nicht ausgelöscht werden kann, jedoch, und das war das tief Ergreifende: ohne ein einziges Wort der Klage oder Anklage, nur gewillt, sich mit uns in Erinnerungen zu ergehen. Ich habe so etwas von Erinnerungslust noch nicht erlebt. Fernau und immer wieder Fernau. Er konnte nicht genug davon hören, davon erzählen. Und war doch selber eben aus Fernau gekommen, wo er seit 46 eine gutgehende Praxis hatte. Natürlich fragten wir ihn nach den heutigen Verhältnissen dort aus – aber darauf ging er nur flüchtig ein, ach, laßt doch, was geht das uns an, und lenkte sogleich wieder zum alten Fernau zurück. Von den übrigen, nicht anwesenden Mitabiturienten war nur die Rede, insoweit dieser oder jener an einer bestimmten Schulgeschichte beteiligt war. Der Name Sandberg fiel überhaupt nicht. Jetzt wundere ich mich darüber. Aber – war es nicht auch ein Zeichen dafür, daß meine Beziehung zu ihm nicht über, sagen wir, über die Lambeyaffäre hinausreichte? Vielleicht auch dafür, daß er in unserm Kreise keine besondere Beliebtheit genoß, damals? Doch – ein einziges Mal fiel sein Name. Und zwar war es Alfred Cantor, eben jener jüdische Arzt, der die Frage nach Dieter stellte. Sagt mal, da war doch dieser – er kam nicht gleich auf den Namen, und wir rieten eine Weile hin und her, bis Dopka, der Rechtsanwalt, mit den Fingern knipsend, plötzlich laut ausrief: Dieter Sandberg! Wenn du den meinst – Ja, den meinte er. Aber kaum hatte Dopka den Namen genannt – es war wirklich seltsam –, entstand ein kleines Schweigen unter uns: der Unwissenheit, des Nachdenkens, aber auch – der Betroffenheit. Niemand hatte inzwischen von Dieter gehört. Er war wie verschollen. Vielleicht lebt er nicht mehr, sagte jemand. Und dann – noch seltsamer – sagte Alfred Cantor, ich mußte unwillkürlich aufblicken, in sein gelbes, verhangenes Gesicht, die todtraurigen Augen: Oder – vielleicht unter einem andern Namen. Erneutes Schweigen. Dann sagte Martin Scheske, der Pastor, der aus der DDR gekommen war: Verrückte Zustände. Du, Alfred Cantor, bist jetzt Pole. Ich habe das Vergnügen, in der DDR zu leben. Und Dieter Sandberg läuft vielleicht irgendwo in Westdeutschland unter falschem Namen umher. Auch diese einfache, aber völlig richtige, den Wandel der Dinge gut charakterisierende Bemerkung wurde von Alfred Cantor als unnötige Abschweifung ins Politische empfunden. Ich habe Dieter Sandberg nie gemocht, sagte er ruhig, aber zu irgend etwas wird er es schon gebracht haben. Im übrigen – hätte ein jeder von uns ebensogut hinweggespült werden können wie er. Ein Wunder, daß wir sechs uns noch einmal wiedergefunden haben. Genießen wir das nur. Sprachs und stand auf und ging an den Flügel und fing an zu spielen. Als ob nichts, gar nichts sich in den vierzig Jahren ereignet hätte, als ob man einfach an 1913 oder 1919 anknüpfen könnte. Ich saß auf dem Sofa, ihm gegenüber, so daß ich ihm über den Flügel weg ins Gesicht blicken konnte. Er trug eine Brille, nahm sie aber öfter ab, so auch jetzt, und legte sie neben die Tastatur. Dünnes schwarzgraues Haar lag glattgestrichen über seinem runden Haupt, er bewegte sich beim Spielen, so daß sein Gesicht bald abwärts tauchte, bald sich aufwärts hob, im Kerzenschein gewann es einen fast ikonenhaften Glanz: Elfenbein und Gold. Er spielte aber nichts Frommes, nichts Ho hes und Tiefes, er spielte ausschließlich Schlager, und zwar die Schlager von damals, 1913 bis 1919: spielte sie flüssig und elegant, alles auswendig, einen Text, eine Melodie an die andere reihend, mit leicht modulierenden Übergängen. Ganz wie damals, flüsterte mir Dopka zu – ja, ganz wie damals. ›Es war in Schöneberg im Monat Mai‹ und ›Tausend süße Beinchen‹ und ›Puppchen du bist mein Augenstern‹ und ›Die gute Tante Carola‹ und – ach, ich bringe es doch bloß durcheinander, ich hatte und habe für Schlager keinen Sinn, aber Cantor, Alfred Cantor, dem bedeuteten sie – wie sollte man sichs anders deuten – ganz offenbar eine Art von Refugium, leichtes, schwankendes Zelt, mitten in der Wüste der Jahre, die alle ihre Spuren in sein Gesicht gegraben hatten. Es entsprach den Rundbriefen und Ansichtskarten, die er in den letzten Jahren aus Fernau geschickt hatte: in dem Bewußtsein, als einziger dort Verbliebener unsres damaligen Schülerkreises die alten Fäden soweit möglich wieder zusammenzuziehen und festzuhalten, er tats mit Gewissenhaftigkeit und Regelmäßigkeit. Und doch, und doch – wie konnte jemand, der durch Auschwitz gegangen war, als Jude die Wüstenzeit lebend überstanden hatte, zehn Jahre danach sich so harmlos an die billige Tröstung von Schlagertexten und -weisen halten? Sein Gesicht strafte doch jeden Takt und jedes Wort einfach Lügen! Und nicht genug damit, daß er spielte – nein, plötzlich, mitten im Satz sozusagen, fing er auch an zu singen, mit etwas krähender, belegter Stimme, der Stimme eines alten Mannes, eines abgenutzten Körpers – es ging mir durch und durch, ich konnte gar nicht mehr hinsehen, und hinhören erst recht nicht, aber solange er spielte und sang, mußte man ihn ja gewähren lassen. Auch der andern hatte sich, wie ich bemerkte, Beklommenheit bemächtigt, sie blickten still und ernst vor sich hin, sicher auch im Empfinden der Unvereinbarkeit von Einst und Jetzt in der Existenz des einsamen traurigen Mannes dort am Flügel, der sich spielend und singend zurück- und hinüberschwang: über einen Abgrund voll Ungeheuern in eine Zeit, die noch vor dem Abgrund lag und von den Ungeheuern, die er barg, noch nichts wußte, nichts ahnte. Er machte es uns nicht leicht, er konnte sich gar nicht trennen vom Klavier. Und als ich wieder aufschaute, war in seinem Gesicht tatsächlich ein ganz leichter, dünner Schimmer von Freude zu sehen – ich werde das nie vergessen. Werde trotzdem kein Freund von Schlagern werden, aber – wie das Beispiel beweist – haben nicht bloß Choräle die Fähigkeit zu trösten, es kann wohl auch einmal ein Schlager sein, die Religion muß das zur Kenntnis nehmen, die Gottheit bindet sich offenbar doch nicht so fest an die Erscheinungsformen der Religion, wie die Frommen gewöhnlich meinen: plötzlich zieht sie sich aus den Chorälen zurück und nimmt Wohnung in einem ganz albernen Wortgebäude, sehr zur Verwunderung derer, die so gerne in Unterscheidungen glänzen. Solche Gedanken gingen mir auch durch den Sinn, als Alfred Cantor, heute vor zwei Jahren, bei der einzigen Wiederbegegnung nach vierzig Jahren, uns dieses schwerverständliche Schauspiel bot, und noch einmal, anderthalb Jahre später, als ich die noch schwerer verständliche Nachricht von seinem Tode in Händen hielt: der den deutschen Schindern entkommen war – ich habe nie erfahren, wie es ihm eigentlich gelang –,

war, ganz unpolitisch, von polnischen Banditen bei einem Einbruch in seine Wohnung ermordet worden, zusammen mit seiner Frau. In Fernau. Gar nicht weit von unserm alten, biederen Gymnasium, das, wie wir von ihm ja wußten, auch alle Wechselfälle des halben Jahrhunderts tapfer überstanden hatte, hauchte er sein bitteres Leben aus. Ein Deutscher. Ein Pole. Ein Jude. Einer von uns. Ob der Wagen mit den zwei Särgen auch wieder von einem schwarz vermummten Doppelgespann gezogen wurde, ob der Chopinsche Trauermarsch gespielt wurde, ob er auf dem ehemals deutschen Friedhof beigesetzt wurde, wo Dieter Sandbergs Mutter lag, wo Mariechen Schimanski ihr Grab gefunden hatte, ich weiß es nicht. Es war aber der letzte wirkliche Hauch aus dem inzwischen so unwirklich gewordenen Fernau, der uns berührte in der Person dieses tragischen Abgesandten. Plötzlich schwieg er und hob die Hände von den Tasten, setzte sich die goldgerandete Brille auf die gekrümmte Nase, fuhr sich mit der Hand über die Stirn, über das Haar und sagte, noch vom Flügel her: Musik aus Fernau. Entschuldigt bitte – aber ich kenne keine andere.
Es war wirklich so: er machte sich absolut nichts aus klassischer Musik, er las auch keine klassische Literatur, moderne auch nicht, dazu ließ ihm sein anstrengender Beruf keine Zeit. Er zehrte aus einem höchst dürftig scheinenden Vorrat, der sich dann doch als dauerhafter und nahrhafter erwies, als unsereins ihm je zugetraut hätte. Requiescat in pace. Ich bin Christ. Die Juden kommen auch in den Himmel. Die geschundenen ganz gewiß. Oder es gibt keinen Himmel. Theologie des zwanzigsten Jahrhunderts.
Mit dieser Erinnerung habe ich mich für ein paar Augenblicke – länger dauerte es nicht – dem über mir waltenden Kommando entzogen. Ich bin ganz glücklich darüber. Es ist gar zu unbequem, in diesem Bereich gehorchen zu müssen. Doch kann ich nicht leugnen, daß in mir allmählich eine Neigung sich regt, das Kommando zu bejahen, den Gehorsam zu leisten. Im übrigen ist das Geflecht der Erinnerungen viel zu breit und viel zu dicht, als daß man eine gegen die andere herauspräparieren könnte, eine färbt auf die andere ab, es sind keine Gleise, es ist ein Gewimmel, wie von Fischen in

einem viel zu engen Bassin, dunkles Gleiten und Beugen und Schlüpfen, kein Anfang, kein Ende, alles eingeschlossen und aufeinander bezogen, und zugleich auch wieder geöffnet: anderswohin, und auf etwas anderes, außerhalb, ganz außerhalb, bezogen. Alles wirklich Entscheidende ist *extra nos,* an dieser Einsicht und Erfahrung lasse ich nicht rütteln. Und insofern räume ich auch der Stimme, die mich anredet und weitertreibt, ein Recht hierzu ein: auch sie ein *extra nos* – oder mindestens doch ein Teil davon, infolgedessen auch nicht einfach identisch mit einem von diesen weitverbreiteten Grenz-Kontrollorganen, deren Wichtigkeit sich so ziemlich mit ihrer Banalität decken dürfte. Aber nochmals: es tat mir wohl, einmal einen eigenen Erinnerungsweg zu gehen, auch wenn er sich mit dem mir zudiktierten unversehens wieder gekreuzt hat. Guter, tapferer, armer Alfred Cantor – ich würde mich nicht wundern, wenn du ebenso unversehens auch in einem dieser fatalen Dokumente auftauchtest, mit welchen man – mit welchen der Kommissar sich offenbar wieder beschäftigt, während ich nun doch, wie gewünscht, zu jenem Sonntagnachmittag zurückkehren muß –)

– In der Kuhle, im grünen, scharf und bitter riechenden Kraut – so sagte ich –, am Kiefernhang, und neben mir, wie gesagt, Dieter Sandberg, eines Sonntagnachmittags im Sommer dreizehn. Wir hatten Zeit, wir waren dem Sonntagsbrauch zuwider davongelaufen, Furcht vor Familie, vor Vaterworten, Mutterblicken, Spaziergangszeremonien hatte uns mal wieder in den Wald getrieben, Dieter und mich: – er senkte sich zum Ufer abwärts, ein ganzes Regiment von gradstämmigen Kiefern, durchsichtig überallhin, man mußte sich schon eine Kuhle aussuchen, um nicht gesehen zu werden. Und wir wollten nicht gesehen werden. Warum nicht? Knabeneigensinn, Knabengeheimnis. Aber noch etwas anderes. Dieter hatte etwas mitgebracht. Er, der mehr Freude an Experimenten als an Büchern hatte, gedachte mich mit einem neuen, mir noch unbekannten Buch bekannt zu machen. Fing es auch ganz geschickt an. Ganz nebenbei, mit gleichgültiger Miene, zog ers aus der Hosentasche, Format eines Reclamheftes, blätterte es auf, vor-

wärts und rückwärts, und reichte mirs dann herüber. Wir lagen auf dem Rücken, die Hände hinter dem Kopf verschränkt, halb begraben im Kraut.
Da, sagte er, aus Papas Bücherschrank. Er meinte den großen, schweren, schwarzen in Herrn Sandbergs Büro. Was der eigentlich enthielt, wußte ich nicht. Manchmal bei seinen Herrenabenden hatte er ihn geöffnet, mit dem an einem Bund befestigten Schlüssel, hatte mit einem Blick auf mich gesagt: Für dich ist es noch nichts, Walter. Die Auskunft genügte mir, da ich sonst von ihm ausreichend mit Büchern versorgt wurde. Die Herren ließen das Ding umhergehen, blickten darauf, lächelten, lachten, blinzelten einander zu – einmal sagte einer: Ganz hübscher Tobak, Emanuel. Ich wußte mit dieser Bemerkung wenig anzufangen. Meine Neugier war in dieser Richtung noch nicht erwacht. An diesem Nachmittag aber erwachte sie, und gleich sehr heftig. Eben durch den Anstoß, den das mitgebrachte Buch mir gab. Ich lag und hielt es über meinen Augen in die Höhe, gegen den von den Kiefernschirmen zu einem phantastischen Muster umgemodelten blauen Himmel – las und sah, sah und las. Dieter lag neben mir und sagte kein Wort. Seine Gleichgültigkeit nötigte mich, ebenfalls gelassen zu tun, obwohl es mir schwer fiel. Immer fühlte ich von seiner Seite eine Art von kontrollierendem Einfluß auf mich – er brauchte kein Wort zu sagen, und doch spürte ich es. Vater Sandberg hielt also in seinem Büroschrank ein kleine Liebhaberbibliothek unter Verschluß, reine Herrensache. Daraus stammte das Buch, das ich in den Händen hielt. Starker Tobak auch dieses. Schön gebunden, Bütten, klarer Text, und mindestens die Hälfte der Seiten mit Illustrationen bedeckt, Radierungen, es war, was ich natürlich nicht wußte, eine ziemlich kostspielige Angelegenheit. Was ich sah und las, machte mich ganz irr und wirr. Schamlose Entblößungen und Aktionen, – mir zitterten die Hände, die Arme. Ich rede genau davon. Hier ist niemand, den es genieren könnte. Damals genierte es mich, und zog mich doch an, hob mich gewissermaßen aus der Kuhle in die Wipfel. Süßester Honig, aber auch bittere Mandeln. Alles von pedantischer Genauigkeit. Die rauchige Klause Vater Sandbergs war ein Debat-

tierklub, zugleich aber ein Panoptikum. Ich war noch unfähig, die tieferen Zusammenhänge zu durchschauen. Männer wie Emanuel Sandberg, Freunde der Freiheit, hielten sich für berechtigt, ihre freiheitliche Gesinnung auch in diesem Bereich zu betätigen, auch an den Schlafzimmertüren zu rütteln. Libertinisten? Wer weiß. Ich möchte mich jedes Urteils darüber enthalten. Damals geriet ich an die Männerlektüre wie an einen Starkstromdraht. Nach einer Weile tiefen Schweigens regte sich Dieter und fragte:
Na, – was sagst du dazu?
Ich schluckte meinen Speichel, ließ das Buch auf meinen Bauch sinken, blickte weiter nach oben in den hellen heißen Himmel, das Kieferngeflirr – fühlte mich in eine glühende Wolke eingehüllt. Dieter stieß mich an und wandte mir den Kopf zu. Ich schloß die Augen. Vor Schauder, vor Scham. Ich fühlte meinen Körper, wie ich ihn nie gefühlt hatte. Wie angenagelt lag ich, wollte etwas sagen, krächzte nur ein paar Laute, schwieg wieder. Alles umher schwieg. Wir waren weit von der Stadt, der in Sonntagsstille versunkenen. Unten, über den Uferpfad weg, war der Fluß zu sehen, wie eine Blindschleiche zog er seinen feuchten Pfad. Plötzlich ließ Dieter seine Hand auf meine Brust fallen. Wir lagen nakkend, nur das kleine rote Badedreieck um die Hüften. Ich öffnete die Augen, blickte weg, blickte wieder hin, sah: auf seinem festen braunen Handrücken hatte sich eine Bremse niedergelassen, klebte und sog ihm das Blut aus der Haut. Ich rührte mich nicht, erst als Dieters Hand wie im Schlafe zuckte, schlug ich zu, es klatschte, und auf Dieters Handrükken lag das zerquetschte Insekt in einer kleinen Blutlache. Jetzt zog er die Hand weg, murmelte ›Danke‹ – richtete sich aber im nächsten Augenblick auf und warf sich über mich, Brust über Brust, Gesicht über Gesicht. Ich schlug meine Hände über seinen Rücken zusammen. Wir wälzten uns auf dem Nadel- und Krautgrund der Kuhle. Unsre Körper dampften. Ich spürte bald Dieters schweißige Haut an den Lippen, bald die bröcklige, warme Erde, die klebrigen Nadeln, das kitzelnde Kraut. Wir rangen miteinander, in stummer Wut und Wollust. Sonntag der Knaben. Weitab von den Drohungen der Glocken und der Gebote. Auch

vom Himmel mit seinen Verheißungen weitab. Nur die Bäume, die keine Augen und keine Sprache hatten, sahen uns zu. Ihre Knochenwurzeln säumten den Rand der Kuhle – so tief lagen wir. Und doch höher als der Fluß, der unten vorbeizog und der nun auch seine Sonntagsgewohnheiten hatte. Dazu gehörte vor allem, daß mehrmals am Tage zwei kleine weiße Dampfer flußabwärts fuhren, jeder dichtbesetzt mit Leuten, die sich zwar auskannten rechts und links, es aber trotzdem immer wieder spannend fanden, so dahinzugleiten auf die Flußmündung zu: die Brahe ergoß sich in die Weichsel, die damals, es klingt wie eine Sage, noch durch zwei deutsche Provinzen floß. Und eben jetzt kam eins der beiden Schiffe herangeschwommen, gegenüber war eine Anlegestelle, und meldete sich mit heftigem Tuten. So gutmütig es klang – wir schreckten auf, es riß uns auseinander. Der Wald war vom Dampfer aus einsehbar, wir fühlten uns beobachtet. Wir hätten tiefer in den Wald hineinlaufen können, ich weiß nicht, warum wir statt dessen abwärts liefen, zum Uferweg. Unergründlich sind die Entschlüsse von Knaben. Erhitzt und aufgeregt schlüpften wir wieder ins leichte Sonntags- und Sommerzeug, klopften uns die Erde und die Nadeln von den Beinen, dann genügten ein paar Sätze, uns wieder an den Fluß zu bringen. Vom Dampfer winkte man uns zu. Wir übersahen es. Die Erregung war verflogen, Ernüchterung, Verlegenheit war an ihre Stelle getreten. Der Dampfer gab erneut sein Signal und legte ab. Unschlüssig blieben wir stehen. Was nun? Wohin? Der Nachmittag war noch lang. Nach Hause zu gehen, war es zu früh. Also lieber weiter, dem Dampfer nach, der sich schnell von uns entfernte mit seiner heiteren Last. Alles hat seinen Zusammenhang, das Vorher mit dem Nachher, und immer dreht sich die Kette über einen Punkt weg, den wir Augenblick nennen. Wären wir nach Hause gegangen, so hätten wir nicht zu erleben brauchen, was dann, da wir flußabwärts gingen – (aber wir kamen gar nicht bis zur Weichsel, wohin es noch gute zwanzig Minuten Weg waren, und überhaupt, wenn ich das Bild gebrauchen darf: überhaupt münden die Flüsse keineswegs jeder in einen andern und die großen ins Meer, es scheint vielmehr oft, daß sie irgendwo plötzlich aufhören,

Schicksalsstop, eine Hand fährt aus dem Himmel, wie auf den alten Kirchenbildern, und hält sie auf, die Folge ist, daß man sich in einer ewigen Sehnsucht bewegt, die nie zum Ziele kommt, so bin ich auch hier aufgehalten worden, und das, wovon ich erzähle, wird durch mein Erzählen noch einmal lebendig, um doch nur um so sicherer zu sterben) – weiter flußabwärts, diese bescheidene Landschaft entlang, der Wald hörte bald auf, es kam jetzt so etwas wie Heide, Gestrüpp, Knieholz, Kusseln, ein paar Birken, als ob man einfach aufgehört hätte, sich um das Land zu kümmern, so lag es da, unfruchtbar und primitiv, Schmetterlinge und Libellen taumelten, zuckten drüberhin. Der Dampfer war hinter einer Flußwindung verschwunden, ein Schnörkel braunen Rauches wehte hinter ihm her. Und wieder Schweigen. Unsre Schuhe schurrten über den körnigen Weg, das einzige Geräusch.

Der Vorsteher: Und das Buch?

– Richtig, das Buch. Da ich die Lektüre einmal unterbrochen hatte, oder aus irgendeinem andern Grunde, war es mir wieder unwichtig geworden, ich hatte es Dieter zurückgegeben, er trug es wieder bei sich in der Tasche.

Der Vorsteher: Sie sprachen mit ihm darüber?

– Nein. Wir hatten wohl noch keine rechten Worte dafür. Es wäre nur ein Stammeln herausgekommen, und, wie gesagt, wir waren inzwischen abgelenkt worden. Deus ex machina. Diesmal war es ein Dampfer gewesen.

Der Vorsteher: Haben Sie später zuende gelesen?

– Nein. An diesem Tage kam anderes dazwischen und machte, daß wir das Buch vergaßen. Dieter gab es zurück, stellte es wieder in den Schrank – zusammen haben wir die Lektüre jedenfalls nicht fortgesetzt.

Der Vorsteher: In unsern Akten befindet sich ein Brief des Dr. Dieter Sandberg, der von derartiger Literatur handelt. Er scheint sie gesammelt zu haben.

– Gut möglich. Aber vielleicht ist es doch nicht über den Inhalt des schwarzen Bücherschrankes hinausgegangen, den sein Vater ihm vererbt haben dürfte. Noch einmal: Dieter gehörte nicht zu den Weiberhelden unserer Klasse. Im Grunde war er auf diesem Gebiet ebenso schüchtern und

ratlos wie ich. Dafür möchte ich mich verbürgen. Trotz Vater Sandbergs Bücherschrank.
DER VORSTEHER: Sie verbürgen sich dafür?
– Ja.
DER VORSTEHER: Fahren Sie fort.
– Wir waren ein paar Minuten gegangen, da blieb Dieter stehen und sagte:
Ich weiß nicht.
Was meinst du? fragte ich.
Kommt mir komisch vor, sagte er und hob die Hand gegen etwas in der Ferne auf uns Zukommendes. Ich sah, was er meinte: eine Gruppe von Spaziergängern, und es war schon zu unterscheiden, daß sie aus jungen Leuten bestand, nicht ganz so jungen, wie wir beide waren; schon zu unterscheiden, daß sie lachten und gestikulierten; schon zu unterscheiden, daß es sechs junge Leute waren, genauer: fünf Jungen und ein Mädchen, das einen roten Rock trug. Wir waren zwei. Schlechtes Verhältnis. Dieter blinzelte, nicht wegen der Sonne. Ich kannte das an ihm, er blinzelte, wenn er erregt war, mit seinen kleinen, hellblauen Augen. Obwohl wir standen, nahm die Entfernung zwischen uns und jenen langsam ab. Sie kamen auf uns zu. Der Fluß war leer. Hinter uns kam niemand. Sonntagnachmittag, aber eine Wolke von Feindlichkeit nahm plötzlich die Sonne weg.
Sechs gegen zwei, sagte Dieter.
Nun waren auch die Stimmen zu unterscheiden. Sie gingen in einem Klumpen – der sich dann plötzlich auflöste, auseinanderzog, so daß sie jetzt die ganze Breite des Uferweges einnahmen, die sechs, mit kleinen Zwischenräumen.
Wollen wir umkehren? fragte ich.
Zu spät, erwiderte Dieter.
Rechts der Fluß. Links das Gestrüpp, die Kusseln. Blitzende Libellenflügel, grüne und blaue Fliegen.
Ein Mädchen ist dabei, sagte ich.
Die Gesichter waren zu unterscheiden. Die hellen, die dunkeln Stimmen. Die Farbe der Anzüge, des Kleides. Der in der Mitte war sicher der älteste und der Anführer. Er schrie den andern etwas zu, auf polnisch. Es waren Polen. Fünf Jungen, ein Mädchen. Sie gingen spazieren, wie wir. Aber

sie machten keine Miene, uns vorbei zu lassen, schoben sich in geschlossener Front gegen uns vor.
Wenn sie etwas sagen, keine Antwort, hörst du, sagte Dieter. Natürlich nicht, es würde ja doch nicht zu verstehen sein. Sie konnten uns beschimpfen, ohne daß wir das merkten. Umgekehrt war es nicht möglich: alle Polen verstanden auch Deutsch. Aber ein Mädchen war dabei, vielleicht –
Um so schlimmer, sagte Dieter.
Sie waren heran. Standen still, hell von der Nachmittagssonne, der Sonntagssonne beschienen. Keine Gymnasiasten. Keine Deutschen. Fremd. Feindlich. Standen und schwiegen und blickten auf uns. Unsere Augen tasteten die Mauer auf etwaige Lücken ab – ob man irgendwo durchschlüpfen könnte. Wir hatten unsre Sonntagsanzüge an. Die sechs waren in unterschiedlicher Kluft. Das Mädchen im Sonntagsstaat. Ein zierliches, mageres Ding, mit kräftigen schwarzen Zöpfen.
Zwecklos, sagte Dieter durch die Zähne.
Maul halten, schrie plötzlich der Anführer, der in langen Hosen steckte und eine Schirmmütze trug. Sie hatten uns als Deutsche erkannt, wie wir sie als Polen erkannt hatten. Wenn einer von unsern polnischen Klassenkameraden dabei gewesen wäre: Smoszczinski, Glydda, Nowicki, Dziurla –
Der Vorsteher: Waren Sie mit einem von diesen befreundet?
– Das nicht gerade.
Der Vorsteher: Sehen Sie.
– Muß man mit jemandem befreundet sein, um nicht als sein Feind zu gelten?
Der Vorsteher: Sie hätten dann ein wenig Polnisch gelernt, soviel, um sich aus der Affäre ziehen zu können.
– Das gebe ich zu.
Der Vorsteher: Sonst wart ihr die Herren und in der Übermacht –
– Unter uns Kindern war davon keine Rede.
Der Vorsteher: Kinder wachsen schnell heran. Und dann zeigte es sich, daß es in euch allen steckte.
– Sie übersehen, daß es auch polnische Herren gab und daß

die polnischen Arbeiterinnen ihren Herren die Hände küßten. Kein gutes Beispiel.
DER VORSTEHER: Wir wären damit schneller und radikaler fertig geworden, wenn die Deutschen uns nicht im Wege gestanden wären.
– Der Tag ist ja schließlich angebrochen.
DER VORSTEHER: Wollen Sie damit auf einen gewissen Blutsonntag anspielen, mit dem es angeblich begonnen haben soll?
– Ich habe diese Vokabel nicht gebraucht, doch erinnere ich mich, daß sie in der Propaganda eine Rolle spielte. Was die Tatsachen nicht vermögen, das bringen die Vokabeln zustande.
DER VORSTEHER: Selbst wenn es einen Blutsonntag gegeben haben sollte – es war immer nur ein Eimer voll Blut gegen die Ströme von Blut, die ihr dann unserm Volk abgezapft habt.
– Geschichte, Geschichte. Wir müssen von der Geschichte weg.
DER VORSTEHER: Das sagen Sie als Historiker?
– Weil Geschichte sich immer aus Feindschaften aufbaut. Soll das ewig so weiter gehen? Wenn ja, dann wird Lambeys Prophezeiung sich wortwörtlich erfüllen, an Ihnen wie an uns.
DER VORSTEHER: Man muß da hindurch.
– Aber wohin, auf welches Ziel?
DER VORSTEHER: Sie befinden sich auf polnischem Boden.
– Ich weiß, was Sie meinen. Und ein bißchen Tauwetter verändert natürlich am Gesamtklima nicht das geringste. Der Tauwind, der imstande wäre, die ganze Welt aufzuschmelzen, kommt freilich aus keiner der bekannten Himmelsrichtungen.
DER VORSTEHER: Sondern?
– Da fragen Sie mich zuviel. Aber ich habe eben auch meine Utopie. Offen gestanden – es hätte alles ganz anders kommen können, wenn – zum Teufel ja, wenn es nicht solche Sonntage gegeben hätte wie den, von dem ich erzähle. Mit der Maske der Feierlichkeit über der Grimasse der Feindschaft. Wenn es ein Gesicht, unser Gesicht geworden wäre,

anstatt bloß eine Maske.
Der Vorsteher: Wovon sprechen Sie?
– Ich sagte schon: vom Sonntag, der bekanntlich eine Erfindung des Christentums ist.
Der Vorsteher: Nicht die einzige.
– Wir hielten also das Maul. Sekunden vergingen. Lange Sekunden. Zwölf Augen drüben, vier Augen hier. Kinderaugen. Jetzt angefüllt mit der schrecklichen Spannung des Hasses – denn auch wir werden ja etwas wie Haß empfunden haben, angesichts dieser Mauer quer über unserm Weg. Heftiges Herzklopfen begleitete diese Empfindung, ein Vorgefühl von Widerwärtigem machte mich zittern. Plötzlich unternahm Dieter einen Durchbruchsversuch. Er schob den Kopf vor, duckte sich, stieß auf eine der Lücken zu – womit er das Signal zum Ausbruch der Feindseligkeiten gab. Ebenso plötzlich umringten sie uns, sie waren alle etwas älter als wir, alle auch stärker, Dorfjugend, Arbeiterburschen, hier draußen galt die Stadt nichts mehr, hier herrschte Kriegszustand, Faustrecht. Sie umringten uns, sie drückten uns zusammen, wir mochten uns wenden, wohin wir wollten, ihre Arme, ihre Beine arbeiteten gegen uns, plötzlich auch mit Schnur und Strick, die sie bei sich führten, die sie uns um die Beine, um die Hände zu schlingen versuchten, schwierig genug in solchem Gedränge. Dieter schlug wie ein Wilder um sich, in dieser Wolke von Haß und Wut, diesem Knäuel von erregten Leibern, es gelang ihm, sich loszureißen, durchzubrechen, ich bemerkte es, hörte ihn rufen, daß er Hilfe holen wolle, kein übler Gedanke, es konnte sie ablenken, selbst wenn er so schnell keine Hilfe finden würde. Ich war damit einverstanden, begriff, daß es ein Täuschungsmanöver bedeutete, es gab auch mir einen Augenblick Luft. Lauf, schrie ich, lauf, und gab mich selber drein und gefangen, leistete keinen Widerstand mehr. Der Lärm ließ nach, das Gedränge, sie hatten inzwischen meine Hände gefesselt und führten mich zu einer der Birken am Wegrand, banden mich an den schwarzweiß gemusterten Stamm, ich wehrte mich nicht, nur als einer sich bückte, hinter mir, und an meinen Hosen nestelte, stieß ich mit den Füßen nach ihm, ganz zwecklos. Sie banden mir die Füße und zogen mir die Hosen

ab, ich trug noch kurze und darüber den Matrosenanzug, den blauweißgestreiften, mit schwarzem Knoten, den Sonntagsanzug, jetzt sah unten das Hemd heraus, ich schämte mich, vor allem weil ein Mädchen dabei war, das Hemd war kurz. Sie hatten mich mit dem Gesicht gegen den Baum gebunden, aber ich blickte mich um und sah, was sie machten: sah, daß sie vom Unterholz lange dünne Ruten brachen, Pidden nannten wir das, – und schon pfiff und klatschte es gegen meine bloßen Waden, es schmerzte scheußlich, dann höher gegen das Gesäß, einer schlug, alle schlugen, wild durcheinander, dabei hüpften sie und schrien, ein paar Schimpfworte verstand ich, die üblichen, die sich ja wohl bis heute erhalten haben, nicht bloß unter raufenden Jungens, sondern auch in Zeitungen und Parlamenten, auch ich schrie und heulte, nichts als Wut und Haß, sie trafen auch die gefesselten Hände, ich war wie von Sinnen, und jene waren es wohl auch – man gerät ziemlich rasch von Sinnen, wenn Gewalt am Werke ist, der die Gewalt ausübt ebenso wie der sie erduldet –, und waren wirs, Dieter und ich, vor einer halben Stunde nicht auch gewesen, nicht auch übereinander hergefallen? Auf Dieters Hand hatte es einen Blutfleck gegeben, als ich die Bremse darauf zerquetschte – ich blutete jetzt auch, Insekt in Kinderhand – Dann plötzlich war es zu Ende, nachdem es doch wohl nur Sekunden gedauert hatte, nicht länger, als ich jetzt wohl erzähle. Wie auf Kommando, und wer hatte das Kommando gegeben, der Anführer oder – Ich blickte mich um und sah sie laufen, denselben Weg zurück, den sie gekommen waren, ich blickte in die andere Richtung, da hätte jetzt Dieter herankommen müssen, aber er kam nicht, niemand kam, er hatte sicher weit laufen müssen, um jemand zu finden, jemanden zu bitten, aber wenn niemand kam, warum waren sie plötzlich davongelaufen? Ich hing an der Fessel, mit der sie mich wehrlos gemacht hatten, ich bückte mich, um die Hosen wieder heraufzuziehen, die mir auf die Schuhe gerutscht waren – aber da bückte sich schon jemand anderes neben mir, hinter mir, verzeihen Sie, ich habe inzwischen gelernt und mir Mühe gegeben, genau zu sein, ich werde es auch in diesem Falle sein, obwohl es mir, offen gestanden, schwerfällt, weil es sich so unwahrscheinlich ausnimmt, so abgeschmackt, so romantisch, je nachdem, es ist aber die dichteste von meinen Erinnerungen, die deutlichste, die lebendigste, wenn auch die unwahrscheinlichste. Die andern, Willibald, Poppel, Blödorn, Mariechen Schimanski, Lambey, keine hatte diesen Eisengeschmack des Wirklichen, ich habe im vergangenen Jahr im Gebirge aus einer Quelle getrunken, die Eisen enthielt, so schmeckt es: so kühl, so streng, so metallisch – wieso, ich weiß es nicht, aber –

DER VORSTEHER: Sollte es der Geschmack der Wahrheit sein?

– Hoffentlich. Hoffentlich. (Das Fräulein sitzt nach wie vor über die Maschine gebeugt, ich habe schon fast ein Buch zusammendiktiert, sie werden es mir ja zu lesen geben, ehe ich unterschreibe. Das Fräulein gehört nicht zu meiner Erinnerung, sie wird höchstens dreißig sein, sie hat keinen Einfluß darauf, doch umgekehrt werden meine Erinnerungen nicht ohne Einfluß auf sie bleiben, ich kann mir nicht denken, daß jemand völlig mechanisch nachschreibt, was ihm vorgesprochen wird, das Ohr ist immer ein Weg zur Seele. Hier ist nicht bloß diktiert und geschrieben worden, unter diesem Vorgang haben sich andere abgespielt, unsichtbare und unhörbare, und haben zwischen uns, ja auch zwischen uns – wie zwischen damals und heute – eine Verbindung hergestellt. Mit dem Kommissar wird es sich wohl nicht anders verhalten, auch wenn er nach wie vor in dieser aufnehmenden, lauschenden Haltung verharrt, mit keinem Worte sich äußert oder eingreift –. Was ist das? Wer sind wir? Was geschieht mit uns, an uns? Ein Kommissar, eine Stenotypistin, ein Reisender, eine Stimme – ein Maitag, in einer Grenzbaracke am Waldrand, ein langsam vergehender Tag, von allen Seiten greift es ineinander, urfremd und urvertraut, jenseits von Sprache und von Nation, von Politik und Grenze und –)

– Ich blickte abwärts und sah sie knien –

DER VORSTEHER: Wen sahen Sie knien?

– Sagte ich es nicht schon? Das Mädchen.

DER VORSTEHER: Sie sagten, daß alle fortgelaufen seien.

– Bis auf das Mädchen. Ich sitze hier vor Ihnen, ich selber und kein Phantom. Ebensowenig war oder ist es ein Phantom, wovon ich jetzt erzähle. Lieber würde ich ja schweigen. Es ist fast so, als ob ich, der hier sitzt, den Knaben, der da steht, auf den Schoß nehme und an mich drücke – ich mich selber, was machen Sie nur aus mir. Anders ausgedrückt: Ich bin der Knabe, der da am Uferweg steht, geschunden und gefesselt – und bin der Mann hier, auf dem Stuhl, sein Gepäck zu Füßen, und sehe dem Knaben zu –

DER VORSTEHER: Und was tut der Knabe?

– Er sieht und fühlt. Sieht, wie das Mädchen im Staube kniet – fühlt, wie sie seine geschundenen Beine mit ihren Armen umfängt, mit ihren Händen berührt, ihre Lippen daraufpreßt, hierhin und dahin, die ersten Küsse, die ich von einem Mädchen bekam, unter recht sonderbaren Umständen, nicht wahr. Ich kannte sie nicht, wußte nicht, woher sie stammte, ich blickte auf ihre Hände: braune, feste Hände, Arbeitshände, keine Sonntagshände, ich sah ihre schwarzen Augen – es wird etwas Bestimmtes darin zu lesen gewesen sein, ich verstand mich aber noch nicht darauf, es verwirrte mich nur, ich hatte keinen dringlicheren Wunsch als den, meiner Fesseln ledig zu werden, an denen ich fortwährend riß und zerrte, und wieder in meine Hosen zu kommen. Komische Widersprüche, nicht wahr, aber so vieles von dem, was man als Kind, als Knabe erlebte, ist für den erwachsenen Blick mit Komik überkräuselt, ja, und was würde man von uns gedacht haben, wenn man uns gesehen hätte, das Mädchen und mich, ganz was Obszönes natürlich. Wenn man von Kindheit erzählt, kommt man überhaupt nicht um Obszönitäten herum, obwohl es etwas ganz anderes war damals, ein ziemlich verwickelter Sachverhalt, ich bin Historiker und nicht Psychologe. Es wird ja auch wieder nur ein paar Sekunden gedauert haben, lange Sekunden, während sie nicht abließ, mich zu betasten, zu streicheln, zu küssen – Übrigens fiel mir auf, mitten in meiner Verwirrung, und auch die Schmerzen hielten noch an, daß an der einen Hand des Mädchens ein Daumen fehlte, es fällt mir eben wieder ein, es wunderte mich, vierzig Jahre sind seitdem vergangen, nie wieder habe ich daran gedacht, eine bedeutungslose Einzelheit –. Natürlich sagte sie auch etwas, deutsch und polnisch durcheinander, ich hörte kaum hin, dachte nur daran, daß mein Hemd so kurz war, die Blöße kaum deckte, schauderhaft, wie ich mich schämte, endlich gelang es mir – oder ihr – meine Füße frei zu bekommen, ich nahm keine Rücksicht auf das Mädchen, zerrte die Hose wieder hoch, knüpfte sie ans Leibchen, die Waden brannten und im Gesicht die Tränen, aber soviel hatte die sonderbare Handlungsweise des Mädchens nun doch bewirkt, daß ich über dem Verwundern den Schmerz vergaß. Sie war nun auch aufgestanden – ach, natürlich hatte sie mich überall berührt, aber alles wie ohne Absicht oder nur in der Absicht, mir Liebes zu erweisen, das war ihr gelungen, ich fühlte die Nässe auf meiner Haut, von ihren Küssen, ich fühlte mich sonderbar glücklich, wie das so ist – und in diesem Augenblick – oder war es noch, als sie neben mir kniete, ja während sie noch kniete, während ich mich hastig anzog, tauchte von stadtwärts her, laufend und vom Laufe erhitzt, Dieter Sandberg auf, allein, ohne Hilfe, die ja nun auch nicht mehr nötig war, bremste mitten im Lauf, als er uns erblickte, es erschreckte uns beide, wir hatten beide an ihn nicht gedacht, und er hatte natürlich anderes zu sehen erwartet, als was jetzt zu sehen war, erst erschreckte es ihn wohl auch, dann aber – ich weiß nicht, wie ich an seiner Stelle reagiert hätte, es war ja ein ganz absonderliches Bild, das sich ihm bot –, dann verzog sich sein helles, heißes Gesicht zu einem halb spöttischen, halb wohlgefälligen Lachen, oder wie sonst – auch von der Erinnerung gilt: ich sehe und sehe doch nicht, ich höre und höre doch nicht –, also lachte er denn wirklich oder warens nicht auch wieder nur seine hervorstehenden Zähne, die er vor Erstaunen und Aufregung entblößte? Ich lasse das unentschieden. Und was das Mädchen betrifft, das noch zu meinen Füßen kniete, wofür ich mich auch wieder verbürgen möchte, daß es so war, daß sie also noch nicht aufgestanden war, denn ich blickte von oben nach unten auf ihr mir zugewandtes Gesicht, ein dunkles, ausdrucksvolles, erregtes, ja, ein gewissermaßen funkelndes Gesicht, wenn Ihnen das etwas sagt, es gilt ja wohl besonders von ihren Augen, in denen es, aber wovon eigentlich?, funkelte, damals sah ich das wohl, aber nicht so wie jetzt, machte mir keine Gedanken darüber, zumal sich alles in Sekundenschnelle vollzog, auch wenn es lange Sekunden gewesen sein werden, heute hingegen, jetzt, – ja, es wird wohl Zorn gewesen sein, Zorn über diesen so hell und heiter und dreist grinsenden Burschen, diesen blonden, platten Tölpel, auch mir kam er so vor, und ich ärgerte mich, es kränkte mich, wie er dastand und lachte oder nicht lachte, denn ich hatte meine Hand dem Mädchen aufs Haar gelegt, ganz unbewußt, indessen sie meine Beine umklammert hielt. Dieter konnte sich auf das alles natürlich keinen Reim machen oder doch, und dann eben nur einen einzigen, Sie können es sich denken, muß ich es denn noch weiter –

DER VORSTEHER: Doch, doch, Sie müssen.

– Hatte also meine Hand auf ihr Haar gelegt, auf dem die Nachmittagssonne brannte, es fühlte sich ganz warm an, und glänzte in seiner Ebenholzschwärze, es lenkte mich ab von dem andern Brand, auf meiner geschundenen Haut, und die Kleine streichelte mich – (aber das sagte ich schon, merkwürdig, ich wiederhole mich, verhaspele mich, kein Wunder, es geht, wie ich eben sehe, auf fünfzehn Uhr), aber Dieter, wie er da stand und lachte oder nicht lachte, kam mir ganz fremd vor, ein unwillkommener Zuschauer, er da, ich hier, das Mädchen hingegen wie schon immer zu mir gehörend, sonderbarer Tausch zwischen den beiden, ich kann es auch nur eben andeuten –

DER VORSTEHER: Und wann war das doch?

– Ich spreche von 1913.

DER VORSTEHER: Noch kein Krieg.

– Nein, und doch wird er in der Luft gelegen haben, und – jetzt verstehe ich Ihre Zwischenfrage – auch das gehörte wohl schon zum Kriege, Vorstufe, Vorstadium, Vorbereitung, erstes dunkles Wölkchen am Horizont, ohne Rücksicht auf die Altersstufe, vielleicht zeichnet es sich überhaupt ganz unten, ganz am Anfang, bei den Kindern, zuerst ab. Ja – und dann – dann rührt sich die Kleine – rührt sich und springt auf – mit einer Heftigkeit, einer Gewalt, daß sie mich fast mitreißt, aber ich halte mich aufrecht, meine Hand ist von ihrem Haupt geglitten, abwärts gefallen, mich erfaßt eine Art von Apathie, ich stehe zwischen Dieter und dem polnischen Mädchen, hilflos, und, sehen Sie, dieser Augen-

blick, dieses Bild, diese Szene ist nun auch zum Stillstand gekommen, wie eine fotografische Aufnahme, die ja auch immer nur einen winzigen Bruchteil des Vergänglichen festhält, den man mit dem menschlichen Auge so ausgespart überhaupt nicht wahrnimmt, jeder an seinen Platz gebannt: Dieter, der eben Angekommene, das Mädchen im Begriff, davonzulaufen, und ich in der Mitte. Unser Leben setzt sich aus solchen winzigen Fragmenten zusammen. Eins davon hat sich jetzt selbständig gemacht. Und es hat, wenn ich das sagen darf, eine gewisse Ähnlichkeit mit der Situation hier: denn ich befinde mich ja auch in der Mitte zwischen der Dame dort und dem Herrn hinter der Schranke, natürlich unter sehr anderen Umständen, aber vielleicht kommt es ziemlich oft zu solchen Anlässen, vielleicht –
DER VORSTEHER: Keine Spekulationen. Trennen Sie sich jetzt gefälligst von der eben beschriebenen Szene und blikken einmal auf das, was man Ihnen vorlegen wird.
(Der Kommissar breitet es mit ruhiger Sachlichkeit vor mir aus, auf dem an der Schranke befestigten Brett. Vielleicht habe ich aber selber dazu die Anregung gegeben, als ich die Szene am Fluß mit einer Fotografie verglich – denn ein paar Fotos sind es auch, die man mir zur Betrachtung vorlegt. Es überrascht mich nicht, daß sie alle – es sind aber nicht mehr als fünf, und offensichtlich ganz verschiedenen Zeiten zugehörig, ich kann das schon beim ersten Hinsehen unterscheiden – daß sie alle eine und dieselbe Person darstellen: Dieter Sandberg. Das erste, ziemlich vergilbt und abgegriffen, zeigt den Studenten mit Mütze und Band, also war er aktiv geworden, wie man es nannte, Burschenschafter oder dergleichen, in der unteren linken Ecke ist ein sogenannter Zirkel hingemalt, und auf die Rückseite – man hindert mich nicht, das Foto umzudrehen – eine Widmung geschrieben, von Dieters Hand. Noch immer eine Schülerschrift, ich kann mich an ihren Duktus nicht mehr erinnern: Seinem lieben Herbert König freundschaftlich Dieter Sandberg, folgt wieder der Zirkel. Die erste sozusagen unmittelbare Berührung mit ihm, denn eine Handschrift ist ja etwas Unmittelbares und Persönliches, er hat es geschrieben, seine Hand hat auf der Karte geruht. Und dann das Datum: 10. November

1922. Ohne Ortsangabe. Ich drehe das Blatt wieder um. So sah er also damals aus. Etwas gezwungen, aber es wird an der Verschollenheit des Kostüms liegen, obwohl sie heute auch schon wieder so umherlaufen, Zirkel malen, Rapiere schwingen, Exerzitien in Verschollenheit, ich habe ihn gleich wiedererkannt: ein bißchen schärfere Züge, die blonde Tolle von der Mütze verdeckt – aber ein kleines fast verlegenes Lächeln gibt die oberen Schneidezähne frei, ein untrügliches Kennzeichen.

Das zweite Foto: Dieter Sandberg im Kameradenkreis. Sechs junge Leute in der üblichen Positur, teils sitzend, teils stehend, mit verschränkten Armen, kräftige, sportlich gestählte Figuren. Studenten? Nein. Unten ist ein Datum hingekritzelt: 23. November 1930. Acht Jahre später. Er wollte Medizin studieren. Da konnte er gut und gerne schon Assistenzarzt sein. Und die andern? Kollegen? Danach sehen sie nicht aus. Trotz der ihnen allen gemeinsamen Uniform – es ist ein Unterschied zwischen Dieter und den andern. Er sitzt in der Mitte, Arzt und Akademiker, die andern haben eher das Ansehen von Handwerkern und Arbeitern. Was würde Emanuel Sandberg zu dieser Gesellschaft gesagt haben? Ich schließe die Augen – ich sehe Vater Sandbergs Herrenrunde, Polen und Juden. Sehe mich dazwischen sitzen. Dieter weigerte sich, daran teilzunehmen. Pollacken, sagte er. Itzigs. Danke schön. Jetzt hatte er sich andern Umgang ausgesucht. Jeder von den sechs trägt die ominöse rote Binde mit dem ominösen Weihezeichen darauf. Das ist es, was sie vereinigt. Jeder die monströse braune Kappe auf dem Haupt. Wechsel der Uniform. Hat er sich sonst verändert? Doch, er ist selbstbewußter geworden, soweit man das aus der auch schon abgeblaßten Kopie herauslesen kann. Wenn dies sein Weg war, dann versteht sich das Folgende eigentlich von selbst. Jedoch tritt erst mal eine durchaus zivile und private Unterbrechung ein. Er hat geheiratet. Drittes Bild.

Eine sympathische Frau. Die Aufnahme ist wohlerhalten und von einem Meister des Faches gemacht. Die junge Gattin sitzt und hält im Arm ein hübsches Baby, auf das sie ihr Gesicht neigt, während die Augen aus dem Bild herausblikken. Dieter aber steht über den Sesselrand gebeugt, und sein

Gesicht schwebt über dem Winkel, den das geneigte Haupt der Gattin zusammen mit der Schräge des Tragekissens ergibt, so ungefähr, eine Gruppe von starker Intimität, doppelt überzeugend durch das leise Lächeln, mit welchem Mann und Frau einander respondieren, korrespondieren, recht geschickt, muß man sagen, und alles in allem ein Dokument des Glücks, des ehelichen Glückes und zugleich doch wohl auch einer glückhaft errungenen Lebenshöhe. Diesmal befindet sich das Datum auf der Rückseite, und zwar gleich hinter der Widmung, die mir denn doch wieder einen leichten Erinnerungsschock verursacht, lautet sie doch, in nun schon frei ausgeschriebener, ärztlich flotter und flüchtiger Handschrift: Meinem lieben Vater zur Erinnerung anläßlich der Geburt unserer Tochter Siegrun. Emanuel hat also mindestens bis zum 16. März 1936 gelebt. Denn so lautet das Datum. Doch verrät auch diese Widmung nichts über den Wohnsitz – weder des Ehepaares noch des alten Sandberg. Sympathisch, sagte ich mit Bezug auf die junge Frau. Und was wäre von Dieter zu sagen? Nun, um der Wahrheit die Ehre zu geben: auch dieses Gesicht wirkt sympathisch. Das Gesicht eines seiner Sache und seines Lebens sicheren Mannes, eines gesuchten und beschäftigten Arztes, eines zweifellos klugen und gebildeten Menschen. Ja, wie harmonisch das alles. Nicht einmal die durch jenes leise Lächeln halb entblößten Vorderzähne bringen einen Mißton in den harmonischen Gesamteindruck. 1936. Übrigens trägt Dieter Zivil, einen diskret gemusterten Schlips zu einem hellen Anzug. Damals war er, immer um ein Jahr mir voraus, 36.

Viertes Bild: Nichts Besonderes. Ein kleines Liebhaberfoto, nun schon aus dem Kriege. Dieter am Schreibtisch, im weißen Mantel, die Hand über einem Schriftstück, ernst und militärisch gesammelt. Die Lippen streng geschlossen. Nur die Jahreszahl ist vermerkt: 1940. Unwillkürlich kommt mir der Gedanke, die Aufnahme könnte in Fernau gemacht sein. Ein kühner und doch naheliegender Gedanke. Wenn Dieter den Polenfeldzug mitgemacht hat – und warum sollte er dabei gefehlt haben? –, Ärzte wurden vom ersten Tage an gebraucht, und wenn er sich an Lambey erinnerte –)

Der Vorsteher: Sie haben ein Foto übersehen, das früheste.
(Das früheste? Vielleicht noch aus Fernau? Da ist es! Ich besaß einen Abzug davon, aber alle derartigen Erinnerungsstücke sind in Schlesien geblieben, wir Ostdeutschen müssen ohne materielle Gedächtnisstützen auskommen, wenn wir unser Leben erzählen wollen – kein Bild, kein Brief hat die Feuerschwelle von 45 überdauert. Das hier wurde im Herbst 1918 aufgenommen, ich kann mich genau darauf besinnen. Es ist unser Abiturientenbild. Siebzehn junge Männer in Fotopose. Auch gewisse fatale Umstände sind mir gegenwärtig: es war der zweite Versuch sozusagen. Eigentlich sollte die Aufnahme am Tag nach dem Examen gemacht werden, aber das fiel ins Wasser, weil wir alle einen Mordskater hatten, und die wenigen, die beim Fotografen erschienen, sauer dreinsahen, mit grünlichen Gesichtern, sehr zum Ärger unseres sonst wohlwollenden Ordinarius, der kurzerhand einen zweiten Termin anberaumte. Da klappte es denn – hier das Ergebnis, ich erkenne sie alle wieder, kann von fast allen den Namen nennen. Dieter ganz rechts, die Arme verschränkt, den Blondschopf hochgewellt, und neben ihm, vor ihm, o Wunder des Zufalls!, Alfred Cantor, mit Pincenez, und Januschewski, Roman Januschewski: schlank und elegant, die kokette Fliege unterm Kinn, ein hübscher Junge, der hübscheste von uns allen. Hat es Dieter nicht gestört? Er blickt geradeaus, vielleicht doch nicht ganz glücklich über die Umgebung, aber ich will ihm nichts unterstellen, ich erinnere mich auch nicht, daß seine Abneigung gegen Juden und Polen sich je als Gehässigkeit geäußert hätte, er hatte überhaupt keine Anlage, aus der Rolle zu fallen. Nur einmal – wie war das doch? Es tritt mir nur dämmerhaft ins Gedächtnis –)
Der Vorsteher: Wenn es keine Abschweifung bedeutet –
– Es gehört wohl zum Thema. (Wenn sie über Dieter so gut Bescheid wissen, werden sie auch über Juden und Polen erst recht die nötigen Erkundigungen eingezogen haben. Die Gleise sind längst gelegt. Demgemäß ist die Atmosphäre des Verhörs auch durchaus sachlich, kühl, sicher, von fast wissenschaftlicher Objektivität, man ist über die ersten Stufen

doch längst hinaus, kaum daß bisher einmal ein stärkerer Gefühlston mitschwang, während es sich mit mir ja doch ganz anders verhält: von wissenschaftlicher Objektivität weiß ich zwar einiges und verstehe mich auf den Berichtston, dennoch schwingt bei allem, was ich sage, ein leises Beben mit, ich fühle es wohl, und kann es auch nicht ganz unterdrücken, sie werden es mir anmerken, ich weiß nicht, womit es zusammenhängt, ob es die Erregung der Wiederkehr ist, der Einkehr ins Einst, sicher auch davon etwas, oder ob es, in langsamer Steigerung, die Spannung ist, hinter Dieters Geheimnis, wenn ich so sagen soll, zu kommen – oder ob es, noch tiefer, nicht doch der Druck des Ungeheuren ist, der Granitdruck jenes Gebirges – Ich gebe zu, daß ich zittere, auch wenn ich's nicht merken lasse. Es ist aber nicht einfach physische Müdigkeit. Blick nach der Uhr: Fünfzehn vierundzwanzig. Um achtzehn Uhr dreißig geht mein Zug –)
– Alfred Cantor ist, wie ich wohl schon erwähnte, ebenfalls Arzt geworden, Kinderarzt. Er hätte auch Doktor Sammet heißen können, es gibt einen dieses Namens in der Literatur, in einer Erzählung von Thomas Mann, und mehr noch als dieser hätte Alfred Cantor dem seltenen Namen entsprochen, dem nicht ganz so seltenen Stoff: wie Sammet blickten seine braunen Augen, wie Sammet so sanft und weich war er im Umgang, er war es auch noch bei unserer letzten Begegnung, vor zwei Jahren, die schrecklichen Erlebnisse hatten ihn nicht härter gemacht. Dies nebenbei. Wie er da neben Dieter Sandberg steht – keiner ahnte damals, daß sich ihre Wege später noch einmal kreuzen würden, wenigstens indirekt. Damals – ich versuche, das nur schwach Erinnerliche nachzuzeichnen.
Eine Gaslampe über einem mit einer Plüschdecke versehenen Tisch. Winter 1915 vermutlich. Alfred Cantor war, wie ich schon bemerkte, kein Literaturfreund. War es ebensowenig wie Dieter Sandberg. Wir hatten am Gymnasium einen Literaturkreis, zugänglich für Schüler ab Untersekunda. Die Beteiligung schwankte, stieg manchmal auf ein Dutzend, fiel manchmal auf noch nicht ein halbes. Einige Unentwegte erschienen zu jeder Sitzung – außer mir noch ein jüdischer Mitschüler, namens Hirschberg, er hatte einen

merkwürdigen Vornamen – Moment – Gideon, ja, Gideon Hirschberg hieß er, ein biblischer Vorname, was selten genug vorkam, sonst wurden ja ganz unbefangen, und warum auch nicht, die deutschen gebraucht, dieser Hirschberg aber hieß Gideon. Und wollte Schauspieler werden. Von uns wußte noch niemand recht, welchen Beruf er einmal ergreifen werde – Gideon kannte sein Ziel. Dabei hatte er einen kleinen Buckel und schielte. Eine Figur, um die schon damals Theaterluft wehte. Bei den Kriegsoperetten wirkte er als Statist mit, und man erzählte, ich habe es nicht selber gesehen, daß er eines Abends infolge seiner Kurzsichtigkeit auf offener Bühne über irgendein Versatzstück gestolpert und der Hauptdarstellerin vor die Füße gefallen sei, zum Gaudium des sommerlich gekleideten und gestimmten Publikums. Könnte mir vorstellen, daß er mitgelacht hat, denn eine seiner liebenswerten Eigenschaften war die, daß er grundsätzlich nichts übel nahm, gleichmütig und großmütig auf jeden Ulk einging, den sich jemand mit seiner Person erlaubte, ja, den betreffenden Spaßvogel sogar noch durch eigene und sicher witzigere Zusätze zu dessen Einfällen übertrumpfte. Im Jüdischen ist ja auch diese Seite – die lächelnde Duldung oft bis zur Selbstaufgabe. Chaplin hat das der Welt vorgespielt. Bei Gideon Hirschberg war es Natur. Ja – und wie weiter – was wollte ich doch – es ist wie bei einer Ausgrabung, ganz allmählich löst sich eine Schicht nach der andern, werden die Umrisse des Fundes erkennbar –

Eine Gaslampe über dem mit Plüsch bedeckten Tisch. Also wird es in einer Wohnung gewesen sein. Meist trafen wir uns in der Schule, oben im Singesaal. ›Freunde der Literatur‹ nannten wir uns. Es war aber vorwiegend dramatische Literatur, womit wir uns beschäftigten. Ibsen, Wedekind, Hauptmann, Strindberg, Schnitzler – wir lasen ihre Stücke, was immer wir davon in die Hand bekamen, mit verteilten Rollen. Wagten uns an Lulu ebenso wie an Hedda Gabler und Rose Berndt. Gideon Hirschberg, der bei einem alten Mimen heimlichen Schauspielunterricht nahm, genoß unser aller Anerkennung als Regisseur und erster Sprecher. Zuhörer wurden nicht geduldet, weder Lehrer noch Mitschüler. Beide ließen uns gewähren. Erst in der Zeitung, die wir zum Abitur herausbrachten, wurden wir aufs Korn genommen, ziemlich milde, man wußte eben zu wenig von uns, wir hatten unsre Exklusivität gut zu wahren verstanden in all den Jahren.

Eine Gaslampe – es wird in meinem Elternhaus gewesen sein. Mein Vater hielt sich in irgendeiner westlichen Garnison auf. Meine Mutter hütete, wie so häufig, von Migräne geplagt, das Bett. Wir brauchten trotzdem unsre Stimmen nicht zu dämpfen, das Schlafzimmer lag am andern Ende des langen Korridors. November im Kriege. Aber zu Hause lief alles weiter wie bisher. Unsre Dichter hatten ihre Stücke alle lange vor dem Kriege geschrieben, entführten uns mit leichter Hand aus dem Tagesgeschehen. Klassiker lasen wir auch. Am liebsten Shakespeare. Mit Schiller wurden wir im Deutschunterricht genugsam gefüttert. Goethe – na ja. Einmal haben wir Stella gelesen. Damals aber, an dem Tage, von dem die Rede ist, nachmittags, lasen wir Lessing, und zwar seinen Nathan. Unsre Rollenhefte bezogen wir von Reclam, kleine organgefarbene Hefte, sie kosteten eine halbe Mark oder noch weniger. Wir bezahlten sie aus gemeinsamer Kasse, und sie blieben unser gemeinsamer Besitz.

Klar, daß Gideon – ich will ihn von jetzt ab nur bei seinem Vornamen nennen – den Nathan spielte oder sprach. Er spielte, auch wenn er bloß sprach. Wir waren wohl sechs oder sieben Jungens, jeder mußte bei dem vielen Personal, das das Stück fordert, zwei oder drei Rollen übernehmen. Gideon überwachte die kleine Truppe und sorgte für zügigen Fortgang der Lesung, ohne dadurch an Leidenschaft des eigenen Anteils einzubüßen.

Wir saßen um den Tisch, wir standen aber auch auf und gingen umher, das Reclamheft in der Hand – Gideon oft ohne hineinzublicken. Es ist mit dem Nathan so eine Sache. Es ist auch ein Unterschied, ob man ihn 1915 spielte oder 1950. Inzwischen hat sich ja einiges ereignet, das in dem Stück enthalten ist wie die Maserung im Marmor. Ich habe nach 1950 Ernst Deutsch den Nathan spielen sehen und konnte nicht umhin, an Gideon Hirschberg zu denken. Davor und danach. Meine Tränen meinten auch den alten, verscholle-

nen Schulfreund. Ich kannte den Text, kannte einiges auswendig, von damals her. Es hatte sich mir in der Darstellung durch Gideon Hirschberg fest eingeprägt, unter der Gaslampe in unserm Wohnzimmer zu Fernau. Wie es heißt, ist der Nathan in sämtliche Kultursprachen übertragen. Ein Weltbekenntnis zur Humanität, nicht wahr. Keine Sorge, ich werde auch jetzt meinen Bericht nicht mit langen Zitaten belasten, ich kenne Ihre Abneigung. Jedoch macht es die Genauigkeit – ein von Ihnen geltend gemachtes Prinzip – erforderlich, daß ich Gideon Hirschberg die paar Verse, auf die es ankommt, selber sprechen lasse. Mit einem bloßen Resümee ists nicht getan. Es sind nach meinem Dafürhalten – und die Aufführung mit Ernst Deutsch hat es mir bestätigt – überhaupt die Kernverse des Ganzen. Mit ihnen hat Lessing etwas vorweggenommen, Dichter als Prophet, während die berühmte Parabel von den drei Ringen ja doch mehr eine philosophische Predigt ist, ich weiß nicht, wie Sie es sehen –. Sie würden mir aber bestimmt recht geben, wenn Sie den Passus, sei es von Gideon Hirschberg, sei es von Ernst Deutsch, hätten sprechen hören, ob davor oder danach, ist einerlei. Verzeihen Sie den kleinen Exkurs. Ich möchte noch erwähnen, daß wir, wenn die Sitzung gelegentlich statt im Singesaal in einer Wohnung stattfand, auch mehr in Gefahr standen, gestört zu werden, sei es durch Familienmitglieder, plötzlich hereinstürmende Geschwister etwa, oder durch unerwarteten Besuch, etwa eines Mitschülers, der sich Rat in irgendeiner Schulaufgabe holen wollte. Wir wurden denn auch an diesem Nachmittag unterbrochen. Mitten im Stück. Vierter Aufzug, siebter Auftritt. Nathan und der Klosterbruder. Zweimal wurden wir unterbrochen. Die Schelle ging, das Hausmädchen öffnete.
Verflucht, sagte Gideon, der eben angesetzt hatte:
Was ist zu euren Diensten, frommer Bruder?
Und jener:
Nicht eben viel. – Ich freue mich, Herr Nathan,
Euch annoch wohl zu sehn –
(Mit dem Text gewinnt auch der Vorgang kräftigeren Umriß, es ist ganz merkwürdig, mit was für Instrumenten die menschliche Gedächtniskraft arbeitet)

Verflucht, sagte Gideon – wir hätten die Klingel abstellen sollen.
Im weißlichen Schein der Gaslampe sah sein unebenmäßiges, vom Bartschatten verdunkeltes Gesicht wie gepudert aus. Hinter den Brillengläsern standen übergroß die schielenden Augen. Er hatte den Stuhl, auf dem er saß, vom Tisch abgerückt, hatte es sich wie zu zwanglosem Gespräch bequem gemacht. Ich weiß nicht mehr, wer den Klosterbruder sprach. Auch die übrigen Mitspieler sind mir nicht erinnerlich. Wohl aber sehe ich, wie sich die Tür auftat, ziemlich weit im dunkeln Hintergrund des Zimmers, und Alfred Cantor eintrat, leise, sammetleise. Das Hausmädchen zog die Tür hinter ihm zu.
Ach, ich störe gewiß, sagte er.
Gideon brummte Unverständliches, ich sah keine Ursache, gerade diesen Zuhörer, der außerdem zum erstenmal in unserm Kreise erschien, abzuweisen.
Macht nichts, sagte ich. Wir sind allerdings beschäftigt. Was Dringliches?
Nein, sagte Alfred Cantor – ich kam nur eben vorbei und dachte –
Gut, sagte Gideon, dann hat es ja Zeit. Wenn du willst, nimm Platz, wir möchten gern weitermachen.
Auf Alfreds schüchterne Frage, was wir denn eben läsen, erwiderte Gideon, das werde er gleich merken, und kehrte zum siebten Auftritt zurück, während Alfred leise, sammetleise in einem in Nähe des Fensters befindlichen Schaukelstuhl Platz nahm. Wir hatten einen Zuhörer – ohne ihn doch als störend zu empfinden, ich könnte sagen: eigentlich kam er uns wie gerufen.
Dann erzählte erst einmal der Klosterbruder seine Unglücksgeschichte, wie arabisch Raubgesindel ihn aus seinem Gotteshäuschen vertrieben habe und er zum Patriarchen geflüchtet sei –
Um mir ein ander Plätzchen auszubitten,
Allwo ich meinem Gott in Einsamkeit
Bis an mein selig Ende dienen könne.
Folgt die langsame Enthüllung des Rechageheimnisses, und auch Nathan muß wohl oder übel sein Geheimnis lüften, tut

es mit Worten – mit Worten, sage ich Ihnen – es müssen wohl ganz besondere Worte sein, wenn er seine Erzählung doch einleitet:

Noch hat mich nie die Eitelkeit versucht,
Sie jemand andern zu erzählen. Euch
Allein erzähl ich sie. Der frommen Einfalt
Allein erzähl ich sie. Weil die allein
Versteht, was sich der gottergebne Mensch
Für Taten abgewinnen kann.

Unterm Gaslicht in unserer Fernauer Wohnung, November 1915. Die Worte, die wir gebrauchten, waren anderthalb Jahrhunderte zuvor geschrieben worden. Die Zeit hatte sie nicht verändert, nicht vermindert. Nathan sprach – mit der Stimme Gideon Hirschbergs, einer seltsam rauhen, geradezu borstigen Stimme, und die Schielaugen des schief auf dem Stuhle sitzenden Sprechers funkelten ins kalte Gaslicht.

Ihr traft mich mit dem Kinde zu Darun.
Ihr wißt wohl aber nicht, daß wenig Tage
Zuvor in Gath die Christen alle Juden –

Er kam nicht weiter. Zum zweitenmal ging die Schelle, öffnete das Hausmädchen, tappten Schritte den Korridor entlang, trat durch die im Dunkel liegende Tür jemand ein – Hallo.

Nicht sammetleise, aber auch nicht polternd. Einfach so hin – hallo, und zwar mit einem deutlichen Ton von Erstaunen in der hellen Stimme. Und eh wir zu Worte kamen –

Sieht ja aus wie eine Verschwörung. Und wer ist der Catilina?

Etwas forsch, allerdings. Aber so war Dieter nun mal und platzte in unsre dramatische Session allerdings – gerade mit dem eben ausgesprochenen Verdacht – wie ein plötzlicher Windstoß herein. Gleich darauf sagte er:

Ah, unser großer Mime Gideon Hirschberg.

Nichts von böser Ironie, wie Sie vielleicht denken. Mehr ein kühles Erstaunen. Jedenfalls ein Wasserguß auf unsre Begeisterung. Ich mußte etwas sagen, mir fiel aber nichts Rechtes ein. Dieter hatte schließlich nicht weniger Recht zu bleiben als Alfred Cantor, den er noch gar nicht bemerkt hatte. Der saß und schwang sich in seinem Schaukelstuhl hin und

her, leise, sammetleise.
Du wirst ja wissen, worum es sich handelt, sagte ich.
Dieter entblößte die Oberlippe.
Natürlich weiß ich, sagte er. Und bitte um Entschuldigung, wenn ich gestört habe.
Das war ehrlich und höflich gemeint. Wir akzeptierten es. Jetzt lud er sich selber zum Bleiben ein.
Wenn es euch nichts ausmacht, sagte er, bleibe ich ein bißchen und höre zu.
Damit waren es zwei Zuhörer – noch nie vorgekommen.
Bitte, sagte ich, und mit einem Blick auf Gideon: wenn ihr einverstanden seid.
Nichts dagegen, sagte Gideon. Kann jeder hören.
Eine recht harmlose Verschwörung, sprach es nun aus dem dunklen Hintergrund des Zimmers. Dieter drehte sich um, erkannte den Sprecher.
Noch einer, sagte er.
Das klang rätselhaft, weil es zugleich ernsthaft klang. Als ob es gegen irgend jemand gerichtet sei. Ich machte der leisen Verwirrung ein Ende, indem ich Gideon bat, fortzufahren. Auch Dieter wollte jetzt wissen, woran wir arbeiteten, wie er sich, nicht ungeschickt, ausdrückte. Ehe Gideon antworten konnte, sagte ich:
Wir sind beim Nathan.
Danke, sagte Dieter, weiter nichts, und zog sich zurück, dorthin, wo Alfred saß und wartete, daß es weiterginge. Wir kehrten zum Text zurück.
Der Vorsteher: Man fühlte wahrscheinlich, daß mit Dieter ein fremdes Element in den Kreis gekommen war. Ein feindliches.
– Nein, so haben wir es nicht empfunden. Auch Gideon nicht, auch Alfred nicht. Sie müssen wissen, daß zwischen dem Jüdischen und dem Preußischen damals – trotz aller Verkehrtheiten der deutschen Ostpolitik – eine eigenartige Freundschaft bestand. Vielleicht war sie stärker auf seiten der Juden als auf seiten der Preußen, das mag wohl sein. Sie war so stark, daß sie sogar den Verlust der Provinzen überdauerte. Bei den jüdischen Familien der kleinen Oststädte herrschte oft ein rührendes Zutrauen zu allem Preußischen,

angefangen bei der Staatsspitze bis herab zu Offizieren und Landräten. Gideon und Alfred machten da keine Ausnahme, sie waren bereit, Mitschülern vom Schlage Dieter Sandbergs manche Freiheit, manche Frechheit sogar einzuräumen.
Der Vorsteher: Sie sagten vorhin, Alfred Cantor habe bekannt, daß er Dieter nicht gemocht habe.
– Wenn es so war, und er wird es nicht ohne Grund gesagt haben, so ändert das nichts daran, daß er ihn, mindestens bisweilen, auch geschätzt hat – in eben jenem Sinne einer heimlichen Vorliebe für alles Preußische.
Der Vorsteher: Glauben Sie, daß es so etwas auch bei den Polen gab?
– Da Sie mich fragen: ja. Ich könnte mit Beispielen dienen.
Der Vorsteher: Nicht nötig. Fahren Sie fort.
– Ihr seid gerührt und Euer Auge steht voll Wasser – replizierte der Klosterbruder, und nun war die Reihe wieder an Gideon – Sie erlauben, daß ich zitiere –

Ihr traft mich mit dem Kinde zu Darun.
Ihr wißt wohl aber nicht, daß wenig Tage
Zuvor in Gath die Christen alle Juden
Mit Weib und Kind ermordet hatten, wißt
Wohl nicht, daß unter diesen meine Frau
Mit sieben hoffnungsvollen Söhnen sich
Befunden, die in meines Bruders Hause,
Zu dem ich sie geflüchtet, insgesamt
Verbrennen müssen.
Als
Ihr kamt, –

Der Vorsteher: Was sagt der Historiker dazu?
– Lessing ließ sich auch als Dichter keine Unwahrheit zuschulden kommen. In Wolfenbüttel standen ihm entsprechende Quellen genug zur Verfügung.
Der Vorsteher: Ist Ihnen bekannt, daß im Laufe der Geschichte Juden solches an Christen verübt haben?
– Nein.
Der Vorsteher: Sind Sie Christ?
– Das ist in diesem Zusammenhang eine ziemlich delikate Frage.

DER VORSTEHER: Ich will nicht weiter in Sie drängen. Möglicherweise ist die Schuld der Christen noch größer als die der Deutschen – den Juden gegenüber. Nur soviel. Und jetzt zum Vergleich mit Ihrem klassischen Text noch ein klassisches Dokument. Bitte 283, römisch drei, b.
(Das ist mir noch nicht vorgekommen, eine solche Anwendung der Poesie auf die Realität. Doch wenn Lessing auf Dokumente zurückgegriffen hat, warum soll man sie hier außer acht lassen. Der Kommissar hat die betreffende Akte schon in der Hand, es tritt keine Pause ein, er liest –)
›Dichtgedrängt und halberstickt fuhren wir in geschlossenen Waggons. Alle verabschiedeten sich voneinander, denn wir wußten, daß dort die Öfen und Gaskammern auf uns warteten. Obwohl wir oft darüber sprachen, konnte sich niemand so recht vorstellen, wie es sein würde. Als wir abends in Auschwitz ankamen, trieb man uns nach Birkenau. Schon von weitem sahen wir den Himmel rot wie bei einem Brand. Daß Menschen so brennen sollten, konnten wir uns alle nicht vorstellen, obwohl wir schon viel erlebt hatten. Aus den Schornsteinen kam kein Rauch, nur Feuerregen. Die Leute fragten die Posten, was dort brenne, und die antworteten, es müsse doch Brot gebacken werden. Tag und Nacht. Aber wir wußten, daß das nicht sein konnte.‹
DER VORSTEHER: Verfasser –
›Giza Landau, geboren am 5. Mai 1932 in Tarnov, Polen.‹
DER VORSTEHER: Ein kleines jüdisches Mädchen. Fahren Sie fort.
– Unter der Gaslampe – einen Augenblick, die Zeiten kommen mir durcheinander – Darun und Birkenau – Dokument und Dichtung – Mai und November –
DER VORSTEHER: Insgesamt verbrennen müssen – so schlossen Sie.
– Es war noch nicht der Schluß des Textes. Und – ja richtig, wir hatten Zuhörer, wie gesagt, und einer von ihnen regte sich jetzt, zu Gideons sichtlichem Unwillen, und warf ein Wort dazwischen, das auch nicht zur Dichtung paßte. Lessing hatte es vermieden, Dieter sprach es wie einen Fachausdruck aus, sicher ohne damit etwas Besonderes sagen zu wollen, es lag ja auch nahe, machte aber doch, wie ich mich

erinnere, auf uns Freunde der Literatur einen fatalen Eindruck.
Pogrom, sagte er.
Wir kannten das Wort. Es hatte im östlichen Bereich eine gewisse Geschichte und Resonanz. Obwohl wir Genaues und Tatsächliches damit nicht zu verbinden wußten. Es verhielt sich damit wie mit den Synagogen, die es ja überall gab, die wir Nichtjuden aber nie betraten, irgend etwas Dunkles und Rätselhaftes lag wie eine Wolke darüber, das aber nur dann aufkam, wenn eben von Synagoge oder von Pogrom die Rede war.
DER VORSTEHER: Sonst nicht?
– Nein, sonst nicht. Dafür verbürge ich mich. Meine Beziehung jedenfalls zu Alfred Cantor oder zu Gideon Hirschberg wurde davon nicht im geringsten berührt.
DER VORSTEHER: Ein Ausnahmefall.
– Nein. Auch sonst spielte es keine Rolle – ich meine, in meiner nächsten, mir damals zugänglichen Umwelt: nicht in unserer Familie, nicht in unserer Klasse, nicht in unserer Bekanntschaft –
DER VORSTEHER: Und Dieter – was meinte er mit seinem Zwischenruf?
– Ich wollte ihn gerade fragen, was er damit meinte – da regte sich sein Nachbar, Alfred Cantor, leise, sammetleise, und sagte: Erzähl doch keine Märchen, Dieter.
So, mit diesen Worten. Es war ihm unangenehm. Er empfand es im Zusammenhang mit Lessing, mit Nathan, mit den Freunden der Literatur, mit unserer Klasse, mit Preußen und allem Preußischen in Fernau und überall einfach als ungehörig, als ob Dieter etwas Historisches angerührt hatte, das eben rein historisch war und blieb und auf Wiederbelebung in der Geschichte keine Aussicht hatte. Ich drehte mich nach ihm um, sah ihn sitzen – bequem in den Schaukelstuhl zurückgelehnt, langsam hin und her wippend, behaglich, wie zu Hause, unter der Gaslampe in unserer Wohnstube, die ja wirklich auch ganz behaglich wirkte und jeden Besucher ermunterte, sich bei uns zu Hause zu fühlen. Ich sah auch Dieter, neben ihm, auf dem Plüschsofa, die Beine übereinander geschlagen, gegen das Polster gelehnt, eben-

falls bequem und behaglich, nein, die Szene hatte keine Spur von Feindlichkeit oder auch bloß Gereiztheit, der dumme Ausdruck war gefallen, nun gut, aber Alfred Cantor hatte ihn mit seinen milden Worten wieder weggewischt – Mach weiter, sagte er, und Gideon-Nathan fuhr also fort, nachdem der Klosterbruder sein entsetztes ›Allgerechter‹ hervorgestoßen hatte:

Als
Ihr kamt, hatt ich drei Tag und Nächt in Asch
und Staub vor Gott gelegen und geweint. –
Geweint? Beiher mit Gott wohl auch gerechtet,
Gezürnt, getobt, mich und die Welt verwünscht,
Der Christenheit den unversöhnlichsten
Haß zugeschworen –

Da hüstelte jemand. Gideon überhörte es, mir aber entging es nicht. Ein leises, diskretes Hüsteln, das mich unangenehmer berührte als der Zwischenruf vorhin. Es kam wieder von Dieter her, ob Zufall oder Absicht – wer weiß. Ich blickte zu ihm hinüber. Er hatte sich noch weiter zurückgelehnt und schaute zur Zimmerdecke auf. Was hatte ihn zu hüsteln veranlaßt, wenn es kein Zufall, sondern Absicht war? Daß Nathan mit Gott gehadert haben wollte? Oder daß er den Christen seinen Haß zuschwor? Etwas wie Protest steckte dahinter. Gut, daß Gideon es nicht gehört hatte. Der war ja nun mächtig im Zuge und trug das Folgende mit solcher Beteiligung vor, daß schließlich seine Stimme schwankte und brach, Tränen seine Augen füllten:

Doch nun kam die Vernunft allmählich wieder,
Sie sprach mit sanfter Stimm: Und doch ist Gott!
Doch war auch Gottes Ratschluß das! Wohlan!
Komm! Übe, was du längst begriffen hast,
Was sicherlich zu üben schwerer nicht
Als zu begreifen ist, wenn du nur willst.
Steh auf! Ich stand und rief zu Gott: Ich will!
Willst du nur, daß ich will!

Auch Gideon erhob sich bei diesen Worten aus seiner bisherigen bequemen Stellung, sie rissen ihn hoch mit ihrer – wie soll ich mich ausdrücken, historisch gesehen sind es ja wohl ganz mystische Worte. Man kennt so etwas heute gar nicht

mehr. Lessing kannte es noch und legte es Nathan in den Mund. Das heißt, die Mystik hatte ja auch bestimmte jüdische Wurzeln, es mußte auf unsern Gideon sozusagen ganz von ferne her wirken, in der Schule wäre es nie dazu gekommen, aber unter uns Freunden der Literatur brach es plötzlich durch, zum Erstaunen von Mitspielern und Zuhörern. Denn Gideon war in diesem Augenblick das, was er sagte, als – nun ja – als ein Nachfahre Nathans, ein Mitglied des unglücklichen, wenn auch auserwählten – man muß wohl sagen: zu einzigartigem Unglück auserwählten jüdischen Volkes.
Ich stand und rief zu Gott: Ich will!
Willst du nur, daß ich will.
Hiob, aber mit den Worten der Mystik. Wir wußten davon nichts, nein, soweit reichte der Deutschunterricht denn doch nicht, obwohl er seine Qualitäten hatte. Es überfiel uns als etwas gänzlich Neues, mit der entsprechenden Erschütterung. Eine Pause trat ein. Gideon setzte sich wieder, ohne im Text fortzufahren. Stellen Sie sich den Moment nur genau vor. Unter der Gaslampe, in der warmen, behaglichen Wohnstube, November 1915. Unsre Väter waren Soldaten, standen im Felde, weit weg von Fernau, und was stand nicht alles auf dem Spiel – viel mehr als wir wußten und ahnten. Auch das lag bedrückend auf uns in diesem Augenblick. Wir wären vielleicht auch so in unserer Lesung steckengeblieben – wie heißt es bei Dante: An diesem Tage lasen wir nicht weiter, warum? weil anderes, größeres, das Leben selber über sie gekommen war –, aber den Hauptanlaß, daß wir an dieser Stelle abbrachen, gab doch Dieter Sandberg, den sowohl der Text als Gideons Art, ihn zu sprechen, und auch unsere Reaktion darauf, offensichtlich befremdeten. Er blieb zwar weiter im Hintergrund, im Zuhörerraum, warf aber von da aus mitten in unser verlegenes Schweigen eine seiner kühl-ironischen Randbemerkungen, er sagte:
Ich würde mich dabei doch nicht so aufregen. Ist doch alles bloß Theater.
Unwissend rührte er mit diesen Worten an einen ganzen Komplex von Empfindungen und Vorstellungen, die in uns anderen, ohne daß wirs hätten begründen können, einen

wahren Tumult verursachten. Keiner von uns war imstande, die Tiefe jenes mystischen Spruches auch nur von ferne zu ermessen. Aber nun verband sich damit unsere Liebe zur Literatur, das Bewußtsein, den Geheimnissen der Poesie in unserm Kreise näher zu sein als im Unterricht, weiter unser dunkler Respekt vor Gideon und seiner Bühnenleidenschaft, die ihn zu solcher Ausdruckskraft befähigte, endlich – ich weiß nicht, was noch alles, jedenfalls reichte es hin, um uns in sofortige Abwehrstellung gegen Dieter zu bringen. Wir blickten zu ihm hinüber, einer von uns mußte ihm antworten – da meldete sich, ganz unerwarteterweise, Alfred Cantor zu Wort, und zwar mit einer Bemerkung, die zu meiner großen Überraschung auf eine Parteinahme für Dieter schließen ließ, unerregt auch er, und leise, sammetleise:
Ach, Kinder – das sagt unser Rabbiner auch immer: Gottes Ratschluß, aber offen gestanden, ich kann mir darunter überhaupt nichts vorstellen.
Offene Anzweiflung also, gleich von zwei Seiten, die beide nichts miteinander zu tun hatten, oder doch? Theater, sagte Dieter. Und Alfred Cantor erklärte es für unmaßgeblich – gegen Nathan und gegen Lessing. Hatten sie recht, nun, so hatte sich Gideon allerdings ganz unnötig echauffiert, es lohnte dann nicht. Zum erstenmal in meinem Leben war ich auf diese doppelte Möglichkeit des Zweifels gestoßen worden, daher hat es sich mir auch so deutlich eingeprägt. Mit einem Gefühl des Zornes gegen Dieter, der seine Überlegenheit so gelassen zum Ausdruck brachte – und der Trauer fast über Alfred Cantor, der in diesem Augenblick, mir ganz unbegreiflich, ebenso gelassen Dieter Sandberg sekundierte. Als ob sie beide von zwei ganz verschiedenen Ausgangspunkten auf ein und dasselbe Ziel gestoßen wären. Gideon aber hatte geweint. Obwohl ich das Stück kannte, war mir dessen Mitte bisher noch nie so feurig vor die Seele getreten, wie an diesem Nachmittag in Gideons Darstellung. Ich war fest überzeugt davon, daß er im Rechte war gegen Dieter und Alfred. Freilich ohne darüber Gewißheit zu haben, ob er die mystische Wahrheit auch außerhalb ihrer theatralischen Darbietung glaubte und ehrte. Wahrscheinlich ist ja die Wahrheit für uns Menschenkinder immer von soviel

Masken und Schleiern eingehüllt, daß wir nur selten ihr wirkliches, eigentliches Gesicht zu sehen bekommen. Diese Wahrheit über die Wahrheit wurde mir damals, in meinem fünfzehnten Lebensjahr, zuteil. Auf noch kindische Weise, aber doch schon mit einem über die Kindheit hinausgehenden Ernst: und mit Dieter Sandberg und Alfred Cantor als ihren unwissenden, unwillentlichen Zeugen.

Nein, wir lasen nicht mehr weiter. Gideon lehnte es ab, weiter zu lesen. Beide Äußerungen hatten ihn in seinem Eifer, in seiner Leidenschaft gelähmt. Er begründete es mit den resignierenden Worten:

Man kann und soll es eben nicht vor Zuhörern machen. Auf der Bühne ist es etwas anderes. Aber hier, in unserm Kreis – nein. Da fühlt man sich denn doch wie ausgezogen.

So, mit diesen heftig hervorgestoßenen Worten. Sprachs und klappte das Reclamheft zu. Schluß der Vorstellung. Es hatte keine sein sollen und war doch leider eine geworden. Ich suchte ihn zu begütigen – selber verwirrt von dem Vorgefallenen und daher sicher ziemlich ungeschickt – indem ich – aber nein, ich kam gar nicht dazu, wieder meldete sich jener Deus ex machina, diesmal in der Person meiner Mutter, die inzwischen aufgestanden war und mindestens Gideons Schlußworte, seine laute und heftige Replik auf Dieters und Alfreds irritierende Einwände gehört hatte. Sie trat jetzt ins Zimmer – eine noch immer jugendliche Erscheinung, mit den glänzenden Augen der Lungenkranken –, sie trug ein Tablett in beiden Händen und setzte es auf den Tisch: beladen mit einer Schüssel voll eingemachter Früchte, wovon sie einen riesigen Vorrat im Keller hatte, der alljährlich erneuert wurde und bis weit in die späteren Kohlrübenzeiten des Krieges reichen sollte und gereicht hat. Unsre Vorliebe für dramatische Darbietungen teilte sie, wenn sie auch mehr die leichtere Muse bevorzugte, und in Gideon erblickte sie bereitwillig schon jetzt den zünftigen Mimen, wandte ihm, dem Mutterlosen, ein ehrliches mütterliches Empfinden zu, das auch jetzt dadurch zum Ausdruck kam, daß sie, nachdem sie das Tablett auf den Tisch gestellt hatte, ihn mit den Worten anredete: Zu schade, daß ihr es immer ohne Zuhörer macht. Gideon scheint ja wieder einen großen

Auftritt gehabt zu haben. Ich möchte einmal unbedingt dabei sein, Gideon, wenn du dein Debüt hast. Es wird sicher nicht hier in Fernau sein – vielleicht in Breslau oder in Stettin oder gar in Berlin, wer weiß. Wir wollen es abwarten. Und was war es wohl, was ihr gelesen habt? Sicher etwas Klassisches, unter dem tut ihr es ja nicht, oder höchstens wenn es etwas ganz Modernes ist, womit ich aber nicht viel anfangen kann, es ist alles so schrecklich streng und bitter. Ihr seid noch so jung. Ich verstehe gar nicht, daß ihr euch dafür begeistern könnt. Also, was habt ihr gelesen? Es schallte mächtig auf den Korridor hinaus, ich war schon aufgestanden, ihr habt mich nicht gestört, aber Gideon hat diese wundervolle Bühnenstimme, nimmst du denn auch noch weiter Stunden –

So sprach sie, so plauderte sie, es war ihre Art, sich, kaum, daß sie den Mund öffnete, gleich vom Hundertsten ins Tausendste zu verlieren. Meinen Vater genierte das oft, ich aber fand, es paßte zu ihr, und sie machte es mit Anstand und Charme. Verzeihen Sie – ich gerate selber, und sicher zu Ihrem Mißfallen, vom Hundertsten ins Tausendste und wollte doch nur sagen –

Der Vorsteher: Was wollten Sie sagen?

– Daß es zwischen Dieter und Alfred auch Gemeinsames gab, eine Art von Entgegenkommen – ich möchte das aber nicht außerhalb der Erzählung formulieren, einen Grundsatz daraus ableiten, dann ist es nämlich schon nicht mehr wahr. Es hat sich so begeben, wie ichs schilderte, zu schildern versuchte – und hat doch zugleich die Bedeutung eines Gleichnisses: Dieter Sandberg und Alfred Cantor im dämmrigen Hintergrund des Zimmers, auf dem Sofa sitzend und beide – ganz unversehens – sich übereinstimmend zu einem so schwierigen Thema äußernd, wie es die Theodizee ja nun einmal ist, beide freilich noch im Horizont des Kindes, aber als Gleichnis – nun, Sie verstehen, wie ichs meine, wie vorhin: Dieter und die kleine Polin – und ich –

Der Vorsteher: Es wird sich empfehlen, das auf sich beruhen zu lassen. Sie spielen auf einen Hintergrund an, der vielleicht nicht zu leugnen ist, der aber unter keinen Umständen gegen die Tatsachen, die den Vordergrund des Geschehens

ausmachten und um die allein es sich heute handelt, ausgespielt werden darf.
– Das gebe ich zu. Es endete dann ganz schlicht familiär mit einem halben Stündchen Konversation und Konfitürengenuß unter Vorsitz nunmehr meiner Mutter, die auch bei dieser Gelegenheit ihrer Vorliebe für Gideon Hirschberg fast schwärmerisch nachgab, während sie sich über die Anwesenheit der beiden Zuhörer Dieter und Alfred gar nicht beruhigen konnte, so sehr war sie mit mir darin einer Meinung, daß über den stillen – manchmal auch lauten – Unternehmungen der Freunde der Literatur Diskretion, ja Exklusivität zu walten habe.
DER VORSTEHER: So endete es?
– Um weiterzugehen, natürlich. Es gibt im Erinnerungsbereich wohl überhaupt kein Ende. Darum auch keinen Anfang.
DER VORSTEHER: Sie haben die Neigung, den Tatsachen mit Hilfe von Spekulationen auszuweichen.
– Was ich berichtete, waren Tatsachen, wenn auch im Erinnerungsstadium. Außerdem erforderte es wohl die Gerechtigkeit, daß wir Dieter Sandberg in der Umgebung aufsuchten, die zu ihm gehörte. Er war durchaus kein Einzelgänger, kein Eigenbrötler, kein Sonderling. Er hatte vielleicht eine viel stärkere Begabung zur Kameradschaftlichkeit als ich.
DER VORSTEHER: In dieser Tugend, wenn es eine ist – die Deutschen trieben damit immer einen besonderen Kult –, hat Dieter Sandberg zweifellos Fortschritte gemacht. Es wird Ihnen bekannt sein, daß die späteren Morde alle auf kameradschaftlicher Basis erfolgten.
– Verzeihen Sie – ich bin noch beim frühen Dieter Sandberg. Sie haben mich, wie mir immer deutlicher wird, geradezu auf diesen Dieter hingelenkt, ich wäre von selber gar nicht darauf gekommen, es ist ja eine ganz merkwürdige Wiedererweckung von längst Vergessenem, Begrabenem. (Ich habe immer noch das Abiturientenbild vor mir, meine Augen verweilen darauf, während ich spreche, suchend, fragend. Wir waren damals eine Gemeinschaft, verbunden durch mindestens zehnjährigen Schulbesuch, wir hatten uns das nicht ausgesucht, der Staat, die Eltern, die Lehrer hatten das

zuwege gebracht, und es hat sich bis heute behauptet, als wärs die selbstverständlichste und einzig richtige Art, junge Menschen ans Leben heranzuführen, jeder hat es durchgemacht, in allen Nationen, seltsamer Bund der Jugend, später will es dann niemand gewesen sein, dabei wurden die Gleise für alles Künftige doch eben damals gelegt. Dieter und Gideon und Alfred und – ja, natürlich, Roman, Roman Januschewski, von dem wäre auch noch ein Wort zu sagen –) Aber wie war es zum Beispiel mit diesem hier – mit Roman Januschewski, ich nannte den Namen bereits –

DER VORSTEHER: Dieter Sandberg zwischen Alfred Cantor und Roman Januschewski. Lassen Sie hören.

– Ein Sommerfest. Ein Schulfest. Zugleich eine Bismarckfeier. Es hatte sich so eingebürgert an unserm Gymnasium. Vielleicht hing es mit irgendeinem historischen Datum zusammen. Vielleicht wars auch nur als Entlassung in die großen Ferien gedacht. Schulgebräuche sind wohl immer ein Gemisch aus Bildung und Praxis, Geschichte und Pädagogik. Ein Doppelauge, ein träumendes und ein wachendes, richtet sich auf den brodelnden Inhalt der vielfenstrigen Ziegelarche, ordnet die Wege, die vom Gestern ins Morgen führen. Noch in den Zeugnissen ist sein Walten zu spüren. Das Schulhaus wurde an diesem Festtag nicht betreten. Es diente nur als Sammelpunkt, mit genau bezeichneten Einzelplätzen. Unsre Sekunda – wars schon, wars noch Sekunda? – traf sich am Sintflutbrunnen, der zum Stadtpark gehörte und dem Gymnasium gegenüber lag. Ein breites geschwungenes Becken mit einer traurigen Gruppe von nackten Menschenleibern, den Schiffbrüchigen der biblischen Katastrophe. Drei Fontänen richteten ihre säbelförmigen Strahlen auf die um ihr Leben ringenden Bronzeriesen. Während wir warteten, konnten wirs nicht unterlassen, einen Extraregen zu veranstalten, ohne Rücksicht auf unsre Festblusen, Festhosen und -schuhe. Plötzlich stand dann der siebenfarbene Friedensbogen über dem Getümmel, und schon erschollen die Kommandos. Die Leitung des Turnfestes lag in der Hand des Turnlehrers, eines würdigen Sechzigers mit eisgrauem Vollbart, immer die Melone auf dem ebenfalls weißhaarigen Haupt, immer in einer Art von Turnertrab, von dem ich nicht weiß, ob er allgemeiner Ausdruck der FFFF-Weltanschauung war oder nur persönliche Eigenart unsres guten Papa Bellmann, genannt Bello. In seinem langen Turnerleben mußte dieser Tag ja wohl immer einen Höhepunkt bedeuten. Man sah ihn gestikulierend, winkend, ordnend von Gruppe zu Gruppe eilen, natürlich war er der erste auf dem Platze gewesen. Jetzt galt es, die amorphe Masse männlicher Jugend zwischen neun und achtzehn Jahren zu einem klar gegliederten Marsch-Organismus durchzukneten, was er mit seinen blaugeäderten Händen und mit Hilfe der um den Hals geschlungenen Signalflöte auch in verhältnismäßig kurzer Zeit fertig bekam, und wobei aus den ans Gymnasium grenzenden Wohnhäusern die Frühaufsteher und Hausfrauen das obere, die den Stadtpark und die Gymnasialstraße säumenden Passanten das untere Publikum abgaben. Bellmann war sich dessen bewußt und sparte nicht mit anfeuernden Zurufen, deren turnerischer Charakter den meisten Zuschauern ein Geheimnis war. Nicht so uns Schülern. Wir waren darauf gedrillt und lachten darüber, taten aber, was Bellmann von uns wünschte, taten es schon darum, weil die Genugtuung, die aus seinen gutmütigen Befehlsaugen strahlte, ein schon fast nicht mehr schulischer, – ich möchte sagen: ein humaner Effekt war. Ganz vorn, am Eingang zur Danziger Straße, stand die Fahnengruppe, Primaner natürlich, ihrer Sache und Sendung ernst bewußte Herren. Und vor dieser Gruppe die Schulkapelle, von der ich nicht weiß, ob sie aus Schülern oder aus Berufsmusikern – etwa Mitgliedern eines Kriegervereins – sich zusammensetzte. Plötzliche Stille auf dem Platz. Sonne auf Häusern und Gesichtern. Der Brunnen plätscherte. Die Lehrer hatten sich zu ihren Gruppen gesellt. Alles nach Bellmanns Plan. Auch die Sonne – sie schien immer, wenn wir zum Turnfest marschierten, Bellmann konnte sich auf sie verlassen. Dann plötzlich das stumme Signal der langsam hochsteigenden Fahne – Grün und Gold und ein Eichenkranz in der Mitte –, gleich darauf das Festgeschmetter, die Marschkartätsche des Musikzuges: keiner, dem es nicht in die Beine fuhr, den es nicht wenigstens in diesem Augenblick zu dem verwandelte, wozu uns Papa Bellmann frisch

frei fröhlich fromm verwandelt haben wollte: zu nichts als Fuß und Bein eines nunmehr raupengleich sich fortbewegenden Heerwurmes. Heute das Turnfest – morgen Ferienbeginn. Psychologisch keine ungeschickte Folge: nur einen kleinen abwechslungsreichen Umweg gebrauchend marschierten wir geradeswegs in die Ferien. Los, Janusch ... Wir stießen uns an, schlenkerten die Arme, trippelten, um in Schritt zu kommen, warfen die Augen nach links und nach rechts, entdeckten diesen und jenen Bekannten, winkten, lachten und kamen deutlich vorwärts, schon war die Bildungsarche nicht mehr zu sehen, wir hatten geschwenkt, traten schon das Pflaster der Danziger Straße. Dawum – dawum – dawum – dadada. So begann der Tag. Erster Juli 1914. Eben hatte es in Sarajewo geknallt.
Doch – wir haben noch den Abend vor uns! Die Rückkehr in die Stadt: vom Sportplatz über die Brücke, den Königsplatz, die alte Brauervorstadt bergan. Wärs nicht der Osten, könnten es Weinberge sein, so sinds bloß schwach begrünte, akkerbraune, roggenblasse Anhöhen, über die der Sommerwind fährt, und jetzt, in der neunten Stunde, die rotgoldne Fackelschnur sich langsam hinaufwindet: so sieht es sich von drüben an, vom andern Ufer. Ist man mitten drin, und das sind wir, ists ein schon ziemlich ermüdeter Haufe von Knaben und Jünglingen, über den kein Bellmann mehr Macht hat, der sich einfach dem Schall und Schwall der Musik überläßt und dem von den Füßen gefühlten Sandweg, höher und höher, keiner singt, aber alle schwatzen, und wer nicht schwatzt, der trottet eben stumm dahin, die Sohlen brennen, die Augen brennen, der Staub pudert Lippen und Wimpern, es ist nicht mehr die große Festeslust, es ist schon Überdruß und Wurstigkeit, beides entlädt sich in Witzen und albernem Gelächter. Oben, auf der Höhe, steht Bismarck und wartet. Oder doch, an seiner Stelle, der aus Findlingsblöcken germanisch gewuchtete Turm, mit dem ebenfalls germanischen Tor und dem denn wohl auch germanischen Flammenbekken, aus dem die heldische Lohe fährt. So etwas war eben damals erfunden und für schön befunden worden, von Humanisten wie Realisten, und erhob den Anspruch auf unsre Verehrung, unsre glühende Verehrung.

Glut zur Rechten wie zur Linken, Fackelglut. Die Träger der Feuerstöcke waren über den ganzen Zug verteilt, so daß der in eigentümlichem Wechsel von Schatten und Flammenschein daherkroch. Fackeln sind magische Werkzeuge der Massenbeeinflussung. Nicht zu leugnen, daß sie schön sind und aufregend, daß sie die Nacht sehr wundersam zum Erröten bringen. Ihr Prasseln hat Ähnlichkeit mit leisem Trommelwirbel, und die Bewegung der orangefarbenen Flamme, ihr schlangenhaftes Ringeln und Züngeln erweckt prähistorische Erinnerungen und Empfindungen. Die Fackel in der Hand des jungen Mannes macht diesen zum Träger unaussprechlicher Einbildungen, gläubig blickt er empor zu dem dicht über ihm in die Nacht stiebenden Rauch und Feuer, ohne zu wissen, wie sehr davon sein Gesicht verändert, verschönt und verklärt wird, sein junges unentwickeltes Gesicht: die Fackel macht es bedeutend, verleiht ihm den Zauberglanz einer Maske, erhöht seinen Mut und seinen Stolz, und erst wenn sie alle am Ende des Festes zusammengeworfen werden – auch das ein Akt von schauriger Symbolik –, stürzt mit der wieder in ihre Rechte tretenden Dunkelheit die allgemeine Weltnacht über das aufgeregte Gemüt und macht es traurig und ratlos.
Man muß vorsichtig sein mit der Austeilung von Fackeln. Man war es auch, vorsichtig oder besser: sparsam. Aus unserer Klasse bekamen nicht mehr als sechs oder acht Schüler eine Fackel zu tragen, darunter denn auch Roman Januschewski. Kann sein, daß ich es so einrichtete – jedenfalls marschierte ich in der Reihe, als deren linker Flügelmann Janusch die Fackel trug. Aber Janusch gefiel mir nicht. Schon seit Tagen nicht. Über sein sonst munteres, quirliges Wesen hatte sich eine Verfinsterung gebreitet, deren Ursache mir unbekannt war. Der Fackelschimmer hatte sie nicht wegwischen können, auch nicht die ihm am Spätnachmittag zuteilgewordene Siegerehrung, deren sichtbares Zeichen, den Kranz aus Eichenlaub, er kurzerhand in die Tasche gesteckt hatte. Er war nun einmal der beste Läufer nicht nur unserer Klasse, sondern aller Klassen. Hatte sich auch diesmal wieder als solcher bewiesen, man hatte es vorausgesehen, die Ovationen waren daher ohne jeden Unterton von

Überraschung gewesen. Erst der Eichenkranz, jetzt die Fackel – es hätte ihn in bessere Stimmung versetzen können. Aber schon bei der Entgegennahme des Laubgewindes hatte sein slawisch breites Gesicht kein Lächeln hergegeben, und Bellos liebevoll gemeinter Klaps auf die Backe ihn zu keinem Entgegenkommen veranlaßt. So marschierte er jetzt auch hinter seiner Fackel mit düsterem Blick, zusammengepreßten Lippen, einer, der entweder was im Schilde führt oder etwas Trauriges oder Schreckliches erlebt hat. Unansprechbar. Ich ließ ihn nicht aus den Augen.

Bismarck war lange tot – oder sind 20 Jahre keine lange Zeit für einen toten Staatsmann? Wir kannten ihn – flüchtig genug – von der Geschichtsstunde, von Bildern und Büchern. Den Kürassierhelm, das Bart- und Brauengebüsch, das Doggengeleit. Ein Mann nicht nur, sondern ein Denkmal: ein wandelnder Turm. Meine Mutter hatte ihn in Schlawe gesehen, auf dem Bahnhof, er hatte dort in der Nähe das Gut Varzin gehabt. Mein Vater war dabeigewesen, als er in Berlin sich mit dem jungen Kaiser versöhnte. Dabei – das heißt als Zuschauer in der teils jubelnden, teils grollenden Menge. Sein Bild hing über dem Schreibtisch. Nichts gegen Bismarck. Aber wie war es mit der Versöhnung? Der alte Eremit im Sachsenwald trug gern ein paar Fünfmarkstücke bei sich, um sie bei seinen Ausfahrten an die Gutsarbeiter auszuteilen. Herbert Bismarck, sein Sohn und Sekretär, sah ihn eines Abends die restlichen Münzen auf dem Tisch ausbreiten, und zwar so, daß sie alle mit dem Adler nach oben lagen. Herbert wunderte sich und fragte, warum er das täte. Der Alte antwortete: ›Ich mag das falsche Gesicht nicht sehen.‹ Die andere Seite war mit dem Bildnis Wilhelms des Zweiten geschmückt. Bismarck war tot, Wilhelm regierte.

Wir standen zu Füßen des Turmes. Wieder, wie früher, konnte ich kaum die Tränen zurückhalten, als die Menge – zur Jugend hatten sich auch viele Erwachsene gesellt: die Lehrer, die Eltern, Zuschauer aus der Stadt, aus der Vorstadt – auf ein Kommando hin stille wurde, jedes Flüstern erstarb, im lauen Nachtwind nichts als das Prasseln der Fakkeln zu hören war, oben die rätselhaften Sterne, in der Ferne ein Vogelruf, ein Lokomotivschrei: bis eine Stimme laut, aber verloren über die dichtgedrängte Menge hinfuhr. Ein Primaner sprach. Seine Stimme überschlug sich ein paarmal. Es war nicht einfach, an dieser Stätte, in dieser Stunde zu sprechen: nachts, die riesige, von unten angerötete Silhouette des Denkmals hinter sich, abwärts die Stadt und ganz nahe das summende Volk, in der ersten Reihe das Lehrerkollegium, der Direktor, alle schon müde, alle noch einmal zu diesem patriotischen Endzauber aufgeschreckt, nervös und kritisch, mit halbem Ohre hinhörend. Endlich nach dem Schlußwort des Direktors – markig wie immer – rasselten die Trommeln. Aus der Krone des Denkmals schlug die Lohe, Funken versprühten ins Dunkel, die bunten Schleifen eines Kranzes glühten auf. Zuletzt löste sich alles in Gesang. Die Hymne war noch unversehrt.

Janusch stand zwei Schritt schräg vor mir, ich ließ ihn nicht aus dem Auge. Dreihundert Schüler sangen das Vaterlandslied. Dreihundert außer einem. Außer Janusch. Doch schwieg er deswegen nicht. Nein, er sang nur etwas anderes, etwas ganz anderes. Starr vor sich hin, auf die tropfende Fackel blickend. Aufmerksam geworden, beugte ich mich vor, bewegte die Lippen, ohne zu singen – und so wurde mir mitten im Schwall des riesigen Chores die andere Art, der andere Ton, die andere Sprache dessen deutlich, was Januschs Lippen formten: Er sang – oder sprach – die polnische Hymne. Eine ohnmächtige, aber um so ernster gemeinte Demonstration, die ich dem von Natur so verbindlichen, freundlich lässigen Jungen nicht zugetraut hätte. Ich kannte den polnischen Text wenigstens der ersten Strophe, es nahm sich ganz irre aus und erschreckte mich sehr. Janusch sang und blickte vor sich hin, nahm weder von mir Notiz noch – Sie können sich denken, wer da noch neben ihm aufgetaucht war, sicher ganz zufällig – also auch von Dieter Sandberg nicht, Fackelträger wie Janusch, während ich mit leeren Händen dastand.

Der Vorsteher: Es macht fast den Eindruck eines nachträglichen Arrangements, eines Erinnerungsschemas. Sind Sie sich dessen bewußt?

– Ich schreibe nur ins Reine, was im Heft der Erinnerung als Entwurf sich erhalten hat. Reinschrift bedeutet wohl immer

eine Art von Stilisierung.
Der Vorsteher: Einer gegen dreihundert – und Sie wollen Janusch singen gehört haben?
– Auch Dieter hatte ihn singen hören. Es hatte noch Folgen, von denen ich jetzt sprechen möchte. Am Tage darauf begannen die Sommerferien. Unsre Ungeduld war groß, die überflüssigen, überzähligen vier Stunden wegzutrödeln. Auch die Lehrer waren müde. Bis auf Leonidas. So nannten wir unsern Geschichtslehrer, der die letzte, die vierte Stunde gab. Er hatte wohl etwas von jenen olympischen Kriegern an sich, ihrer archaischen Magerkeit, ihrem strengen, scharfen Profil. Auch das dünne aschblonde Bärtchen über der Oberlippe stimmte dazu. Elastisch wie immer hielt er uns einen Schlußvortrag über die Marienburg. Mit Bildern, das heißt Bildtafeln, die am Kartenaufzug befestigt wurden. Die Primen pflegten ihren Jahresausflug dorthin zu machen. Fernau lag an der Brahe, die sich in die Weichsel ergoß – Nogat hieß der andere Nebenfluß, in dem die Marienfeste ihre Mauern spiegelte. Um unsre mangelhafte Aufmerksamkeit aufzumuntern, hatte Leonidas einen Band Eichendorff mit der Beschreibung der Ordensburg mitgebracht und ließ uns daraus abwechselnd vorlesen. Als an Janusch die Reihe kam, wurden wir plötzlich lebhaft. Denn Janusch bezeugte eine so deutliche Abneigung gegen die gutgemeinte Lektüre, daß Leonidas ihn gleich nach den ersten Sätzen zur Ordnung rief.
Januschewski, sagte er – mit leiser Stimme, wie immer, wenn er heftig wurde –, die Ferien haben noch nicht begonnen. Nehmen Sie sich zusammen. Es wird bis zuletzt gearbeitet. Nun war das, was er von uns verlangte, kaum Arbeit zu nennen, warum wehrte sich Janusch? Mir kam die Erinnerung an gestern abend, an seinen nicht weniger deutlich bekundeten Widerwillen gegen die Hymne. Damit mußte auch sein heutiges Verhalten zusammenhängen. Mitten im Satz hörte er auf und legte das Buch auf den Tisch. Leonidas stand am Fenster, nicht gegen den Ofen gelehnt wie Poppel, er bedurfte keines Haltes, und warf von da aus Janusch einen seiner berühmten Frageblicke zu, aus großen blauen Augen. Janusch setzte sich.

Ist Ihnen nicht gut? fragte Leonidas.
Mir ist ganz gut, sagte Janusch, aber ich mag das nicht lesen.
Also bekam er ganz zum Schluß noch einen jener fast unheimlichen Widerstands-Anfälle, von denen er ab und zu heimgesucht wurde und die ihm, dem sonst so netten und zuvorkommenden Jungen, meist einen Verweis oder ein paar Stunden Arrest eintrugen. Stille, absolute Stille. Kein Regen. Durchs offene Fenster, schon Ferien verheißend, das trockene Klackern von Pferdehufen. Leonidas gab seinen Beobachtungsposten auf und schob sich langsam näher an Janusch heran. Schule hat oft etwas von Kriegsspiel an sich, leider. Janusch blieb ruhig sitzen.
Stehen Sie auf, befahl Leonidas, jetzt zu entschiedenem, sozusagen stählernem Zugriff gestrafft. Janusch erhob sich langsam.
Nehmen Sie das Buch auf.
Janusch gehorchte.
Und lesen Sie jetzt weiter.
Nein, sagte Janusch.
Und warum nicht?
Weil ich den Mist nicht lesen will.
Mist, sagten Sie.
Jawohl, Mist.
Leonidas stand starr.
Ich habe Ihnen gesagt, wer der Verfasser ist. Erinnern Sie sich?
Janusch zuckte die Achseln.
Es ist Eichendorff. Joseph Freiherr von Eichendorff. Einer unserer großen deutschen Dichter. Verstehen Sie, Januschewski.
Irgend jemand kicherte. Leonidas warf einen Adlerblick in die Gegend, sofort verstummte das Kichern. Januschewski verzog keine Miene. Plötzlich wandte sich Leonidas an Dieter Sandberg.
Sandberg, sagte er, wie erklären Sie es sich, daß jemand, der gestern den großen Turnpreis erhielt, heute über einen deutschen Dichter so verächtliche Äußerungen macht?
Warum fragte er Dieter? Es kam zwar öfter vor, daß er in schwierigen Situationen Hilfe bei der Allgemeinheit suchte,

sicher ein Ausdruck seiner demokratischen Gesinnung, doch blieb der Erfolg meistens aus. So auch jetzt. Ich saß eine Reihe vor Dieter und blickte mich nach ihm um – ein kleines, kaum deutbares Lächeln spielte um seinen hübschen, runden Mund. Was würde er antworten? Er hatte gestern neben Janusch gestanden, dessen Widerstand beobachtet. Er war auch gleich heute früh, als wir auf den Einlaß warteten, darauf zu sprechen gekommen, nur mit ein paar beiläufigen Worten. Er erhob sich und sagte:

Soviel ich weiß, hängt es mit seinem Vater zusammen.

Dabei errötete er bis in die Stirn.

Mit seinem Vater? Wir wußten im allgemeinen wenig von unsern Vätern. Nur daß Januschs Vater Redakteur war, soviel war bekannt. Alle blickten jetzt auf Janusch. Und auch Janusch errötete, sicher aus einem andern Grunde als Dieter. Er zupfte zerstreut an seinem bunten Querbinder und sagte:

Dieter Sandberg ist ein Verräter.

Eine halbe Stunde vor Ferienbeginn solche Szene! Dieter ein Verräter? Es klang seltsam übertrieben. Aber was Januschs Gesicht erröten ließ, war nichts anderes als Zorn und Grimm. Dieter hatte etwas ausgeplaudert. Und warum? Ich glaube doch, um Janusch zu helfen. Er war über Januschs Antwort sichtlich erschrocken und wollte etwas erwidern – aber Leonidas, im Bestreben, die Situation zu retten, kam ihm zuvor. Statt weiter zu fragen, sagte er nur kurz:

Setzen Sie sich, Januschewski.

Und fügte begütigend hinzu:

Offenbar sind Sie aufgeregt. Vielleicht noch von gestern.

Janusch setzte sich. Leonidas verzichtete auf Fortsetzung der Lektüre, nahm selber das Wort zum Vortrag. Die Stimmung blieb gedrückt. Jeder fühlte, daß der Vorfall noch ein Nachspiel haben würde.

DER VORSTEHER: Ist das alles?

– Nein, nicht alles. Wenn ich alles erzählen sollte –

DER VORSTEHER: Wir haben Zeit.

– Aber das ist ja unmöglich. Alles! Mein Gott, man würde zugrunde gehen, wenn man sich an alles erinnern müßte. Wer kann denn das.

DER VORSTEHER: Sicher. Nur – sind Sie deswegen nicht entschuldigt. Jeder Auswahl, die man trifft, liegt das Bestreben zugrunde, sich der Verantwortung zu entziehen. Man vergißt nicht bloß, man unterdrückt auch.
– Ich versichere Ihnen, daß –
DER VORSTEHER: Schon gut, schon gut. Wenn Roman oder Janusch, wie Sie ihn nennen, Dieters Antwort als Verrat empfand, so mußte er ihm ja wohl etwas anvertraut haben. Merkwürdig. Wie sollte er dazu gekommen sein? Ausgerechnet Dieter Sandberg –
– Nun – Dieter war, wenn Sie so wollen, in unserer Klasse der Prototyp des Deutschen – Roman der Prototyp des Polen.
DER VORSTEHER: Wirklich – Prototyp?
– Jedenfalls standen sie sich beide so gegenüber, wir empfanden das auch, mehr im Sinne einer Rivalität, eines Wettbewerbes, als im Sinne einer Feindschaft. Im Gegenteil, sie zogen einander sogar an, einer den andern, und so war es durchaus möglich –
DER VORSTEHER: Sie suchen nach Gründen, immer in dem Bestreben, Dieter Gerechtigkeit widerfahren zu lassen. Unbewußt ergreifen Sie seine Partei. Sie waren eben doch befreundet mit ihm, auch wenn Sie es nicht zugeben wollen. In Wirklichkeit wird er, was er über Romans Vater wußte, woanders erfahren haben – und der Verrat bestand eben darin, daß ers in einem für Roman denkbar ungünstigen Augenblick, und wahrscheinlich im Gefühl seiner augenblicklichen Überlegenheit, vor der ganzen Klasse ausplauderte.
– Verzeihen Sie, ich bin kaum fähig, diese beiden Vermutungen – mehr ist es ja nicht – zu widerlegen. Ich möchte lieber weitererzählen dürfen, so fragmentarisch es immer nur sein kann. Alles? Nein, nicht alles, doch möchte ich zuvor einer anderen Erinnerung Raum geben, an eine andere Szene, die sich auch kurz vor den Ferien, Mitte Juni, zugetragen hatte und die mir in dem Augenblick in den Sinn kam – Erinnerung in Erinnerung –, als Janusch –
DER VORSTEHER: Erzählen Sie.
– Es gab einen Ausflugsort, nicht weit von der Stelle, wo die Brahe in die Weichsel mündet. Ich komme im Moment nicht

darauf, wie er hieß, es klingt in meiner Erinnerung ähnlich wie Dostojewski. Vielleicht hieß er Ostrowetzki, ich will ihn so nennen. (In diesem Augenblick verstummt das harte, störende Geräusch der Rammböcke. Arbeitspause oder Feierabend? Es war in unregelmäßigen Abständen zu hören. Die Straße wird repariert. An der Grenze gibt es immer zu tun. Verhöre drinnen, Verhaue draußen. Kurz vor meiner Abreise sah ich in der Zeitung eine Aufnahme: Ferienverkehr auf einer Autobahn, aus der Luft aufgenommen, und so war der Unterschied zwischen beiden Bahnhälften genau zu erkennen: südwärts eine dichte Kette von Fahrzeugen, nordwärts nur vereinzelte Wagen. Und wie wird es ostwärts sein? Ich darf mich nicht beklagen, daß ich hier festgehalten werde, ich hätte mich bloß dem allgemeinen Süd-Trend anzuschließen brauchen, und nichts wäre mir geschehen. So aber – meine eigene Schuld, ich weiß. Man wird mich auslachen, wenn ich wieder nach Hause komme, wird es mir als Sentimentalität auslegen oder als Leichtsinn. Dr. B. wird sagen: das kommt davon, lieber Gregor, wenn man den Waldgänger spielen will. Habe ich ihn spielen wollen? Ich höre das ständige Rauschen der südwärts fahrenden Wagen, leicht und schnell gleiten sie dahin, unbeschwert von Erinnerungen, es sei denn von solchen an Ziele, die vor ihnen liegen. Schon tönen im Kofferradio die südlichen Schlager. Hier krachen die Pflastermaschinen ihren Arbeitstakt – einmal regnete es, ab und zu donnert ein Laster vorüber. Sonst Stille. Stille des Waldes. Drinnen und draußen. Ja, und das fleißige Zirpen der Schreibmaschine, hervorgerufen von den fliegenden Händen des rothaarigen Fräuleins, es wird Abend darüber werden, das ist vorauszusehen, ich werde auch den zweiten Zug, den letzten verpassen, es sei denn –) Ostrowetzki – wenn Sie damit einverstanden sind. Mit seinem Schloß, mit seinem Park, mit seinen Hirschen. Es war mit dem Dampfer zu erreichen. Zwei bescheidene Restaurationen standen bereit, den Gästestrom zu empfangen. Hundert Meter davon setzte die große Brücke zum Sprung über den Strom an. Zu Fuß brauchte man gute zwanzig Minuten, um hinüberzugelangen. Schöner wars mit dem Wagen, damals noch keine Autos, sondern Kutschen, Kaleschen, Krümper. Den stellte die Truppe, ein unvergleichliches Sonntagsvergnügen. Durch den von Beerendüften dampfenden Buchen- und Birkenwald, die Räder versanken im Staub, im Sand, immer tiefer ins Abseits, ins schweigende Dickicht, die Pferde schwitzten, das Leder knarrte, grüne und blaue Fliegen umschwirrten die mächtigen Leiber, aus denen ab und zu, ich saß auf dem Bock und sah es, die dicken gelben Kotballen quollen, es roch scharf, aber nicht unangenehm, der Wagen legte sich bald nach rechts, bald nach links über, der Kutscher, meist ein junger Soldat, schnalzte mit den Lippen, schnippte mit der Peitsche, wir sprachen wenig, immer weiter ging die Fahrt, dorthin, wo die Vereinigung der beiden Gewässer stattfand, der kleinen Brahe mit der großen Weichsel, wo der Wald vor den Wiesen kapitulierte, die den Strom zu beiden Seiten begleiteten. Da glänzte es endlich heran, strich frischer Wind uns entgegen, wir verließen den Wald, gelangten auf die Chaussee und von ihr, ein paar hundert Meter weiter, auf die Brücke. Auf diesen Augenblick hatte man zugewartet, man kannte ihn, und doch war es jedesmal wieder wie noch nie erlebt. Ein Überfall von Weite und Tiefe, von schwingender, schwebender Bläue, in die das graue Stahlskelett der Brücke wie mit einem Stichel eingeschrieben stand. Sie war aus gebogenen und waagrechten Teilen errichtet, und beim ersten Eintreten in ihren Stahlschlauch belehrte einen die perspektivische Verengung über die enorme Länge des Bauwerks. ›Schritt fahren‹. Die Pferde senkten die Hälse und fielen in langsamen Trott. Was um der Sicherheit der Brücke willen geboten war, kam zugleich unserm Schaubedürfnis entgegen. Dazu dieser dem Ohr sich unverlierbar mitteilende, schwach dröhnende Aufschlag der Hufe auf dem zerfaserten Holzbelag der Brücke, träges Dahinzockeln quer über die unten klaffende Landschaft aus Wasser und Wiesen, silbergrau flimmerndem Wasser, feurig grünenden Wiesen, es kam von weit und verlor sich ins Weite, man wandte den Kopf hierhin und dorthin, die Pferde schnaubten, der Wind harfte, es nahm immer noch zu, je näher man der Mitte der Brücke kam, die Größe nahm zu, die Weite, die Tiefe, die schwindeln machende Gewalt der hier zum Ausgleich gebrachten Kräfte des Tragens oben, des Strömens unten: die Weichsel kreuzte die Brücke mit der unwiderstehlichen Senkrechten ihrer Fluten, die Brücke verfolgte ebenso unnachgiebig ihren ebenfalls quer zur Strömung gerichteten Überweg, der außer der Fahrbahn noch den doppelten Schienenstrang trug, wir drei, meine Eltern und ich, dazu der Kutschersoldat, schwebten menschlich klein mit unserm Sonntagswagen von Ufer zu Ufer –. ›Ja, die Weichsel‹, sagte der Kutscher, ›die ist wie der Rhein.‹ Er hatte recht. Zwischen beiden Strömen erstreckte sich das Vaterland, groß und mächtig und an allen Grenzen von Soldaten bewacht. Sonntagssoldaten, solange die Völker noch Sonntagsvölker waren. Sonntag war Frieden. Alle Werke und alle Waffen schwiegen und ruhten. Alle Fabriken und Kontore lagen still. Die Schulen feierten. Und die Weichsel nahm das ganze irdische Vergnügen auf ihre mächtigen Schultern und trug es meerwärts, wie sie es mit den Dampfern, den Schleppern, den Flößen tat, die stromauf und stromab ihre Furchen ins ziehende Wasser schnitten.

DER VORSTEHER: Ein Hymnus auf den polnischen Strom.

– Mit der Begeisterung des Kindes, ich spreche aus der Erinnerung.

DER VORSTEHER: Und was halten Sie von der Oder-Neiße-Linie?

– Linie ist nicht gut. Mit Linien werden die Probleme verschärft, aber nicht gelöst.

DER VORSTEHER: Erkennen Sie sie an?

– Ich erkenne Polen an.

DER VORSTEHER: In seinen jetzigen Grenzen?

– In den Grenzen Europas.

DER VORSTEHER: Sie weichen aus.

– Ich setze auf Europa, auf ein Europa ohne Linien und Grenzen. Meine Utopie.

DER VORSTEHER: Es wird noch viel Wasser die Weichsel abwärts fließen müssen, bis es dazu kommt, zu einem solchen Europa.

– Die Weichsel ist geduldig, der Rhein auch. Warum sollten die Völker nicht geduldig sein, die an der Weichsel und am Rhein wohnen?

DER VORSTEHER: Und doch hat Ungeduld Sie hergeführt.
– Und hier festgehalten.
DER VORSTEHER: Sie dachten es sich einfacher.
– Allerdings. Ich –
DER VORSTEHER: Sie glaubten sich über gewisse Tatsachen hinwegsetzen zu können.
– Im Namen der Vergangenheit.
DER VORSTEHER: Die an den Tatsachen nichts zu ändern vermag.
– Im Namen der Zukunft.
DER VORSTEHER: Der eben jene gewissen Tatsachen entgegenstehen. Die Oder-Neiße-Linie.
– Darf ich fortfahren?
DER VORSTEHER: Bitte.
– Im Wirtshaus gab es Kaffee und Bier und Schinkenbrote. Die Pferde bekamen ihr Futter geschüttet. Der Kutscher gesellte sich zu uns, entfernte sich wieder. Wie alle andern drängten wir dann weiter zum Park und zu den Hirschen. Das Gatter war von Schaulustigen umlagert. Die mächtigen Tiere kamen über die riesige Grasfläche geschritten, langsam, mit schwankenden Geweihen, sie näherten sich einzeln und in Rudeln, sie schoben ihre glatten und borstigen Leiber bis dicht an die Umzäunung, hoben und senkten ihre bizarr geformten Kronen, man warf ihnen Brot zu und Zucker, sie schnauften prüfend, rieben den Hals an den Pfählen, unerregt, ungerührt, jeder und alle zusammen ein Bild göttlicher Gelassenheit, ganz im Gegensatz zu der schwatzenden, lachenden, hin und her drängenden Menge, den Männern und Frauen und Kindern in ihrem Sonntagsstaat, ihren federbesetzten Hüten, ihren wippenden Röcken, ihren Kragen und Krawatten, zu der wir nun auch gehörten, begierig, den berühmten, wie aus dem Erdaltertum in unser Jahrhundert geratenen Waldfremdlingen die Kruppe zu streicheln, den braunen Kuhblick der behelmten Häupter zu erhaschen. Ich greife mit der Hand über den Zaun, ich berühre das stumpf glänzende Fell, einen Augenblick das beinerne Gestänge, ein leichtes Schütteln des Hauptes genügt, mich abzuschrekken, ich will mich wenden – da trifft mich ein Schlag auf die Schulter, ein Freundschaftsklaps, dazu das bekannte: Tag,

Wilhelm.
Dieter Sandberg. Neben ihm – ob Sie es glauben oder nicht – Roman Januschewski. Beide lachten sie mich an, über meine Verwirrung belustigt. Ich liebte es gar nicht, so plötzlich aufgestöbert, angerufen zu werden. Und nun hier, in der Menge. Zugleich machte sich auch wieder der kleine Schmerz bemerkbar, der sich immer dann einstellte, wenn ich mich von gemeinsamen Unternehmungen ausgeschlossen sah, wenn man mich einzuladen vergessen oder vermieden hatte. Sie führten ihre Fahrräder mit sich, hatten sie gegen eine der mächtigen Parkeichen gestellt. Sie wollten bald ihre Rückfahrt antreten, vorher aber –
Noch jemand, sagte Dieter lachend und ergriff den hinter ihm stehenden Dritten, der nun auch lachend hervortrat. Der Sohn des Gutsherren. Der Grafensohn, Otto von Lansky. Er gehörte zu uns, ich sah ihn täglich, und doch blieb er mir immer wie unbekannt. Ihn mit Dieter und Janusch zusammen zu sehen, überraschte mich. Es konnte sich wohl nur um ein Zufallstreffen handeln, um eine gelegentliche Verabredung. Ich war nicht neugierig – und war es doch in dem Augenblick, als Dieter für den etwas langsamen, ins Förmliche verfangenen Knaben erläuternd hinzufügte:
Otto hat uns eingeladen.
Wozu eingeladen? Otto von Lansky wohnte in Fernau bei Verwandten. Selbstverständlich brachte er die Ferien in Ostrowetzki zu. Ich hielt es für selbstverständlich. Das Schloß stand still und weiß abseits, im Hintergrund der großen Wiese, ein Teil des Gebäudes war zu sehen. Ich wußte nicht, wie es in einem Schlosse aussieht und zugeht. Und es kam mir unerwartet, daß Lansky, wie Dieter sagte, uns das Schloß zeigen wollte. Ich mußte die Eltern fragen, ob sie es mir erlaubten. Wir waren im geliehenen Krümperwagen gekommen. Zu einem Schloß gehörten natürlich Stallungen mit vielen Pferden und Wagen, ein Marstall. Ich empfand den Abstand.
Wenn du Lust hast, sagte Lansky.
Ja, sagte ich, gerne.
Meine Eltern waren einverstanden und wollten mich im Wirtshaus zurück erwarten. Aber nicht länger als eine Stun-

de, hörst du, denk an die Rückfahrt. Es war der unserm Turnfest voraufgehende Sonntag. Alles noch in bester Ordnung. Dieter und Janusch stellten ihre Räder an der Pforte zum Park ab. Der Kastellan bürgte für ihre Sicherheit. Lansky – ein polnischer Name, aber deutscher Besitz. Graf Lansky war Abgeordneter in Berlin, im Herrenhaus. Zwei ältere Brüder von Otto standen dort bei einem Garderegiment. Er teilte uns das mit bescheidenen Worten mit. So näherten wir uns, einem mit Kies bestreuten Weg folgend, dem Schloß.

Meine Eltern sind verreist, sagte Otto. Sie machen eine Hochzeit mit. In Dänemark.

Wir traten ein.

In Erinnerung ist mir von dem allen besonders die ständige Vorwärtsbewegung. Auf das Schloß zu. Ins Innere. Von einem Zimmer zum andern. Die Treppen hinauf, die Treppen hinab. Die Korridore entlang. Ohne längeres Verweilen, und dazu die leise erklärende Stimme des jungen Grafen, unseres Mitschülers. Niemand empfing uns, niemand kam uns entgegen. Es machte einen geradezu ausgestorbenen Eindruck, sonderbar, daß man so viele und so herrliche Schätze einfach im Stich ließ und nach Dänemark fuhr, nach Kopenhagen, um dort –

Und hier wohne ich, sagte Otto und ließ uns in ein neues Zimmer eintreten. Meine Blicke überflogen den wenig kindlich eingerichteten Raum, die Möbel, die Bilder, die schweren Vorhänge. Ich versuchte mir Otto vorzustellen, wie er an dem übergroßen Schreibtisch arbeitete, seine Aufsätze schrieb, seine Aufgaben rechnete. Wie er sich zwischen den altertümlichen Möbeln bewegte, unter den dunklen, zum Teil in Goldrahmen steckenden Bildern hin. Ein Aquarium, in welchem reges Fischleben herrschte, war das einzige Requisit aus der Knabenwelt. Ich trat näher, um besser zu sehen. Otto stellte sich neben mich, während Roman und Dieter umhergingen, flüsternd, wie wir die ganze Zeit uns nur flüsternd unterhalten hatten. Ein Druck von Feierlichkeit verließ mich nicht, ob wir gingen oder standen.

Hast du Fische gern? fragte Otto.

Ich nickte. Es war das einzige mir Vertraute.

Hast du auch ein Aquarium?
Ich schüttelte den Kopf.
Otto verstummte. Schweigend standen wir noch eine Weile vor der grünen Glaswand, hinter der die Zierfische spielten. Ich fühlte Verlegenheit, aus der mich Dieter mit leisem Anruf befreite. Da wandte ich mich ab. Wir standen jetzt alle vier vereinzelt. Aus Dieters Gesicht sprach die einfache Begeisterung über alles Gesehene. Er lächelte mir zu. Janusch hingegen blickte finster drein. Ich hätte gern gewußt, warum. Er verschwieg viel mehr, als wir ahnten. Er verschwieg seine Familie. Hier hingegen lag alles offen ausgebreitet. Die Vergangenheit in den alten Bildern und Möbeln. Die Gegenwart in Jagdgewehren und Jagdtrophäen. Die Zukunft in soldatischen Symbolen und Emblemen, zum Beispiel dem Nickelhelm, den Otto hervorholte und den wir bewunderten.
Wie Bismarck, sagte Dieter.
Erst ganz zuletzt führte uns Otto in den Musiksaal. Es war ein Saal, wenn auch von geringen Dimensionen. Ein Flügel stand in der Nähe der drei hohen Fenster, die auf eine Terrasse hinausgingen. Man sah dort in die andere Hälfte des Parkes. Riesige Eichen schatteten da. Die Wände des Saales waren braun getäfelt, mit Spiegeln und Lampen versehen. Mit rotem Damast bezogene Stühle standen in Reihen, als würde demnächst ein Konzert stattfinden. Und auch hier alles überwuchert, überbordet von dieser fabelhaften Stille. Wieder faßte mich kühles Erstaunen darüber, daß die Bewohner solche Räume einfach verlassen können. Ich blickte mich um. Vier Knaben in Sonntagsanzügen.
Donnerwetter, sagte Dieter.
Auf dem Flügel, auf seidener Decke, stand eine blaue chinesische Vase. Ich hörte Musik, obwohl alles still war. Und – ich wollte Musik hören. Ich wollte gerne Janusch am Flügel sitzen sehen, scheute mich nur, den Wunsch zu äußern. Da sagte Dieter zu Otto:
Wenn du erlaubst – könnte Janusch mal was spielen.
Dieter hatte meinen Wunsch erraten. Der junge Graf errötete.
Aber ja, sagte er. Ich schließe ihn auf.

Er ging zu einem mit Porzellan gefüllten Glasschrank und entnahm ihm den Schlüssel. Wir halfen ihm, die schwere Vase vorsichtig abzuheben und auf den Fußboden zu stellen. Sahen dann schweigend zu, wie er den glänzend schwarzen Deckel des Instrumentes aufschlug, das schmale Tuch von den Tasten entfernte, zurücktrat und Janusch winkte, niederzusitzen. Sonderbares Erinnerungsbild, diese Versammlung von Knaben im Nachmittagslicht, das durch die hohen Fenster dringt und im Salon ein Spiel von Reflexen entfacht. Wie wir da stehen, schweigend, verlegen halb und halb verzaubert, Gäste halb und halb Eindringlinge. Otto mit seinem trockenen, förmlichen Lächeln, Dieter mit freiem Hals und Schillerkragen – nach dem Beispiel seines Vaters –, gebräuntem Gesicht, leicht entblößten Oberzähnen. Und Janusch – aber den sehe ich schon sitzen, ein bißchen vorgebeugt, auf dem Klavierschemel und die Finger mit dem Taschentuch abreibend, wobei ihm die braune Locke in die Stirn fällt. Er will anfangen, da bin ich es, der das Schweigen bricht und ihm, von der ersten Stuhlreihe her, wo ich meinen Platz eingenommen habe, zuruft:
Die Polonaise, bitte.
Ich konnte sie nicht oft genug hören. Und hörte sie doch selten genug. Er sah mich an, nicht mehr ganz so finster, und begann.
Damdada. Raketenartig platzten die ersten Takte und zogen den glühenden Schweif der folgenden hinter sich her. Janusch steigerte seine Lust und Leidenschaft an der Schönheit des Tones, die auch mir erst Erschrecken, dann Entzükken verursachte. War es der Ton, war es das Stück, war es die Stunde – ich konnte nicht anders, ich mußte mein Gesicht in die Hände stützen, die Augen schließen. Und plötzlich war da wieder diese merkwürdige Fähigkeit des Doppelerlebnisses: daß ich Janusch spielen hörte und ihn zugleich in der Mitte einer anderen Flut treiben sah, nämlich der Weichsel, über die wir hergekommen waren und die kaum eine Viertelstunde von hier – gleich hinter dem Park begannen die Uferwiesen – ihre grau-gelben Wellen wälzte.
Damdada. Gewaltige, reißende Strömung dort und hier. Und Janusch ist es, der diese Vereinigung zustande bringt,

mit seinen harten, knochigen Knabenfingern, seinem auf- und niedertauchenden Polengesicht, in dem die schmalen Augen brennen, der Mund sich leise mittönend bewegt. Damdada. Immer wieder dieses heftige, herrische Aufstampfen, Aufbegehren. Es ist mitten unter uns. Es ist mitten in diesem Saal, diesem Haus. Obwohl das Haus wie ausgestorben liegt in seiner Ferien- und Sonntagsstille und nur drei Knaben zuhören und keiner von ihnen weiß, was es eigentlich ist. Otto von Lansky, der neben mir saß, beugte sich zu mir und fragte flüsternd, von wem wohl das Stück sei –
Von Chopin, sagte ich.
Wir wußten nicht, wer dieser Chopin war, wir kannten bloß seinen Namen, ich kannte auch ein paar Stücke von ihm. Vielleicht wußte Janusch mehr über ihn, man konnte ihn ja mal fragen. Damdada. Noch einmal, wie eine letzte ultimative Forderung. Dann Stille, wo eben noch Trompeten schallten. Asche, wo eben noch Flammen stiegen. Otto von Lansky, in unbewußter Höflichkeit, erhob sich und ging auf Janusch zu.
Du spielst großartig, sagte er.
Janusch strich sich die Locke aus der Stirn, wortlos, fast unwillig. Auch ich begab mich wieder an das Instrument.
Auf dem Flügel hört es sich doch ganz anders an, sagte ich und dachte dabei an unser altmodisches Klavier, auf dem mein Vater Mendelssohn spielte, immer wieder Mendelssohn. Die Lieder ohne Worte – immer wieder die Lieder ohne Worte.
Und Dieter sagte:
Wenn ich an unsern Klimperkasten zu Hause denke. Was wir sagten, war nichts als Ausdruck unserer Verlegenheit – und Unterlegenheit. Auch Ottos schüchterne Frage:
Sag mal, Janusch, was hat der Chopin denn sonst noch geschrieben?
Gleich setzte Janusch die Hände wieder, leise präludierend, auf die Tasten und ließ dann einen schnellen Walzer ablaufen, davonlaufen, so schien es mir, der ich hinter ihm stand: daß die Finger nämlich nichts anderes zu tun hätten, als den immer schneller hineilenden Tönen auf den Fersen zu bleiben, ein atemberaubender Vorgang, eine einzige Flucht –

bam, bam, Ende. Donnerwetter, sagte Dieter.
Janusch saß still, die Hände im Schoß zusammengelegt. Dann sagte Dieter, als gäbe er Antwort auf eine unhörbare Frage:
Chopin war Franzose, soviel ich weiß.
DER VORSTEHER: War Dieter musikalisch?
– Er war nicht gerade unmusikalisch. Wenn er die Wahl hatte, so hörte er lieber den Juden Alfred Cantor Schlager spielen als den Polen Roman Januschewski Chopin.
DER VORSTEHER: Er selber spielte nicht?
– Nein.
DER VORSTEHER: Es gibt andere Fälle – von sonderbarer Musikalität bei noch sonderbarerer Grausamkeit.
– Wir leben in einem Jahrhundert der Musik.
DER VORSTEHER: Und des Mordes.
– Einem Jahrhundert der Gegensätze. Oberleutnant Lambey sah es voraus.
DER VORSTEHER: Die Deutschen glänzen in Gegensätzen. Auch in diesem.
– Hatte Ihr Land nicht einst einen Pianisten als Staatspräsidenten?
DER VORSTEHER: In Deutschland wäre das, trotz aller Musikleidenschaft Ihrer Landsleute, unmöglich gewesen. Sie entschieden sich lieber für einen Mörder.
– Der für Richard Wagner schwärmte.
DER VORSTEHER: Und Warschau zerstörte.
– Schloß Ostrowetzki dürfte auch gelitten haben.
DER VORSTEHER: Zwanzig Jahre lang lag es unberührt. Polen hat Achtung vor der Geschichte.
– Und wer war der Nachfolger des Grafen Lansky?
DER VORSTEHER: Ein Angehöriger der gleichen Familie, aber ihres polnischen Zweiges.
– Und jetzt?
DER VORSTEHER: Ist es Volksbesitz.
– Eine recht wandelbare Geschichte. Einer geht, einer kommt. Einer verliert, ein anderer gewinnt. Der junge Graf Lansky ist übrigens im zweiten Kriege gefallen. Nicht in Polen, sondern in Afrika. Als Major der Luftwaffe.
(Damdada. Es gibt ab und zu Schärfen in diesem Verhör.

Aber meine Gegenäußerungen werden angehört. Man läßt mich als Partner gelten. Man ballt vielleicht die Faust in der Tasche, aber man schlägt nicht zu. Der Kommissar zum Beispiel muß sich ja oft genug zum Widerspruch gereizt fühlen, darf ihn aber nicht äußern, er spielt eigentlich eine fatale Rolle, als Verwalter der Dokumente, als stummer Beobachter, als Beisitzer meinetwegen, aber es läuft an ihm vorbei, ähnlich einem Fließband, nur leistet er nicht den einfachsten Handgriff, und vielleicht geht es gar nicht an ihm vorbei, sondern durch ihn hindurch, das unsichtbare Band, als durch einen keineswegs beteiligten Zeugen, als durch jemanden, der vielleicht überhaupt erst in diese Zusammenhänge eingeweiht werden soll, der vielleicht gar nicht als Kommissar hier sitzt, sondern als – als Volontär, als Adept, oder als Novize, ja, als Novize, das ist der richtige Ausdruck, und die Einweihung, der er hier unterworfen wird, bezieht sich naturgemäß auf andere Inhalte, Gedanken, Gebote, Ordnungen, Formen, Riten, als etwa jene, durch die das Nönnlein einmal gegangen sein muß. Es gibt noch andere Weihen heute, als die herkömmlichen des christlichen Kultes. Nennen wirs die Weihen der Geschichte. Und weil es eben Weihen sind, so geht es denn auch entsprechend durcheinander: das Religiöse und das Profane, das Verhör und die Beichte, die Untersuchung und die Beschwörung, vielleicht dann auch die Entlassung und die Absolution. Und macht aus den vier Beteiligten, einschließlich des schreibenden Fräuleins, auch etwas anderes, als was sie zu sein scheinen. Grenze, aber was an der Grenze geschieht, geht über die Grenze hinaus, ohne Wissen der Beteiligten, denn wenn sie es wüßten, dann würden sie ja die Grenze gar nicht mehr schützen können, müßten die Staaten sich nach anderen, zuverlässigeren Wächtern umsehen, – damdada, damdada. War Chopin ein Franzose oder war er –?) Ich wartete auf Januschs Antwort. Er gab sie auf seine Weise.
Paß auf, sagte er, spreizte die Hände hoch über den Tasten und ließ sie fallen. Es war die Mazurka. Leicht und leise murmelnd begann sie, wie ein Selbstgespräch, aus dem sie dann wie mit Beckenschlägen auffuhr. Die Finger wirbelten. Die Tänzer wirbelten. Kein Aufenthalt, kein Atemholen.

Janusch saß vornüber gebeugt. Als der Schlußakkord, wieder wie eine Rakete – dadam dadam –, zersprungen war, fuhr er hoch, ließ die Hände klatschend aufeinanderprallen und rief:
Kein Franzose, sondern ein Pole!
Wir verließen das Schloß. Und jetzt erst, in der mit Bildern und Waffen geschmückten Vorhalle ließ sich einer seiner Bewohner blicken, ein Diener in grauer Livree, ein älterer Mann, groß und hager. Otto wechselte mit ihm ein paar Worte, nannte ihm flüchtig unsere Namen. Wir gaben ihm die Hand. Er wünschte uns gute Heimfahrt und händigte Otto ein Paket aus. Alles vollzog sich in mir ganz ungewohnter Förmlichkeit. Irgendwo im Hintergrund mußten Kräfte am Werk sein, die für das, was im Vordergrunde geschah, aufzukommen hatten. Plötzlich kam aus irgendeinem Winkel ein großer braunweiß gescheckter Bernhardiner herangeschlichen und wollte von Otto gestreichelt sein. Otto vergrub seine Hand in dem dichten, wolligen Fell, flüsterte dem Tier einige zärtliche Worte zu. Abschiedsworte, denn er fuhr mit Dieter und Janusch nach Fernau zurück, auch mit dem Fahrrad. Der Diener öffnete das Portal, wir traten hinaus. Weit vor uns dehnte sich die Wiese, in der Ferne grasten die Hirsche. Der Himmel hing noch immer mittagsblau über dem Land. Wir stiegen die Freitreppe abwärts, schlugen den Weg zum Parktor ein. Unterwegs blickte ich zurück: Der Diener stand noch da, aufrecht, schlank und groß, neben ihm der Bernhardiner, still und starr, wie ein Denkmal, beide wie ein Denkmal.
DER VORSTEHER: Sie haben jetzt auch einen Rückweg vor sich, und es wird gut sein, wenn Sie ihn unverzüglich einschlagen.
– Zur Schule zurück, zu jenem letzten Tage, jener letzten Stunde, ich weiß.
DER VORSTEHER: Sie sprachen von einem Nachspiel.
– Leonidas hatte sich wieder einmal von seiner besten Seite gezeigt, hatte die Szene mit ein paar Worten beendet. Die Marienburg versank. Stattdessen erging sich Leonidas – und das riß uns doch noch aus unserer Verdrossenheit – knapp und sicher dozierend, in einer viertelstündigen Betrachtung

über die Weltlage, wie ers nannte. Er liebte derartige Exkurse ins Politische. Und der politische Sommer versprach unruhig zu werden. Wir ließen uns darüber orientieren, fielen aber, kaum daß die Stunde beendet war, wieder in unser Eigeninteresse zurück, das Ferien hieß. Und für einige von uns obendrein: Janusch. Ehe wir auseinandergingen, streifte uns flüchtig der schwarze Flügel des allgemeinen Verhängnisses, wenn auch in der von diesem scheinbar unabhängigen Form des persönlichen Zerwürfnisses –

Der Vorsteher: Sie sprechen von Schulknaben.

– Allerdings. Aber in der Überzeugung, daß im Anfang sich schon gewisse Züge des Endes bemerkbar machten. Wenn dem so ist – und Sie haben mich ja überhaupt erst auf diesen Weg gebracht, ich kam mit erheblich bescheideneren Vorstellungen vom Wesen früher Erinnerungen und Eindrücke hierher –, dann darf man davon wohl auch mit größerem Ernste reden, treten Schulknaben ganz von selber in die Rolle von – sagen wir: Geschichtszeugen ein.

Der Vorsteher: Mehr als bei den vorangegangenen Erinnerungen haben Sie sich bei dieser, Roman Januschewski betreffenden, nicht bloß in Einzelheiten, sondern auch in gewisse Stimmungen verloren.

– Ich mache Fortschritte im Erzählen. Unter Ihrer Anleitung.

Der Vorsteher: Steckt in dem allen nicht vielmehr der ursprüngliche Antrieb Ihres Besuches – jene spezifisch deutsche Sentimentalität, hinter der sich, sieht man genauer zu, oft die krassesten Ansprüche und Vorurteile verbergen?

– Es ist Ihr Recht, mißtrauisch zu sein. Sentimentalität – nein. Es dürfte Ihnen wohl nicht entgangen sein, daß ich ein bestimmtes Wort, das in diesem Zusammenhang bei uns besonders gern und häufig gebraucht wird, ein wie kein anderes mit Stimmung geladenes, bisher gänzlich vermieden habe.

Der Vorsteher: Welches Wort meinen Sie?

– Das Wort Heimat.

Der Vorsteher: Uns ist bekannt, daß es bei Ihnen ganze große Verbände gibt, die dieses Wort auf ihre Fahne geschrieben haben. Stimmung plus Anspruch und Arroganz.

– Ich gehöre keinem dieser Verbände an, möchte mich auch jeden Urteils über deren Wirken und Werben enthalten. Ich persönlich habe mir geschworen, das Wort Heimat solange nicht zu gebrauchen –

DER VORSTEHER: Bis –

– Bis unser Verhältnis zu Polen eine vernünftige, gerechte, humane Regelung gefunden hat.

DER VORSTEHER: Sie meinen, bis über Recht oder Unrecht der Oder-Neiße-Linie entschieden sein wird. Ich versichere Ihnen nochmals, darüber ist entschieden, einmal und für immer. Sie werden über Ihrer Erwartung bestimmt dahingehen, – wie alt sind Sie?

– Ich werde gerade heute – oder bin heute achtundfünfzig.

DER VORSTEHER: Sie mögen sagen, was Sie wollen – auch wenn Sie das Wort nicht gebrauchen: frei von Sentimentalität, von Heimatsüchtigkeit sind Sie nicht. Aber genug davon. Im Anfang die Spuren des Endes. So sagten Sie. Weiter.

– Leonidas hatte das Klassenzimmer verlassen, nicht als letzter wie sonst, ein Kollege war erschienen und hatte ihn mit sich genommen, vielleicht zu einer dienstlichen Angelegenheit, uns ging das nichts an. Trödelmeier gab es bei uns wie in allen Klassen. Aber die waren es nicht, die jetzt zurückblieben. Es waren vielmehr dieselben vier, von denen ich eben erzählt habe, nämlich Roman, Dieter, Otto von Lansky und ich. Es geschah auf Romans Veranlassung, daß wir zurückblieben. Er hatte sich wieder gefaßt, wie es schien. Mir kam es merkwürdig vor, daß er so förmlich um meine Mitwirkung bat. Doch, du mußt unbedingt dabei sein, hatte er gesagt. Schön, vielleicht hing es mit den Ferien zusammen, vielleicht hatte er bestimmte Ferienpläne, wozu Ostrowetzki dann nur eine Art Vorübung gewesen wäre. Das weiße Schloß ging mir nach, ich hatte davon geträumt. Ich sagte zu und blieb zurück. Als alle andern gegangen waren, schloß Roman die Tür des Klassenzimmers.

Es dauert nicht lange, sagte er.

Otto sah nach der Uhr. Er wollte mit der Bahn nach Hause fahren, und das war erst nachmittags möglich, er hatte also Zeit. Wieder standen wir, wie letzten Sonntag, vereinzelt im

Raum. Klassenzimmer sind keine gute Erfindung. In diesen Räumen, deren Banalität jeden Versuches spottete, sei es mit Bildern sei es mit Blumen, auch nur einen Anflug von Intimität, Behagen, Wohnlichkeit hervorzurufen, brachten wir unsere Vormittage zu, nun schon so viele Jahre. Und oft genug auch die Nachmittage. Hier ereigneten sich die Kämpfe, die Niederlagen, die Demütigungen, die Verwirrungen unserer Jugend. Hier die Explosionen des Ehrgeizes, der Angst, der Grausamkeit und des Geschlechtes. Das Klassenzimmer war eher eine Arena als ein Lehrsaal. Weiß jemand, wo und wie die Kriege eigentlich beginnen? Ich bin ein Feind von Verallgemeinerungen. Ich erinnere mich an gute Lehrer und an schlechte Lehrer. An helle Stunden wie an dunkle Stunden. Ich klage niemanden an. Aber – mit unauslöschlichem Widerwillen denke ich an unser Klassenzimmer. An das Ganze wie an irgendeine Einzelheit. Wir haben auf Bänken, an Tischen gesessen, in welche die Zeichen der Qual, der Langeweile, der Leidenschaft, der Lebensangst eingekerbt waren, die Hieroglyphen des kindlichen Widerstandes gegen die Welt der Väter. Ich gebe das gerne zu Protokoll, mit dem Vermuten, daß es in andern Ländern sich damit nicht viel anders verhält und verhalten hat. Wann endlich wird man hier beim Anfang beginnen und dem Schlendrian absagen, mit dem man ganze Generationen von Schülern durch die vor fünfzig oder vor hundert Jahren aufgestellten Käfige wandern ließ? Auch Gerichtsräume sind so beschaffen, ebenso furchtbar. Sie sind es nicht bloß für die Schuldigen. Viel mehr noch für die Unschuldigen. Man geht aus ihnen nicht hinaus, wie man hineingekommen ist. Man hat – ohne verurteilt zu werden – eine Veränderung erfahren, die dauert. Ich rechne dazu – und nehme mir die Freiheit, es auszusprechen – auch diese Baracke. So sehen die Brutstätten der Kriege aus. (Keine Erwiderung, kein Einwand. Ich habe mich hinreißen lassen, wieder einmal. Es würde sonst auch ganz unerträglich sein. Ich muß ab und zu einmal ausschlagen dürfen wie ein störrisches Pferd. Man wirft mir Sentimentalität vor. Man macht sich lustig über das Heimatgefühl der Deutschen. Aber ist diese Baracke dazu angetan, uns für bessere, freiere, universalere Empfindungen aufzuschließen? Ist es möglich, sich hier heimisch zu fühlen? Und wieviel solcher Gehäuse haben sie aufgerichtet, die ganze Grenze entlang, alle Grenzen entlang! Fuchsfallen, Tellereisen – im Namen von Frieden und Freiheit. Gar nicht ohne tiefere Bedeutung, daß sie an der Wand dort die medizinische Tafel hängen haben, die an sich in einem Kontrollraum nichts zu suchen hat. Aber sie versinnbildlicht aufs beste die Tendenz, jedermann auf Herz und Nieren zu prüfen, Verhören zu unterwerfen, die ihr Vorbild im Röntgenschirm haben, im Elektrokardiogramm, daß nur ja auch die leiseste Regung, die mit den allgemeinen Prinzipien nicht übereinstimmt, entdeckt und aufgeschrieben werde. Und draußen steht schweigend und ewig durchlässig für Wind und Wetter, Sonne und Regen, Tag und Nacht, Mond und Sterne, für alles Lebendige der Wald, aus dessen Holz diese verdammte Bude geschnitten ist. Und auch hier wieder vier Einzelne: der Unsichtbare, der Kommissar, das Tippfräulein und die Person X, in diesem Falle ich. Gott, bin ich das leid, wie widert es mich an. Immer wieder dieselbe Situation, immer wieder Verhör, Untersuchung, Beichte, Inquisition – überall, hüben wie drüben, ein scheußlicher Wurm, der sich durch alle Verhältnisse, alle Beziehungen windet, unser Inneres zerfrißt, unsre Gedanken und Gefühle kaut und schluckt und verdaut, seinen Kot ausstößt, pfui Teufel. Weg damit. Aber wie? Jede Revolution, die mit dem Anspruch auftrat, reinen Tisch zu machen, bringt eben diese Unreinigkeit hervor, züchtet sie zu nie geahnter Intensität, läßt ihre Mitwelt im Unrat der Verhöre ersticken. Mir ist auch zum Ersticken hier – ich flüchte – ja wohin – in meine Erzählung, wohin denn sonst. Denn – wie sonderbar, wie ganz unglaublich! – mitten im Wiederkäuen der Fakten und Akten weht von ferne her – extra nos – ein leiser Hauch von Helle und Heiterkeit und Humanität, als ob die ganze Verruchtheit der Ausfragerei eben doch nicht imstande wäre, an die Wahrheit heranzukommen, weil diese ihre eigenen Wege geht, durchaus ihre eigenen Wege, gegen den Willen der Fragenden, gegen die Angst der Gefragten. Das Letzte, Ursprüngliche, Anfängliche. Im Anfang war das Wort. Und das Wort war bei Gott. Und Gott war das Wort.

Dieses war im Anfang bei Gott. Nicht zu begreifen, völlig über jeden Verstand. Aber wahr, wahr, wahr. Darum zurück zu euch, alte Gefährten – was immer daraus und aus euch geworden ist, es war ja nicht der Anfang, es war auch bloß abgeleitet aus einem andern, dem eigentlichen, ursprünglichen Anfang, und es ist der reine Hochmut, die übliche politische Arroganz, wenn man uns an den Grenzen auf etwas festlegen will, was nun einmal weder ein Letztes noch ein Erstes ist und auch nicht sein kann. Die Sonne scheint still und freundlich herein. Nachmittag. Schon näher dem Abend. Meine Sorge, nicht mehr wegzukommen, hat sich gemildert. Es würde mir nichts ausmachen, im Walde zu übernachten, wenn sie hier keinen Gasthof haben. Oder, wenn sie das haben, und ich glaube, sie haben es, im Hospital, irgendwo hinter dem Bahnhof, wohin höchstwahrscheinlich das Nönnchen entschwunden ist. Ich hätte nicht übel Lust, mich in der Sonne, da sie einmal eingetreten ist, behaglich zu räkeln, doch widerspräche es natürlich der hier waltenden Strenge der Formen. Müdigkeit empfinde ich ebensowenig wie Hunger – und vermute, daß die Abwesenheit beider Empfindungen eine Wirkung der hier üblichen Methoden ist: pneumatische Injektion, genau so wie der anhaltende Druck, mich zu äußern, mich in einer bestimmten Richtung auszusprechen, mit dem Blick, immer noch, auf eine bestimmte Person –)

– Es dauert nicht lange, sagte Roman. Ich will ihn nun auch mit seinem richtigen Vornamen nennen. Er war der Älteste von uns vieren und der körperlich Kräftigste. Er hatte erst gestern den großen Turnpreis errungen, wovon heute, weil alles schon auf die Ferien zudrängte, kaum noch die Rede gewesen war. Er sah bleich aus. Die Locke hing ihm in die Stirn, seine Augen flackerten. Seine Stimme war belegt. Seine Hände zitterten. Der ganze Mensch befand sich in heftiger Erregung, jetzt erst sahen wir es und erschraken.

Was ist mit dir, fragte Otto. Aber so hatte schon Leonidas gefragt. Vielleicht wäre es doch besser gewesen, wenn er mit Roman persönlich gesprochen hätte, ihn nicht so einfach in seine Finsternis hätte zurückfallen lassen. Nun war er plötzlich abberufen worden, und die Sache hing unerledigt im

Raum. In diesem Raum! Da sagte Dieter – und vergeblich frage ich mich jetzt, was ihn in diesem Augenblick ausgerechnet zu dieser Frage veranlaßte:
Warum hast du eigentlich gestern nicht mitgesungen, Janusch?
Vielleicht entsprach die Frage jenem Vorstoß, von dem ich vorhin erzählte, als er die Mauer der – Sie erinnern sich – durchbrach, mit gesenktem Kopf, einfach drauflos. Ein Draufgänger war er unbedingt, nicht ebenso tapfer freilich im Durchhalten. Natürlich steckte in seiner Frage eine Vorwegnahme. Er stellte sich mit ihr, es war jemand da, dem er sich stellen mußte. Gestern sein Freund, heute sein Feind. So schnell geht das.
Das geht dich nichts an, sagte Roman, aber du kannst es dir vielleicht denken.
Eine dunkle Ahnung überflog mich. Dieter machte ein trotziges Gesicht.
Soviel ich weiß, hängt es mit seinem Vater zusammen, hatte er gesagt, also wußte ers, wußte er auf alle Fälle mehr als wir andern. Roman mußte es ihm gesagt haben. Sicher mit der Bitte um Verschwiegenheit. Aber er hatte es ja auch nicht ausgeplaudert. Er hätte es vielleicht verraten, wenn Leonidas weiter in ihn gedrungen wäre. Leonidas hatte das vermieden – vielleicht, um Dieter nicht in noch weitere Verlegenheit zu bringen. Ich überlegte das alles blitzschnell, vor den Augen das weiße Schloß, im Ohr die Polonaise, mit dem Gefühl, daß sich etwas Schreckliches vorbereite, zusammenballte. Mein Blick fiel auf den Teubnerdruck, der die Wand hinter den Bankreihen zierte, ein Ritter in stählerner Rüstung stand da, in der Hand die Fahne, Hüter des Tales oder so ähnlich hieß das Bild und hing hinter uns mit der gleichen Unabänderlichkeit wie über uns die Gaslampe.
Ich kann mir nur denken, sagte Dieter, daß du eben doch kein Deutscher bist.
An sich keine Beleidigung: denn Roman war ja von Herkunft Pole, ein unter deutscher Herrschaft lebender Pole, wie so viele seiner Sprachgenossen. Es war aber das erstemal – und auch das einzigemal –, daß es unter uns so kraß, so unbarmherzig ausgesprochen wurde. Roman wurde bleich.

Offenbar empfand er es doch als Beleidigung. Schließlich gab es eine ganze Menge Polen, die gerne im deutschen Heer dienten, gerne die Offizierslaufbahn einschlugen, gerne an deutschen Universitäten studierten. Kann man, konnte man beides in einem sein: Pole und Deutscher, beides mit derselben – ja mit derselben Unbefangenheit, wie so viele Juden sich als gute, als sehr gute Deutsche fühlten? Unbewußt waren wir in diesem Augenblick auf die Mauer des Nationalitätenproblems gestoßen, kratzten auch an dieser Mauer vergeblich mit unsern Knabennägeln. Wir hatten es nicht herbeigerufen, es war über uns gekommen – damdada – damdada –, aber jetzt war es nicht der Rhythmus der Polonaise, es war die Folge der Ohrfeigen, mit welchen Roman die Beleidigung erwiderte.
Gleich noch einmal – damdada – damdada – knallten die Ohrfeigen in Dieters wie eine weiße Wand verfärbtes Gesicht. Schrecklich.
Roman, schrie jemand.
Bist du wahnsinnig, ein anderer.
Hatte er nicht eben die Hände über die Tasten wirbeln lassen, sie dann mit einer Art Segensgebärde hochgehoben – lange, schmale Klavierspielerhände, die freilich auch sich eisern um die Reckstange, um das Kletterseil zu schließen vermochten?
Dieter stand starr und stumm. Rührte keine Hand. Die Spuren des Doppelschlages traten rötlich hervor. Roman hatte mit großer Wucht zugeschlagen. So leidenschaftlich, wie er sich vor wenigen Tagen dem Chopinrausch überlassen hatte, so wild und blind ließ er jetzt der Vergeltung ihren Lauf. Aber – wofür Vergeltung? Weil Dieter an das Geheimnis seines Vaters gerührt, es aber nicht ausgeplaudert hatte? Oder weil er ihm das Deutschtum abgesprochen hatte? Ich habe es erst viel später erfahren, erst im folgenden Winter, und zwar von meiner Schwester Marion, die eben damals zu Roman in freundschaftliche Beziehung getreten war, obwohl sie zwei Jahre älter war als er. Die Liebe zur Musik hatte die beiden zusammengeführt. Ich komme darauf noch zu sprechen. Sie müssen Nachsicht haben mit mir – ich gerate vom Hundertsten ins Tausendste, ich handhabe diese

Erinnerungen in Art eines Puzzlespieles. Die einzelnen Stücke sind alle gegeben, ich soll und muß sie zusammensetzen und dabei unterlaufen mir natürlich Fehler. Ich möchte hier abbrechen und es bei dieser Szene, bei diesem Bilde belassen. Es geschah nämlich sonst nichts weiter. Dieter verzichtete darauf, sich zu wehren, in merkwürdiger Apathie ließ er den Angriff, die Züchtigung über sich ergehen. Es gibt ja Momente, da sind wir außerstande – infolge einer ganz innen wirksamen Lähmung – eine uns angetane Unbill heimzuzahlen. Dieter stand mit hängenden Händen. Roman, nachdem er sich Genugtuung verschafft hatte, ließ ebenfalls die Hände sinken und sagte, mit erregter Stimme, fast weinend:

Für meinen Vater. Hörst du. Für meinen Vater.

Dieter konnte es mit Roman wenn nicht an Kraft, so an Gewandtheit wohl aufnehmen, er war auch nicht feige. Aber nicht um zurückzuschlagen, hob er jetzt die Hand, sondern bloß, um wie geistesabwesend sich über das Haar zu streichen, die blonde Strähne aus der Stirn zu wischen. In seinen Augen, ich sah es, quollen Tränen. Es war das anderemal, daß ich ihn weinen sah. Sie hatten Zweifel daran geäußert, ob ihm die Gabe der Tränen verliehen gewesen sei. Ganz unbeabsichtigt habe ich dafür einen zweiten Beweis erbracht. Es war etwas zerbrochen, keine Waffe, nichts Sichtbares, sondern etwas Unsichtbares, wovon wir nichts wußten. Nichts von dem, was hätte geschehen können, geschah. Keine Rauferei. Keine Ankündigung von Rache. So still wie an diesem Tage sind wir noch nie aus dem Klassenzimmer gegangen. Alle vier in einer Art von unwissender Trauer, glaube ich. Zuerst Roman. Allein. Ich hörte seine Schritte durch den schweigenden Korridor hallen. Dann Otto und ich und in unserer Mitte Dieter. Erst als wir den Ausgang erreichten, Roman uns außer Sichtweite gekommen war, wagte ich die Frage, was denn eigentlich mit Romans Vater gewesen sei. Aber Dieter schüttelte den Kopf. Von ihm habe ich es nie erfahren. Wohl aber, wie gesagt, von meiner Schwester Marion, der es Roman dann wohl ziemlich genau anvertraut hat. Um es mit wenigen Worten zu sagen: Romans Vater war verhaftet worden. Aus politischen Gründen. Nichts Ehrenrühriges. Aber es hatte Folgen für seine Familie. Der Vater durfte nicht wieder auf seinen Redakteursposten – sagte ich, daß er Redakteur einer polnischen Zeitung gewesen war? – zurückkehren. Er verschwand aus Fernau. Später, ein Jahr später, kehrte er wieder zurück. Niemand nahm davon Notiz. Der Krieg nahm alle Gedanken und Empfindungen in Anspruch. Viele Väter starben. Auch Romans Vater. Der Kreisel der Geschichte drehte sich wie irre.

Wir traten aus dem ferienstill dösenden Schulpalast ins Freie. Ein heißer, auf Gewitter zielender Tag. Otto verabschiedete sich, in seiner förmlichen Lanskyweise, um nach Ostrowetzki zurückzukehren. Nie wieder bin ich dorthin, nie wieder in das Schloß der Lansky gekommen. Nach den Ferien war alles wie vergessen, versunken. Die Klasse wuchs ihrer künftigen Bestimmung entgegen. Langsam, aber sicher nahte das Ende.

Der Vorsteher: Sie sind sich darüber klar, daß die Unsicherheit, besser gesagt: Unentschlossenheit, die Sie an Roman bemerkt haben wollen, eine Folge – eine von vielen Folgen – der politischen Unterdrückung durch die Deutschen gewesen ist.

– Möglich. Ich darf aber wohl daran erinnern, daß nach dem verlorenen Kriege immerhin noch viele tausende Deutsche in Polen blieben, auch in Fernau blieb eine Anzahl von ihnen zurück. Wie es um deren Stimmung bestellt gewesen sein mag, bei fortschreitender Polonisierung der Gebiete – wer will das sagen.

Der Vorsteher: Sie geben mit diesem Einwand zu, daß es nach dem zweiten verlorenen Kriege nur noch einen Ausweg gab, um der Wiederholung solcher Unsicherheiten vorzubeugen – nämlich die Austreibung der Deutschen aus allen Provinzen, die Polen zugesprochen wurden.

– Ich kenne diese Logik, aber ich teile sie nicht.

Der Vorsteher: Und warum nicht?

– Weil – ach, ganz einfach, weil ich im Umgang mit Roman – soweit dieser immer zurückliegt – andere Möglichkeiten der Lösung kennengelernt habe.

Der Vorsteher: Sie wollen, mit einem Wort, Roman gegen

Dieter ausspielen?
– Ich habe wirklich die besten Erinnerungen an Roman und möchte das jetzt, wenn Sie erlauben, auch aufgrund eines Dokumentes, eines der wenigen, ganz wenigen von damals mir verbliebenen, noch näher begründen. Natürlich habe ich mich, ehe ich meine Reise antrat, vorbereitet. Nicht nur, indem ich noch einmal meine Kenntnis der polnischen Sprache auffrischte, meine slawistischen Studien wiederaufnahm, ein paar Monate lang, sondern – einen Augenblick – (Es ist das erstemal, daß ich auf eigene Beweisstücke zurückgreifen darf. Das erstemal, daß ich meinen Koffer öffne, der mir zu Füßen steht, er ist ziemlich schwer, sie hätten ihn durchsuchen müssen, haben es aber, ich weiß nicht warum, versäumt, Ihr Interesse richtet sich nicht aufs Gepäck, sondern auf Erinnerungen, die freilich auch eine Art Gepäck darstellen und sich nun diese pedantische Kontrolle gefallen lassen müssen. Es wundert mich, wie ich den Koffer öffne, meine Sachen darin zu erblicken, das Reisezeug, die Wäsche, ein paar Bücher, das übliche Quodlibet, und dann die schwarze Ledertasche mit den Papieren, nicht den Ausweisen, sondern gewissen Aufzeichnungen, die ich gerne auf ihre Haltbarkeit, Verläßlichkeit unterwegs geprüft hätte. Ich wühle ein bißchen länger als nötig darin herum, in dem Bestreben, den Schwindel zu überwinden, der mich eben überkommen hat, ein Zeitschwindel ganz einfach, denn es ist ja kaum noch eins mit dem andern ins rechte Verhältnis zu setzen, ich erzähle von Roman Januschewski – und wir schreiben das Jahr 1959. Vierzig Jahre sind vergangen und haben ihren Sand über alles Geschehen gestreut, ich aber soll den Sand abkratzen, soll den Koffer öffnen, soll und muß es, eingeschlossen in einen einzigen Tag, einen einzigen Ort, nie werde ich damit fertig werden, da bedeuten die Papiere, die ich der Mappe entnehme, beinahe etwas wie einen Halt, zum Beispiel dieses, Marions wenige Seiten, die man mir, nachdem sie in Schlesien verschollen war, ein paar Jahre nach dem Kriege zuschickte. Ich kenne den Menschen nicht, der sie mir schickte, der Brief kam aber aus Polen, Poststempel Breslau, wie eine verirrte Taube kam er auf mich zugeflogen, ich öffnete ihn, er enthielt aber nichts an-

deres, keine einzige Zeile der Erklärung, als Marions Aufzeichnungen, und war doch offenbar nur ein Teil eines größeren Manuskriptes, ich setzte mich und las und konnte es erst gar nicht verstehen, es gewann kein Leben für mich, mag sein, darum nicht, weil ich damals, 1949, die größte Mühe hatte, wieder in meinen Beruf zu kommen, hin und her reiste, oft ohne jedes Ergebnis, ich legte es wieder weg und erinnerte mich erst in diesem Jahr wieder daran, als ich mich entschlossen hatte, nach Fernau zu fahren. Hier – diese paar Seiten – Marion über Roman – Fragment durchaus, aber wir gehen ja immer nur mit Fragmenten um, gesprochen und geschrieben –, ich richte mich wieder auf, ich unterdrücke den immer noch leise mich umwölkenden Schwindel –)

VIII

– Meine Schwester ist auf der Flucht, sie hatten in der Nähe von Fraustadt ein Gut gehabt, spurlos verschollen, das hier bekam ich 1949 von einem Unbekannten zugeschickt, ohne ein Wort der Erklärung, Poststempel Breslau. Wenn Sie erlauben –

›Was ist Freude, so frage ich mich oft. Unsere Zeit gibt keine Antwort darauf. Auch in der Schule, die ich im Frühjahr achtzehn verließ, wußte man nicht, was Freude ist. Nun bin ich gespannt, ob ich in meinem Leben noch einmal hinter dieses vielleicht allerwichtigste Geheimnis kommen werde. Es ist gut möglich, daß meine Generation darüber ebenso unwissend bleibt, wie es offenbar unsere Eltern waren und sind. Jetzt, im Rückblick, kommt es mir so vor, als ergriffe ich eins von jenen Zaubergläsern, an denen wir uns als Kinder entzückten, Kaleidoskop genannt. Schüttelte man es heftig, so fügten sich die hinter dem Glas, im Innern der Pappröhre verwahrten bunten Glassplitter zu immer neuen Mustern zusammen.

Wilhelm war erkrankt, der Arzt kam und stellte eine Angina fest, verordnete das Nötige und ließ durchblicken, daß es auch ›an der Zeit‹ liegen könnte. Die ganze Welt ist nervös, sagte er. Als wir ihm von dem Turnfest erzählten, schüttelte er den Kopf. Weniger wäre mehr, sagte er und meinte damit die patriotischen Veranstaltungen. Als er sich beiläufig erkundigte, was für Berufspläne Wilhelm habe und meine Mutter in ihrer bescheidenen Art zur Antwort gab, daß Wilhelm wahrscheinlich die Offizierslaufbahn einschlagen werde – was ihr brennender Wunsch war –, sah Doktor M. sie nicht bloß zweifelnd, sondern geradezu entsetzt an, sagte aber nichts. Dann richtete er an mich dieselbe Frage. Ich hatte mich schon entschieden, ich wollte einen sozialen Be-

ruf ergreifen und zunächst einmal die Krankenpflege erlernen. Naja, sagte er, beides wird demnächst stark gefragt sein, das Soldatenhandwerk und die Krankenpflege. Meine Eltern fanden ihn wunderlich. Mir kam er sehr vernünftig vor. Meine Mutter war gegen meine Berufsabsichten. Aber ich bestand darauf mit ähnlicher Hartnäckigkeit, ja mit noch größerer, wie meine Mutter auf dem Lebensplan, den sie sich für Wilhelm zurechtgelegt hatte, obwohl er doch ganz anderes im Sinne hatte und nur um des lieben Friedens willen scheinbar auf ihre Gedanken einging.
Es liegt an der Zeit, hatte Doktor M. gesagt. Was war es für eine Zeit? All die Jahre, die seitdem vergangen sind, haben uns darüber einigen Aufschluß gegeben, sie stellen das Ergebnis jener Zeit dar, das runde, reife Resultat. Der Krieg liegt zwischen damals und heute wie ein Gebirge. Die Wege, die auf die andere, von uns verlassene Seite führen, sind so gut wie verschüttet. Unsre Stadt trägt längst einen polnischen Namen. Noch leben ein paar Deutsche dort. Wie sie leben, läßt sich schwer vorstellen. Nicht, daß sie drangsaliert werden, aber es ist eben eine Minderheit – umgekehrt wie zu unserer Zeit, als die Polen die Minderheit bildeten. Wir haben uns damals, ich gestehe es offen, wenig Gedanken um ihre Lage gemacht. Wir hatten es so vorgefunden, es hatte sich seit langem eingespielt. Drangsalierungen kamen kaum vor, eigentlich lebte es sich gut mit den Polen, sie besaßen viel mehr Talent zur Anpassung an Fremdes als wir Deutschen und waren immer von Hoffnung belebt, erstaunlicherweise, nämlich auf eine kommende Befreiung vom deutschen Joch. Ihre Freiheitsliebe äußerte sich manchmal fanatisch, meist aber verhalten, mit dunkler Glut. An Roman Januschewski hab ich das gut beobachten können. Um seinetwillen wäre ich polnisch geworden, aber er war dagegen, er wünschte nicht, daß ich bliebe – außerdem mußte ich mich ja meinen Eltern anschließen, nachdem wir einmal für Deutschland optiert hatten.
Wilhelms Krankheit dauerte über die Hälfte der Ferien. Wir verreisten also nicht. Und mir blieb reichlich Zeit für Roman. Wilhelm wußte erst seit kurzem, wie es zwischen mir und Roman stand. Er war nicht geradezu mit ihm befreun-

det, hielt aber große Stücke auf ihn. Meine Eltern hätten solche Freundschaft kaum gebilligt, es paßte nicht zu ihren Vorstellungen vom Leben, von den Aufgaben und Pflichten der deutschen Bevölkerung. Roman hat unsre Wohnung kaum betreten, auch nie betreten wollen. Ich lernte ihn bei einer Geburtstagsfeier kennen, im Hause von Dieter Sandberg. Da ging es merkwürdig zu. Die ewig sich langweilende Mutter, der kauzige Vater. Und Dieter – ich mochte ihn nicht, oder richtiger: ich verglich ihn mit Roman, und dabei zog er gewöhnlich den Kürzeren. Unverglichen war er eigentlich ganz nett, kameradschaftlich, nur freilich starr, preußisch starr, und das heißt denn auch: unduldsam. Dies war die eigentliche Ursache dafür, daß ich ihn nicht besonders mochte. Unduldsamkeit war Wilhelm und mir fremd, war auch meinen Eltern fremd, wenngleich sie gewisse damals geltende Konventionen – so auch die der Distanzierung zum ›polnischen Element‹ – anerkannten. Wir tanzten zusammen, Roman und ich. Wie alt waren wir eigentlich? Der Krieg dauerte nicht solange wie der gegenwärtige – aber vier Jahre waren ja auch reichlich genug. In diese vier Jahre preßte sich unsere Freundschaft, es ist gut möglich, daß ich die Zeiten verwechsle, im Kriege verändert sich das Zeitbewußtsein. Das habe ich auch jüngst wieder, fünfundzwanzig Jahre danach, beobachten können‹ –

Dies ist eine später, im zweiten Weltkrieg hinzugefügte Bemerkung meiner Schwester.

›Roman hielt mich beim Tanzen kaum fest, aber ich hatte das Gefühl, daß er mich nie wieder loslassen würde. Und doch hat er mich losgelassen. Und ich ihn. Es war schon ziemlich spät, gegen zehn Uhr, und wir sollten um elf zu Hause sein, Vater Sandberg hatte eine Bowle angerichtet, und wir waren allesamt sehr fröhlich geworden. Nein, damals kannten wir uns ja schon – ich verwechsle das. Es muß im zweiten Kriegsjahr gewesen sein. Die Sandbergs besaßen ein Haus, mit einem schönen Garten, der sich bis ans Flußufer hinabzog, unten stand ein Gartenhäuschen, alt und fast zerfallen, dahin stahlen wir uns, Roman und ich. Roman war sehr still. Ich fragte ihn, ob ihn irgendetwas bedrückte. Von der Laube aus waren die erleuchteten Fenster des Sandbergschen Hauses zu sehen, auf der anderen Seite, am andern Flußufer, der Schein der Gaslaternen. Ich sah Romans Gesicht ab und zu erhellt, je nachdem wie er es bewegte. Es handelte sich um seinen Vater.

Er kommt in den nächsten Tagen wieder zurück, sagte er.

War er denn verreist, fragte ich.

Verreist, nein. Oder doch.

Dann fügte er hinzu:

Aus dem Gefängnis.

Ich kümmerte mich damals um Politisches überhaupt nicht. Ich verstand es auch nicht. Verstand nicht, warum es zwischen Deutschen und Polen Schwierigkeiten geben sollte. Unserer Wohnung gegenüber befand sich ein polnisches Lokal, ein Durchgang zwischen zwei Häusern führte dahin, über dem eine Holztafel mit polnischer Aufschrift angebracht war. Ich las diese, ohne sie zu verstehen – auch ohne je zu fragen, was die Worte bedeuteten. So gleichgültig ließ mich die berühmte ›Polenfrage‹. Jetzt erfuhr ich, daß in demselben Hause, wo die polnischen Versammlungen und Vergnügungen stattfanden, sich auch die Redaktion des Blattes befand, das Romans Vater solange geleitet hatte. Ich aber hörte jeden Sonntag von drüben die Blechmusik herüberschallen, zu der die Polen ihre Tänze tanzten, es klang feurig und fröhlich, ich summte die Melodien gerne mit, sie gefielen mir, und ich hatte bisweilen den Wunsch, dort mittun zu können.

Nun also sollte Romans Vater zurückkommen. Ich meinte, er müsse sich darüber freuen.

Nein, sagte er.

Und warum nicht?

Das verstehst du nicht.

Mag sein, daß ich es nicht verstand oder verstehen konnte. Was aber das Gefängnis betraf, so verstand ich ganz gut, daß Roman darüber betrübt war. Obwohl ich auch vom Gefängnis keine genauere Vorstellung hatte als von dem polnischen Vereinslokal. Beides waren Orte, vor denen ich, obwohl sie mich dunkel interessierten, meine Gedanken, kaum daß sie sich ihnen näherten, wieder kehrt machen ließ. Ich führte wohl ein ziemlich träumerisches Leben damals. Etwas

Schlimmes erblickte ich weder in dem einen noch in dem andern Ort. Jetzt saß ich neben Roman, wenn er wollte, konnte er mich ja über beide, so gut er konnte, aufklären. Das tat er aber nicht.
Es wird eine Katastrophe geben, sagte er.
Ich fühlte seinen Arm über meiner Schulter und lehnte mich an ihn. Eine Katastrophe konnte ich mir auch nicht vorstellen. So wartete ich ab, bis er's mir erläutern würde.
Es geht so nicht mehr weiter, sagte er.
Lauter Rätselworte. Wir hatten Bowle getrunken, es war eine laue Septembernacht. Es war Krieg, zweites Kriegsjahr, im Grunde konnte ich mir auch unter dem Krieg, dem wirklichen Krieg, dem männermordenden, wie Roman manchmal sagte, nichts vorstellen. Und von den Männern auch nicht, wie sie gemordet wurden oder einander mordeten.
Plötzlich waren Schritte zu hören. Sie näherten sich rasch. Vor der Laube stand eine Bank, jetzt ließ sich jemand darauf nieder, ich erkannte gleich: es war mein Bruder Wilhelm und Dieter Sandberg. Roman legte mir flüchtig die Hand auf den Mund, um anzudeuten, daß wir schweigen sollten, ich hatte kein besonderes Bedürfnis zu sprechen, ich schwieg gerne. Stattdessen redeten die beiden außerhalb der Laube. Obwohl wir zuerst aufmerksam lauschten, war nichts zu verstehen. Ein paar Minuten vergingen, dann wurde es mir zu dumm, ich bewegte mich und flüsterte Roman zu, daß wir aufstehen und gehen sollten. Erst wollte er mich zurückhalten, dann löste er seinen Arm von meiner Schulter und sagte:
Geh nur. Du gehörst ja doch zu ihnen.
Ich erinnere mich dieser Worte ganz genau – und erinnere mich zugleich, daß ich darüber traurig, aber auch zornig war. Darum nämlich, weil Roman mit diesen Worten eben jenem von mir Gemiedenen, Verweigerten, fast möchte ich sagen: Verachteten – dem Politischen oder Nationalen – Eingang in unsere Freundschaft ließ. Bisher war es immer draußen geblieben, so wie die beiden Jungens außerhalb der Laube blieben, in die wir uns zurückgezogen hatten. Jetzt hatte mich Roman aus dieser verwiesen, so empfand ich es jeden-

falls. Ich war ein empfindliches Wesen damals, und Roman sonst durchaus fähig, meine Empfindlichkeit zu schonen – viel mehr als Wilhelm, geschweige denn jemand wie Dieter Sandberg. Ich erhob mich und ging auf den Zehenspitzen aus dem Hintergrund der Laube gegen die offene Seite, die mit Weinlaub halb zugehängt war. Roman blieb zurück, unsichtbar für jeden, der draußen saß oder stand. Ich machte einen Schritt vor dem Ausgang halt, blieb lauschend stehen und verstand nun, wovon sie sprachen. Kein Bowlen- und kein Septemberthema. Aber es lag in der Luft, für die jungen Männer jedenfalls. Mord, lautete das Thema. Ich notiere das wenige, was ich erlauschte, aus ziemlich sicherer Erinnerung.

Es ist doch schon immer so gewesen, sagte Dieter.

Was nicht bedeutet, daß es immer so bleiben muß, erwiderte Wilhelm.

Niemand kann sich dagegen stemmen, sagte Dieter. Wenn es noch länger dauert, kommen wir auch an die Reihe. Ich würde mich übrigens freiwillig melden.

Dieter war sechzehn. Mein Bruder noch etwas jünger.

Ich finde es bloß schrecklich, sagte er. Ich habe mit Verwundeten gesprochen.

Wenn man mitten drin ist, erwiderte Dieter, findet man es bestimmt gar nicht mehr so schrecklich. Denk mal: die Kameraden, die Quartiere, die fremden Länder, die Waffen, die Pferde.

Das alles, sagte Wilhelm, interessiert mich nicht.

Was interessiert dich überhaupt, spottete Dieter. Die Bücher, was? Oder Geschichtszahlen.

Mein Bruder schwieg. Ich wunderte mich, daß sie über so ernste Dinge miteinander sprachen. Drinnen im Haus waren sie ganz ausgelassen gewesen. Doktor M. hatte recht: es war die Zeit, die sich in alles mischte und alles veränderte. Noch drei Jahre und Wilhelm und Dieter würden einrücken müssen. Unbegreiflich. Und Roman? Er saß hinter mir im Dunkel und hatte mich weggeschickt. Was würde er geantwortet haben? Vom Kriege hielt er auch nichts, stand sicher mehr auf Wilhelms als auf Dieters Seite. Ich war fest davon überzeugt, daß der Krieg zu Ende gehen würde, ehe Roman und

Wilhelm einrückten. Jetzt sagte mein Bruder:
Es ist doch alles bloß Mord.
Noch im vorigen Jahr hatten sie mit Bleisoldaten gespielt. Reihenweise stürzten die bunten Figuren, während beide abwechselnd das Kommando zum Feuern gaben. Dieters Vater verbot jede Art von Kriegs- und Soldatenspiel, auch durften Bleisoldaten nicht ins Haus kommen. Bei uns fand niemand etwas dabei. Jetzt sprach Wilhelm von Mord.
Mord, wiederholte Dieter. Du weißt nicht, was du sagst. Dann wäre das Eiserne Kreuz ja eine Auszeichnung für Mord.
Ist es auch, sagte Wilhelm, und ich wunderte mich über seinen Eigensinn.
Sag das nicht zu laut, meinte Dieter.
Eigentlich müßte man es ganz laut sagen, sagte mein Bruder.
Dieter machte Einwände:
Einen Landesfeind niederschießen, sagte er, ist doch kein Mord.
Und warum muß man ihn niederschießen, fragte mein Bruder.
Befehl ist Befehl, antwortete Dieter. Es klang sehr bestimmt.
Wer den Befehl zu einem Morde gibt, gab mein Bruder zurück, ist selber ein Mörder.
Du bist ja verrückt, hörte ich Dieter sagen – dann wäre jeder Offizier ein Mörder. Dann wäre jeder General ein Mörder. Dann wäre sogar der Kaiser ein Mörder.
Und mein Bruder, noch eigensinniger:
Das sind sie auch.
Ich hatte mit Wilhelm nie darüber gesprochen. Nie über den Krieg. Nie über das, was der Krieg erforderte und zur Folge hatte. In diesem Augenblick wurde mir klar, daß es mich auch anging. Daß ich mich nicht länger daran vorbeidrükken, drüberhin träumen dürfte, wenn Wilhelm es so ernst nahm. Die Tatsache, daß er zu Hause seine freilich doch wohl abwegige und darum gefährliche Meinung verbarg, ließ mich für ihn eine plötzliche tiefe Zuneigung empfinden. Jedoch – Dieter war aufgesprungen. Anstatt ihm ernsthaft und ehrlich darauf zu erwidern, hatte er sich vor Wilhelm

aufgepflanzt – ‹
Der Vorsteher: Eine Liebesgeschichte –
– Liebe im Kriege. Sie werden wissen, wie das zusammenhängt.
Der Vorsteher: – geeignet, die Grenzen zu verschleiern, die Spuren zu verwischen.
– Dokumente des Herzens – vielleicht wiegen sie schwerer als solche aus dem Bereich von Sicherheitsdienst und Geheimpolizei. Verzeihen Sie.
Der Vorsteher: Sie bringen meist nur Verwirrung in den Gang der Untersuchung.
– Ich berufe mich auf die von Ihnen erwähnte Pflicht zur Genauigkeit. (Mit diesem Argument wollte ich ihm Eindruck machen. In Wahrheit hatte mich die Vorlesung des von meiner Schwester geschriebenen Textes in tiefe Erinnerung versetzt. Es wirkte auf mich wie die Entdeckung eines Geheimnisses. Aus längst verschollenem, zerfallenem Munde drang es herauf und befestigte eine bestimmte Vergangenheit mit knappen, leidenschaftlichen Worten. Ich kannte den Text, aber noch nie hatte ich ihn laut gelesen und schon gar nicht unter so schwierigen Umständen wie den gegenwärtigen, unter welchen er eine plötzliche, ungeahnte Leuchtkraft entfaltete. Noch stärker als bisher wurde ich dadurch genötigt, mich gleichzeitig in zwei ganz verschiedenen Räumen, Zeiträumen, zu bewegen, das heißt aber: aus mir herauszutreten und, wie einem das sonst nur im Traume geschieht, an Vorgängen teilzunehmen, die ich zugleich als Zuschauer betrachtete: eine Doppelrolle, eine Doppelexistenz, deren labyrinthische Beschaffenheit in krassem Gegensatz stand zu der banalen Umgebung, in welcher sich das Verhör abspielte. Ich könnte die mich dabei beschleichende Empfindung auch bildlich wiedergeben: es war, als ob sich von allen Seiten Öffnungen auftäten, die Wände, wie die Perlenvorhänge in fernöstlichen Häusern, auseinanderwichen, um bereitwillig etwas anderes hereinzulassen: den Wald nämlich, der die Bretterbude umschloß, ein gleichgültiges, unerreichtes Draußen, obwohl die Bude ja aus seinen Brettern gemacht war. Jetzt geriet diese in Auflösung oder doch in eine Art von Aufweichung, die Bretter dehnten sich,

wichen bald oben, bald unten auseinander, und in die so entstehenden Lücken drang der Wald, nicht die einzelnen Stämme und Kronen, wohl aber das Grün und der Duft und der Wind und hie und da auch ein Zweig mit einem grünen Wedel daran, ich bemerkte es, und zwar mit starkem Glücksgefühl darüber, daß die das Verhör bestimmende, lenkende Kraft offenbar eine andere auslöste, die zu ihr im Gegensatz stand und recht eigentlich unzulässige, in diesem Raum unzulässige Wirkungen hervorbrachte. Ich schöpfte daraus selber die Kraft, auf meinem Wunsche zu beharren, den Text meiner Schwester bis zu Ende zu lesen – ich nickte dem rothaarigen Fräulein, als ob ich der Diktierende sei und nicht jemand anders, aufmunternd zu und fuhr fort –)
› – aufgepflanzt, ich konnte durch das Weinlaub hindurch sein Gesicht sehen, und ja, ich sah und hörte, daß er lachte. Kein Zweifel, er zog sich mit einem Lachen aus der Affäre, er lachte meinen eigensinnigen, meinen vielleicht doch allzu offenherzigen Bruder einfach aus. Welch merkwürdige Wirkung jener vier Worte – ›das sind sie auch‹ –, ich hätte eher einen heftigen Protest erwartet oder eine andere Abfuhr, Dieter war nie verlegen um Worte, darin übertraf er Wilhelm bei weitem, der eigentlich eine schwere Zunge hatte und manchmal so zögernd sprach, daß mein Vater ihn deshalb tadelte, mit dem Hinweis darauf, daß er mit solcher Sprechweise sich später vor seinen Rekruten blamieren würde, als ob Wilhelm je daran dachte, einmal Rekruten zu befehligen. Was wissen Eltern von ihren Kindern – selbst bei gutem Willen sehr wenig. Ich aber wußte mehr, und hatte eben jetzt noch mehr zu erfahren bekommen, so daß ich am liebsten hervorgetreten wäre, um Wilhelm gegen Dieters dummes und kindisches Lachen in Schutz zu nehmen. Ich trat nicht hervor, nein, ich zog mich wieder zurück, ins Dunkel, wo Roman auf mich wartete, obwohl er mich weggeschickt hatte, ich ließ mich nicht wegschicken, ich gehörte zu Roman, jetzt erst recht, wo in der Welt gemordet wurde und überall, in allen Völkern der Befehl zum Morden gegeben wurde, damit immer wieder aufs neue gemordet würde, natürlich hatte Wilhelm recht, und man mußte sich schützend vor diejenigen stellen, die einmal das Opfer dieser unsinni-

gen Mordbefehle werden würden, schützend, wenn ich denn zu wählen hatte, vor Wilhelm, vor Roman –

Dieter lachte nicht nur, er sprach auch, und zwar wie ein Vorgesetzter, würde ich heute sagen, der einem Untergebenen eine Lektion erteilt. Was er sagte, verstand ich nicht, da ich gar nicht darauf hörte, sondern in meinem Gefühl für Wilhelm und Roman außer mir geriet, so sehr, daß mir die Tränen kamen, auch hätte ich ja gegen Dieters so sicher vorgetragene Behauptungen keine stichhaltigen Einwände gehabt, hatte mich mit der ganzen Frage noch nie bisher beschäftigt, infolgedessen wirkte es auf mich doppelt kraß und fremd. So blieb mir nur eins – mich zurückzuziehen, dorthin, woher ich gekommen war, ins Dunkel, zu Roman. Kaum hatte ich ihn mit der Hand an der Schulter berührt, sank ich auf die Bank nieder und warf mich ihm in die Arme, die er wie schützend um mich schloß. Ich weinte, lautlos.

Später, wenige Minuten später, nachdem Dieter und Wilhelm wieder ins Haus zurückgekehrt waren, sagte ich ihm, wovon die beiden gesprochen hätten, und fragte ihn, was er dazu meine. Zu meinem Erstaunen gab er Dieter recht.

Es ist Krieg, sagte er, und wenn er noch lange dauert, kommen wir alle an die Reihe, auch wenn wir nicht wollen.

Würdest du denn wollen, fragte ich.

Er zuckte die Achseln, als wollte er die Antwort verweigern. Ich wiederholte meine Frage. Da sagte er: Ich werde wollen müssen.

Und warum?

Weil Dieter will.

Was hat das mit Dieter zu tun?

Menschen wie Dieter machen ja die Kriege.

So sagte er. Es kam mir übertrieben vor. Ich setzte mich aufrecht und sagte:

Euch hat der Krieg schon ganz verrückt gemacht.

Vielleicht, erwiderte Roman –

Wir waren siebzehn und sechzehn. Der Krieg steigerte auch unsere Freundschaft über sich hinaus, wir glaubten, daß wir uns liebten, und benahmen uns, ungeschickt genug, wie Liebende. Der Krieg machte auch uns beide verrückt.

Wir wollten uns erheben, da näherten sich von neuem

Schritte und Stimmen der Laube. Wieder vom Hause her. Geflüster, unterdrücktes Gelächter. Wir standen wie erstarrt. Dieter war zurückgekehrt, jetzt nicht mit Wilhelm, sondern mit einem Mädchen. Sie nahmen Platz auf der Bank, und ich sah, daß sie sich umarmten, sich küßten. Dann hätte ich beinah laut heraus gelacht. Ich erkannte das Mädchen. Es war Sandbergs Marie, das Hausmädchen, eine ziemlich wilde Hummel, jung und fest und immer vergnügt. Polnischer Herkunft und mindestens fünf Jahre älter als Dieter. Liebe, Freundschaft war es wohl nicht, was die beiden aus dem Hause getrieben hatte. Was aber sonst? Das Lachen verging mir, als ich sah, wie Marie sich über Dieter warf, immer mit diesem leisen, unterdrückten Gekicher, ich hatte so etwas noch nie gehört, gesehen. Sie kämpften ja richtig miteinander. Dieter entwand sich ihr, griff sie an, sie sprang auf, wollte fliehen, er ließ es nicht zu, faßte sie um die Hüften, bog ihr den Kopf zurück, küßte sie heftig, es hatte im Halbdunkel alles etwas Katzenhaftes, ganz anders als es zwischen Roman und mir war. Dann wurden sie wieder still, standen eng umschlungen, ihr Atem ging heftig. Und dann war es Roman, der dem allen ein Ende machte. Bleib, flüsterte er mir zu. Ich trat tiefer ins Dunkel zurück, setzte mich wieder und hörte dann, wie Roman mit einem halb erstaunten, halb belustigten ›Hallo‹ die Laube verließ – ziemlich unbedacht, wie mir schien, denn sie mußten ihn ja fragen, was er hier draußen zu suchen habe, mit wem er da drinnen gesessen habe. Aber sie fragten nicht – sie flüchteten. Beide gleichzeitig. Durch den Garten, das Gebüsch, die finsteren Wege – plötzlich waren sie weg. Roman kam zurück.
War es denn wirklich Dieter, fragte ich.
Aber ja, sagte Roman.
Und das Mädchen?
War Sandbergs Marie.
Jetzt war ich wieder imstande zu lachen, ihre plötzliche Flucht machte mich lachen. Noch einmal empfand ich den Unterschied zwischen jenen beiden und uns beiden. Doch ohne Zorn und ohne Überheblichkeit. Fast war der Empfindung etwas wie Mitleid beigemischt. Denn ich wußte, es war der Krieg, der die Menschen verrückt machte. Die einen so,

die andern anders.
Roman war im Herbst 1912 in Wilhelms Klasse eingetreten, erst wohl von den meisten als fremdartig empfunden, nicht so sehr wegen seiner polnischen Herkunft, als vielmehr wegen seiner großen Musikalität, die sich schon früh bei ihm äußerte – es gab Lehrer, die ihn ein ›Wunderkind‹ nannten. Roman tat sich darauf nicht das geringste zugute, er war ein zu Späßen, zu Tollkühnheiten aufgelegter Schüler, ein guter Kamerad, ein witziger Gesellschafter. Wie ein Blitz war er in die Klasse geschleudert worden, urplötzlich herausgerissen aus einstmals glänzenden Verhältnissen.
Seine Familie war in der Nähe von Graudenz ansässig gewesen, dort hatten die Januschewskis ein Waldgut von enormem Umfang. Nicht leicht zu halten angesichts der Anstrengungen, die von deutscher Seite gemacht wurden, die Staatsgüter auszudehnen. Wenn einer nicht ein sehr umsichtiger und vorsichtiger Landwirt war, konnte er rasch ins Gleiten kommen. Romans Vater war Reserveoffizier bei einem Danziger Regiment. Ein flotter, großzügiger Herr offenbar. Ich verstehe nichts von den Allüren eines polnischen Großgrundbesitzers vor anno vierzehn. Eines Tages jedenfalls war es zu Ende, und Herr Januschewski mußte verkaufen, um seine Schulden bezahlen zu können, unter denen sicher auch nicht geringe Spielschulden waren. Es reichte kaum dazu hin. Ein älterer Sohn ging ins Ausland, eine Tochter hatte eben geheiratet. Roman nahmen sie mit nach B., wo Januschewski in die polnische Parteiarbeit eintrat. Ein kleiner Mann nur noch mit großer Vergangenheit und ein Wunder, daß er es über sich brachte und eine Weile davon leben konnte mit den Seinen. Ich muß jetzt von Romans Mutter sprechen. Eines Tages brachte er mich zu ihr. Mich rührte es, daß er es tat, weil er doch sonst völliges Schweigen über seine Familie bewahrte. Sie wohnten im Schwedengrund, ziemlich am Rande der Stadt. Ich war dahin noch niemals gekommen, und er fragte mich, ob ich mich auch nicht fürchtete. Ich verneinte es lachend.
Nicht vor meiner Mutter, sagte er – aber vor der Gegend.
Nein, sagte ich, weder vor deiner Mutter noch vor der Gegend.

So gingen wir.

Leben am Rande gibt es überall. Es findet sich so zusammen. Der Wind scheint es zusammenzutreiben und auch wieder auseinanderzutreiben. Die Januschewskis hatten in einem häßlichen, rissigen Mietshaus Unterschlupf gefunden, in dem vorwiegend Polen wohnten. Ich wußte damals noch nicht, was eine Schnitterkaserne ist, heute kann ich sagen, daß das Haus Ähnlichkeit mit einer Schnitterkaserne hatte, und diese hatte ja eigentlich mit Ernte zu tun, also mit etwas Hohem und Heiterem – aber wie sehr widersprach doch deren Äußeres dieser Idee! Oder es hatte auch Ähnlichkeit mit den Kasernenwohnungen, die nach dem Kriege in Deutschland überall entstanden, da es ja keine Soldaten mehr gab, die sie weiterhin hätten füllen können. Wäsche hing aus den Fenstern, die Treppen waren abgewetzt, die Geländer wackelten, das Haus hallte wider von Kindergeschrei, von schweren Stiefeltritten, von Schimpfen und Fluchen. Ich hatte keine Furcht, ich war bloß neugierig: auf die Gegend, auf das Haus, auf die Januschewskis. Es war eine von Liebe beflügelte Neugier.

Frau Januschewski lag im Bett. Wir waren durch die Küche eingetreten, in der es unordentlich aussah. Das Zimmer hingegen war aufgeräumt. Aber was für eine ärmliche Einrichtung! Hatten sie denn gar nichts übrig behalten? Waren sie vom Himmel in die Hölle abgestürzt? Es schien so. Mir fehlte die Erfahrung, die Vorstellung. Ich fühlte für Roman, und mir kamen die Tränen. Jetzt erst entledigten wir uns unserer Mäntel. Das Zimmer war groß, das Bett stand in einem Alkoven. Als wir näher traten, bemerkte ich doch einige Anzeichen der einstigen Wohlhabenheit, so den schweren Pelzmantel, der über einen Stuhl geworfen war, oder in Silberrahmen steckende Fotos auf dem Nachttisch neben dem Bett. Und das Parfum, ein mich in meiner Unerfahrenheit ›schwül‹ anmutender Duft. Madame – sie war Französin – lag da mit einem Buch in der Hand. Sie legte es auf das Deckbett und sagte etwas Französisches, das ich nicht verstand, dann auf deutsch:

Das ist sie also, die kleine Marion.

Ich fand Romans Mutter interessant. Daß sie krank war, ir-

ritierte mich nicht. Meine Blicke blieben auf ihren langen, schmalen, gepflegten Händen haften. Sie bemerkte es und sagte:
Kindchen, zeigen Sie mal Ihre Hand.
Ich tat, wie mir geheißen. Sie betrachtete meine Hände, drehte dann die Handflächen nach oben, tippte mit ihrem langen, schmalen Finger, dem gelackten Nagel hierhin und dorthin, es kitzelte mich, ich mußte lachen.
Gut, sagte sie, sehr gut. Ich freue mich für Roman. Und dann, nachdem sie meine Hände plötzlich losgelassen hatte: Was Roman braucht, ist Liebe. Viel Liebe. Sehr viel Liebe. Glauben Sie mir, Kindchen, mit Liebe, mit großer Liebe läßt sich sogar ein großes Unglück meistern.
Sie schloß die Augen und lehnte sich wieder ins Kissen zurück. Ihr Gesicht war leicht gepudert, über den Wangenknochen lag ein rosiger Schimmer. Ich hatte derartige Worte noch nie gehört. Bei uns daheim wurde von Militär und von Leuten, von Dienst und von Pflicht gesprochen. Manchmal fragte ich mich, ob meine Eltern, die doch noch gar nicht alt waren, auch Liebesgespräche miteinander führten. Oder ob sie diesen Anfang ihrer Ehe auch sich selber gegenüber verleugneten, wenn sie schon mit uns, mit mir nicht darüber sprachen. Die Mode war wunderlich üppig. Die Frauen wandelten umher wie Attrappen. Vielleicht war die Liebe von diesen übermäßigen Drapierungen erstickt worden. Romans Mutter zeigte sich mir in einem Negligé, dessen Ärmel ihre etwas mageren Arme heraustreten ließen, während ihr Busen nur halb bedeckt war. Die Gesetze der Mode schienen keine Macht über sie zu haben. Ihre Frisur hing in üppige schwarze Strähnen aufgelöst über ihr, mit einem Schütteln des Hauptes warf sie sie wieder zusammen. Ihre Augen waren von graugrüner Farbe und von schweren Wimpern überschattet. Ich sah es mit einem Blick: Roman war nach ihr gebildet, und ich freute mich darüber, weil seine Mutter mir so gut gefiel. Gegen die übrigen Eindrücke, die ich bei diesem ersten – und einzigen – Besuch empfing, war ich gleichgültig, ich stand ganz im Banne dieser von ihrem Bett aus offenbar noch immer kräftig ins Leben eingreifenden Frau, vor allem aber im Banne ihrer Stimme, die

nichts Leidendes an sich hatte, sondern mich wie – ja, wie Gesang traf. Ich saß auf dem Stuhl am Bett, im Rücken den Pelzmantel. Roman ging umher und suchte sich etwas zu essen. Sie dirigierte ihn von einer Stelle zur andern:
Nimm doch das weiße Brot, Liebling. –
Hast du gefunden? –
Der Honig befindet sich im zweiten Fach. –
Der Kaffee wird nicht mehr warm sein, es tut mir leid. Willst du ihn dir nicht rasch auf dem Gaskocher anwärmen?
In dieser Weise, mit solchen Fragen und Winken unterstützte sie Roman bei seinen Bemühungen, ohne sich dadurch im Gespräch mit mir unterbrechen zu lassen. Das heißt: sie sprach, und ich hörte zu, gar nicht so sehr auf das, was sie sagte, sondern allein auf diese mich sonderbar verwirrende Stimme, die mir etwas ganz Neues erschloß, ich wußte nicht was, ich war erst sechzehn, und meine Eltern achteten darauf, daß ich nichts Neues kennenlernte, was mit dem Alten, dem Bisherigen, dem Bewährten nicht übereinstimmte. Ich wußte nicht, wie die Welt im Osten aussah, und wie im Westen. Gab es überhaupt so etwas wie Welt? Ja, das gab es, und man brauchte gar nicht weit zu gehen, um es kennenzulernen, ein Spaziergang von zwanzig Minuten Dauer genügte. Dann jedenfalls, wenn man mit Roman ging. Ich hörte sie sagen:
Das Leben ist so viel wert, wie es geliebt wird.
Dann wieder:
Ja doch, Jungchen, ich weiß ja, der Friseur bekommt auch noch sein Geld.
Dann wieder Polnisches und Französisches. Und mit einem wehmütigen Lächeln:
Einen Flügel müßte er haben.
Ich saß wie in Flammen gehüllt. Ich strebte zu Roman hin, der jetzt am Tische saß und sich mit Honigbroten und lauwarmem Kaffee stärkte. Ob ich auch etwas genießen wollte, danach fragte er nicht, warum auch, ich hatte auf nichts Appetit. Diese Mutter bekam es fertig, mich in eine mir unbekannte Welt einzuweihen, im Verlauf von einer halben Stunde, nachmittags in einer ärmlichen Wohnung im Schwedengrund – und die Welt hatte einen Namen: Roman

hieß sie.
Auf dem Rückweg sagte Roman:
Meine Mutter ist Schauspielerin gewesen. Man darf nicht alles glauben, was sie sagt.
Ich hatte ihr jedes Wort geglaubt. Roman lachte und sagte: Mein Vater leider auch.
Was Roman von mir wollte oder wünschte, das wollte oder wünschte die Welt von mir. Nicht die Umwelt, mit der ich täglich zu tun hatte, sondern die andere, die größere, die eigentliche, die sich zur Umwelt verhielt wie ein ganzes Haus zu einem einzigen Zimmer darin, oder wie der Himmel zum Garten des Hauses. Eines Tages wünschte er, mit mir zusammen ins Theater zu gehen. Es gab in B. ein Sommertheater, in dem meistens Possen und Operetten dargeboten wurden, manchmal aber auch, von einer durchreisenden Truppe, klassische und moderne Dramen. Daß Roman am Theater interessiert war, wunderte mich nicht. Ich war von seiner Künstlerschaft überzeugt, wie sollte er nicht auch zum Theater Neigung haben, um so mehr, als seine Mutter früher auf der Bühne gestanden hatte. Er hätte sagen können, daß ich mit ihm ein Luftschiff besteigen und fortfliegen sollte, ich hätte es auf der Stelle getan. Was Roman von mir wollte, das wollte die Welt, die seinen Namen trug. Niemand in meiner Umgebung wußte oder ahnte, wie es um mich in meiner Beziehung zu Roman stand. Ich selber wußte es auch nicht, lebte es einfach. Es gelang mir, trotz dieser meiner unbedingten Wendung zur Welt, mich in meinem häuslichen Umkreis so folgsam wie bisher zu geben. Und meinem Bruder Wilhelm gelang es, mich zu beschwichtigen, wenn ich mich bei ihm über eine ›unglaubliche‹ Äußerung oder Anordnung der Eltern beschwerte. In meiner Freundschaft mit Roman aber bestärkte er mich eher, als daß er mich gewarnt hätte. Diesmal, als ich ihm sagte, daß Roman mit mir zusammen ins Theater gehen wollte, äußerte er Bedenken. Ich war überrascht. Er meinte, es könne wie eine Herausforderung wirken, da ich die Einladung meiner Eltern, am selben Abend mit ihnen einen Bazar zu besuchen, abgelehnt hatte.
Es wurde ein Stück von Hauptmann gegeben. Rose Bernd. Ein Gast aus Berlin sollte die Hauptrolle spielen, die be-

kannte Lucie Höflich. Das lockte mich sehr. So bat ich Wilhelm, über meinen abendlichen Ausgang den Eltern gegenüber zu schweigen, was er versprach. Roman erwartete mich vor dem Theater. Es war im April und noch ziemlich kalt. Es schneite sogar. Als ich vor dem Eingang zum Theater ankam, mußte ich über mein schneemannmäßiges Aussehen lachen. Roman klopfte mir den weißen feuchten Staub vom Mantel, wir traten ein, etwas beklommen, weil ja doch immer jemand anwesend sein konnte, der meine Eltern kannte und ihnen anderntags von unserm gemeinsamen Theaterbesuch erzählen würde. Es war auch jemand da, nämlich Dieter Sandberg. Damals bestand zwischen Roman und Dieter eine merkwürdige verhaltene Spannung, fast eine Feindschaft. Ich habe nie erfahren, was eigentlich dahintersteckte. Sie grüßten einander im Gang vorm Zuschauerraum, aber nur flüchtig. Mir aber winkte Dieter mit einer halb drohenden, halb zustimmenden Geste zu.

Nichts ging mir an dem Abend so nahe wie die Szene im Kornfeld. ›Heißer Sommernachmittag, Anfang August‹. Wie die Schnitter sich am Feldrand niederlassen, wie sie scherzen und lachen und ihr Vesperbrot verzehren, Kaffee aus blauen Blechkannen trinken, große Keile Brot abschneiden, und wie Rose bei Streckmanns hinterhältigen Anspielungen von Angst und Zorn geschüttelt die blaue Emailkanne an die Lippen setzt, aber ihre Lippen zittern und fahren über dem Kannenhals ziellos hin und her – ich sah das mit Grauen. Roman saß neben mir, und ich suchte ängstlich seine Hand. In der Pause fragte er mich, wie mir's gefiele, ich sagte irgend etwas Belangloses, aus Furcht, zu viel sagen zu können. Ich dachte immer noch an das Mädchen am Kornfeld. Die Höflich hatte da etwas sichtbar gemacht, wovon ich bisher nichts gewußt hatte. Roman machte sich über mich lustig, meinte, ich nähme es viel zu ernst. Wieder begegneten wir Dieter – und jetzt trat er, der allein umherging, zu uns heran, begrüßte Roman, begrüßte mich. Als ob nichts gewesen wäre. Ich ging in der Mitte zwischen beiden und hielt es nun doch für richtig, Dieter einzuweihen und ihn zu bitten, Stillschweigen darüber zu bewahren, daß er uns im Theater gesehen hätte. Er versprach das, mit dem ihm nun einmal eigenen leichten, spöttischen oder wenn nicht spöttischen, so doch immer schwer deutbaren Lächeln. Mehrmals kamen wir an einem der an den Wänden befestigten, bis zum Fußboden reichenden Spiegel vorüber, und ich nahm die Gelegenheit wahr, hineinzuschauen – einmal war es Dieter, den ich dann sah, das andere Mal war es Roman, und umgekehrt, mein eigenes Gesicht erblickte ich natürlich auch, wie ich mich vorbeugte, um besser zu sehen. Ein kleines, kindliches Spiel, aber es ist mir im Gedächtnis geblieben, besonders deutlich dieser Wechsel der Gesichter. Wir waren noch sehr jung, aber auch bis hierhin war die Welt gedrungen und hatte sich meiner bemächtigt. Ich fühlte ihr Geheimnis, ich nannte es Roman und empfand Genugtuung darüber, daß Dieter, wie ich überzeugt war, davon nichts wußte. Dabei hätte allein die eben jetzt stattfindende Begegnung im Theater ihn, der ja immer ein aufmerksames Auge für alles besaß, was um ihn herum vorging, über die Art der Beziehung zwischen Roman und mir aufklären müssen. Aber man meint ja immer, wenn man verliebt ist, einsam und unkenntlich für alle anderen in einer glänzenden Wolke zu schweben. Dieter verabschiedete sich, der letzte Akt begann.

Als wir aus dem Theater traten, war immer noch das Schneetreiben im Gange. Die Gaslaternen drangen mit ihrem bläulichen Licht nur schwach durch den dichten grauen Schleier. ›Heißer Sommertag, Anfang August‹. Die Jahreszeit machte es nicht. Mir war jetzt im April so heiß, wie einem im August nur sein kann. Und das nicht so sehr vom traurigen Ausgang des Stückes. Nein, es kam von der Szene am Kornfeld, ich bin noch heute imstande, sie haargenau zu beschreiben, es ist ja auch nur acht Jahre her, ich meine, wie die Höflich es fertigbekam, das Innen im Außen abzuspiegeln, den inneren Tumult in einer einzigen fahrigen Gebärde – und wie sie dann dastand, die andern sind lärmend abgegangen, und der August tritt noch einmal an sie heran und fragt auf seine schüchterne Weise: Bist du mir gutt, Rosla? Und sie, mit hängenden Armen, die Augen groß und leer gegen die Zuschauer erhoben, erwidert: Ich bin dr gutt.

Wir gingen ins Dunkel. Roman nahm meinen Arm, ich hielt

den Schirm über uns beide. Wir kamen an einem Hof vorüber, wir traten unter das Dach eines Schuppens und küßten uns. Zum erstenmal. Dabei mußte ich daran denken, was Roman mir nach dem Besuch bei seiner Mutter gesagt hatte, daß sie Schauspielerin gewesen sei und man nicht alles glauben dürfe, was sie sagte. Ich fragte mich, ob auch die Rose Bernd, die wir heute abend hatten lieben und leiden sehen, es mit ihrem Lieben und Leiden ernst gemeint habe. Ich fragte Roman. Er sagte:

Was verlangst du eigentlich. Theater bleibt nun einmal Theater.

Aber das war eine Antwort, wie ich sie mir eher von Dieter erwartet hätte. Hingegen Roman – Ich schüttelte den Kopf. Ich glaubte ihm nicht, was er sagte. Er war freilich der Sohn seiner Mutter, einer Schauspielerin. Und die Welt – das empfand ich damals wohl zum erstenmal – hielt für die Liebenden nicht nur Geschenke bereit, sondern auch Martern.

Du bist im Theater gewesen? fragte meine Mutter am nächsten Abend bei Tische. Mir stieg das Blut ins Gesicht. Wilhelm – ich blickte zu ihm hin, er schüttelte den Kopf, er hatte mich nicht verraten.

Ja, sagte ich.

Und nicht allein, fuhr meine Mutter fort.

Ich antwortete mit der Gegenfrage:

Woher weißt du es denn?

Meine Mutter zuckte die Achseln.

So etwas, sagte sie, kann ja wohl nicht unbekannt bleiben.

Es war möglich, daß uns noch andere Leute gesehen hatten als bloß Dieter. Mein Vater war friedlich gestimmt und versuchte abzulenken. Verhöre waren seinem spröden, nach innen gekehrten Wesen überhaupt zuwider.

Es soll eine sehr gute Aufführung gewesen sein, sagte er.

Wir saßen am Tisch, der mit einer weißen Decke, mit Geschirr und Bestecken gerichtet war. Ich sah immer noch die blaue Blechkanne vor den Lippen der armen Rose hin und her zittern. Das war mir näher, deutlicher als das andere, nachher im Dunkel unterm Schuppendach. Heißer Sommertag, Anfang August. Davon konnte ich keinem etwas sagen. Von dem einen nicht und von dem andern nicht.

Meine Mutter nahm mir die Erwiderung ab, indem sie kühl versetzte:
Ich hoffe nicht, daß du dich mit einem Polenjungen anfreundest.
Ihre Warnung kam zu spät. Nicht weil die unerwünschte Freundschaft schon bestand, sondern weil sie schon wieder im Vergehen war. Aber das hätte ich noch weniger erklären können als das Erlebnis im Theater. Was geschieht in solchen Situationen? Man weiß nichts zu sagen, man fühlt sich mißverstanden, gekränkt, an den Pranger gestellt – es bleibt nichts übrig als die Verhandlungen abzubrechen. Ich sprang auf und verließ wortlos das Zimmer.
Später berichtete mir Wilhelm von dem Fortgang des Tischgespräches. Obwohl meine Mutter es bisher immer vermiedern hatte, die ihr nicht verborgene Bekanntschaft, vielleicht gar Freundschaft Wilhelms mit Roman in Frage zu stellen, bezog sie nun auch diese in ihre Warnung mit ein, erinnerte Wilhelm an gewisse Gerüchte, die über Romans Familie umliefen, sprach von Zurückhaltung, von Rücksichten und dergleichen. Wilhelm hatte ruhig geantwortet, daß Roman ja bisher kaum in unser Haus gekommen sei, daß er in der Schule beliebt sei und daß es Leute gebe, die ihm als Musiker eine große Zukunft vorhersagten. Schön und gut, sagte meine Mutter, jedoch bedürften auch große Begabungen erst einmal der Bewährung, und wie sollte bei so unordentlichen häuslichen Verhältnissen Roman es zu mehr als höchstens einem Kaffeehausmusiker bringen, wogegen ja nichts einzuwenden sei, nur seien das Menschen, mit welchen sich auf die Dauer kein Umgang lohne. Mein Vater habe still dabeigesessen, habe zu allem geschwiegen. Ich hörte mir Wilhelms Bericht an, und wir waren uns einig darüber, daß wir mit Roman befreundet blieben. Doch ohne daß ich es wünschte und wollte, wurden meine Begegnungen mit Roman seitdem seltener. Und wenn wir uns trafen, war unserm Umgang von der leidenschaftlichen Erregung jenes Theaterabends nichts mehr beigemischt.
Ich möchte aber doch gerne herausbekommen, sagte Wilhelm, ob Dieter geschwatzt hat.
Versuch es, sagte ich.

Einige Tage später erhielt ich von Dieter folgenden Brief, in der ihm eigenen Schönschrift:
Liebe Marion!
Was soll das? Ich hatte Dir doch versprochen, daß ich reinen Mund halten würde. Jetzt schickst Du Deinen Bruder, mich darüber auszuforschen, ob Deine Eltern durch mich von Euerm Theaterbesuch Kenntnis bekommen haben. Das ist ein deutlicher Beweis von Mißtrauen.
Versprechen, die ich gebe, pflege ich zu halten.
Unter Deutschen ist so etwas selbstverständlich.
Mir scheint, daß Dein Verkehr mir R. J. nachteilig auf Dich wirkt. Unter Polen ist es bestimmt nicht ebenso selbstverständlich, ein gegebenes Versprechen zu halten. Wahrscheinlich geht Dein Mißtrauen auf Romans Einfluß zurück.
Zwischen Roman und mir sind die Brücken abgebrochen.
Ein für allemal. Übrigens schon seit längerer Zeit.
Du wirst auch noch Deine Enttäuschungen mit ihm erleben.
Wie die Rose Bernd mit ihrem Streckmann.
Es grüßt Dich Dein D. S.
So schrieb er.
Ich hatte ihm Unrecht getan. Er hatte mich nicht verraten. Daß es einen Unterschied gab, zwischen der deutschen und der polnischen Art, Versprechen zu halten, war mir nicht bekannt und machte mir auch Dieters Erklärung nicht einleuchtend. Ich fand sie ungerecht. Also wog eine Ungerechtigkeit die andere auf. Das überhob mich einer Beantwortung seines Briefes. Außerdem wurde ich die Vorstellung nicht los, daß er zu jedem Satz dieses Briefes sein spöttisches – oder nicht spöttisches Lächeln aufgesetzt habe, bis zur Unterschrift, dem seltsam verschnörkelten Namenszug. Ich zerriß den Brief und warf die Stücke ins Feuer. Eins war mir klar, und ich frohlockte darüber: daß Dieter, was immer er über Roman wußte, was immer er mit ihm gehabt haben mochte, im Grunde gar nichts von ihm wußte, Romans Wesen ihm ein für allemal verschlossen blieb und bleiben mußte. Dieser Meinung war auch Wilhelm. Und doch wuchs in den folgenden Jahren die Entfremdung zwischen Roman und uns beiden. Warum – ich wußte es nicht und ich weiß es auch heute nicht. Vielleicht war, nach den Worten von Dr.

M., ganz einfach die Zeit daran schuld. Oder der Krieg. Oder – die Welt.‹

(Während ich lese, irren meine Gedanken hin und her zwischen Heute und Gestern. Marion ist mir ganz gegenwärtig, ich höre sie selber sprechen, statt meiner, mit ihrer ewig belegten Stimme, die viel zu rauh klang im Verhältnis zu ihrer sonstigen, schlanken, gertenhaft schlanken Erscheinung. Sie war eine vorzügliche Reiterin schon damals, erst recht später, als Gutsherrin auf P., wo ich sie – es lag ja im neupolnischen Gebiet, ziemlich nahe der deutschen Grenze – ein paarmal besuchte. Ihre Aufzeichnungen hat sie mir verschwiegen. Sonst hätte ich sie um eine Abschrift gebeten. Sie schrieb auch anderes, was sie mir ebenfalls verschwieg. Werner Dombrowski, ihr Mann, der mich im Kriege ein einziges Mal aufsuchte, war ein stiller, verschlossener, aber herzensguter Mensch. Kinder hatten sie nicht. Die Landschaft um P., deren ich mich noch gut erinnere – meine Absicht war, dorthin einen Abstecher zu machen, wenn es möglich wäre, es ist nun ganz unmöglich geworden –, paßte gut zu dem stillen Mann. Meine Schwester, die früher ziemlich lebhaften Naturells war, erlag mehr und mehr dem ständigen Zuspruch der Umgebung und verlor sich in eine Art von aufmerksamer Melancholie, aufmerksam insofern, als sie aus ihrem Versunkensein doch immer wieder den Blick auf ihre Mitmenschen richtete, auch auf ihr Personal, damals, wenn ich mich recht erinnere, vorwiegend polnisches Personal. Das Gut war vierhundert Morgen groß, mit Wald und einem dunklen, von Kiefern umsäumten See. Es kam mir alles ziemlich entrückt vor, wenn ich dort einkehrte. Ja, ich selber kam mir entrückt vor. Das Land war still, das Haus war still, die Menschen waren still. Nur zur Zeit der Ernte, wenn die Dreschkästen brummten, wurde es lauter. Marion hielt nicht viel von den anderswo üblichen Geselligkeiten und Gesellschaften. Doch stand sie mit ihren Nachbarn auf bestem Fuß: einer deutschen Familie und drei polnischen. Ich bin in allen vier Häusern gewesen und fand, daß alle es gut und aufrichtig miteinander meinten. Später wurde das ja bestritten, sollten die Beziehungen zwischen Deutschen und Polen von jeher gespannt gewesen sein. Unsinn.

Merkwürdig, ich lese Marions Aufzeichnungen, höre mich lesen, höre sie sprechen, und gleichzeitig drängen diese anderen Erinnerungen sich dazwischen, nach denen mich niemand fragt. Assoziationen, sagt man, aber die Vokabel bedeutet mir nichts. Ein Reich grenzt ans andere, das ist es. Und an diesen Grenzen stehen keine Wächter, keine Barakken, gibt es keine Verhöre, es liegt und wartet und setzt sich, kaum, daß ein Hauch es berührt, in Bewegung, wie Ebbe und Flut in ihrem geheimnisvollen Wechsel. Wir leben immer zugleich in diesen zwei Reichen, wir waren und sind, und was wir sein werden, das ist auch immer dieses Zugleich von Gestern und Heute. Ich frage mich nur, ob es noch weiter reicht, nämlich bis ins ganz Unzugängliche: nach Elysium hinüber, zu den Schatten, die auf Belebung warten; eine Art von Schattenbeschwörung, Schattenbelebung ist Erinnerung ja doch auch, nur daß es ihr sicher an der letzten, entscheidenden Erweckungskraft mangelt, die hat sich ein anderer vorbehalten. Erst jetzt wieder fällt mir ein, daß ich heute Geburtstag habe. Hier geht es niemanden etwas an. Damals ging es viele an. Marion verstand sich aufs Feiern wie sonst niemand von uns, sie war es, die den Tisch rüstete, die für Kerzen und Blumen sorgte, die den Morgenchoral spielte – Vater mußte sie begleiten und tat es mit rührender Ernsthaftigkeit, Mutter vergoß dabei Tränen. Marion war auch, wenn sie wieder aus der Schule kam, die erste, die sich nach der etwa eingegangenen Post, den etwa ins Haus gesandten Geschenken erkundigte. Für jeden Gruß, für jedes Geschenk hatte sie bewundernde Worte, dann deckte sie den Kaffeetisch, schmückte auch ihn mit Blumen, die der Mai ja reichlich hergab, beide liebten wir das Duftgemisch von Hyazinthen und Bohnenkaffee. Wenn meine Freunde erschienen, führte sie sie zum Geschenktisch, zeigte ihnen, mit den nötigen Erklärungen, die dort ausgestellten Dinge, nahm die neuen Gaben in Empfang, händigte sie mir aus, daß ich sie aufwickelte, immer aufmerksam, immer umsichtig. Schade, daß Roman sich immer entschuldigte. Dieter hingegen war wohl jedesmal dabei, und Alfred Cantor. Wer sonst noch – waren Mädchen dabei? Ich weiß es nicht mehr. Nach der Kaffeetafel fand man sich zu Gesellschaftsspielen zusammen. Marion sorgte daür, daß sich alle beteiligten. Aber das war es ja gar nicht, worauf ich jetzt – Marion war auch die erste, die mir, gleich frühmorgens, gratulierte, in ihren dunkelbraunen Augen ein Tränchen zerdrückend, Geschwisterliebe ausstrahlend, ich wurde verlegen, sie nahm es für mein Empfinden zu wichtig, dann fort zur Schule – worauf ich jetzt –)

DER VORSTEHER: Sie wollen diese Blätter aus Wroclaw bekommen haben?

– Aus Breslau, ja.

DER VORSTEHER: Sprachgrenzen sind auch Grenzen.

– In meiner Erinnerung haben sich die alten, die deutschen Namen erhalten.

DER VORSTEHER: Aber die Aufzeichnungen Ihrer Schwester sind aus Wroclaw zu Ihnen gelangt, nicht aus Breslau.

– Beide Namen meinen eine und dieselbe Stadt.

DER VORSTEHER: Das heutige Wroclaw ist nicht das damalige Breslau. Sie weigern sich hartnäckig, die Realitäten anzuerkennen.

– Keineswegs. Ich weigere mich nur, einen einzigen Begriff von Realität anzuerkennen. Würden Sie auf der Mitteilung meiner Erinnerungen bestehen, wenn Sie nicht in ihnen auch eine Realität erblickten?

DER VORSTEHER: Sophistereien. Die neuen Namen bezeichnen eine neue Realität. Respektieren Sie das.

(Freundlich, aber bestimmt. Nein: nicht ganz so freundlich wie bestimmt. Empfindlichkeit ist allem beigemischt, was man hier denkt und sagt. Habe ich nicht genügend Rücksicht darauf genommen? Marion – ja, die verstand es, mit Polen umzugehen, übrigens beherrschte sie das Polnische ausgezeichnet. Sie war dann in den Schuldienst getreten. Noch ganz zuletzt hatte sie ein deutsches Examen abgelegt, ich weiß nicht, wie man es nannte, nicht das Abitur, und mußte es ein paar Jahre später in polnischer Sprache wiederholen, glaube ich. Obwohl sie dann an einer deutschen Schule unterrichtete. Neue Grenzen machen das Leben umständlich. Jedenfalls für diejenigen, die in das ihnen fremde Sprachgebiet geraten. Es dauerte nicht allzulange. Immerhin zehn Jahre. Dann heiratete sie. Es war noch eine ziemlich menschliche Zeit: wir konnten an der Hochzeit teilnehmen, meine Mutter und ich. Nach Fernau gelangten wir damals nicht, Mutter war unpäßlich, ich hatte schon Mühe gehabt, mich für drei Tage freizumachen. So sah ich die Stadt erst bei meinem dritten Besuch wieder, 1935. Marion lehnte es ab, mich dahin zu begleiten. Ihre Ehe war gut und glücklich. Aber ein Schatten von Entsagung lag darüber. Wie so oft. Manchmal hatte ich das Empfinden, bei Tische zum Beispiel, als wohnten die beiden jeder auf einem anderen Ufer desselben Flusses. Als ich einmal mit Marion den See umwanderte, kam sie darauf zu sprechen. Glaubst du, sagte sie, daß ich von meinem Manne so gut wie nichts weiß über das, was vor unserer Heirat liegt. Ich will es auch nicht wissen. Und er fragt mich auch nicht nach dem, was ich bis dahin war und lebte und dachte. Es ist, als ob wir mit dem Jahre eins angefangen hätten. Uns beiden fehlt völlig die Neugier auf des anderen Vergangenheit. Ist das ein Mangel? Wenn Ihr es nicht als Mangel empfindet, sagte ich, dann ist es auch keiner. Marion hatte gerade damals erfahren, daß Roman Januschewski tödlich verunglückt war. Auf einer Konzertreise in Südamerika. Auch davon sprach sie, ohne tiefere Bewegung erkennen zu lassen. Es gehörte zu ihrer Vergangenheit. Ich wußte davon, ihr Mann nicht. Der See mit seiner dunklen Oberfläche, seinen stillstehenden Booten und Blumen erschien mir wie ein Sinnbild dieser ebenfalls stillstehenden Vergangenheit. Marions Aufzeichnungen bewiesen mir dann, fünfzehn Jahre danach, daß sie in ihr immer noch lebte, vielleicht mehr als in ihrer Gegenwart. Denn so anschaulich, so genau wie sie darüber in diesen Blättern schreibt, hat sie über ihr Leben auf P. zu mir niemals gesprochen. Übrigens enthielt die Sendung aus Breslau außer den Erinnerungen an Fernau noch zwei ganz anders geartete Beilagen – eine kleine Betrachtung, wie aus der Luft gegriffen, wie mit Grasspitzen hingestrichelt, und – aus viel späterer Zeit, aus der letzten Zeit – noch einen Bericht. Ich möchte –)

DER VORSTEHER: Sie wissen nicht, wer Ihnen die Blätter schickte?

– Doch, ich weiß es.

DER VORSTEHER: Warum gaben Sie das nicht gleich zu?
– Ich hatte da nichts zuzugeben. Ich bekam, was ich hier habe, tatsächlich von Unbekannt. Aber ein paar Monate später gab sich dieser Unbekannte zu erkennen.
DER VORSTEHER: Keine Mystifikationen bitte.
– Wenn ich Ihnen seinen Namen nenne, werden Sie diesen Vorwurf kaum noch aufrechterhalten. Alfred Cantor, ja, Alfred Cantor verbarg sich hinter dem Anonymus. Er mochte Gründe haben, verborgen zu bleiben. Aber von da ab setzte unsre Korrespondenz miteinander ein. Ich will es genau sagen: Alfred hatte einen Mittelsmann, dem meine Schwester, noch während des Krieges, kurz vor ihrer Flucht oder während ihrer Flucht, die Papiere übergeben hatte. Es war einer von ihren polnischen Nachbarn, den die Deutschen enteignet hatten, der sich dann in P., später wieder in Fernau aufgehalten hatte, endlich nach dem Kriege, wie Alfred mir schrieb, in staatlichem Auftrag umherreiste, als Gutachter in Agrarangelegenheiten.
DER VORSTEHER: Und wie kam Cantor zu Ihrer Anschrift? Sie wohnten in Westdeutschland.
– Damals wohnte ich noch im sowjetischen Bereich.
DER VORSTEHER: Reichlich verworren das alles.
– Allerdings. Und weil es das war, läßt es sich in der Erinnerung auch nur mit Mühe rekonstruieren. Unser Gedächtnis ist der Wirklichkeit nicht mehr gewachsen. Alfred Cantor hatte mich zufällig über den Leipziger Sender sprechen hören. Er erkundigte sich nach meiner Anschrift, man teilte sie ihm mit. Ein Echo aus Polen war immer willkommen. Wenige Wochen danach war ich im Besitz dieser Blätter. Und wieder nach ein paar Wochen meldete sich der eigentliche Absender – eben Alfred Cantor. So verworren es sich ausnehmen mag, steckt vielleicht doch eine gewisse Logik dahinter. Ordnung mitten in der Unordnung. Gesetz mitten im Chaos. Alfred Cantor hatte immerhin Auschwitz überstanden. Er machte, wie ich schon erwähnte, davon kein Aufhebens. Er war glücklich, an die andere, die eigentliche Vergangenheit wieder anknüpfen zu können, an die Fernauer nämlich. Leider hat er selber meine Schwester nicht mehr gesehen. Und jener Mittelsmann verunglückte auf einer

Dienstfahrt, kurz nachdem er das hier an mich abgeschickt hatte. Ich gebe zu, daß es alles merkwürdig klingt, auch mich mutet es merkwürdig, fast unglaubhaft an. Und ist doch wohl nur eine Winzigkeit im Vergleich mit ganz anderen, geradezu monumentalen Unglaubhaftigkeiten, die jene Zeit pausenlos hervorbrachte. Es war, wie Sie gewiß bemerkt haben, eine Wiederholung der Konstellation, wenn ich so sagen soll, von 1915: ein Zusammenwirken jüdischer, polnischer, deutscher Figuren in einem Spiel ganz am Rande der großen Weltveränderung. Man sucht sich so etwas nicht aus, man denkt sich so etwas nicht aus, plötzlich befindet man sich mitten darin, auch als Figur, und erkennt mit Staunen den Schritt eines Unsichtbaren.

DER VORSTEHER: Das ist Ihre private Deutung der Sache.

– Ja. Doch ohne jeden Anspruch, die einzig richtige zu sein. Menschen überlebten – wie hätte ich sonst diese Reise unternehmen können –, aber auch Papiere überlebten, die doch sonst ein Windstoß wegfegt, ein Streichholz in Asche verwandelt.

DER VORSTEHER: Lesen Sie.

IX

– Zuerst, wenn Sie erlauben, die Betrachtung.
(Marion schrieb das unterwegs, auf dem Treck, als sie schon die Oder überquert hatten. Anfang Februar 45. Ihr Mann war im September 44 gefallen. Ende, überall Ende.)
›Wenn sie uns nicht zum Gehen gezwungen hätten, wäre ich in Prondy geblieben. Und mit Prondy untergegangen. Was wir jetzt erleben, ist ja auch nichts anderes als Untergang: milde vom Schnee zugedeckt, der unsern Weg bis hierher begleitet hat, ein sehr stiller Begleiter. So ist es zu ertragen. Und wenn ich ab und zu aus dem Zuge heraustrete, um es mir einzuprägen, das phantastische Bild, aber auch um diesem und jenem Mut zuzusprechen, sie hatten ja großes Vertrauen zu mir – unablässig fällt Schnee, aber es wirkt auf mich wie ein Beweis von Teilnahme aus unbekannten Bezirken, oben, im endlos Grauen; so quillt es herab, wie aus einem Überfluß, der allen zugute kommen soll, die in der Tiefe mühsam wandern. Es legt sich auf die Wagenplanen, auf die Decken der Pferde, auf die Mützen der Männer, die Tücher der Frauen, auf alles und jedes, und so natürlich auch links und rechts auf die winterlich kahlen Bäume. Das Knarren der Räder wird durch den Schnee ebenso gedämpft wie alle menschlichen und tierischen Laute. Kein Lachen, kein Weinen, kein Schreien, eine lautlose Vereinigung mit dem von oben fallenden, gleitenden, schwebenden Geflock, wir gehen in einer Hülle überirdischer Barmherzigkeit. Ich weiß, innen, unter den Planen, auf den Strohlagern, liegen sie in maßloser Trauer, in dämmernder Benommenheit, und die draußen neben den Wagen und neben den Pferden gehen, senken die Köpfe, treten wie bewußtlos die sanfte Bahn.
Es sind auch Polen dabei, und ein paar Franzosen. Sie hätten

in Prondy bleiben können, aber sie schlossen sich uns an, doch wohl aus Furcht vor den nahenden Befreiern. Man weiß ja nicht, was das für eine Freiheit sein wird, die sie mit sich bringen. Die Welt hat die letzten Hüllen des Vertrauens weggeworfen, wir werden dafür von oben bekleidet, der Himmel erbarmt sich unserer Blöße. Ich erkenne unsre polnischen Leute: Marian, Karol, Martha, Alicja. Niemand hat sie genötigt, mit uns zu gehen. Sie haben beim Packen mitgeholfen. Sie weinten und lachten. Ich weiß nicht, warum sie weinten, ich weiß nicht, warum sie lachten, ich weiß nicht, warum sie mit uns gehen – ich bin unwissend, alles Wissen ist mir genommen, und ich habe – wie ich da am Wege sitze, in schweren Schuhen, im schweren Mantel, einen von Werners vielen Spazierstöcken in der Hand, den mit dem Horngriff und der Inschrift ›Viatori viatores, 1864‹, die ich erst jetzt richtig verstehe – ich habe das Gefühl, daß überhaupt eine Zeit der Unwissenheit begonnen hat, so daß sie alle, die an mir vorbeiziehen, ebenso wie ich hier auf meinem Chausseestein, ganz von vorn anfangen müssen, als hätten wir bisher nur Falsches und Dummes gedacht, und so wird es auch sein. Denn sonst würden die vier Polen doch nicht mit uns westwärts ziehen, wo sie doch gar nichts zu suchen haben, wo sie lauter Fremde erwartet.
Unwissenheit, völlige Unwissenheit. Auch was jenes Wissen betrifft, das wir als Glauben bezeichnen. Ich habe es nicht von mir abgetan, aber ich merke, wie es von mir weg gleitet, wie es der leise fallende, in seiner Weiße dennoch düster wirkende Schnee mit sich nimmt, mit in diese alles verwischende, alles einebnende Bewegung, die keine Ausnahme duldet. So wie die vier Polen – Marian, Karol, Martha, Alicja – unwissend ins Fremde gehen, so gehen wir alle weg, immer weiter weg von unserm Eigenen, von dem, was wir für unser eigen hielten, und werden immer leichter, immer freier, es tut nicht weh, und müßte vielleicht doch weh tun, denn es ist doch wohl ein Verlust, nicht nur an Hab und Gut, an Land und Wasser und Wald – wir werden es nie wieder sehen, dieses unvergleichliche Prondy –, sondern an Halt und Hoffnung, auch wenn es sich immer noch unter den alten Worten verbirgt, die ich ja auch immer wieder vor mich

hinsage, nur mit dem Gefühl: sie sind da zurückgeblieben, wo die sichtbaren Dinge zurückgeblieben sind, sie haben sich mit diesen so fest vermischt, daß wo das eine ist, auch das andere sein muß, und wenn wir nie wieder nach Prondy zurückkehren werden, so auch nicht zu dem Gott, der dort zu Hause war. Und da er nicht nur mein Gott ist, sondern eines jeden, der in diesem Zuge nach Westen pilgert, so entfernen sie sich mit jedem Schritt weiter von ihm, ohne es zu wissen, und wenn sie – wann eigentlich? – ans Ziel gekommen sind, werden sie vielleicht nach ihm fragen, aber vergeblich, er ist nicht mit ihnen gegangen, wie die vier Polen mit ihnen gegangen sind, ich weiß nicht warum, ich fühle meine Unwissenheit, und was ich hier denke und schreibe, ist auch nur von dieser Unwissenheit eingegeben, über die der barmherzige Schnee seinen linden, leichten Schleier zieht. Die Teilnahme von oben ist nichts anderes als ein Zudecken auch dieser unserer inneren Blöße, und vielleicht ist dies die letzte Tat Gottes an uns, daß er's uns nicht merken läßt, daß er zurückgeblieben ist und daß wir uns immer weiter von ihm entfernen, indem er es einhüllt in das weiße Laken seiner Barmherzigkeit, Flucht und Wallfahrt in einem: von ihm weg ins Unbekannte, Polen und Deutsche, quer durch polnisches, durch deutsches Land, und über beide wird bald die russische Nacht hereinbrechen, wer weiß, vielleicht noch ehe wir unser Ziel, das wir nicht kennen, erreicht haben.

Ich denke Niegedachtes, ich bin ja wohl auch ziemlich außer mir, und mancher von denen da würde mich groß ansehen, wenn ich ihm sagte, was ich denke, würde mich bei der Schulter fassen und mir warnend zurufen: Wie können Sie nur so etwas denken, Sie geben damit ja den letzten Halt und die letzte Hoffnung auf. Vielleicht. Aber – ich denke nicht bloß, ich fühle auch, und mein Gefühl stimmt mit meinem Denken nicht ganz überein, es geht über das Denken hinaus, es fügt ihm noch etwas hinzu, was aber schwer in Worte zu fassen ist. Ich will es auch nicht in Worte fassen, ich rette mich gegenüber meinem unwissenden Denken in ein wortloses Gefühl. Amen.

Und dann stehe ich wieder auf, und gerade kommt Marian

Wilhelmi – er heißt wirklich so, ich selber habe, wenn die Steigerung erlaubt ist, einen viel polnischeren Namen – vorüber und winkt mir zu, durch den grauen, fließenden Schleier, und ich stehe auf und gehe wieder zu ihnen und gebe die Zigarette, die ich mit klammen Fingern dem Etui entnommen habe und die ich mir anzünden wollte, dem guten Marian, und er nimmt sie und es gelingt ihm, da er hinter einer Kutsche geht, die ihm Windschutz bietet, sein Feuerzeug anzuschlagen und die Zigarette in Brand zu setzen. Ein großer, schlanker, kräftiger Mensch, immer schon drückte sein Gang Unbekümmertheit aus, so auch jetzt, meine Sorgen und Fragen sind ihm sicher unbekannt, und wenn er sie kennte, würde er sie lachend abschütteln. Alicja geht neben ihm, ab und zu legt er seinen rechten Arm um ihre Hüfte. Nachts liegen sie nebeneinander im Stroh oder was für ein Lager die Fremde gerade zu bieten hat. Eines Tages werden sie wieder dorthin zurückkehren, woher sie gekommen sind. Wir nicht, ich nicht. Eines Tages – und wann wird das sein? Ich gehe hinter den beiden jungen Leuten, sie haben mir viel voraus. Ich fühle mich plötzlich alt. Es wäre wohl anders, wenn Werner neben mir ginge. Der Tod bedeutet eine größere Veränderung als die Flucht. Eine fremdere Fremde auch, als die am Ende dieses Marsches auf uns wartet.
Wir haben Tote am Wege liegen sehen, in Schnee eingehüllt, hingestreut von jener gewaltigen Hand. Ich möchte auch so liegen und verwehen, vergehen. Ach, Lena, Lena.‹
(Der Kommissar hörte aufmerksam zu, ohne sich anderweitig zu beschäftigen. Ich bin im andern Land, ich bin in Polen – aber die ersten Menschen hier, mit denen ich zu tun bekomme, verstehen meine Sprache, ich brauche mich nicht in der ihrigen zu bemühen. Auch heute noch werden es unvergleichlich viel mehr Menschen in Polen sein, die Deutsch verstehen, als es bei uns des Polnischen Kundige gibt. Immer noch eine Nachwirkung der einstigen Gemeinsamkeit, so leicht lassen sich geschichtliche Zustände eben doch nicht auslöschen. Auch wenn man Bahnhofstafeln und Straßenschilder so schnell wie möglich mit neuen Namen versieht. Und so wird auch sonst noch, wie das nackte Fleisch durch die Kleider des Bettlers, die deutsche Vergangenheit hin-

durchschimmern, den jetzigen Bewohnern unbewußt. Selbst hier in dieser öden Behausung ist noch ein Hauch davon gegenwärtig, ich kann es nicht begründen, nicht bezeichnen. Ist es der Wald draußen, der ja auch älter sein wird als die neue Herrschaft? Ist es die Straße? Ist es – ich weiß, was es ist. Sie nötigen mich, aus der Tiefe heraufzuholen, was ruhig hätte schlafen sollen, meine harmlose Absicht, ein paar alte Stätten zu sehen, ein paar alte Wege zu wandeln, wird von ihnen als feindliche Absicht, als Eroberungssucht ausgelegt – inzwischen aber verbreitet sich ganz unabhängig von den ja doch höchst fragmentarischen Tatsachen, die ich zu berichten habe, das Aroma der Erinnerung in diesen Räumen, wie der Nebel, der abends aus den Wiesen aufsteigt, dichter, duftender als die Tatsachen. Sie unterschätzen das, werden es auch sonst unterschätzen, und alles, was sie tun, hier und sonst, wird bewußt und unbewußt, im Widerstand gegen diesen hauchdünnen und dennoch festen und dichten Schleier geschehen. Ich bin nicht allein, ich finde heimliche Unterstützung in der größeren Erinnerung, die über mich hinausgeht und von der die meine nur ein unscheinbarer Fetzen ist. Mag es ausgehen, wie es will – ich halte diese Vorstellung fest: die Baracke im Nebel der Erinnerung, schwebend und schwimmend, eine fast erheiternde Vorstellung, wenn ich sie mit diesen pedantischen Bemühungen vergleiche, mich zum Ausplaudern ferner Begebenheiten zu nötigen. Eine fast rührende Vorstellung, wenn ich daran denke, daß auch meine drei Partner etwas Größeres, Umfassenderes vertreten, nämlich ihr Volk, das man mit Hilfe von Baracken und Verhören gegen seine einstigen Bedrücker abzuschirmen versucht, aber der Nebel wallt und zieht und schlingt um beide, um uns alle den zähen, quirlenden Schleier –)

DER VORSTEHER: Flüchtlingslyrik. Wir kennen das. Die Deutschen ziehen sich gerne mit Lyrismen aus der Affäre.
– Ich würde mich hüten, die Berichte über Auschwitz oder Theresienstadt als Lyrik zu verdächtigen. Ich glaube den Entronnenen aufs Wort. Aber auch die Vertriebenen sollten Vertrauen finden mit dem, was sie zu offenbaren haben.
DER VORSTEHER: Die Methode gegenseitiger Aufrechnung

führt zu nichts. Leider bedient man sich ihrer auf deutscher Seite mit Vorliebe –

– Meine Schwester tut in ihrer Betrachtung genau das Gegenteil davon. Vielleicht ist es schwer zu verstehen, weil sie es anders ausdrückt als üblich. Was werden Sie erst zu der zweiten Beilage sagen –

DER VORSTEHER: Deren Verlesung kann nur unter der Bedingung gestattet werden, daß sie uns wieder zum Thema zurückführt, von dem wir uns viel zu weit entfernt haben.

– Ich glaube, daß der Text diese Bedingung erfüllt.

DER VORSTEHER: Dann fahren Sie fort.

(Ich fange zu lesen an – aber lese ich wirklich? Meine Tätigkeiten hier, so eingeschränkt sie sind, haben einen merkwürdigen Doppelsinn. Ich lese und lese nicht. Ich spreche und spreche nicht. Ich bewege mich und sitze still. Ich lausche und höre nur mich. Ich blicke auf die Uhr – sie läuft und steht still. Ich halte das Papier vor meine Augen – aber es liegt ja längst, Dokument zu Dokumenten, auf dem Brett über der Schranke. Ich schaue durchs Fenster – aber zugleich umfaßt mein Blick die Baracke von draußen. Alles geht ineinander über: Innen und Außen, Raum und Zeit, Bewegung und Ruhe, Sprechen und Hören, Einst und Jetzt, Augenblick und – beinahe hätte ich: Ewigkeit gesagt, aber das ist natürlich übertrieben, ich bin kein Mystiker, ich bin Historiker. Nein, ich bin es eigentlich nicht mehr. Die klaren und sauberen Unterscheidungen, die ich sonst ganz selbstverständlich gebrauchte, sind mir abhanden gekommen. Es macht mich auf der einen Seite unsicher, gibt mir auf der andern jedoch ein bisher nie gekanntes Gefühl der Überlegenheit. Das Verhör hat sich mehr und mehr in ein Exerzitium verwandelt, sicher ohne den Willen meiner drei Partner, obenan des Vorstehers. Wir gehen ja auch sonst durch allerlei Exerzitien hindurch, meist unbewußt, und wenn es uns bewußt wird, gleich sträuben wir uns und möchten den lästigen Zwang abwerfen. Ich habe diesen Wunsch nicht, meine anfängliche Befremdung ist längst einer inneren Zustimmung gewichen, und die Sorge um den Ausgang des Verhörs der Neugier auf seine weiteren Stationen –)

›Was soll man davon denken? Der Krieg ist zu Ende, die Polen haben ihn verloren, die Deutschen sind die Herren in Stadt und Land. Gleich haben sie damit begonnen, die alten deutschen Ortsnamen wiederherzustellen und neue zu erfinden. Prondy soll jetzt Altenau heißen. Man hat Mühe, den Umschwung zu begreifen. Zwanzig Jahre, genau, sind vergangen, seit die Polen die Provinz besetzten. Zwanzig Jahre haben wir als Deutsche in Polen gelebt, mit den gewiß nicht großartigen Rechten der Minderheit. Aber doch mit Rechten. Es scheint, daß von Rechten der Polen jetzt keine Rede mehr ist. Es scheint, daß eine Gewaltherrschaft angebrochen ist. Ihr Ausdruck: das Auftreten dieser unheimlichen Kolonnen mit dem silbernen Totenkopf. Auch in Prondy sind sie bald nach Kriegsende – dem Ende des polnischen Krieges – in Erscheinung getreten. Und gleich gab es Veränderungen. Wir haben in den Wochen vor dem Kriege auch allerlei Unruhe gehabt, es gab auch polnische Kolonnen, die uns nicht gefielen, die wir fürchteten. Unser Gut und das Dorf waren eine Zeitlang von ihnen überschwemmt, und sie benahmen sich so ruppig, daß unsre polnischen Nachbarn selber darüber empört waren. Plötzlich sollten wir als unzuverlässig gelten. Schuld an dem allen war dies plötzliche Aufflammen der Kriegsgefahr, die von drüben nicht schlecht geschürt wurde. Eine Explosion bereitete sich vor, und wäre der Krieg nicht so schnell beendet worden, hätten wir sicher noch sehr böse Zeiten erlebt. Statt dessen sind solche nun für die Polen angebrochen. Noch ist – ‹

DER VORSTEHER: Ihre Schwester gibt sich mit einemmal als Historikerin.

– Es ist nur die Einleitung.

DER VORSTEHER: Das Bisherige genügt.

– Loyalität im Leben der Völker entspricht der Höflichkeit im Verkehr der Menschen untereinander.

DER VORSTEHER: Viele Deutsche, die bei uns lebten, haben Polens Niederlage als Anbruch ihrer Befreiung begrüßt. Eine Schwalbe macht noch keinen Sommer, sagt man nicht so bei Ihnen?

– Gäbe es eine übergeordnete Stelle zur Erforschung der Kriegsursachen, so würde der Entstehung neuer Legenden vorgebeugt. Aber heute ist die Geschichte ein Spielball von

Interessen. Man könnte auch sagen – von Erinnerungen.
DER VORSTEHER: Mit Recht. Die Kraft der Erinnerung entscheidet, Objektivität lähmt die Erinnerung. Wir haben behalten und wir wollen behalten.
– Grauen gegen Grauen also. Grauen vor dem Kriege, im Kriege, nach dem Kriege. Und dann noch einmal nach dem Kriege. Die Erinnerungen brodeln durcheinander, Ihre und unsre. Eine schreckliche Suppe, an der sich die Völker den Mund und den Schlund verbrennen. Das wirkliche Grauen. Das erinnerte Grauen. Meine Schwester suchte einen Weg – zur Wahrheit.
DER VORSTEHER: Der leider in die Irre führte.
– Darf ich weiterlesen?
DER VORSTEHER: Nur, was nach der Einleitung kommt.
– Wird es zu Protokoll genommen?
DER VORSTEHER: Kein einziges Wort von dem, was Sie sagen oder lesen, bleibt unprotokolliert.
– Vielleicht verhält es sich auch sonst so mit allen Worten, die wir sprechen? Und nichts, kein einziges Wort geht verloren?
DER VORSTEHER: Das ist Metaphysik. Sie sind ein Deutscher. Aus allem machen Sie Metaphysik. Aus der Nation und aus der Geschichte. Aus dem Krieg und aus der Niederlage. Aber weiter.
–›Plötzlich stand Frau Twardowski vor der Tür. Ich hatte absichtlich kein Licht gemacht und erkannte sie nur an ihrer Stimme. Die Stimme bebte. Kommen Sie herein, sagte ich und zog sie ins Haus.
Sie war die vier Kilometer vom Forsthaus bis zu uns quer durch den Wald gelaufen. Erschöpft sank sie auf den Stuhl, den ich ihr hinschob.
Was ist, fragte ich. Doch ich wußte, noch ehe sie antwortete, was geschehen war.
Erst haben sie ihn furchtbar zerschlagen, seufzte sie. Dann haben sie ihn im Auto fortgeschleppt.
Ihr Mann war staatlicher Förster.
Jan Twardowski, ein korrekter, manchmal betont korrekter Mann, immer ein wenig zugeknöpft, seine Frau machte das wett in ihrer lauten Herzlichkeit. Sie waren kinderlos, wie

wir. Auch das brachte uns einander näher.
Jetzt hatte sie um so leichter flüchten können, als sie im Hause keine Kinder zurückließ.
Wären Sie nicht besser geblieben, fragte ich.
Sie suchten mich, erwiderte sie, sie schrien nach mir, ich hatte mich zuerst in der Remise versteckt, nachdem sie Jan abgeführt hatten. Von da konnte ich leicht entkommen.
Sie weinte, schöpfte Atem, wischte sich die erhitzte Stirn.
Mein Mann kam aus seinem Zimmer. Nun erzählte sie genauer. Auch wir hatten derartigen Besuch gehabt, aber jetzt schon lange nicht mehr.
Wenn Ihr Mann geschossen hat, sagte Werner, werden Sie ihn kaum wiedersehen.
Frau Twardowski sah ihn erstaunt an, als ob er etwas ganz Unglaubliches gesagt hätte. Ich streichelte ihr die Hand, an der der Ehering glänzte.
Nein, ja, sagte sie.
Wollen Sie bei uns bleiben, fragte mein Mann.
Sie sagte noch einmal:
Ja, nein.
Doch, sagte Werner, Sie bleiben bei uns.
Ich sagte dasselbe. Und so blieb sie.
Wir brachten sie ins Fremdenzimmer im Obergeschoß.
Nach dem, was wir zuletzt, in den Wochen vor dem Kriege, mit den Polen erlebt hatten, und nach dem, was wir über das Auftreten der Deutschen gehört hatten – in den ersten Monaten nach dem Kriege, bei uns hatten sie sich ganz anständig benommen –, gerieten wir nicht außer uns über das neue Ereignis. Man mußte auf derartiges gefaßt sein. Und doch befiel mich, als ich Frau Twardowski in das Zimmer führte und das Bett abdeckte, das Empfinden, daß mit ihrem Eintreten in unser Haus eine ganz unabsehbare Veränderung angehoben habe. Fremdenzimmer, sagte ich. Und stand selber wie eine Fremde unschlüssig da, so daß Frau Twardowski, die mir mein Zögern wohl als Ängstlichkeit auslegte, nahe an mich herantrat, meine Hände nahm und mich bat, doch ganz aufrichtig zu sein und es ihr zu sagen, wenn ich es für besser hielte, sie bliebe nicht über Nacht. Mit diesen Worten riß sie mich aus meiner Lethargie. Aber was denken

Sie nur, sagte ich. Sie bleiben. Sie müssen bleiben. Kaum hatte ich das gesagt, warf sich die kleine, immer gefühlsheftige Frau mir an die Brust, legte ihre Arme um meinen Hals und sagte: Oh, was ist das für eine Welt, was seid ihr für ein Volk. Die einen töten, die andern retten.
Ich wußte nicht, was ich erwidern sollte. Ich streichelte ihr das Haar und schwieg. War es denn bei ihnen anders?
Ich blieb, bis sie sich ausgezogen und zu Bett gelegt hatte.
Ich wollte gehen, da sagte sie, als ob sie das rasch noch nachholen wollte:
Sie haben auch einen Arzt dabei.
Einen Arzt? Mir war das gleichgültig.
Sie werden ja auch Kranke haben oder Verwundete, sagte ich.
Übrigens wußte sie nicht, was die Ursache des Zusammenstoßes zwischen den deutschen Soldaten und ihrem Mann gewesen war. Meine Frage, ob sie gekommen wären, um ihn zu verhaften, verneinte sie.
Das, sagte sie, hätten sie ja wohl gleich zu erkennen gegeben.
Und wie lange waren sie bei Ihnen, fragte ich.
Drei Tage – und die ersten zwei Tage sei es ohne jeden Aufruhr abgegangen. Sie hätten bei ihnen genächtigt, hätten ihr Essen und Trinken mitgebracht, und einige von ihnen wären dann auf die Jagd gegangen.
Vielleicht war das der Grund –
Kann sein, sagte Frau Twardowski, mein Mann ist in dieser Beziehung besonders empfindlich.
Er hatte immer auf Ordnung gehalten, ein pedantischer Forstmann. Sicher waren die Deutschen in diese seine Ordnung rücksichtslos, mit dem Recht des Siegers, eingebrochen. Ich kannte mich da schlecht aus, hatte für die Jagd ebensowenig übrig wie mein Mann. Besser, sie jagten das Wild, als daß sie Menschen jagten.
Schlafen Sie jetzt nur, sagte ich und zog mich zurück.
Es ging auf Weihnachten zu. Das Fest warf aber keinen Glanz voraus wie früher. Ungerechtigkeit quoll überall herauf wie Blasen im Moor. Friedlosigkeit stäubte mit dem Winde umher wie der Schnee von den Bäumen. Unser schö-

nes stilles Prondy war von der allgemeinen Veränderung nicht ausgenommen. Manchmal, ganz plötzlich, kam mir die Erinnerung an die erste Kriegszeit, vierzehn bis achtzehn, wo sich ja auch schon eine erste Veränderung, die aber noch nicht alles ergriff, abgespielt hatte. Nur, daß wir geblieben waren, ließ uns – trotz der Landnahme durch die Polen – an Früheres wieder anknüpfen. Es war, obwohl wir nur eine Minderheit waren, immer noch unser Land. Prondy hatte seinen Besitzer überhaupt nicht gewechselt, war nun schon fast hundert Jahre im Besitz der Dombrowskis. Wir hatten schöne Festerinnerungen, an Weihnachten und Ostern besonders. Jetzt, als ich die Treppe abwärts stieg, dachte ich fast mit Widerwillen an das bevorstehende Fest. Der Baum war schon geschlagen, stand schon in der Glasveranda, die ungeheizt blieb. Wir legten uns dann nieder, flüsterten aber noch lange im Dunkel. Mein Mann litt unter der furchtbaren Enttäuschung, die ihm das Auftreten unserer Landsleute bereitete. Er war gut orientiert, verschwieg mir aber vieles von dem, was er gehört hatte.

Sie wissen nicht, was sie tun, sagte er. Sie richten alles zugrunde.

Beide nahmen wir an, daß sie von der Försterei zu uns herüber kommen würden. Warum denn auch nicht? Alles stand ihnen offen. Da war kein Unterschied zwischen polnischen und deutschen Häusern. Sie kamen, sie verschwanden wieder. Sie äußerten Wünsche hinsichtlich Ablieferungen von Getreide, von Kartoffeln, von Pferden. Sie sprachen Deutsch, kamen uns aber fremder vor als die uns benachbarten Polen. Fremde Gesichter, fremde Uniformen, fremde Stimmen. Es würde sich also wiederholen, morgen oder übermorgen. Und was wird mit Frau Twardowski? Sicher würden sie fragen, ob sie etwa bei uns –

Der Schneefall hielt die Nacht über an. Morgens war der Hof und alles, was da lag und stand, mit einer dichten Schneedecke überzogen. Um so dichter die Stille, das Schweigen. Wohin mit Frau Twardowski? Im Dorf war keine Sicherheit. Sie würden, wenn es nötig wäre, Haus für Haus durchkämmen. Die Kälte verbot jeden andern Ausweg – ich dachte einen Augenblick an die Kleinbahnstation.

Aber da hatten sie Posten aufgestellt. Wir setzten die Überlegung nicht weiter fort. Beide waren wir von einer Art Apathie erfaßt, als sollten wir's einfach drauf ankommen lassen. Es sei denn, Frau Twardowski wüßte einen Ausweg. Sie wußte aber keinen. Ihre Sorge, daß sie uns Ungelegenheiten bereiten könne – sicher keine unbegründete Sorge –, redeten wir ihr aus, unter anderm mit dem Hinweis darauf, daß wir ja schon einige Erfahrung hätten im Umgang mit jenen Herrschaften. Sie glaubte es uns und blieb. Eigentlich Leichtsinn, aber sie wäre sonst in ihr Verderben gelaufen. Natürlich riskierten wir viel. Wir wußten es und nahmen es auf uns als etwas Unabwendbares. Frau Twardowski blieb in ihrem Zimmer.

Am frühen Nachmittag kamen zwei Wagen auf den Hof gefahren. Wir blickten durchs Fenster, und es kam uns sonderbar vor, wie sie dann ausstiegen und sich erst mal die Beine vertraten. Sie hatten es nicht eilig, sie wußten sich überall zu Hause, überall im Rechte. Sie standen so einzeln umher, daß man sie zählen konnte: im ersten Wagen hatten vier gesessen, im zweiten drei. Sie trugen teils graue, teils schwarze Mäntel, teils graue, teils schwarze Schirmmützen. Man sah den Atem in kleinen Wölkchen aus ihren Mündern fahren. Die Fahrer blieben im Wagen und lenkten ihn weiter zurück in die Nähe der großen Scheune. Die Räder gruben sich in den Schnee und zogen Furchen darin. Die fünf Männer kamen langsam auf das Haus zugeschritten.

Ich gehe öffnen, sagte Werner. Warte hier.

Wir hatten durch die Fenster des im Erdgeschoß gelegenen Eßzimmers geschaut. Ich hatte starkes Herzklopfen.

Keine Angst, sagte Werner.‹

(Mein Text ist leider nicht vollständig, in zwei Minuten hab' ich die Bruchstelle erreicht – was dann? Meine Nachfrage bei Alfred Cantor, vor fast zehn Jahren, ob er nicht doch über den Verbleib der restlichen Niederschrift meiner Schwester Näheres wisse, war erfolglos gewesen. Den Namen des unbekannten Mittelsmannes habe ich nie erfahren. So hing das Ganze in der Luft, und es war zwecklos, es in der Phantasie weiterzuspinnen. Manchmal geriet ich natürlich auf diese Idee, kam aber nicht weit. In der Archäologie soll es vorkommen, daß fehlende Scherben einer Amphora weit entfernt vom Fundort auftauchen und die Wiederherstellung des Denkmals in seiner Gänze dadurch möglich wird. Vielleicht schwimmt so auch der Rest dieses Textes irgendwo auf den Wassern der Geschichte, und jemand fischt ihn auf und birgt ihn, unwissend, was der andere, für ihn verlorene Teil enthalten habe. Und wie soll die Wiederbegegnung beider Teile, wenn ich so sagen soll, vor sich gehen? Freilich – Scherben im Acker oder im Lehm einer Stadtmauer bieten an sich keine größere Möglichkeit des Wiederauftauchens als ein paar Seiten Text im Besitz eines Zeitgenossen, der diese aus irgendwelchen Gründen aufbewahrt, anstatt sie ins Feuer zu werfen. Ich komme zum Schluß – der Aufzeichnungen, nicht der Begebenheit –)

›Hatte ich Angst? Die Männer bewegten sich auf das Haus zu, Werner ging öffnen. Gleich mußten sie einander begegnen. Wir hatten verabredet, falls es zu einer Durchsuchung des Hauses kommen würde, ein Ablenkungsmanöver zu versuchen, nämlich die Försterfrau als Verwandte auszugeben, die leider erkrankt zu Bett läge – jetzt, im letzten Augenblick, wurde mir klar, daß wir damit genau das Gegenteil erreichen würden: war wirklich ein Arzt mit unter den Männern, so brauchte er nur anzubieten, die Kranke zu sehen und zu untersuchen, und schon war es um Frau Twardowski geschehen. Nein, es gab überhaupt keine Ausrede, es gab nur die Hoffnung, daß man gar nicht wegen der Geflüchteten kam, sondern – Aber da waren sie schon. Ich hörte Werner mit ihnen sprechen, nie verließ ihn die Ruhe und Besonnenheit in kritischen Situationen, und in diesem Falle, glaube ich, gab ihm die Verachtung, die er für dergleichen Landsleute empfand, auch die unbedingte Überlegenheit im Umgang mit ihnen, er konnte dann fast heiter sein. Ich ging zum Schrank, in dem der Cognac stand, wovon man ihnen –‹

(Ich lasse das Blatt sinken, Pause.)

– Soweit. Über den Ausgang der Sache erfahren wir leider nichts.

DER VORSTEHER: Schade. Und Sie haben keine Ahnung, wie es weiter ging?

– Nein. Es ist untergegangen in der Flut von Briefen, Tage-

büchern, Protokollen, die damals und noch Jahre danach als zweite Wirklichkeit aus der ersten sich speiste.
Der Vorsteher: Ihre mehrfach geäußerte Meinung, daß in solcher Situation alles möglich sei, auch das Unmöglichste, sollte die Hoffnung offenlassen, daß auch dieser noch fehlende Scherben wiedergefunden wird. (Scherben? Habe ich laut gedacht? Habe ich ihn zu diesem Vergleich ermuntert? Das Verhör macht mehr und mehr eine Art von Durchlässigkeit offenbar, zwischen den durch Zeiten und Räume getrennten Vorgängen, ebenso wie zwischen den auf sie bezüglichen Erinnerungen. Als ob durch die Bretter der Baracke das leise Schaben der Baumwipfel hörbar würde, die der Wind gegen das Dach drückt – sie ist nämlich zweistökkig, wir befinden uns im Erdgeschoß, was oben ist, weiß ich nicht. Vielleicht ganz einfach eine Wiederholung dessen, was unten ist, und wär's ein Wolkenkratzer, so würden es in jedem Stockwerk auch nur Wiederholungen sein von dem, was unten sich abspielt, die Phantasie solcher Schauplätze ist ganz beschränkt. Scherben, sagte er, ich sprach allerdings von einem Scherben, und Denken ist eine Art von Sprechen. Wenn ein Verhör sich erst eingespielt hat, wird es schon zu Vorwegnahmen oder Vermischungen kommen, die sonst ganz außer dem Bereich der Möglichkeit liegen – Scherben, also gut: Scherben –)
– Ein guter Vergleich, ich dachte schon ähnliches.
Der Vorsteher: Dokument 163 bitte.
(Jetzt bekommt endlich einmal wieder der Kommissar zu tun, dessen Statistenrolle vielleicht doch nur eine scheinbare ist. Er spielt sie nicht schlecht. Das Fräulein aber bekommt endlich einmal wieder Gelegenheit, eine Pause zu machen. Die Dokumente sind sicher in mehrfachen Abschriften vorhanden, die man an beliebiger Stelle ins Protokoll einfügen kann. Der Kommissar hat eine neue Mappe ergriffen, blättert kurz darin, entnimmt ihr ein paar beschriebene Seiten – handgeschriebene, wie ich bemerke, er legt sie vor mich hin, auf das Brett, ich traue meinen Augen nicht: ist es Marions Handschrift? Sie scheint mir vertrauter als die, in welcher mein zu Hause gebliebenes Original des ersten Teils abgefaßt ist. Man ist tatsächlich im Besitz des zweiten. Die Sache

nimmt mysteriöse Züge an. Selbst eingeräumt, daß die Scherbentheorie richtig ist – und ganz falsch ist sie bestimmt nicht! –, so geht das Zusammentreffen zweier so lange getrennt gewesener Teile eines Schriftstückes, jetzt in diesem Moment, hier in diesem Raum, doch fast zu weit: es sprengt die Theorie ins Wunderbare auf. Doch ich halte es in der Hand, das vermißte Fragment, und es paßt, es paßt haargenau zu dem meinigen: der Relativsatz setzt sich sinnvoll fort – ›wovon man ihnen ein Glas wird anbieten dürfen. Wodka – nein, den lieber nicht.‹ Ausgerechnet bei dieser Überlegung erfolgte die Trennung: ›wovon man ihnen‹, endet es unten – ›ein Glas wird anbieten dürfen‹, geht es oben weiter. Es sind offenbar nicht zwei zu verschiedenen Zeiten geschriebene Texte, es ist eine einzige, zusammenhängende, ohne zeitliche Unterbrechung erfolgte Niederschrift. Nutzlos zu fragen, wie die erste Hälfte in Alfred Cantors Besitz kam, er lebt nicht mehr, und wenn er noch lebte, würde er's bestimmt nicht ausplaudern. Er weigerte sich ja auch während seines einzigen Besuches bei uns, es zu verraten und den Namen seines Mittelsmannes zu nennen. Nutzlos, zu fragen, auf welche Weise die andere Hälfte hierher gelangte, in den Dokumentenschrank, ich verzichte darauf, die Frage zu stellen, man würde sie mir nicht beantworten – genug, es hat sich zusammengefunden, was zusammengehört, und ich werde nun erfahren, wie es damals weiterging, höchstwahrscheinlich viel phantastischer, als ich mir's hätte ausmalen können, wenn ich dazu je die Lust empfunden hätte. Ich bin Historiker, ich gebe nichts auf die Anstrengungen der Phantasie, ich überlasse das entweder den Romanschriftstellern – oder – ja, der Wirklichkeit selber, die doch im Grunde nichts anderes ist als eine Art von unablässig wirksamer und tätiger Vorstellungskraft, in welche wir einbezogen sind, mitsamt unserm Bemühen, die Wirklichkeit als solche zu erkennen; obwohl doch dieses ihr ›an sich‹ immer nur das unerkennbare Urbild der uns verliehenen Vorstellungskraft, sprich Phantasie ist, ein circulus vitiosus, ebensosehr zum Weinen wie zum Lachen –. Ach, Marion, du hattest diese fast geisterhafte Fähigkeit, im richtigen Moment einzutreten und einzugreifen, du warst der Stern meiner Kindheit, ein still und innig leuchtender, und ich empfinde die dauernde Nötigung, auf eine ganz andere Person mich zu besinnen und von ihr Zeugnis zu geben, nämlich auf Dieter Sandberg, jetzt noch unangenehmer als bisher. Ich hätte von dir, nur von dir erzählen sollen, von unsrer Freundschaft, unsrer Liebe, die allerdings etwas Grenzenloses hatte und wahrscheinlich mit die Ursache dafür war, daß ich mich nicht verheiratet habe, während du – Aber deine Ehe stand von vornherein unter dem stillen Druck des Verzichtes, seit der Trennung von Roman hattest du dich wieder ganz an mich angeschlossen, obwohl die neue Grenzziehung uns weit voneinander entfernte. Einsam konntest und wolltest du nicht bleiben: so nahmst du Werners Werbung an, ich weiß es. Ehe hat viele Formen, viele Variationen, weit hinaus über die bürgerlichen Vorstellungen, mit denen sie verwechselt wird. Es gibt unendliche Entfernungen in der Ehe, die sie nicht stören, und es gibt eine Nähe, die sie ins Wanken bringt. Hinter der Grenze lebtest du, ihr wußtet wenig voneinander und wart doch glücklich miteinander, es hätte so weiter gehen sollen bis ans Ende, an ein anderes, nicht gewaltsames, wie das war, das euch auslöschte: die Austreibung aus Prondy, der Soldatentod bei Monte Cassino. Orte, die miteinander nichts zu tun haben. Aber die Art des Endes hier und des Endes dort hatte miteinander zu tun, in beidem war der gleiche Hebel des Schicksals wirksam. Wie habe ich um dich gebangt, Marion, 1939, als die Grenzen zu brennen begannen, dann, als die neue Herrschaft, der wir schon sechs Jahre unterworfen waren, sich auch über euch, jenseits der alten Grenze, ausdehnte, und wieder, 1945, als der Blutschwamm alle Grenzen auswischte – von da ab habe ich dich gesucht, im Niemandsland, in das sich die Provinzen verwandelt hatten, vergeblich, es gab dich nicht mehr, und nach Prondy, das es natürlich noch gab und heute noch gibt, konnte ich nicht, und wenn ich gekonnt hätte, was hätte ich vorgefunden? Wir treten alle einmal still hinter den Vorhang zurück, vor dem wir eine kurze Zeit jeder seinen kleinen, bescheidenen Auftritt hatten, aber wenn ich an dich denke, Marion, ist mir, als läge um deinen Auftritt das abendliche, goldne Rampenlicht und strahlte dich von unten her an, wie damals in unserm Theaterchen die Rose Bernd, du warst davon ganz hingerissen. Und das hier, was ich in Händen halte, und das, was sie da als Dokument 163 ausgebreitet haben – gleich wird es vorgelesen werden –, hat für mein Empfinden, eben jetzt, ich gerate da auf einen ganz seltsamen Nebenweg, etwas von einem Theaterprogramm, es ist nicht das Stück selbst, es ist die Erläuterung des Stückes, und daß du diese selbst geschrieben hast – keine Abschrift, es trägt die Züge deiner Hand –, macht es vollkommen märchenhaft. Marion, ist es möglich, daß deine Erinnerung an Roman stärker war als alle Wirklichkeit deiner Ehe mit Werner Dombrowski? Daß er dir ein für allemal zugesprochen war und auch blieb, bis zuletzt, als du diesen Wintertod starbst, irgendwo auf der allgemeinen Flucht nach Westen? Ich weiß, du bist nie wieder in Fernau gewesen, du hast keinen von denen wiedergesehen, wolltest keinen wiedersehen, die damals die Anfangsgeschicke mit uns teilten. Nicht Alfred Cantor, nicht Gideon Hirschberg, nicht Otto Lansky, nicht – Und von ihnen allein ist keiner so früh dahingegangen wie Roman. Du gabst mir – jetzt erinnere ich mich – nachdem wir von seinem Tod erst ganz flüchtig gesprochen hatten, die Zeitung, in der man ihm einen schönen, ein bißchen oberflächlichen Nachruf gewidmet hatte. Ich las, du saßest dabei und schwiegst, bis ich ausgelesen hatte. Etwas mehr als zehn Jahre waren vergangen seit jener ersten Landnahme durch die Polen, und zehn Jahre genügen wohl kaum, um ganz vergessen zu machen, was vor der Landnahme war, auch wenn man, wie du, im Lande geblieben war. Ich blickte auf – und wußte, ohne dich zu fragen, daß du auf ihn gewartet hattest, all die Jahre. Du warst eine von den Frauen, die die erste Begegnung nicht vergessen können, die es bis in die Wurzeln getroffen hat, und immer wieder wird es aufleben und durchdringen, wie eine noch nasse Schrift sich im Löschblatt abdrückt, spiegelweise, aber genau. Den letzten Weg mußtest du allein gehen, sie waren dir beide vorangegangen, dein Geliebter und dein Mann, und du wünschtest, ihnen bald nachzugehen – aber was enthält diese zweite Hälfte deiner Erzählung, was ist in diesen Scherben eingeritzt an Linien und Zeichen? Wie ich richtig vermutete, ist es auch jetzt wieder der Kommissar, der die Blätter an sich nimmt, sich in seinem Bürostuhl zurechtsetzt und zu lesen beginnt – Dokument 163 – Dein Wort, Marion, und deine Stimme. Ich lausche –)

X

›– ein Glas wird anbieten dürfen. Wodka – nein, den lieber nicht. Wir sind in Deutschland.Ich begreife das nicht. Ich sollte mich vielleicht darüber freuen, aber ich bringe diese Freude nicht auf. Ich kann mit einemmal nicht Deutschland sagen. Daß wir jetzt zu dem Ganzen gehören sollen, das sich da weit nach Westen erstreckt, wieder gehören sollen – nein, ich begreife es nicht. Sie sagen, daß sie es zurückerobert haben. Aber mit was für Mitteln. Und sie setzen die Eroberung fort, mit nicht weniger furchtbaren Mitteln. Jan Twardowski heißt ihr jüngstes Opfer. Und da stehen sie, nebenan, und Werner spricht mit ihnen – ich merke seiner Stimme an, wie er sich in der Gewalt hat, der Gute, der Redliche. Sie lachen, sie können lachen. Sie sind offenbar ganz aufgeräumt. Führen vielleicht gar nichts Böses im Schilde. Sie sprechen deutsch. Ich würde jetzt lieber polnisch sprechen, würde am liebsten zu Frau Twardowski hinaufrennen und mich zu ihr ans Bett setzen und ihre Hände nehmen und zu ihr sagen: Ängstigen Sie sich nicht – wir stehen zu ihnen, wir gehören zu ihnen. Verrückt, aber das ist es, was ich empfinde. Ich möchte aus dem Deutschen ins Polnische fliehen – in ihre Sprache, in ihr Schicksal. Nur weg von diesen – diesen –
Sie traten ein. Nicht mehr fünf, sondern bloß drei. Die zwei andern hatten sich wieder nach draußen begeben, zu ihren Wagen. Ich hörte einen der Wagen aufrauschen, sie hatten anderes vor, sie entfernten sich. Und diese drei?
Die Herren haben nur ein paar Fragen, sagte Werner.
Alle drei verbeugen sich, ganz korrekt. Sagen aber nicht ihre Namen, das ginge zu weit in der Höflichkeit. Es ist ja auch kein Besuch, sondern – ja, was sonst? Starre Gesichter, strenge Mienen, nur flüchtig vom Entgegenkommen der Vorstellung belebt.

Meine Frau, sagt Werner. Er steht etwas hinter ihnen und blickt mich, nein, nicht warnend, sondern eher wie lächelnd, nur wie lächelnd, nicht wirklich lächelnd an. Er will mich beruhigen, natürlich. Ich bin auch nicht aufgeregt, ich bin nur – überrascht. Und das nun doch ziemlich heftig. Fast hätte ich meine Überraschung verraten. Erkennen nennt man so etwas. Wiedererkennen. Doch geschieht es nicht gleichzeitig, was die Sache einfacher gemacht hätte, nein, ich bin es, die ihn erkennt, wiedererkennt, während er – Unwillkürlich muß ich denken, ob ich denn schon so alt aussehe, Werner hat es immer bestritten, so oft ich eine Anspielung darauf machte. Nein, er erkennt mich nicht, und darum unterdrücke ich meine Überraschung und blicke gleich wieder an ihm vorbei und sage, so ins Allgemeine – nicht ganz passend, es läßt auf meine Verwirrung schließen, dummerweise –
Ja, seine Frau.
So, als ob ich das ausdrücklich versichern möchte, wo es doch niemand bezweifelt hat. Nicht einmal der da, denn er erkennt mich ja nicht. Marion Dombrowski. Ich trage eine Maske für ihn, die doppelte der Zeit und des Namens. Er hingegen – Und nun bricht es mir doch die fast krampfhaft verschlossenen Lippen, und es ist zugleich auch als ein Schachzug gemeint, insofern ich ihn nicht bei dem nehme, was er darstellt, sondern bei dem, was er ist, für mich ist, und zugleich auch eine wilde Lust, ihn zu überraschen, ihn aus dem Gleichgewicht, diesem so herrenhaft sicher zur Schau getragenen Gleichgewicht zu bringen –. Ein Arzt ist unter ihnen, hatte Frau Twardowski gesagt, und an seiner Uniform ist so ein Abzeichen, ich kenne mich nicht aus, aber ich täusche mich nicht. Ich richte den Blick wieder auf ihn und sage:
Sind Sie nicht Herr Doktor Sandberg?
Und, damit er ja nicht ausweichen kann:
Dieter Sandberg?
Er ist es und wird sich ja wohl zu seinem Namen bekennen. Die Uniform, die er trägt, setzt ein anderes Bekenntnis voraus.
Ja, sagt er – und ist doch um eine kleine Nuance blasser geworden. Sein Gesicht hat sonst eine gewisse Winter- und

Wetterröte, übrigens ein schmales, von zwei Kerben rechts und links vom Munde aufwärts und abwärts gezeichnetes Gesicht, in dem die vorstehenden Oberzähne sich wie ein unmotiviertes Zugeständnis an – ja, an eine sonst überwundene, weil unzulässige Individualität ausnehmen. Beim Lachen – und er lacht jetzt – treten die weißen Schneidezähne noch plastischer hervor. Warum lacht er? Nicht aus Verlegenheit, er wird für Überraschungen, besonders für unliebsame, immer dieses Lächeln haben, das die Überlegenheit des auf alles gefaßten Weltmenschen und Lebenskenners ausdrückt.

Allerdings, sagt er – verzeihen Sie, daß ich Ihnen meinen Namen nicht genannt habe.

Er unterbricht sich, das Lachen verschwindet, er mustert mich mit kühlem, forschendem Blick. Ich bringe es fertig, diesen mit einem Lächeln zu erwidern, das er sich deuten mag, wie er will. Ich habe ihm etwas voraus: ich weiß, wer er ist – er aber weiß nicht, wer ich bin oder wer sich hinter der Frau dieses ihm gleichgültigen deutschen Gutsbesitzers mit dem polnischen Namen verbirgt. Er kommt nicht darauf, also muß ich mich doch sehr verändert haben gegen damals. Ihn aber muß es verdrießen, seine Unkenntnis einzugestehen. Unkenntnis auch bei Werner. Nie in seinem Leben – in unserm Leben – hat er den Namen Dieter Sandberg gehört. Ist er ihm auch gleichgültig, so doch nicht, daß ich ihn kenne und ausspreche. Vielleicht ist er der am meisten Überraschte von allen hier im Zimmer. Ich müßte es ihm erklären. Statt dessen sage ich, immer noch den Blick auf – auf Dieter geheftet:

Sie werden es nicht gewohnt sein – bei Ihrer Tätigkeit.

Es kommt schärfer heraus als beabsichtigt. Der Mann wird ja richtig rot. Seine beiden Begleiter bemerken es und geben sich amüsiert.

Ein unverhofftes Wiedersehen also, sagt der eine, ein dikker, phlegmatischer Typ, in Zivil würde er noch unbedeutender aussehen. Seine Bemerkung zielt auf gewisse Zusammenhänge. Er irrt sich. Jetzt regt sich der dritte, man sieht ihm an, daß er sich unbehaglich fühlt, er greift in die Tasche, holt ein Etui heraus –

Wenn Sie erlauben –
Was bleibt mir übrig, als es zu erlauben. Ich nicke flüchtig, er setzt seine Zigarette in Brand, als gäbe er damit das Zeichen zum Übergang auf ein anderes Thema. Das Lächeln auf Dieter Sandbergs Gesicht kehrt wieder, fast ein wenig schüchtern – mein Gott, er ist es, und auf diesem Gesicht haben meine Blicke einmal anders geruht, immerhin war er mit Walter befreundet, oder –
Wenn Sie mir bitte erklären wollen, sagt er.
Mit mir selber unerwarteter Gelassenheit unterbreche ich ihn:
Ich hieß einmal Gregor. Marion Gregor.‹
DER VORSTEHER: Eine unverdächtige Zeugin dafür, daß Ihr Verhältnis zu Dieter doch wohl intimer war, als Sie zugeben wollen.
– Meine Schwester bezeugt es aus der Erinnerung, sie beurteilte es von dieser unerwarteten Gegenüberstellung her –. Übrigens stünde es mir schlecht an, mein einstiges Verhältnis zu Dieter unter dem Druck des Verhörs bagatellisieren zu wollen.
DER VORSTEHER: Überrascht es Sie nicht, Dieter auf diese Weise zu begegnen?
– Ich hatte mit dem Gedanken daran wohl gespielt, aber, wie gesagt, die Wirklichkeit übertrifft unsere Vorstellungskraft ebenso, wie sie unser Erinnerungsvermögen paralysiert.
DER VORSTEHER: Es fällt Ihnen schwer, Ihre Überraschung zu verbergen.
– Muß ich sie verbergen?
DER VORSTEHER: Fahren Sie fort.
(Der Kommissar liest mit geschäftsmäßiger Stimme. Auch diese zweite Hälfte des Textes wird ihre Geschichte haben. Der menschlichen Tragödie folgt, wenn sie abgeschlossen ist, immer noch dies gespenstische Nachspiel, bestehend aus papiernen Hinterlassenschaften, über die sich gierige oder gleichgültige Blicke beugen, selten auch liebevolle, und die noch trockener rascheln als das Laub der welkenden Kränze. Endlich zerstreut sie ein Windstoß hierhin und dorthin, die Archive füllen sich mit dem beschriebenen Staub, in gelben Büroschränken modern Liebesbriefe in Gesellschaft

mit Todesnachrichten, Mietsverträgen und Protokollen. Was ist der Mensch, daß du seiner gedenkest. Gibt es eine ewige Erinnerung, die nichts vergißt, in der die Vergessenen geborgen sind auf immer? Der Kommissar liest mit geschäftsmäßiger Stimme – aber ich höre Marion –)

›– nicht befreundet, ich weiß es nicht mehr, sie besuchten dieselbe Schule, saßen in derselben Klasse, aber sonst –. Doch, Dieter kam zu uns ins Haus. Ich hatte ihn ganz aus den Augen verloren, sie waren damals ja auch fortgezogen, Buchhändler Sandberg, mit seiner Schwester und seinem einzigen Sohn, es war wohl das letzte deutsche Abiturium, das Dieter und Walter machten. Ich erinnere mich, daß Dieter Medizin studieren wollte, das hat er getan und hat es offenbar ziemlich weit gebracht. Es ist eigentlich ganz verrückt, er steht vor mir, er ist es, ist es nicht, ich kenne ihn, kenne ihn nicht, und was mich sofort gegen ihn eingenommen hat, das ist diese für einen Arzt so fatale Uniform, was hat er auch in dieser Gesellschaft zu suchen –

Dann setzen wir uns um den runden Mahagonitisch mit der Filetdecke, ganz bürgerlich. Ich biete Cognac an, sie nehmen die Gläser und trinken, sie setzen die Gläser wieder hin, aber so war es doch wohl nicht beabsichtigt, sie hatten doch wohl anderes vor, hat ihnen der eine Augenblick vorhin, meine paar Worte, das Konzept verdorben? Oben im Fremdenzimmer hält sich Frau Twardowski versteckt. Es ist etwas geschehen, etwas Böses, man sollte darauf zu sprechen kommen, warum zögern sie? Über diese Frage fährt gleich eine andere, ganz dumme Frage, nämlich die, ob wir uns nicht eigentlich Du sagen müßten, Dieter und ich, damals sagten wir es, und wir sind nicht im Unfrieden voneinander gegangen. Vater war kurz nach Kriegsende gestorben, Mutter blieb in B. zurück, ein Jahr nur, dann zog sie fort, zu Walter, der in Deutschland studierte, alles auseinander, zerstreut, mir ist, als blickte ich auf einen flimmernden, mit Rissen bedeckten Film, es bewegt sich, aber es lebt nicht, mich fröstelt, und ich möchte dem allen am liebsten ein Ende machen –

Dann sagt Dieter Sandberg: Ich gestehe, daß ich zuerst doch ziemlich konsterniert war, gnädige Frau.

Also nicht Du. Einverstanden. Ein Fremder. Walter müßte hier sein. Das würde es mir erleichtern. Männer finden sich in solchen Situationen besser zurecht.
Machen Sie sich nichts draus, sage ich. Ein Zufall, weiter nichts.
Meine Stimme klingt hart, fast ein wenig schrill. Jetzt sagt Werner:
Dann müssen Sie sich doch einmal schon früher begegnet sein.
Und ihn müßte es eigentlich wundern, daß ich ihm davon nie erzählt habe. Aber er hatte mich auch nie danach gefragt. Natürlich war von B. ab und zu zwischen uns die Rede, er kannte es flüchtig. Aber nicht von den Menschen. Er lebte immer viel mehr mit der Natur als mit den Menschen. Er war eigentlich menschenscheu. So ist auch seine Frage jetzt mehr ein Versuch, das Schweigen zu überbrücken, das sich zwischen uns drängt, gleichsam als würde uns von irgend jemandem Schweigen geboten.
Ich weiß auch, von wem. Er ist nicht unter uns. Er hat aber oft an diesem Tisch gesessen, wir haben miteinander Schach oder Skat gespielt an den langen Winterabenden, wir waren ja Nachbarn. Wir, Werner und ich, wissen nicht, wohin sie ihn geschleppt haben, aber die drei Männer wissen es, auch Dieter wird es wissen, ich muß ihn fragen, darf ich ihn fragen? Schrecklich quälend dieser Besuch. Laut sage ich:
Früher, ja, aber das ist lange her, nicht wahr, Herr Doktor?
Wo denn, möchte Werner wissen.
In B., sage ich. Auch unsere Eltern kannten einander.
Sie kannten einander, aber verkehrten nicht miteinander. Der alte Sandberg – nein, das war nichts für meine Eltern. Sie hielten ihn für einen Freigeist, einen Wirrkopf, einen Revolutionär. Walter mochte ihn gern und war oft bei Sandbergs. Fern, sehr fern, blaß, sehr blaß. Und doch regt es sich jetzt und tritt deutlicher heraus aus seiner Ferne und Blässe. Seltsame Magie des Wiedersehens. Einer, der meine Eltern kannte, der Walter kannte, der –. Nein, es ist nicht nur Abwehr, was ich empfinde, es ist auch eine leise Freude dabei. Wenn er nun nicht –. Schweigen. Jan Twardowski gebietet Schweigen. Es ist noch hell im Zimmer, der Schnee leuchtet

herein. Wir haben noch nicht ein halbes Dutzend Sätze miteinander gesprochen. Es fängt an, mich zu irritieren.
Der Alkohol muß helfen, die Zungen zu lösen. Wieder setzen sie die Gläser an die Lippen, stürzen den Inhalt mit einem Zug hinunter, hüsteln, rücken hin und her. Doch ehe erneutes Schweigen eintritt, nimmt Dieter noch einmal das Wort, und zwar wendet er sich an Werner. Ich sitze auf dem Sofa, Werner links von mir auf dem Stuhl, ich berühre mit meinem Fuß den seinen, drücke ihn, zum Zeichen, daß er jetzt zuhören soll. Werner gibt den Druck zurück. Er hält die Augen groß gegen Dieter gerichtet, es ist so seine Art – obwohl er menschenscheu ist –, die Menschen groß anzusehen. Mich hat das immer gerührt: fast als wundere er sich, daß da ein Mensch vor ihm stand und ihn anredete. So auch jetzt. Herr Dombrowski – Dieter sitzt straff aufgerichtet, er blickt an Werner vorbei zum Fenster, es ist nichts Persönliches mehr, es ist Dienstliches, Amtliches –, Herr Dombrowski, ich freue mich, so unerwarteterweise – Sie verstehen mich – Er setzt den Satz nicht fort, er kommt zur Sache, ich beobachte ihn schräg von der Seite, wie er sich zu seiner Sache vortastet, er hat eine gewisse Schwierigkeit nach dem, was voranging.
Was uns aber eigentlich hergeführt hat, ist nun doch etwas anderes.
Nach seiner Uniform zu urteilen, müßte es etwas Ärztliches sein, aber da käme höchstens Jan Twardowski in Frage, den sie zerschlagen haben, an ihm könnte er tun, was in solchem Falle, nach menschlichen Begriffen, zu tun ist.
Nämlich – er macht eine Pause, wie um es so genau wie möglich zu präzisieren, aber es tönt mit diesem Nämlich auch etwas von damals mit, richtig, dieses langgezogene Nämlich, es war ihm damals schon eigen, er leitete damit gewisse Gedankengänge ein, die ihm wichtig waren, Herr Nämlich, nannte man ihn nicht so –. Nämlich – nämlich was? –
Er möchte also wissen, ob wir mit den Leuten im Forsthaus – so drückt er sich aus – Verbindung gehabt hätten. Werners großer Blick ruht auf ihm, er wird die Wahrheit erfahren. Selbstverständlich, sagt Werner, wir sind ja Nachbarn. Seit vielen Jahren. Ein bißchen weit ist es wohl, aber die andern

liegen auch nicht näher.
Welche andern?
Die andern Güter.
Deutsche?
Teils deutsche, teils polnische.
Nachbarn, sagten Sie.
Werner nickt, wiederholt aber das Wort nicht. Es ist ein gutes deutsches Wort, gilt aber nicht nur in Deutschland, wenn es da noch gilt. Es gilt auch hier, für uns jedenfalls hat es gegolten, solange wir hier wohnen.
Ich meine, erläutert sich Dieter – Sie haben auch nachbarlich miteinander verkehrt?
Gewiß, sagt Werner.
Auch mit diesen Twardowskis?
Ich sagte es ja schon – Werners Stimme ist um einen Grad heller und schärfer.
Dann, setzt Dieter seine Erkundung fort, dann ist Ihnen auch bekannt, was für eine Einstellung Herr Twardowski zu den neuen Verhältnissen hat.
Er ist Pole, sagt Werner.
Eben, fügt Dieter tiefsinnig hinzu.
Schweigen. Diesmal ist es der Dicke, Blonde, der es unterbricht.
Es hat sich als nötig herausgestellt, sagt er, Herrn Twardowski in Schutzhaft zu nehmen.
In Schutzhaft – warum?
Werner tut nicht erstaunt, er ist es. In seinen großen Augen kommt eine mir vertraute Dunkelheit auf.
Weil er sich in ganz unmöglicher Weise über gewisse Maßnahmen geäußert hat.
Mir, sagt Werner, und verbessert sich gleich: uns ist Herr Twardowski als ein ruhiger und besonnener Mensch bekannt. Als ein korrekter Beamter.
Soweit, fährt der Dritte dazwischen, bei polnischen Beamten von Korrektheit die Rede sein kann.
Schweigen. Ich sehe nicht ein, warum ich es nur den Männern überlassen soll. Und ich bin, nach dem Vorangegangenen, sicher, daß Dieter mich ausreden lassen wird, die Erinnerung verpflichtet ihn dazu.

Wir wohnen hier seit zwanzig Jahren, Herr Doktor. In so langer Zeit bilden sich ganz von selbst bestimmte Formen des Zusammenlebens heraus. Auch zwischen Polen und Deutschen. Wenn es Sie interessiert –

Er hebt, milde abwehrend, den Arm.

Versteht sich, sagt er, versteht sich. Nur – die Dinge haben sich grundlegend geändert. Damit auch – jene Formen des Zusammenlebens, von denen Sie sprachen.

Er erinnert sich also nicht mehr. Er hat es abgetan. Oder war er schon damals dagegen? Schrieb er mir nicht einen Brief, nach der Aufführung im Sommertheater, wie lautete es doch – Wahrscheinlich geht dein Mißtrauen auf Romans Einfluß zurück. Zwischen Roman und mir sind die Brücken abgebrochen. Ein für allemal. Und du wirst auch noch deine Enttäuschungen mit ihm erleben. So ungefähr. Vor zwanzig Jahren. Außerdem war er völlig unmusikalisch. Ich bin dr gutt, sagte Rose Bernd. Ja, ich war dir sehr gut, Roman, und ich werde das nie vergessen, nie ableugnen. Es hätte ein Zusammenleben für immer werden sollen. Ich sage das, ohne damit etwas gegen Werner zu sagen, mit dem ich ja wirklich glücklich gewesen bin bis heute –.

Zusammenleben – ja, das mußten wir doch. Und in zwanzig Jahren gelingt es auch. Sie haben es nicht kennengelernt. Wollen Sie, daß wir das jetzt einfach ausstreichen und ableugnen? Diese zwanzig Jahre?

Ich sage mehr, als ich sagen wollte. Ich greife ihn an, er fühlt es und sieht mich an, als hätte ich ihn ganz grundlos angegriffen, so erstaunt.

Nicht doch, nicht doch, gnädige Frau –

Damals sagte er: Marion.

Ich habe auch gar nichts zu wollen und zu wünschen, ich möchte nicht mißverstanden werden. Am besten, wir lassen das. Um es kurz zu machen: Herr Twardowski hielt es für richtig, zur Waffe zu greifen. Es gelang, sie ihm zu entwinden.

Schweigen. Es ist dem Erzähler nicht ganz wohl unter Werners nicht von ihm lassenden großen Blick.

Ich kann mir das kaum vorstellen, sagt Werner.

Aber der Dicke, Blonde erwidert jetzt mit der Frage, die wir

schon eher erwartet hatten:
Eigentlich sind wir ja nur hergekommen, um zu erfahren, wo sich Frau Twardowski befindet.
Er blickt sich bei diesen Worten ganz vergnügt um, zutraulich, könnte man sagen, und sicher drückt sich darin seine Überzeugung aus, daß wir es ihm sagen können, daß wir es wissen.
Wir sind von dem allen ganz überrascht, sagt Werner. Wir haben die Twardowskis, ich glaube, seit – seit Ende Oktober nicht gesehen. Die Herren konnten sich davon überzeugen, daß es ein ziemlich weiter Weg ist zwischen hier und dort. Wir haben kein Auto. Dazu das Wetter. Die telefonische Verbindung ist auch seit längerem gestört. Allein schon aus diesen Gründen ist das Zusammenleben schwieriger geworden.
Werner trägt das alles ganz gelassen vor. Er ist, wie ich merke, entschlossen, die Partie zu gewinnen. Im Schach reicht ihm so leicht keiner das Wasser. Ich bin gespannt auf seine nächsten Züge.
Aber – Frau Twardowski hat das Haus verlassen, sagt der Dritte, mit der Miene des grundsätzlich Mißtrauischen.
Sie war abends gekommen. Der Schnee hat ihre Spuren längst zugedeckt. Wir sind hier auf die Hilfe der Elemente angewiesen.
Ziemlich leichtsinnig bei diesem Wetter, sagt Werner. Sie würde es wohl kaum gewagt haben, wenn sie nicht mit der Möglichkeit gerechnet hätte, anderswo Aufnahme zu finden, sagt Nummer zwei. Dieter schweigt.
Dieses Gespräch, das fast die Form eines Verhörs annimmt, rückt seltsam schwerfällig vom Fleck. Sie könnten es viel kürzer machen, sie brauchten bloß mit der Haussuchung anzufangen. Warum zögern sie? Weil die Einleitung ihnen dazwischen kam, dies unerwartete Aufflammen eines längst erloschenen Feuers? Dann ist es Dieter, der ihre Handlungsfreiheit dämpft. Und Erinnerung, was wie Sand ins Getriebe der Verfolgung stäubt. Die Toten leben. Dieter legt die Handschuhe vor sich auf die Filetdecke. Und ohne aufzublicken, sagt er:
Es wäre nämlich denkbar –

Gleich stockt er wieder. Hier ist einer dem andern im Wege. Wie Dieter seinen beiden Männern, so ich ihm. Und daß es so ist, vielmehr, daß er das empfindet, das läßt in dem Bild, das ich vor mir habe, nun doch ein anderes, weit entferntes, näher heranrücken und es leise verändern. Mein grundsätzlicher Widerwille gegen diese Leute, zu denen Dieter gehört, erfährt eine leichte Dämpfung, ganz gegen meinen Willen, ich entdecke die Spur einer menschlichen Schwäche, sie sind nicht so stark, wie sie sich geben: Dieter – denn was gehen mich die beiden andern an – ist nicht so stark, wie er sich gibt. Er war es auch damals nicht. Er hatte Gründe, sich unterlegen zu fühlen, Walter gegenüber wie erst recht Roman gegenüber. Einmal wollte er mich küssen, ich stieß ihn zurück. Da war der Krieg schon zu Ende. Romans Vater gefallen, mein Vater schwer krank zurückgekommen. Ich war wütend auf Dieter. Ich bin es nicht mehr so sehr wie noch eben. Auch daß er vorhin errötete – Aber geht es um Roman? Nein, es geht um Jan Twardowski. Und um seine Frau, die im Zimmer oben liegt und sich ängstigt.

Es wäre nämlich denkbar – daß sie bei Ihnen –

Die beiden Begleiter werfen sich einen leicht zu deutenden Blick zu. Doch Dieter vollendet den Satz nicht. Er ergreift seine Handschuhe, lehnt sich ein wenig zurück, streicht sich mit der andern Hand über das schüttere, immer noch blonde Haar – immerhin muß er jetzt Ende dreißig sein, wie ich, verheiratet ist er auch, ob er Kinder hat, man sollte eigentlich darüber sprechen können, anstatt –

Nein, unterbricht er sich. Ich habe in dieser Hinsicht eigentlich keinen Auftrag. Ich werde das schon irgendwie ordnen. Ich – nein, heute nicht. Verzeihen Sie.

Er sagte das alles mehr vor sich hin, als daß er sich an uns oder seine beiden Männer wendete. Es war ein Rückzug. Er stand auf, die beiden Männer erhoben sich mit ihm, merkwürdige Zeremonie, halb militärisch, halb gesellschaftlich, und dazu diese bis zuletzt anhaltende Stimmung von Gefahr – Ich war ziemlich erschöpft. Werner bemerkte es, trat neben mich, stützte mich mit der Hand gegen meinen Ellenbogen. Bei dieser Bewegung streifte er vom Aufsatz meines Mahagonischreibtisches – unser Haus war reich an altem

Mobiliar – eins der dort stehenden Bilder herab, er bemerkte es nicht gleich, wohl aber Dieter, der sich bückte und es aufhob, wobei er einen Blick auf das Glas warf. Es entging mir nicht, und ich sagte, als er mir das Bild zurückreichte: Da Sie mich nicht wiedererkannt haben – wer ist nun dieser hier?
Und wieder errötete Dieter. Er wußte es nicht.
Mein Bruder Walter, sagte ich. Daß Sie auch ihn nicht wiedererkennen.
Ach, sagte er. Darf ich noch einmal sehen.
Ich gab ihm die Aufnahme, er betrachtete sie, und seine Lippen lösten sich zu einem kleinen Lächeln, wobei die Oberzähne stärker hervortraten.
Ich muß ehrlich zugeben, sagte er dann, daß ich auch ihn nicht wiedererkannt hätte.
Ich zweifelte nicht an der Ehrlichkeit dieser Worte. Vielleicht muß man schon etwas von den ›besonderen Merkmalen‹ besitzen, nach welchen bei Ausfertigung eines Passes gefragt wird, um von jemandem, dem wir nach zwanzig Jahren wieder begegnen, wiedererkannt zu werden, und solche Merkmale sind weder Walter noch mir eigen. Ich stellte das Bild wieder an seinen Platz. Noch einmal war unsre private Beziehung, gleichsam den Anfang der Begegnung bestätigend, deutlich geworden. Als Dieter nun wissen wollte, was aus Walter geworden sei, wo er jetzt lebte und so weiter, gab ich ihm kurz Bescheid.
Merkwürdig, meinte er dann, daß man sich in der ganzen Zeit nicht begegnet ist.
Es wird eben an der Zeit gelegen haben, sagte ich. Und in unserm Falle natürlich an den Grenzen.
Die von jetzt ab glücklicherweise keinen Trennungsgrund mehr abgeben, sagte Dieter.
Ich zuckte die Achseln. Er sprach von einem Glück, das ich nicht empfand. Mir bedeutete es eher ein Unglück, aber das ging ihn nichts an, das würde er nie verstehen. Unter Bedingungen wie diesen wäre es besser gewesen, einander nicht noch einmal zu begegnen. Dankbarkeit überströmte mich – gegen Werner, daß er keiner von jenen war, daß er der war, als den ich ihn kannte und in dieser halben Stunde wiederer-

kannte: ja, das war das eigentliche Wiedererkennen, aus dem der da, Dieter Sandberg, mochten uns auch jahrelange gemeinsame Erinnerungen verbinden, ein für allemal ausgeschlossen war. Nun aber nahm er unsre Erinnerung zum Vorwand, um gleich noch eine weitere Begegnung zu vereinbaren.

Wenn Sie erlauben, sagte er, würde ich gerne noch einmal hierher kommen, ganz ohne dienstlichen Auftrag, ganz privat – es bewegt einen doch –.

Es bewegte ihn also. Wirklich? Aber warum eigentlich nicht? Mich bewegte, was aus den Twardowskis werden sollte. Und im Gedanken daran hielt ich es für richtig, seinen Wunsch nach einer erneuten Begegnung nicht auszuschlagen. Vielleicht, daß man ihm dann reinen Wein einschenken könnte. Seine Uniform stimmte nicht ganz mit dem Menschen überein, der sie trug. Er hatte noch menschliche Reserven, wie mir schien. Es tat mir fast leid, daß er jetzt gehen mußte. Aber seine Begleiter drängten schon. Er gab nach und verabschiedete sich.

Wir begleiteten ihn bis vor die Haustür, sahen die Männer in den Wagen steigen, immer noch fiel Schnee. Der Hof lag totenstill unter dem weißen, weichen Laken. Dieter grüßte noch einmal mit erhobener Hand. Werner machte eine kaum wahrnehmbare Verbeugung, ohne eine Hand zu rühren. Ich stand mit untergeschlagenen Armen – wir haben sicher keinen einladenden Eindruck gemacht. Aber er hatte sich selber eingeladen. Man mußte auf sein Wiederkommen gefaßt sein. Wir traten ins Haus zurück. Und hier, noch im Flur, fiel ich meinem Mann um den Hals und weinte mich erst einmal aus. Sagte ihm auch, daß ich ihm so dankbar wäre.

Er streichelte mich und sagte kein Wort. Dann gingen wir zu Frau Twardowski hinauf.

Sie saß auf dem Bett, fertig angezogen zur Flucht, im Mantel, ein Tuch um das dunkle Haar geschlungen.

Gott sei Dank, da sind Sie wieder, rief sie und stand auf. Dann wollte sie wissen, wie es gewesen wäre. Und erst jetzt wurden wir eigentlich inne, daß die drei Männer uns gegenüber sich doch sehr schweigsam verhalten hatten in bezug auf das, was wir so gerne in Erfahrung gebracht hätten. Es tat uns leid, wir wußten kaum mehr jetzt, als wir vor dem Eintreffen der drei gewußt hatten. Nur eben, daß Herr Twardowski zur Waffe gegriffen habe –

Ja, sagte Frau Twardowski, das hat er. Aber erst, nachdem einer von den Männern – nein, nicht der Arzt, der sich an dem allen überhaupt nicht beteiligt habe – Jans Lieblingshund erschossen hatte.

Und warum das?

Sie waren betrunken.

Und wann haben sie Ihren Mann fortgeführt?

Am späten Nachmittag, es dunkelte schon.

Und es stimmt, daß sie ihn vorher geschlagen haben?

Ich habe ihn schreien hören.

Haben Sie ihn noch einmal gesehen?

Nein.

Werner fragte, in seiner ruhigen Art, Frau Twardowski gab Antwort, auch sie schon beruhigter.

Und ist außer Ihrem Mann noch jemand verhaftet worden?

Lena. Sie hatte sich – obwohl sie doch erst vor ein paar Wochen operiert worden war – den Männern in den Weg gestellt. Ich habe das noch mitangesehen. Sie war ja immer wie außer sich, wenn sie irgendwo Unrecht geschehen sah. Man mußte sich in acht nehmen, auch in der Familie. Jan meinte immer, an ihr sei ein Erzengel verlorengegangen. Dabei ist sie nur schmal und zierlich und oft krank. Aber das wissen Sie ja.

Frau Twardowski sagte das in einem Ton, als wären wir Fremde. Sie stand vor den Trümmern ihres Lebens. Wir waren einstweilen noch unberührt geblieben vom Zugriff des Entsetzlichen. An uns war es, ihr zu helfen. Von Trösten konnte keine Rede sein.

Am andern Tage, Sonntag, dritter Advent, fuhr Werner mit dem uns noch verbliebenen leichten Wagen zur Försterei. Er fand dort niemanden außer dem Hausmädchen und dem Knecht. Beide waren verängstigt und scheuten sich, von dem zu sprechen, was vorgefallen war. Im Garten lag der erschossene Jagdhund. Werner ging umher und überzeugte sich, daß eine Plünderung nicht stattgefunden hatte.

Weißt du, sagte er, so wird es später einmal überall aussehen.

Später? Woran dachte er? Heute weiß ich es. Er sah sehr weit voraus. Er hatte ein überaus feines Gefühl für Künftiges.

XI

›Kaum waren vierzehn Tage vergangen, erschien Dieter Sandberg noch einmal in Prondy. Diesmal ohne Begleitung. Ganz privat. In Uniform natürlich, aber er steckte darin noch ungeschickter, schien mir, als neulich. Militärisch war alles in Ordnung, doch drang durch den äußeren Umhang die durch nichts zu verhüllende Unsicherheit, die im Verlaufe seines Besuches immer mehr zunahm. Im Grunde war er uns ausgeliefert die ganze Zeit. Wir nutzten das nicht aus. Wir waren aber zugleich auf der Hut.
Nach Tisch – es war am Sonntag nach Weihnachten, ein sehr milder Tag, gelbes, träges Sonnenlicht dünstete über dem Lande, und Dieter war kurz vor Mittag gekommen – fragte er, ob wir nicht einen Spaziergang machen sollten. Werner lehnte ab, redete mir aber zu. Beim Essen hatten wir über alles mögliche gesprochen, wobei natürlich im Hintergrund immerfort die Frage nach den Twardowskis stand. Von Jan hatten wir nichts wieder gehört. Seine Frau war, nachdem sie eine knappe Woche bei uns zugebracht hatte, zuerst in ihr Haus zurückgekehrt, von da zu Verwandten weitergereist. Im Verlauf des Gesprächs lenkte Werner die Rede auf eben diesen Punkt – um Dieter ganz offen zu bekennen, daß wir Frau Twardowski damals bei uns aufgenommen hätten.
Ich konnte es mir denken, sagte Dieter, ich war darum bestrebt, möglichst bald wieder aufzubrechen, damit die andern nicht erst auf dumme Gedanken kamen.
Er sagte das ebenso offen, wie Werner zu ihm gesprochen hatte. Und ohne eine Betonung, die darauf schließen ließ, daß er sich auf sein Verhalten etwas zugute täte. Er war recht sympathisch in diesem Augenblick. Ganz der alte Dieter, hätte ich beinahe gesagt. Unsre Frage, was aus Herrn Twardowski geworden sei, konnte er uns nicht beantworten

– er wußte es nicht.
Ich bin, wie Sie mir glauben dürfen, sagte er, in die ganze Sache ohne meinen Willen hineingezogen worden. Ich war eingeladen worden, zur Jagd, zum Jagdessen, ich sah nicht ein, warum ich die Einladung ablehnen sollte.
Und wenn Sie sie abgelehnt hätten, fragte Werner mit großen Augen.
Dieter überhörte die Frage.
Ich war ärgerlich, sagte er, es war mir unangenehm und –. Ja, ich befürchtete, daß sie auch hier Ähnliches inszenieren würden, und fuhr darum mit ihnen hierher. Ohne zu wissen, ohne zu ahnen, wem ich hier begegnen würde.
Er wurde wärmer und lebhafter bei diesen Worten und schloß eine lange Erklärung daran, wie sehr es ihn bewegt habe – vielmehr erst überrascht, ja erschreckt habe, dann sehr bewegt, wirklich sehr bewegt. Sie können es mir glauben, versicherte er immer wieder, und es war ihm bestimmt ernst damit. Dennoch bewahrten wir beide, Werner und ich, Zurückhaltung. Es lagen nicht nur die zwanzig Jahre zwischen uns, sondern – eine Entscheidung, die sich darin dokumentierte, daß Dieter zu jenen gehörte, wir aber –. Ja, zu wem gehörten wir eigentlich? Das hatten wir uns noch am Tage von Herrn Twardowskis Verhaftung gefragt. Daß wir nicht zu jenen gehörten, darüber war keine Frage. Nun aber wußten wir nicht, ob jene als die wahren Sendboten Neudeutschlands anzusehen seien, ob es außer ihnen andere gäbe, die anders dachten und anders handelten. Wir wußten über Polen besser Bescheid als über Deutschland. Wir wollten nicht voreilig urteilen, wollten erst Erfahrungen sammeln, hatten freilich in den drei Monaten seit Beendigung des Feldzuges ziemlich düstere Erfahrungen gesammelt, besonders Werner, der viel eher als ich die Überzeugung gewann, daß, wie er sich ausdrückte, die neuen Herren des Landes mit Blindheit geschlagen seien, und, nicht wahr, wen Gott verderben will, den schlägt er eben mit Blindheit. Er schilderte noch einmal die Twardowskis, erwähnte jetzt auch Lena, die doch nur in einer verständlichen Aufwallung sich eingemischt habe, und gab Dieter zu verstehen, daß es eine alte deutsche Schwäche sei – gelinde ausgedrückt! –, es

gerade mit den Menschen und Völkern, die man gewinnen wollte, dadurch zu verderben, daß man sie als minderwertig hinstelle und ihnen gegenüber den Herrn herauskehre. Wenn Sie in B. aufgewachsen sind, sagte er, dann werden Sie vielleicht Erinnerungen an ein ähnliches Verhalten haben, obwohl, soweit ich mich erinnere, wir sind ja wohl ungefähr gleichaltrig, damals noch bessere Umgangsformen herrschten als heute.
Dieter gab das zu.
Ich bin Militärarzt, sagte er, und kann mir natürlich nicht aussuchen, wo ich meinen Dienst tun möchte. Gerne bin ich nicht nach Polen gekommen. Ich hätte gewünscht, im Westen eingesetzt zu werden. Aber – wir stehen ja erst am Anfang.
Wovon? fragte Werner.
Des Krieges, erwiderte Dieter.
Werner schwieg.

Nach Tisch unternahmen wir den von Dieter vorgeschlagenen Spaziergang. Zum See, dem Glanzstück unserer Gegend. Zwar mußte man ihn im Sommer und Herbst sehen, wenn man ihn in seiner vollen Schönheit erleben wollte. Doch legte auch die milde Wintersonne jetzt um ihn einen Kupferglanz, der – zusammen mit der Widerspiegelung in dem stahlblauen Gewässer – in mir, wie in früheren Jahren auch, die Erinnerung an kaum noch bewußte Träume hervorrief. Ich träumte oft von idealen Landschaften, obwohl ich doch nie in ein anderes Land gekommen bin.
Der Abgrund der Jahre war nicht zu überbrücken, wie im Rösselsprung gerieten wir von einem Gegenstand auf den andern, immer leise versucht, stillzustehen und haften zu bleiben, doch die Scheu war stärker, nichts wurde wirklich deutlich: wir wühlten gewissermaßen in einem Haufen von bunten Schachteln, ohne eine einzige zu öffnen. Namen tauchten auf, um gleich wieder auszulöschen. Von Roman war flüchtig die Rede, Dieter wußte nichts von seinem frühen Tode. Er sagte:
Ich verstehe von Musik so gut wie nichts. Ich habe mich damals auch nicht wie andere danach gedrängt, Roman spielen

zu hören. Ein einzigesmal nur – Und dann erzählte er kurz von einem Sonntagnachmittag, wie sie mit Roman – er und Walter – das Schloß an der Weichsel besichtigten und Roman ihnen im Musiksalon Chopin vorspielte. Und fügte hinzu:
Sicher war er ein genialer Mensch.
Für diese Bemerkung, die er ganz beiläufig machte, war ich ihm dankbar und verzichtete infolgedessen darauf, ihn an seinen Brief zu erinnern, in dem er mich vor Roman gewarnt hatte. Nichts mehr von Roman. Ich hatte es mit dem jetzigen Dieter zu tun, der unter so peinlichen Umständen in unser Haus gekommen war, daran mußte ich ihn erinnern –. Nicht an Roman Januschewski, sondern an Jan Twardowski. Ich tat es, und er nahm es ohne ein Zeichen des Unwillens hin. Ich kann mir gut vorstellen, sagte er, was Sie von mir dachten und vielleicht noch denken. Ich müßte mich vielleicht wegen des Vorfalles neulich rechtfertigen. Doch hatte ich, wie ich wohl schon andeutete, im Grunde gar nichts damit zu tun.
Sie hätten doch, warf ich ein, da Sie Arzt sind, wenigstens verhindern müssen, daß man mit Herrn Twardowski so brutal umging.
Es geschah während meiner Abwesenheit, erwiderte er. Ich trieb mich bis weit über Mittag draußen im Walde umher.
Haben Sie ihn dann noch zu sehen bekommen?
Ja. Ich bestand darauf, ihn zu sehen. Ich untersuchte ihn, er sträubte sich, meinte, es sei nicht so schlimm, und es war auch nicht so schlimm. Ich sprach mein Bedauern aus, daß es so weit gekommen sei. Er hätte natürlich nicht zur Waffe greifen dürfen.
Und wohin hat man ihn gebracht?
Dieter zuckte die Achseln.
Ich weiß es nicht, sagte er. Ich weiß es wirklich nicht.
In ein Lager?
Schon möglich.
Seine ruhige, umgängliche Art, über den ihm offensichtlich unangenehmen Fall zu sprechen, gab mir Mut, mich weiter vorzuwagen. Zwar kam es mir merkwürdig vor, als Frau. Aber er war der erste aus diesem Bereich, mit dem ich dar-

über redete, der erste, von dem ich den Eindruck hatte, daß er Fragen oder Einwendungen zugänglich sein werde.
Er ließ mich ausreden, hörte aufmerksam zu, wir gingen nebeneinander das Ufer entlang, rechts den Kiefernwald, links die dunkle Wasserfläche, über die immer noch die kupferne Glut hinweg züngelte. Der Schnee schluckte das Geräusch unsrer Schritte, ich hörte mich sprechen, meine Worte schwebten mir vorauf, aber es war jemand da, der zuhörte und – obwohl ich, wie man so sagt, kein Blatt vor den Mund nahm – mir den Mund auch nicht mit seinem Widerspruch stopfte.
Als ich endlich schwieg, ließ er das Schweigen zwischen uns noch eine Weile andauern. Dann blieb er plötzlich stehen, nötigte auch mich dadurch, stehen zu bleiben, und sagte:
Ich danke Ihnen, liebe Marion – wenn ich einmal so sagen darf. Aus Ihren Worten spricht eine große und durchaus berechtigte Sorge. Aber, wie ich neulich schon Ihrem Gatten sagte: wir stehen erst am Anfang.
Dann, sagte ich, ist auch noch Zeit, es zu ändern.
Ich blickte ihn an und sah, wie jetzt in seinem Gesicht eine Verwandlung vorging. Hatte es eben noch offen und nachdenklich geschienen, so zog es sich jetzt gleichsam zu, anders ausgedrückt: verhärtete sich.
Die zwei Falten rechts und links des Mundes vertieften sich, in seine kleinen, blinzelnden blauen Augen trat ein kalter Glanz, seine Stimme erschien mir heller, als er sagte:
Dazu, nein, dazu ist keine Zeit mehr. Sie glauben doch nicht, daß eine Lawine, die sich gelöst hat, aufzuhalten ist?
Sah er es wirklich als ein Naturereignis an? Aber es waren doch Menschen, die es verantworteten, – ich gab das zu bedenken. Er erwiderte:
Man muß es von innen kennen, dann findet man nichts dabei, sich zu unterwerfen.
Das klang mir beinahe mystisch.
Es ist aber gar nicht mystisch gemeint, sagte er. Es handelt sich um eine ganz klare, eindeutige Alternative.
Nämlich?
Um die Alternative: weiterzugehen oder unterzugehen.
Ich bestritt das sofort, sagte kurz und bündig:

Wenn ihr so weitergeht, werdet ihr untergehen.
Wir standen noch, ganz allein, zwischen See und Wald, auf dem schmalen Uferpfad, den ich unzählige Male, allein oder mit Werner, gegangen war. Nie wäre mir in den Sinn gekommen, daß ich einmal mit Dieter Sandberg hier stehen, hier gehen würde. Es mutete mich in diesem Augenblick schon, wie ichs erlebte, wie ein Erinnerungsbild an, es war und war schon nicht mehr, und nicht nur der Augenblick als solcher, sondern auch die Umgebung: auch sie, die mir so tief vertraute, geriet ins Fließen und Flimmern –. Ihr werdet untergehen, hatte ich gesagt, ich mußte das gleich ergänzen. Ich sagte:
Und wir werden mit untergehen.
Allerdings, erwiderte Dieter.
Was ich nur als Vermutung geäußert hatte, schien ihm festzustehen. Mit diesem ›allerdings‹ hatte er allem, was ich ihm vorgetragen hatte – mein Plädoyer für Jan Twardowski und Roman Januschewski – den Boden entzogen, ich hatte ins Leere gestoßen mit meinem Angriff. Mir wurde flau zumute, Widerwillen stieg in mir hoch gegen eine derartige – wie sollte man es überhaupt nennen? – heroische Resignation vielleicht, aber das klang mir zu großartig. Dieter war ein geteilter Mensch. Ihn riß ein Verhängnis fort, das er zugleich fürchtete und anstaunte. Er hing einem Glauben an, der die Welt zugleich erlösen und vernichten wollte. War so etwas heroisch zu nennen? Nein. Eher konnte man es schwächlich oder kindisch nennen. Denn mochte geschehen, was wollte – auf alle Fälle dispensierte er sich von dem einzigen, was in dieser Lage ihn rechtfertigen konnte: vom Widerstand. Sicher hatte er nicht gelogen mit dem, was er mir von seinem Verhalten gegenüber Jan Twardowski berichtet hatte. Unmenschlich war er nicht. Und doch auch nicht menschlich. Denn vom Widerstand sich dispensieren, heißt sich zur Willenlosigkeit bekennen. Ja, ja, er hatte sich längst unterworfen und versuchte nun, so gut es ging – und es konnte wohl nie wirklich gut gehen –, sich innerhalb dieser grundsätzlichen Kapitulation noch einen kleinen Spielraum zu bewahren für eine gewisse Anständigkeit und Vernünftigkeit. Darum hatte er neulich, bei seinem ersten Besuch, seine

beiden Begleiter so geschickt aus dem Hause manövriert, darum die Wiederholung seines Besuches angekündigt, darum Gelegenheit genommen, mit mir zu sprechen, – so gut es ging, ich sah das jetzt sehr deutlich, erkannte aber ebenso deutlich, daß mein Plädoyer, obwohl ers ohne Widerspruch angehört hatte, wirkungslos an ihm abgeglitten war. Er kam jetzt ganz einfach auf sein erstes Wort zurück. Und das hieß: Unterwerfung.

Wir hatten zwanzig Jahre in Polen und mit Polen gelebt. Wir waren freilich Deutsche geblieben, hatten weder unsre Herkunft noch unsre Geschichte noch unsre Muttersprache verleugnet, und das war in gewisser Weise auch anerkannt worden. Wir wären gerne eines Tages wieder mit unserem Vaterland vereinigt worden. Aber so doch nicht! Doch nicht mittels Wiederaufrichtung einer deutschen Herrschaft, deren Zeit ein für allemal abgelaufen war. Doch nicht so, daß die Rückkehr ins Vaterland Unterwerfung unter ein absolut unwidersprechliches Verhängnis einschloß! Die Freiheit, die wir in diesen zwanzig Jahren genossen hatten, war gewiß nicht absolut gewesen, aber was wir jetzt – wenn Dieter recht hatte – dagegen eintauschten, war eine Unfreiheit, die – wenn sie über uns kommen würde – uns mit Sehnsucht an die unter den Polen geführte halbfreie Existenz würde denken lassen. Mir ging das alles erst jetzt in seiner entsetzlichen Dringlichkeit auf, wir standen unmittelbar vor der von Dieter aufgerufenen Alternative. Wir konnten sie ablehnen, zu umgehen war sie nicht. Dieter Sandberg mußte sicher noch als einer ihrer besseren, noch nicht ganz um sein Eigenleben gebrachten Wortführer gelten. Er hatte noch ein Bedauern für Jan Twardowski empfunden, hatte noch Gelegenheit gesucht, sich bei uns, bei mir zu rechtfertigen, hatte sogar – nachträglich, aber immerhin – zugestanden, daß Roman ein genialer Mensch gewesen sei: nur, daß dies alles nicht das geringste an seinem unwiderruflichen Entschluß änderte, sich zu unterwerfen, und das heißt weiterzugehen – auf die Gefahr hin, unterzugehen und die anderen mit in den Untergang zu reißen.

Wir waren inzwischen weitergegangen, den Uferweg entlang, und ein anderer Untergang streifte uns jetzt, der Sonnenuntergang, mit einem schon von Schwärze durchsetzten Rot, es dunkelte zwischen den Kieferstämmen, Kühle hauchte uns an. Wir hatten noch einen Weg von zwanzig Minuten vor uns, und unser Gespräch nahm jetzt die Richtung auf mehr persönliche Dinge, ich erkundigte mich nach Dieters Familie, er wollte Genaueres über Walters Lebensumstände wissen.

Ihr Bruder, sagte er, war ja schon damals Pazifist.

Ich hörte ihn lachen, er nahm es als kindliche Schwärmerei oder Verirrung, sollte ich es ihm ausreden? Nein, ich redete ihm nichts aus, ich ließ ihn bei seinen Erinnerungen, seinen Meinungen und Urteilen. In diesen zwanzig Minuten entwarf er – nun wieder ganz aufgeräumt und zutraulich – ein buntes Bild von unsern Kindheitstagen, sichtlich angewärmt von einer andern Sonne, die aus weiter Ferne noch ein paar schwache Strahlen zu uns schickte. Ich hörte nur zu, beteiligte mich nicht an dieser Totenerweckung, die in gar keinem Verhältnis stand zu den gegenwärtigen Geschehnissen. Erinnerungen sind schließlich nicht dazu da, um sich vor der Gegenwart zu drücken. Es war, wie mir schien, ein ganz gewöhnliches Ablenkungsmanöver, wenngleich Dieter es mit spürbarer Freude und Wärme vortrug. ›Wissen Sie noch‹ – mit diesen drei Worten leitete er jede Einzelheit ein. Er kam sogar, ohne darüber stutzig zu werden, auf seine jüdischen Mitschüler zu sprechen, auf Alfred Cantor, auf – der Name war ihm entfallen, und ich mußte ihm einhelfen: richtig, Gideon Hirschberg. Er dachte an meine Eltern, an einige Lehrer – nannte deren Spitznamen: Bello und Poppel, und kam zuletzt auf eins der letzten Ereignisse zu sprechen, von dem ich nur wenig wußte, da es sich während meiner Abwesenheit abgespielt hatte, ich war damals für ein halbes Jahr zu Verwandten nach Görlitz gereist. Auf den Widerstand also. Jetzt gebrauchte er das Wort, verband damit jedoch eine andere Vorstellung als ich, bezog es eben auch nur auf eine Erinnerung.

Wissen Sie noch –?

Nein, ich wußte nicht.

Dann muß ich es Ihnen kurz erzählen.

Merkwürdig – davon hatte Walter mir gegenüber nie gesprochen. Ich wußte nur, daß er zuletzt bei einem der damaligen Freikorps eingetreten war. Dieter nannte das jetzt ›die Keimzelle der Erneuerung‹. Er nannte auch die Namen von zwei Offizieren, die ich aber vergessen habe. Einer sei damals leider gefallen. Er plauderte das alles so hin, wohl im Bestreben, die langsam vorrückende Zeit zu füllen, einem für ihn peinlichen Schweigen vorzubeugen. Meines Bruders erinnerte er sich besonders lebhaft, im Grunde, meinte er, stand Walter mir doch am nächsten von allen. Wirklich? Erinnerung färbt die Wirklichkeit auch entsprechend unserem verborgenen Willen, die Dinge anzusehen. Was mich während seines lebhaften Geplauders überkam, war eine Art von Schuldgefühl: darüber nämlich, daß ich mit diesem Dieter Sandberg so viele gemeinsame Erinnerungen hatte, mit ihm mich darüber unterhielt – besser: von ihm mich darüber unterhalten ließ –, während mein eigener Mann davon so gut wie gar nichts wußte. Ehe bedeutet eben doch keine vollkommene Gemeinsamkeit, insofern beide, Mann und Frau, wenn sie heiraten, immer schon eine Strecke abgelebten Lebens hinter sich haben, die sie nie mehr miteinander teilen können. Dazu gehört unter allen Umständen die Kindheit. Und wieviele Ehen dauern nicht einmal ebensolange wie jene Vorausstrecke, die doch gewöhnlich 25 bis 30 Jahre betragen wird. Man nimmt einander hin, wie man ist, ohne zu wissen, wer man war. Dieter Sandberg blieb dann noch einmal stehen, ebenso unvermittelt wie vorhin, unterbrach seinen Erinnerungsstrom und richtete an mich die überraschende Frage, wer denn eigentlich die andere Frau bei den Twardowskis sei. Die andere Frau, so drückte er sich aus und konnte ja nur Lena meinen, die unverheiratete Schwester von Frau Twardowski. Ich erklärte es ihm mit kurzen Worten.

Ja ja, erwiderte er darauf, alles gut und schön, aber: so etwas in einem simplen Forsthaus.

Sie hatte ihm also Eindruck gemacht – und wodurch? Ich fragte ihn, und er sagte:

Chauvinistische Polen kann ich mir gut vorstellen und habe mit ihnen zu tun gehabt. Doch wer weiß, vielleicht ist in diesem Lande die religiöse Leidenschaft noch stärker als die

nationale.
Nun war die Lena, wie wir sie abkürzend zu nennen pflegten, erst im Frühjahr bei den Twardowskis eingetroffen. Sie hatte bis dahin mit ihrer Mutter zusammen gelebt, diese, die leidend war, gepflegt, und gedachte sich im Forsthaus einige Zeit zu erholen. Wir waren ihr mehrere Male begegnet, ein einziges Mal hatte sie sich auch bei uns sehen lassen. Sie war natürlich katholisch. Aber noch etwas anderes. Ich habe darüber oft nachgedacht, nachdem sie verschwunden war. Mein Mann war Protestant, wir Gregors sind teils protestantisch, teils katholisch, zum Beispiel war meine Mutter katholisch gewesen, mein Vater hingegen evangelisch. Beide in gemäßigter Weise. Und gemäßigt ist ja die Religion heute überhaupt, wer erwartet von ihr noch Ungewöhnliches? Wunder werden ebensowenig erwartet wie Gebetserhörungen. Der einzige, wirklich der einzige Mensch, in welchem mir die Religion als ›das Ungewöhnliche‹ entgegentrat in meinem Leben, war eben die Lena. Ich möchte darum hier eine Geschichte einflechten, die mir über Lena zu Ohren gekommen war, noch ehe sie bei ihren Verwandten im Forsthaus erschien. Aufgewachsen war sie in der Nähe von B., wo ihr Vater eine Fabrik oder eine Sägemühle besaß. Später, während der letzten Schuljahre, hat sie dann bei Verwandten in B. gewohnt. Es muß in der Osterzeit 1917 oder 18 gewesen sein, als sie mit ihrem aus dem Felde zu kurzem Urlaub nach Haus gekommenen Vater einen Spaziergang machte. Sie war damals eben erst sechzehn. In der deutschen Armee kämpften viele Polen. Zum Beispiel auch Romans Vater, der im Oktober 18 in Frankreich umkam. (Haben eigentlich jemals Deutsche in einem polnischen Heer gekämpft?) Sie und ihr Vater wollten einen Besuch bei Verwandten machen, in einem Stadtteil, der schon ins Ländliche überging, mit einer Anzahl Einfamilienhäusern und Lauben, aber auch noch einigen großen Mietshäusern; auf jener Seite der Brahe, auf welcher der Bismarckturm stand, den die Deutschen gerne das Wahrzeichen von B. nannten, was natürlich übertrieben war. Eines dieser Mietshäuser befand sich in der Nähe einer großen Sandgrube. Bei vielen polnischen Familien gab es die schöne Sitte des Osterfrüh-

stücks, Swieczonka genannt. Dazu wurden Tafeln mit Speisen und Getränken hergerichtet, Gebratenes und Gekochtes ebenso wie Schinken und Honig, und natürlich Schnaps, viel Schnaps. Die Sitte entsprach der Freude der polnischen Bevölkerung an üppigen Gastereien, an froher und lärmender Geselligkeit. Die deutschen Familien kannten so etwas nicht: weder diese Art von Gastlichkeit und Geselligkeit noch das festliche Ostermahl, sie waren meistens von recht nüchternem, preußisch-kargem Zuschnitt. Die Swieczonka hatte, wie so vieles andere bei den Polen, ebensosehr weltlichen wie religiösen Charakter. Man setzte sich nicht eher zu Tische, als bis der Priester gekommen war, die vollbesetzten Tafeln zu segnen. Gebete gehörten ebenso dazu wie die irdischen Gewürze. Ein einzigesmal habe ich, in Begleitung von Roman, an einer solchen Hausfeier teilgenommen, es gefiel mir gut, weniger gut allerdings, daß die meisten Männer sich ganz gehörig betranken.
Lena war also mit ihrem Vater, der deutsche Uniform trug, zur Swieczonka gegangen, wo es freilich den Kriegsumständen entsprechend nicht so hoch her ging wie in Friedenszeiten, sie wird sich dabei gelangweilt haben – und ging hinaus, um Luft zu schnappen. Es war Ostern, ein ganz sonderbares Fest, aus dem ich bis heute nicht recht klug geworden bin. Totenauferstehung, ein großes Wunder, ganz gewiß, aber doch nur, wenn wirklich daran geglaubt wird, ohne Glauben keine Wunder, und am Glauben haperte es damals schon, jedenfalls bei uns Deutschen. Die Polen hatten vielleicht darum eine bessere Disposition zum Glauben, weil sie auf Wiederherstellung ihrer nationalen Selbständigkeit hofften, die – wie die Dinge damals lagen – wohl nur in der Art eines Wunders sich realisieren konnte. Politischer und religiöser Wunderglaube durchdrangen und mischten sich miteinander. Uns war das fremd. In unterdrückten Völkern hat die Religion wahrscheinlich eine zuverlässigere Herberge als in freien. Das ist auch merkwürdig.
Lena wandelte draußen umher und gelangte dabei auch zur Sandgrube. Es war Sonntag und die Arbeit ruhte. Es war Krieg, letztes oder vorletztes Kriegsjahr, und die Gemüter waren dementsprechend, bei Deutschen und Polen, ge-

spannt und erregt. Wer weiß, ob nicht das oben erwähnte Ineinander von nationalem und religiösem Wunderglauben bis in diese Begebenheit reichte und selbst in Lenas Gemüt am Werke war?
Die Arbeit ruhte, und dann sind Baustellen und Sandgruben ja immer ein willkommener Schauplatz für Kinderspiele. So auch an diesem Tage. Während die Straße leer war, überall Sonntagsstille herrschte, hatten eine Anzahl Kinder sich am Fuße der Sandgrube niedergelassen, mit kleinen Spaten bewaffnet, mit Blechformen, so standen und knieten und saßen sie, über sich den gelben feuchten Abhang. Ganz in ihrer Nähe befand sich eine Art Holzhütte, ich weiß nicht, war es ein Abort, war es ein Gerätekasten. Oben am Himmel zogen weiße Frühjahrswolken über den blauen Grund. Von der nahen Pfarrkirche, in der die Polen ihre Gottesdienste hielten, läuteten die Glocken. Ein dunkler Backsteinbau aus dem Mittelalter, mit schönem gotischen Giebel, mit einem vom Kriege verschont gebliebenen Geläut, das mächtig nach allen Seiten donnerte. Lena hörte die Glocken, sah die Kinder, stand unschlüssig, beides ging ihr nahe, – und plötzlich sah und hörte sie etwas anderes, das fast die Art eines rasch fallenden Vorhanges hatte, hinten, im gelben Oval der Sandgrube. Und gleich klatschte der Vorhang auch schon auf dem Grunde der Grube auf, eben dort, wo die Kinder standen und knieten und saßen, die Hände im Sand. Und schon auch waren die Kinder hinter dem Vorhang verschwunden. Lena sah das und erschrak furchtbar, ohne sich gleich Rechenschaft darüber geben zu können, was eigentlich geschehen war. Sie stand wie gelähmt. Glücklicherweise kamen in diesem Augenblick Leute vorüber, die es auch sahen und hörten und gleich wußten, was geschehen war. Erwachsene, die von der Straße weg an die Stelle stürzten, wo es geschehen war, auch um Hilfe liefen, Geräte zu holen, alles spielte sich in größter Eile ab. Lena jedoch, nachdem sie ganz in sich aufgenommen hatte, was geschehen war – ein Unglück, ein großes Unglück –, rannte nicht weg, sondern blieb stehen, blieb auch nicht stehen, sondern fiel nieder auf ihre Knie. Inzwischen kamen weitere Helfer, auch aus dem Hause, wo sie das Ostermahl gehalten hatten, auch ihr Vater

kam, sah sie knien, rüttelte sie an den Schultern, sie blieb in sich versunken, sie betete. Ringsum das Geschrei von Frauen und Männern, die Zurufe der an der Unglücksstelle arbeitenden Mannschaft – nichts war imstande, Lena aus ihrer Versunkenheit zu reißen. Man achtete ihrer auch nicht, alle blickten auf den Hintergrund der Grube, wo sich unter den hastigen Spatenstichen der Männer die unten lastende Mauer zu lockern, zu lichten begann. Es dauerte wohl nur wenige Minuten, immer noch läuteten die Glocken, zur Messe oder zur Prozession, erschreckte Nachbarn, schaulustige Passanten schnatterten durcheinander, ein Haufe aufgescheuchter Ostergäste, auf die zu Hause die geschmückte Tafel wartete. Verschüttet, sagte jemand. Und wie viele Männer waren nicht draußen an den alt gewordenen Fronten verschüttet worden. Hier hatte es ein Kind – nur eins von den fünf, die da gespielt hatten – erfaßt, eins aus dem Hause, in welchem Lena mit ihrem Vater die Swieczonka genossen hatte, spärliche Bissen, sie war ein zartes, zerbrechliches Ding. Niemanden konnte es wundernehmen, daß jemand beim Beten kniete, es war so üblich dort. Und so trafen die gebeugte Gestalt des Mädchens nur flüchtige, nur leise verwunderte Blicke. Sie blieb auf den Knien – bis sie die Freudenschreie hörte. Bis das Kind gefunden war. Bis sich herausstellte, daß es, dicht gegen die Wand des Holzkastens gedrückt, in welcher sich eine Öffnung, ein Spalt befunden haben wird, die wenigen Minuten hatte Atem schöpfen können: wie in einer Laube lag es da, ein Mädchen, auf einem Haufen von Arbeitskleidung, wie schlafend, unberührt, nur vom Schrecken betäubt. So reichten sie es der Mutter. Mitten im Gedränge erinnerte sich Lenas Vater der eigenen Tochter, suchte und fand sie – auch sie wie betäubt, auf den Bordsteinen kniend, auch sie wie schlafend, er mußte sie heftig rütteln, daß sie erwachte. Und da erst wurden die Leute wieder auf sie aufmerksam, und es entstand um Lena ein Kreis von Neugierigen nicht nur, sondern von Erschreckten, Ergriffenen: weil sie nun sahen, wie im gleichen Augenblick, als die Sandlawine niedergestürzt war und das spielende Kind gegen den Holzverschlag, zu seinem Glücke, gedrückt hatte – hier, von allen unbemerkt, ein anderes

Kind sich gegen die Lawine geworfen und sie – ja womit, wenn nicht mit seinem Gebet? – aufgehalten hatte. Verschüttet, hatte jemand gesagt. Jetzt sagte jemand: Auferstehung. Und beide meinten einunddenselben Vorgang. Langsam kam Lena wieder zu sich. Ganz erwacht fragte sie nach dem Kinde. Es ist gerettet, sagte man ihr. Da wollte sie es sehen, aber man hatte es schon ins Haus gebracht. Dorthin aber wollte sie nicht wieder zurück. Die Glocken hatten zu läuten aufgehört. Die Stunde des Wunders war vorüber. Ihr Vater war auch nicht gestimmt, zu den Tafelnden zurückzukehren, es drängte sie beide nach Hause. Sie gingen, Lena wohl noch in sich gekehrt und das Geschehene mit keinem Worte berührend, ihr Vater mit dem trotzigen Gefühl, daß es zu wenig Bewahrungen auf der Erde gibt – und warum? Weil es zu wenig Gebete gibt.‹
DER VORSTEHER: Was sagen Sie dazu?
– Ich kann mir vorstellen, daß meine Schwester von einem Wesen wie dieser Lena angezogen wurde. Sie war selber wohl keine unbedingt religiöse Natur – oder war es nur, wie so viele heute, insofern sie einen Mangel empfand, in sich und um sich, ein Vakuum. Christentum genug – aber keine Wirkungen. Worte genug – aber keine Wirklichkeit.
DER VORSTEHER: Es wird eine Legende gewesen sein.
– Aber daß in unserer Zeit noch Legenden entstehen –
DER VORSTEHER: In Polen, nicht in Deutschland.
– Halten Sie es für einen Vorzug?
DER VORSTEHER: Nicht unbedingt, aber, läßt man sich erst auf einen Vergleich zwischen beiden Nationen ein, muß auch derartiges berücksichtigt werden, und zwar positiv.
– Seltsame Dialektik.
DER VORSTEHER: Bleiben wir noch einen Augenblick dabei. Der Genauigkeit halber. Beantworten Sie mir eine Frage –
– Bitte.
DER VORSTEHER: Sind Sie in Ihren fast sechzig Lebensjahren Menschen begegnet, von denen Sie den Eindruck hatten, daß sie unbedingt glaubten und, was sie glaubten, auch unbedingt lebten?
(Das Verhör wendet sich über die Beschwörung zur Beichte. Man ahnt nicht, was in diesen Baracken alles vorgeht. Man

hält sie schlechterdings für Stätten purer Menschenverachtung und Menschenschändung, statt dessen dringt durch die Ritzen der Kiefernwände noch ein anderer Wind als der die Kiefern regt und beugt. Ein anderer nämlich, der die Herzen beugt. Auch die schändlichsten Stätten der Menschheit sind nicht allein mit dem identisch, als was sie uns erscheinen. Eins ist Verschüttung, ein anderes Auferstehung, damit hat Marion wohl recht, und die Legende, die sie erzählt, hat vor ihr recht. Selbst der Vorsteher kann nicht umhin, ihr recht zu geben, und wenn ers nur aus dem Grunde täte, weil sie zu Gunsten seiner Nation spricht; sie lassen ja alles gelten, was zu deren Gunsten spricht, selbst das, was ihnen Legende oder Narrheit dünkt. Und daß er mir diese hier so abwegig, so absurd klingende Frage stellt – auch das ist schon eine Wirkung der Legende: nur, wie soll ich sie ihm beantworten? Sage ich ja, so wird er wissen wollen, wer das war, an dem ich das Ungewöhnliche erfuhr. Sage ich nein – und fast möchte ich nein sagen! –, so bedeutet das noch lange nicht, daß es solche Menschen nirgends mehr gibt. Denn es wird ja wohl nur an meinem Unvermögen liegen, sie zu erkennen. Also, was antworte ich ihm? Doch er kommt mir zuvor –)
DER VORSTEHER: Lassen Sie sich Zeit mit der Antwort. Oder besser: behalten Sie die Antwort für sich. Wir führen hier kein Religionsgespräch. Wir folgen einer Spur.
(Der Kommissar fährt fort mit der Verlesung von Marions Erinnerungen, die sich mit den meinigen bald leise, bald stärker berühren – sie bald bestätigen, bald ergänzen, manchmal wohl auch korrigieren. Das Fräulein aber genießt indessen die ihr sicher willkommene Atempause, sie ist nicht gehalten, mitzuschreiben, was sie offenbar schon abgeschrieben hat –. Sie hört zu, und ich täusche mich nicht, sie hört nicht bloß mit den Ohren zu, sondern auch mit dem Herzen, sie zückt ihr Tüchlein aus dem Gürtel, sie tupft sich die Augen, sie ist beteiligt, ein Mensch, ein fühlender Mensch. Auch das ist ein Wunder, hier in diesem Raum: man macht sich immer darauf gefaßt, nur Puppen und Gliedermänner anzutreffen, und ich habe sie bisher auch für eine Puppe gehalten und den da für einen Gliedermann – obwohl er die Nonne über die Gleise getragen hat, was ganz be-

stimmt ein menschlicher Akt war! Man muß vorsichtig sein mit seinem Urteil selbst am Orte der Schinder und Schergen, noch einmal bestätigt es sich mir: daß kein Panzer, kein Bunker, kein Kerker so dicht gefügt ist, daß nicht der Finger Gottes sie mit sanftem Druck aufzusprengen vermöchte für das Eindringen des ewigen Atems. Marion, liebe Marion – und wie sind diese deine Erinnerungen in diese Hände, in dieses Haus gelangt? Und welche Schachzüge waren nötig – um deinen Vergleich zu gebrauchen –, damit diese höchst unwahrscheinliche, höchst legendäre Wiedervereinigung zustande kam, sechzehn Seiten dort – mindestens dreißig hier, und haargenau an der Bruchstelle zusammenstimmend? Ich wage kaum, genau hinzublicken, scheue mich, einen Blick ins verborgene Getriebe dessen zu tun, was man früher einmal Vorsehung nannte und was die menschlichen Pläne so herrlich souverän durchkreuzt und verwirrt und unschädlich macht. Ich höre, ich höre – mit den Worten des Kommissars deine Stimme, Marion – oder umgekehrt –)
›Dieter hörte sich meine Erzählung aufmerksam an. Als ich geendet hatte, schwieg er zunächst, wir gingen nebeneinander, gingen auf unser Haus zu, das mit verschneitem Dach in ungestörter Stille dalag, man könnte auch sagen in trügerischer Stille, denn seit Dieters erstem Besuch bei uns war im Grunde alles anders geworden. Auch wenn sein zweiter offenbar in der Absicht erfolgt war, uns vergessen zu machen, was neulich geschehen war. In Dieters ganzem Auftreten, seinem Reden, Blicken, Schweigen lag ein heimliche Bitte um Entschuldigung. Ich wiederhole schon Gesagtes: im Grunde war er uns ausgeliefert die ganze Zeit. Wir nutzten das nicht aus. Wir waren aber zugleich auf der Hut. Ich war es auch jetzt, als wir uns schweigend dem Ziel unserer Wanderung näherten, zugleich ihrem Ausgangspunkt. Doch ehe wir dort anlangten, ergriff Dieter noch einmal das Wort.
Das hörte sich an, sagte er, wie eine alte Legende. Ob wahr oder nicht, es steckt wohl etwas dahinter. Man muß nur, wie soll ich sagen, dafür disponiert sein. Ich bin es nicht, bin es nie gewesen. Im Unterschied zu Ihnen, liebe Marion, oder zu Ihrem Bruder. Ich nehme es zur Kenntnis, daß es so etwas gibt. Aber –

Aber wo es Ihnen in den Weg tritt, unterbrach ich ihn, da machen Sie es unschädlich.
Ich war heftig geworden und ärgerte mich, daß ich vor Dieter so unbeherrscht schien.
Ich konnte nicht verhindern, erwiderte er ruhig, daß das temperamentvolle Fräulein zunächst mal mitgehen mußte. Aber Sie wissen doch, daß sie wieder freigelassen wurde?
Ich wußte es nicht. War es auf seine Veranlassung geschehen? Ich fragte ihn. Er sagte:
Ich habe mich jedenfalls um sie gekümmert. Soviel ich weiß, ist sie wieder nach Hause zurückgekehrt.
So weit also hatten wir ihn in unserer Gewalt! Ich hätte darüber frohlocken können, aber selbst diese seine unverkennbare Guttat vermochte mich nicht aus meiner Zurückhaltung herauszulocken. Ich dankte ihm mit ziemlich förmlichen Worten. Noch einmal blieb er stehen und sagte:
Das Ganze, liebe Marion, ist unabänderlich, glauben Sie mir, glauben Sie mir doch. Man muß zufrieden sein, wenn man in diesem und jenem Einzelfall seinem Gewissen folgen kann. Ich versuche es wenigstens.
Er stand dicht vor mir – und befand sich doch zugleich weit von mir, wir redeten über einen Abrund hinweg miteinander. Wieder wurde ich heftig, doch jetzt, ohne mich darüber zu ärgern.
Wenn Sie das Ganze für unabänderlich halten, sagte ich, – so halten Sie es damit auch für wahr und richtig. Oder umgekehrt: weil Sie es für wahr und richtig ansehen, so nennen Sie es auch unabänderlich. Dann aber sind die Einzelfälle, wo Sie Ihrem Gewissen folgen, doch ohne jeden Einfluß auf das Ganze. Oder stehen Ihnen zwei Gewissen zur Verfügung?
Das war mehr, als die Höflichkeit zuließ. Er nahm auch das gelassen hin, zuckte die Achseln und sagte:
Sie haben zwanzig Jahre lang außerhalb unserer deutschen Entwicklung gelebt, Sie können es infolgedessen nicht begreifen.
Doch, ich begreife sehr gut, rief ich aus. Weitergehen oder Untergehen. Sagten Sie nicht so? Und Sie sind entschlossen, weiterzugehen. Um nicht unterzugehen.

Ja, sagte er.
Ich aber wiederholte, was ich ihm neulich schon gesagt hatte:
Weil Sie weitergehen, darum werden Sie untergehen.
Wir waren jetzt auch in unserm Gespräch auf den Ausgangspunkt zurückgekommen. Untergang. Stand derartiges wirklich bevor? Polen war untergegangen oder im Begriff unterzugehen. Aber wir? Plötzlich kam mir zum Bewußtsein, welchen fatalen Eindruck es auf Menschen unserer bisherigen Umgebung hätte machen müssen, wenn sie mich in Dieters Begleitung hätten umhergehen sehen, als wären wir miteinander wer weiß wie gut bekannt, als machte es mir gar nichts aus, mich mit einem von jenen hier blicken zu lassen. Glücklicherweise waren wir niemandem begegnet. Ich hoffte und wünschte, daß das auch auf der noch vor uns liegenden Strecke, einem Weg von wenigen Minuten, nicht geschehen möchte. Leider geschah es. Wir hatten den Uferpfad verlassen, hatten den Kleinbahnübergang passiert, von dem aus ein ziemlich festgetretener Pfad bis zum Gittertor unseres kleinen, bescheidenen Parkes führte – und auf diesem kam uns jetzt jemand entgegen. Ich erschrak, als ich erkannte, wer es war. Dieter Sandberg ging, da die Gehbahn nur sehr schmal war, hinter mir, ich hörte seine Stiefel im Schnee knarren. Ich wäre gerne umgekehrt, aber das war ja nicht möglich. Oder wenn die uns entgegenkommende Person umgekehrt wäre –. Ich erkannte sie an ihrer zierlichen Gestalt, an ihrem leuchtend roten Kopftuch. Es war die Lena. Wir bewegten uns aufeinander zu. Mir brannten die Augen. Mein Herz schlug heftig. Jetzt mußte auch Dieter sie erkannt haben. Dazu reichte der Dämmerschein gerade noch hin.
Abends im Bett, als Werner schon schlief, versuchte ich es mir noch einmal zu vergegenwärtigen.
Geschehen war wenig. Und wenige Worte waren gefallen. Ich hatte auf Lena zu gehen wollen, sie begrüßen, ihre Hand ergreifen, mich ihr mit ein paar Worten verständlich machen. Jedoch Lena, die zierliche, wich mir aus, trat seitwärts in den Schnee – und kniete nieder. Kniete in den schon abendgrauen Schnee. Vor einer Viertelstunde hatte ich Die-

ter erzählt, wie sie damals niedergekniet war, miterlebt hatte ich das nicht, ihre Schwester hatte es mir erzählt. So war das also. Ich erschrak nicht nur, es durchfuhr mich wie eine Flamme, ich habe laut aufgeschrien, und Dieter hatte das gehört.
Was ist, sagte er und legte seine Hand auf meine Schulter, vielleicht wäre ich sonst gefallen, ich weiß es nicht mehr, ich weiß auch nicht, was ich ihm geantwortet habe. Aber ihn hörte ich sagen:
Ach so, da ist jemand.
Und dann:
Was wollen Sie?
Und da keine Antwort kam, noch einmal:
Was wollen Sie – geben Sie doch gefälligst Antwort.
Er sprach deutsch, und Lena verstand das Deutsche sehr gut. Aber sie rührte sich nicht. Sie kniete und schwieg. Offenbar fühlte sich Dieter durch die unerwartete Begegnung irritiert. Die Dämmerung war dichter geworden. Vielleicht kam ihm der Gedanke an andere Begegnungen, er befand sich nicht in Deutschland, und nach allem, was wir miteinander gesprochen hatten, bot ihm auch meine Gegenwart keine Gewähr dafür, daß sich in der Dämmerung nicht etwas Feindliches zusammenbraute. Er erkannte sie nicht, sie kniete im Schnee wie eine vermummte Frage, auch mich irritierte es, obwohl ich dunkel ahnte, was sie wollte, was ihr Knien bedeutete, dasselbe doch wohl wie in der ›Legende‹: nämlich den Versuch, etwas aufzuhalten, was sich vernichtend heranwälzte. Eine Lawine – ein Schicksal.
Sollte ich Dieter verraten, daß es Lena war? Ich fühlte, daß er nicht mehr so gelassen war wie vorhin, daß er im Gegenteil zornig war. Denn noch einmal wandte er sich an die vor ihm Kniende mit lautem, herrischen Befehlston:
Zum Donnerwetter, stehn Sie doch auf, ich verbitte mir das.
Ich hätte mich nicht gewundert, wenn er sie bei den Schultern gepackt und hochgerissen hätte – und eben das geschah jetzt, er war außer sich geraten, die stumme Frage, die da vor ihm im Schnee kniete, mußte ihn getroffen haben, mußte ihn außer sich gebracht haben, ich wollte ihn zurückhalten, aber er ließ jetzt jede Rücksicht fahren, ergriff die zierliche Per-

son an der Schulter, unter den Armen und zog sie – deren Gesicht kaum noch zu erkennen war – mit heftigem Ruck in die Höhe, es machte einen geradezu gewalttätigen Eindruck. Wer weiß, in welcher ständigen Spannung der Mann sich befand, daß er derart die Herrschaft über sich selber verlor, nachdem er auf dem ganzen Wege bis zu diesem Augenblick so ruhig Rede und Antwort gestanden hatte. Es war ein Augenblick der Ekstase – bei ihm sowohl wie bei Lena. Sie ging in seinen Armen, wehrlos, in sich zusammengesunken, er hätte sie – der absurde Gedanke kam mir – auf seine Arme nehmen und wegtragen und in den See werfen können, zuzutrauen war es ihm. Er hatte sie nun auch erkannt.

Sie sind es also, rief er, fast atemlos. Sie mußten uns auch hier wieder in den Weg treten. Einmal ist es mir gelungen, Sie –

Er unterbrach sich und wandte sich, wie hilfesuchend, wie um Zustimmung flehend, an mich.

Ich bitte Sie, Marion, was sagen Sie dazu? Wie erklären Sie sich das?

An mir war es jetzt, Ruhe zu bewahren, daß der Vorfall sich nicht zu einer wirklichen Gewalttat steigerte. Dieter war außer sich. Und was war die Ursache dazu? Hier diese schmächtige, wehrlose Person, die fast marionettenhaft in seinem Zugriff hing? Oder was sonst?

Zunächst sollten Sie Fräulein Lena wohl freigeben, sagte ich. Und nach dem, was ich Ihnen vorhin erzählte, ist es wohl nicht schwer, ihre Handlungsweise zu verstehen.

Unsinn, rief Dieter – hier ist doch keine Sandgrube.

Nein, das nicht – ich mußte unwillkürlich lächeln bei diesem Ausbruch von Naivität –, aber passiert ist auch etwas, wofür es sich vielleicht lohnt, in die Knie zu gehen.

Ich sagte das mit dem Empfinden, mehr zu sagen, als ich selber dachte und empfand, ich war in diesem Augenblick von mir selbst weg ganz auf die Seite von Lena getreten und wußte, ich würde in Zukunft auch nicht mehr von ihr weichen, mochten sich unsere Wege, wie zu erwarten, auch bald wieder trennen.

Dieter Sandberg – in seinem Uniformmantel stand er wie

eine schwarze Säule da – löste seine Hände von Lenas Schultern, sie rührte sich nicht, sagte auch nichts. Wieder kam mir der Gedanke an die ›Legende‹, und ich meinte zu wissen, warum sie schwieg. Ich hatte von dem unaufhörlichen Gebet gelesen, das in katholischen Klöstern geübt wird, konnte mir darunter nichts Rechtes vorstellen – nun ging mir ein Licht auf. Lena übte es, ohne ins Kloster zu gehen. Sie war ein Gebetsmensch. Und stand jetzt einem Gewaltmenschen gegenüber. Ungleiche Kräfte. Aber die Entscheidung hatte schon stattgefunden. Dieter Sandberg hatte verloren. Plötzlich trat Lena wieder zur Seite, aber nur um an Dieter vorbeizukommen, eine schattenhafte Bewegung – und fort war sie, er konnte sie nicht halten.
Von unserm Hof blinzelte ein erleuchtetes Fenster herüber.
Verzeihen Sie, sagte Dieter – aber ich glaube, diese Person hat überhaupt kein Gesicht.
Kein Gesicht, wie meinen Sie das?
Neulich – und so hat jetzt eben –: ich sehe wirklich kein Gesicht, immer nur so eine Fläche, vom Kopftuch verdunkelt. Wie sieht sie denn eigentlich aus?
Ich hätte sie ihm jetzt beschreiben müssen, doch fühlte ich mich dazu außerstande. Nicht, daß ich ihr Gesicht – wie Dieter – nie zu sehen bekommen hätte, nur, ich fand im Augenblick keine Worte dafür, und vor allem: wozu ihm jemanden beschreiben, gegen den er diesen merkwürdigen Widerwillen, fast nahm es sich ja wie Furcht aus, empfand. Sollte er sie doch in Ruhe lassen. Und sie würde auch richtiger tun, zu verschwinden, diese Gegend zu meiden, es gab sicher besseren Unterschlupf anderswo.
Ich kenne sie auch erst seit einem halben Jahr, sagte ich ablenkend. Aber was heißt kennen in solchem Falle? Ich habe höchstens Vermutungen.
Und was, fragte Dieter, was vermuten Sie?
Daß Ihnen die Begegnung mit Lena, darf ich es aussprechen?, noch lange zu schaffen machen wird.
Kann sein, sagte er. Aber – was wollte sie eigentlich?
Vielleicht ganz einfach ihren Dank zum Ausdruck bringen.
Aber sie weiß doch gar nicht, daß ich mich für sie verwendet habe.

Vielleicht hat sie es doch erfahren.
Von wem?
Vielleicht von meinem Mann.
Dann ist sie jetzt, während wir um den See wanderten, bei Ihnen im Hause gewesen?
Ich nehme es an.
Noch einmal, wir näherten uns dem Parktor, blieb Dieter stehen.
Ich glaube, es ist besser, wenn ich mich jetzt verabschiede, sagte er.
Ich blickte in der Dunkelheit zu ihm auf. Er überragte mich um Haupteslänge. Hier? Schon hier?
Ja. Ich möchte nicht noch einmal –
Da konnte ich nicht anders, es drängte mich mit Gewalt von ihm weg – zurück, nach Hause, zu meinem Mann, bei dem Lena Zuflucht gesucht und gefunden hatte, während dieser hier –. Ich haßte ihn nicht, aber er war mir gleichgültig geworden. Ein Mann, der sich unterworfen hatte und Unterwerfung predigte und bei all dem – so gut es ging – auch noch sein Gewissen sauber halten wollte. Ich ließ ihn nicht ausreden, ich hatte genug gehört. Ihn noch einmal bei uns im Hause zu sehen, im Abendlicht, mit Werner an einem Tisch, vielleicht noch gemütlich plaudernd und rauchend, und die alten Zeiten heraufbeschwörend, weißt du noch, wissen Sie noch, Marion – unmöglich. Ich wandte mich ab, trat durch die geöffnete Parktür ins völlige Dunkel, ließ ihn stehen und lief den mir bekannten Weg, über den Baumkronen glitzerten die mir ebenso vertrauten Sternbilder, Stille, absolute Stille, ich war nicht außer mir, ich wußte genau, was ich tat, ich löste mich für immer von einer Welt, die noch einmal vor mich hingetreten war, werbend und fordernd, und die doch nicht mehr galt, nicht mehr – ach, er hatte sie aus mir herausgeschwatzt, mit seinem ewigen ›Wissen Sie noch‹, mit diesem naiven Ablenkungsmanöver, als ließe sich damit eine Brücke bauen über das, was zwischen uns lag wie ein dunkler Strom. Wußten wir auch nicht recht, wohin wir, nachdem das alles geschehen war, gehörten, so wußten wir doch – und ich jubelte jetzt, daß ich es wußte –, zu wem wir gehörten: Ich gehörte zu Werner, er gehörte zu mir. Keine

Vergangenheit, keine Zukunft konnte daran etwas ändern. Erinnerungen, die vor unserer ersten Begegnung lagen, zählten nicht, allein schon darum nicht, weil ich sie ja mit Dieter Sandberg teilen mußte, aber das war kein Partner für mich, nicht einmal für meine Erinnerungen. Er hatte ausgespielt, ein für allemal. Ich lief den nachtdunklen Weg zum Hause, ich kam dort atemlos an, stieg die Gartentreppe hinauf, öffnete die Verandatür, schloß sie leise, öffnete die Tür zum angrenzenden Zimmer, in dem brannte Licht, der Tisch war gedeckt, das Abendbrot wartete – Werner wartete, aber wo war er? Ich eilte weiter auf den Flur – ich rief seinen Namen. Keine Antwort. Ich rannte zur Küche. Wo ist mein Mann? Ich mußte einen ganz verwirrten oder sonstwie veränderten Eindruck machen, denn die Mamsell, die am Herde stand, hob die Arme – das sah ich noch, und fühlte auch noch, daß sie mich in ihre Arme nahm.
Später – nachdem ich zu mir gekommen war, nachdem ich mich umgezogen hatte, nachdem wir gegessen hatten – saßen wir noch eine Weile im Wohnzimmer, an demselben Tisch, an dem wir vor vierzehn Tagen Dieter und seine Begleiter empfangen hatten.
Lena, sagte Werner, war nicht lange hier. Sie war mit der Bahn gekommen und wollte uns nur rasch begrüßen. Ich schwankte zuerst, ob ich ihr sagen sollte, daß – dein Bekannter gekommen sei, daß du mit ihm spazieren gegangen seist. Ich sagte es ihr dann. Sie meinte, dann würde sie dich wohl noch treffen. Das war alles. Ja – und daß Doktor Sandberg sich für sie verwandt habe, das sagte ich zuletzt auch. Lena sagte, das habe sie sich gedacht. Aber wieso – sie kannte den Mann doch nicht. Oder sie hatte ihn in einem sehr kritischen Augenblick kennengelernt, neulich. Möchte wissen, wie sich das eigentlich zugetragen hat.
Nun erst kam mir volle Erleuchtung über jenen Zwischenfall im Forsthause. Lena hatte sich nicht, wie wirs zuerst verstanden hatten, schützend vor ihren Schwager gestellt, dazu war sie viel zu schmächtig, viel zu zart, nein, sie wird sich – davon war ich nun fest überzeugt – auf die Knie geworfen haben, nicht um die Männer anzuflehen, von ihrem Wüten gegen Jan abzulassen, sondern um zu beten. Und so wird

Dieter Sandberg sie gesehen haben. Und es wird ihn ebenso irritiert haben wie heute abend ihr Kniefall im Schnee. Ich erzählte Werner davon. Er sagte in seiner ruhigen Art:
Es gibt eben viele Möglichkeiten des Widerstandes.
Dann kam er auf seine Frage zurück, wie Lena sich habe denken können, daß Dieter sich für sie verwenden werde. Ob ich darüber eine Vermutung habe.
Ganz einfach, erwiderte ich. Sie war davon überzeugt, daß ihr Gebet erhört würde.
Werner, in seiner genauen Art, wandte ein:
Ja, glaubst du, daß sie für sich selber gefleht haben wird? Bedroht war doch nicht sie, sondern ihr Schwager.
Noch einmal wurde es hell in mir, und ich glaube, daß diese meine Vermutung genau ins Schwarze traf:
Sie wird weder für sich noch für Jan gebetet haben –
Sondern?
Sondern für den Mann, mit dem ich vorhin um den See gegangen bin, und der sich wohl nur darum so heftig gegen sie betrug, heute abend, weil sie ihn nötigte, sich ihr zu unterwerfen, oder wenn nicht ihr, so der Macht, an die sie glaubte.
Du meinst, er hätte sie ruhig ihrem Schicksal überlassen, wenn sie nicht – für ihn oder gegen ihn, es kommt wohl auf eins heraus, gebetet hätte?
Ja, das meine ich.
Inzwischen hatte Dieter Sandberg unsern Hof verlassen, man hatte sein Auto davonrauschen hören.
Und mit ihm hatten sich auch meine Erinnerungen entfernt – für immer. Auch die an Roman.‹
(Ich war aus dem Befragten zum Zuhörer geworden. Bei weitem überwog der zweite Teil von Marions Aufzeichnungen den ersten an Umfang, und ich hatte mehrmals den Eindruck gehabt, es seien nun wohl die letzten Sätze – aber immer noch kam Neues hinzu, mindestens für mich Neues. Lena zum Beispiel – ich kann mich nicht entsinnen, ihr jemals in Prondy begegnet zu sein, auch nicht, daß von ihr zwischen Marion und mir die Rede gewesen war. Wenn ich recht verstanden habe, ist Lena erst wenige Monate vor Kriegsausbruch nach Prondy gekommen. Man könnte fast sagen: im rechten Augenblick. Ihre Wirkung auf Dieter –

Aber was war denn also aus Dieter geworden? Ein wenig war ich auf das über ihn Berichtete schon durch die fünf Fotos vorbereitet, dann auch durch das Dokument, über dessen Zuverlässigkeit – jedenfalls was Dieters Mitwirkung an jenem grausamen Vorgang betrifft – man doch wohl geteilter Meinung sein kann: ein geteilter Mensch, sagt Marion und wird ihn damit richtig charakterisiert haben. Bloß, wer von uns fühlt sich damit nicht auch selber richtig charakterisiert? Jene coincidentia oppositorum, die man früher der Gottheit zuschrieb, ist heute ins menschliche Innere verlegt, mit dem Unterschied allerdings, daß wir nie zu einer wirklichen Vereinigung der Gegensätze kommen; es ist wie eine offene Wunde, die sich nicht schließen will. Menschen wie Dieter Sandberg stellen wahrscheinlich nur eine besonders krasse Ausformung dieses an sich unerträglichen Zustandes dar. Zwar Marion und Werner, er vielleicht noch mehr als sie, ruhten noch einigermaßen in sich selber, wurden nie in ihrem Leben auf eine derartige Zerreißprobe gestellt, von der ich annehme, daß sie den Menschen eher von ungefähr überkommt, als daß er sie willentlich herbeiführt. Man wird mich ja gleich nach meinem Eindruck von dem Gehörten fragen, und was –)

Der Vorsteher: Damit keinerlei Zweifel an der Authentizität des Textes aufkommen, haben wir ihn aus dem Original vorlesen lassen. Wenn Sie sich noch einmal überzeugen wollen.

(Der Kommissar hatte Blatt für Blatt vor sich auf den Tisch gelegt, und das Ganze dann sauber zusammengeschichtet. Er reicht es mir jetzt herüber, ich halte es in der Hand, ich muß schon sagen: in der zitternden Hand, es überwältigt mich doch, Marions klare, ebenmäßig fließenden Züge zu erkennen. Ich besitze kein derartiges Original zu meinem ersten Teil, erhielt von jenem Ungenannten auch nur eine Abschrift, und wo befindet sich die Handschrift? Meine Frage erübrigt sich – was ich hier vor mir habe, ist, wie ich jetzt sehe, das Ganze, enthält beide Teile, mit Ausnahme jener kurzen Aufzeichnung von unterwegs, die man hier offensichtlich nicht kannte und nicht besitzt. So hat denn nur scheinbar eine Trennung stattgefunden, man ließ mich lesen, nur um sich zu vergewissern, ob mein Text mit dem hier Vorhandenen übereinstimmte. Man hat mich in gewisser Weise aufs Glatteis geführt. Warum auch nicht, ich gönne ihnen diese Überlegenheit)

– Kein Zweifel, es ist Marions Handschrift.

DER VORSTEHER: Sie haben bemerkt, daß es der vollständige Text ist?

– Zu meiner großen Überraschung. Nicht nur Bücher haben ihre Schicksale, auch Handschriften.

DER VORSTEHER: Für einen Archivar sicher eine geläufige Erfahrung.

– Man müßte ein Weltarchiv derartiger Niederschriften einrichten, von denen eine Unmenge nicht bloß vorhanden sind, sondern zum Teil auch obdachlos in allen Ländern umherliegen, umherirren. Ein Weltarchiv der Weltverwirrung.

DER VORSTEHER: Empfinden Sie den Dombrowski-Text als Unterstützung Ihrer eigenen Ansicht oder als Widerlegung? Es handelt sich immer noch um Dieter Sandberg, obwohl inzwischen noch andere Personen mit in den Vordergrund getreten sind, Jan Twardowski und seine Schwägerin. Von Roman Januschewski zu schweigen.

– Ich betrachte es mehr als Ergänzung. Denn über die seit unserer Trennung 1919 vergangenen zwanzig Jahre standen mir, was Dieter betrifft, keinerlei Erinnerungen zur Verfügung.

DER VORSTEHER: Ist bei Ihren Besuchen in Prondy nie von ihm die Rede gewesen?

– Nein, nie. Ich habe dafür auch eine Erklärung. Wir drei haben jeder in einem andern Lande gelebt.

DER VORSTEHER: Sie drei?

– Ja. Marion im neuen Polen. Dieter im neuen Deutschland. Und ich – im alten Deutschland.

DER VORSTEHER: Erklären Sie sich genauer.

– Ich meine mit dem neuen Deutschland das von Dieter und seinesgleichen erstrebte und dann, 1933, verwirklichte neue Deutschland, mit dem ich nichts zu tun hatte und nichts zu tun haben wollte. Die Grenze zwischen seinem und meinem Deutschland war mindestens ebenso dicht wie die zwischen dem neuen Polen und Deutschland. Wie sollten wir also auf

Dieter zu sprechen kommen? Er lebte wirklich in einem andern Land für mich. In einem noch entschiedeneren Sinne als Marion. So war das damals.

DER VORSTEHER: Also gut – eine Ergänzung.

– Ich wollte noch sagen: Dieters Besuch in Prondy, vor allem der zweite, war zugleich ein Versuch, wenn ich ihn recht verstehe. Ein Versuch, aus dem selbstgeschaffenen Ghetto herauszukommen, vielleicht sein letzter derartiger Versuch. Es ist mir durchaus verständlich, daß die Begegnung mit Marion ihn dazu ermunterte oder besser: erweckte. Freilich, ein mißlungener Versuch. Immerhin – wir wollen genau sein, das heißt: gerecht –, da er ihn unternommen hat, muß er einen Mangel empfunden haben, eine Verlegenheit. Das spricht, denke ich, für ihn. Vielleicht, wer weiß, ist Lena doch nicht im richtigen Augenblick dazwischengekommen.

DER VORSTEHER: Teilen Sie die Ansicht Ihrer Schwester über Lena? Sie sind mir aber noch Antwort auf eine andere Frage schuldig.

– Ich weiß. Und was ich jetzt sage, möge bitte als Antwort auf beide Fragen verstanden werden. Das, was Sie unbedingten Glauben nennen und dessen unbedingte Verwirklichung im Leben, unterliegt wohl kaum der Kontrolle des Verstandes. Es ist nur für den vorhanden, der selber glaubt. Wahrscheinlich bin ich in meinem Leben so gearteten – oder soll ich sagen: begnadeten – Menschen öfter begegnet, ohne es zu merken.

DER VORSTEHER: Die übliche Ausflucht.

– Verzeihen Sie, aber an diesem Phänomen scheitert jegliches Verhör. Sie würden sich vergeblich anstrengen, auf den Anfang des Glaubens zu kommen, es gibt ihn, aber in einem Dunkel, wo kein Auge und kein Ohr hingelangt.

DER VORSTEHER: Und doch hatten sie von Lena den Eindruck einer besonderen Glaubensstärke.

– Gewiß. Aber das ist kein Gegenargument. Lena – nein, ich halte das alles nicht für eine Legende. Ich bin auch bereit zuzugestehen, daß derartige, sagen wir: Ekstasen in Polen sich häufiger ereignen als bei uns. Marion sprach von der gemäßigten Weise, in der sich bei uns das religiöse Leben äußert. Daran ist etwas Wahres. Ich bin Historiker. Die Geschichte

kennt religiöse Ekstasen in den verschiedensten Zeiten und Ländern.
DER VORSTEHER: Würden Sie aus dem Ausbleiben der Ekstase auf ein Nachlassen der religiösen Energie schließen?
– Ja.
DER VORSTEHER: Und würden Sie, wenn Sie einem ekstatischen Menschen begegneten, sich ihm unterwerfen? Dieter Sandberg tat es natürlich mit Widerwillen und nur im negativen Sinne, indem er – indem er sich durch Lena an seine eigene Leere erinnern ließ.
– Verzeihen Sie, aber ich rede ganz offen: Jetzt greift die von Lenas Art des Widerstandes ausgelöste Unterwerfung anscheinend weiter – Sie sprachen soeben von Leere.
DER VORSTEHER: Nur im hypothetischen Sinne und nur, soweit es Dieter Sandberg betrifft.
(Offenbar spitzt sich die Untersuchung auf noch etwas anderes zu als nur, wie ich bisher annahm, auf das Aufspüren von Dieters Vergangenheit. Es hat lange gedauert – und erst Marions Dazwischentreten, wenn ich es so nennen soll, hatte diese merkwürdige Kursänderung des Verhörs zur Folge: nicht mehr auf Dieter allein, sondern auf Dieter und Lena zielt es nunmehr ab. Schade nur, daß Marions Erzählung keinen Hinweis darauf enthält, was aus Lena geworden ist. Von Dieter kann man sich vorstellen, daß er – auch wenn jenes Dokument nicht auf ihn zu beziehen wäre – ›weiterging‹, wie Marion sich ausdrückt, und infolgedessen, ich fände das ganz konsequent, unterging. Hingegen Lena? Oder verhielt es sich mit ihr – wenn auch unter einem ganz anderen Vorzeichen – ähnlich wie mit Dieter: daß auch sie, wenn sie auf dem eingeschlagenen Wege der Ekstase weiter ging – untergehen mußte? Über alles hat sich der Schleier, der Schatten des Vergessens gelegt. Kein Foto und kein Film wird es wieder an den Tag bringen. Einzelne Szenen wohl – Momentaufnahmen eines aus Millionen Momenten bestehenden Dramas –, aber nicht die Schicksale im Zusammenhang. Wir bewegen uns immer weiter und immer schneller davon weg ins Künftige. Was tat Lena anders, als sich aus dieser fatalen Bewegung herauszuschwingen in eine entgegengesetzte, die jene in eben dem Augenblick aufhebt, da

man den Sprung und Schwung hinaus und hinauf wirklich wagt? So stelle ich es mir vor, so haben es die Ekstatiker immer gehalten. Was fehlt eigentlich noch, um das Verhör zu vollenden? Nach meinen Erinnerungen, nach Marions Aufzeichnungen, nachdem sie mir auch die Fotos vorgelegt haben? Erst war es ein Fluß – mit der Brahe hat es angefangen, bescheiden und still, aber inzwischen hat es sich zu einem Delta erweitert und verzweigt – und irgendwo in der Ferne wartet das Meer. Was also fehlt noch? Aber jetzt bekommt der Kommissar wieder zu tun! Er steht auf, verläßt seinen Platz hinter der Schranke, beugt sich zu der nun wohl auch nicht mehr lange zum Nichtstun verdammten Stenotypistin, flüstert ihr etwas zu, sie nickt und spannt gleichmütig ein neues Blatt in die Maschine, ihre gepflegten Hände regen sich wieder, der Brillant schießt Strahlen, Spätnachmittag, die Maisonne ist im Sinken und schickt auch schräge Strahlen herein, aber die Maifahne draußen regt sich nicht. Der Kommissar hat das Zimmer verlassen. Die Arbeiter haben den Nachhauseweg angetreten, ein paarmal war das Rattern von Motorrädern zu hören. Meine Ungeduld, hier fortzukommen, ist längst aufgegangen in dem Interesse – aber das ist ein viel zu blasses Wort! – an den im Verhör zu Tage getretenen Gestalten und Begebenheiten. Oder – eine andere Ungeduld hat mich ergriffen: nicht wegzukommen, sondern zum Ende zu kommen, endlich, denn es drängt jetzt alles zum Ende, und ich müßte mich sehr täuschen, wenn der Kommissar, der eben das Zimmer verlassen hat, nicht, wenn er zurückkommt, – wir werden ja sehen. Inzwischen würde ich mich gerne mit dem Fräulein unterhalten, denn es ist ja doch ganz absurd, daß man einem Menschen gegenübersitzt, der soviel von einem erfahren hat, ohne daß man ihn einmal fragen darf, was er von dem allen eigentlich denkt, es heißt ihn zu einem Apparat degradieren, und das Fräulein empfindet das wohl auch. Oder empfindet sie es nicht? Denn zum erstenmal – binnen mehr als acht Stunden, sie werden hier an Überstunden gewöhnt sein – wendet sie sich von der Schreibmaschine weg einem andern Apparat zu, einem meiner Aufmerksamkeit bisher entgangenen Radiogerät von der Größe einer Zigarrenkiste, offenbar ihr Privateigentum, und setzt ihn spielerisch in Gang, mit dem Effekt, daß eine leise, rhythmisch scharf pointierte Musik hörbar wird. Nicht Chopin und nicht Bach. Etwas Übernationales, diesseits wie jenseits der Grenzen Heimisches: Jazz. Ein Zeichen doch wohl dafür, daß sie den bisher vorgetragenen Begebenheiten kein Interesse entgegenbringt. Es langweilt sie, und so benutzt sie die erneute Pause, um sich mittels dieser irgendwie indifferenten Musik zu entspannen. Es sei ihr gegönnt. Überdies enthebt sie mich dadurch der Mühe – es hätte eine Mühe bedeutet! –, ein Gespräch mit ihr zu beginnen, das außerdem vielleicht gar nicht erlaubt wäre. Gut denn. Jazz. Ich kann nicht leugnen, daß mir eine Tasse Kaffee willkommen wäre. Ich bin einer Belebung bedürftig, obwohl die acht Stunden im großen ganzen mich merkwürdig unangestrengt ließen. Von Hunger keine Rede. Die Pause wird nur kurz sein. Nicht unangenehm die Musik. Mehr ein Intermezzo als eine Introduktion. Oder eine Kadenz – in Erwartung des Endes. Das Fräulein hat wieder das Fünfgroschenheft hervorgezogen und fährt in der Lektüre fort, die ihr angenehmer sein mag als mein ganzes bisheriges Diktat. Sie liest und blickt nicht auf. Sie spielt ihre Rolle innerhalb des Ganzen, das sich aus meinem Berichten, den verlesenen Texten und meiner jetzigen Umgebung zusammensetzt, ist mit einbezogen ins große, unübersehbare Werk der Überlieferung. So unsichtbar, wie der Vorsteher ist – so unübersehbar ist der im Protokoll niedergelegte Text. Ich bekomme hier ganz neue Aufschlüsse über das Wesen historischer Texte. Die Alten setzten der Historie eine der neun Musen, Klio, zur Hüterin. Ohne daß ich das Fräulein hier gerade mit einer Muse vergleichen möchte – hat sie doch Anteil an deren Bestimmung und ist darum eben kein Apparat und kein gleichgültiges Dutzendwesen, sondern ein menschlich beschaffener Mensch. Und wenn sie, nach Abschluß des Verhörs, in ihr Privatleben zurückkehrt, so kann oder könnte sie das mit dem Bewußtsein tun, an einem Menschheitswerk teilgenommen zu haben. Man müßte ihr das nur irgendwie verständlich machen können, aber solange sie sich hinter den Musikschirm zurückzieht, ist ja nichts zu machen. Vielleicht würde sie mich auch nur erstaunt und befremdet ansehen und sogar auslachen. Immerhin. Ich würde das in Kauf nehmen. Dumme, kleine Schülerin der Klio. Dumme, kleine Stenotypistin. An Verhöre gewöhnt und wer weiß an was für Exerzitien noch. Mit wem wird sie es halten – mit dem Kommissar oder mit dem Vorsteher? So umspielen sie meine Gedanken, ich wünschte, ich könnte mich ihr, wie gesagt, verständlich machen, muß mich aber, unter den obwaltenden Umständen, damit begnügen – nun ja, gleich ihr mich den pointierten Rhythmen jener Musik zu überlassen, die sie – aus Angst, von mir in ein Gespräch verwickelt zu werden, das den strengen Kreis ihrer dienstlichen Funktion unversehens überschritte – als anmutig spielerisches Gitter zwischen uns gestellt hat. Es dauert schon sechs Minuten – dieses Spiel und meine Ohnmacht. Gleich –)

XII

Der Vorsteher: Um Sie kurz darauf vorzubereiten. Sie werden zunächst mit einigen wichtigen Aufnahmen bekannt gemacht werden, die wir unserm Archiv entnehmen und in bedeutender Vergrößerung an die Wand projizieren wollen. Sodann – aber es ist soweit. Man bringe die Musik zum Schweigen.

(Der Kommissar ist zurückgekehrt. Er trägt einen kleinen Kasten bei sich, auch nicht größer als eine Zigarrenkiste, der wohl die angekündigten Fotos enthält. Offenbar wendet man sich einer bereits erprobten Methode der Dokumentation zu. Die paar Liebhaberaufnahmen, die man mir vorlegte, waren natürlich nicht der einzige Vorrat an Lichtbildern, ich dachte es mir gleich. Ich muß mich umdrehen mitsamt dem Bürostuhl, und schon rasseln an beiden Fenstern Holzschirme nieder, Dunkelheit umfängt mich, im selben Augenblick aber leuchtet ein bläulicher Strahl auf, die Vorbereitungen zu dem unerwarteten Effekt müssen blitzschnell getroffen sein, der Kommissar war eben erst eingetreten, jetzt steuert er schon den Lichtbildwerfer, es ist kein Film, ich höre das leichte, matte Klappern von Diapositiven – die offenbar den Inhalt der vom Kommissar mitgebrachten Kiste bilden –, man kennt das von ungezählten wissenschaftlichen Vorträgen, zuletzt hat eben immer die Wissenschaft das Wort. Wie nennt man es im kriminalistischen Jargon? Konfrontation. Des Angeklagten mit einem Zeugen oder gar mit seinem Opfer. Doch – wer ist hier der Angeklagte, wer der Zeuge und wer das Opfer? Es wird hell, das Bild nimmt schärfere Züge an. Das Auge wehrt sich und fährt unsicher über die von Gestalten belebte Fläche hin und her, die in den Raum wie ein lautloses Erdbeben hereinbricht. Jetzt hat sie die höchstmögliche Schärfe gewonnen)

DER VORSTEHER: Sie werden ersucht, zu beschreiben, was Sie sehen. So genau wie möglich.
(So genau wie möglich. Unsinnigerweise kommt mir jetzt die Erinnerung an das kunsthistorische Seminar, an dem ich als Student einige Semester teilnahm, an die ständige Ermahnung des Professors, genau hinzusehen und nur zu sagen, was man sähe. Eine durchaus nötige Ermahnung, wir neigten alle dazu, entweder mehr oder weniger zu sehen, als das jeweilige Bild enthielt – neigten dazu, draufloszureden, ehe wir wirklich gesehen hatten, und so wird es ja immer und überall sein. Das menschliche Auge steht immer und überall im Dienste vorgefaßter Meinungen und Neigungen und wird dadurch leider um seine eigentliche Zeugniskraft gebracht. Wir sind überhaupt im Wegsehen stärker als im Hinsehen. Ich bin aber kein Student mehr, ich bin Historiker, geübt und erfahren im Umgang mit Dokumenten, handschriftlichen, aber auch anderen –)
DER VORSTEHER: So genau wie möglich.
(Ich blicke hinter mich – hat das Fräulein das Zimmer verlassen? Wir haben es mit hierorts bekannten Dokumenten zu tun, ein Protokoll erübrigt sich, sie ist vielleicht schon auf dem Wege nach Hause. Nach Hause? Ich wende mich der beleuchteten Wand wieder zu. Ich sehe –)
– Ich sehe Männer. Soldaten. Drei, nein vier. Einer von ihnen ist nur halb zu sehen, ganz links, nur der Schirm seiner Uniformmütze – und unten die Spitze eines Stiefels – und mehr oben der erhobene, halb ausgestreckte Arm, die Hand mit dem Revolver. Er richtet den Revolver auf eine Gruppe anderer Männer. Alles Zivilisten. Und alles bärtige Männer. Juden offenbar. Zu erkennen an den Bärten, an der Physiognomie. Sie knien. Alle knien. Alle mit nacktem Oberkörper. Ich zähle – es sind sieben Männer. Wohl nur ein Teil einer viel größeren Gruppe. Einer, der etwas vor den anderen kniet, öffnet den Mund, er schreit. Vor seinen Knien liegt ein Bündel, wie bei den andern auch. Und alle knien mit ausgebreiteten Händen. Man könnte meinen, sie beten, sie rufen Gott an, aber es wird wohl so befohlen sein, es ist die bekannte Geste der Ergebung. Das übliche Kommando ›Hände hoch!‹ wird eben vorangegangen sein. Ein sehr dra-

matisches Foto, wenn ich so sagen soll. Und dann – die drei andern Soldaten. Zwei tragen einen Stahlhelm, einer eine Uniformmütze. Die behelmten sind mit einer Maschinenpistole bewaffnet. Der andere –

Der Vorsteher: Erkennen Sie ihn? Erkennen Sie ihn wieder?

– Ich weiß nicht.

Der Vorsteher: Nächste Aufnahme.

(Das Gruppenbild verschwindet, an seine Stelle schiebt sich in den vorgezeichneten Rahmen lautlos ein anderes, nun wieder ein Ausschnitt aus dem vorherigen – ich sehe –)

Der Vorsteher: Erkennen Sie ihn? Erkennen Sie ihn wieder?

– Dieter Sandberg. Ja. Wenn das jetzige Bild ein Ausschnitt aus dem vorigen ist –

Der Vorsteher: Vergleichen Sie.

(Das erste Bild kehrt wieder. Kein Zweifel – der Mann, der die Mütze trägt und ganz rechts steht und sein Gesicht dem – unsichtbaren – Fotografen zuwendet, ist identisch mit dem, dessen Gesicht ich eben in außerordentlicher Vergrößerung sah. Mein Gott, so nahe, so deutlich habe ich Dieter sonst nie gesehen. Schon gar nicht in meiner Erinnerung. Mit raffinierter Präzision hat man sein Gesicht – das zweite Foto kehrt wieder – in diese unnatürliche Dimension ausgeweitet. Er ist es. Ich erkenne ihn jetzt auch nicht bloß an den – durch ein leises, unbestimmtes Lächeln – halb entblößten Oberzähnen, ich erkenne ihn – vielmehr: ich würde ihn auch ohne dieses ›besondere Merkmal‹ wieder erkennen, ohne daß ich zu sagen wüßte, welche Einzelheit dieses Gesichtes ihn als Dieter Sandberg ausweist. Schrecklich die Unbewegtheit der Mienen, des Mundes, der Augen, des Kopfes. Schrecklich diese Erstarrung von etwas Lebendigem zum toten Abbild. Wenn es noch ein Film wäre, daß er sich regte und bewegte, daß er den Mund öffnete, meinetwegen richtig lächelte, es wäre doch etwas Lebendiges, gewissermaßen, aber das hier – schaurig, diese Verewigung, ja, Verewigung eines flüchtigen Momentes. Aber sie lassen sich doch alle so gern fotografieren heutzutage, sie haben ja alle dieses kindische Verlangen, sich so zu verewigen, warum, weil sie alle nur Zeit kennen, nichts als Zeit. Biedere Familienväter, junge Bräute, Fußballsieger, Staatsmänner, Filmstars, Bischöfe, Päpste – alle dem Augenblick ausgeliefert, also der Zeit, also dem Verfall, also der Nichtigkeit, wo ist da ein Unterschied. Ich muß jetzt ja auch den Unsichtbaren hinzudenken, der das da aufgenommen hat, es gab eine Menge solcher Experten, die sich offenbar ein Vergnügen oder einen Sport oder was weiß ich daraus machten, das Entsetzliche zu verewigen. Gibt es sie heute nicht? Sieht man nicht täglich ihre Produkte? So üben sie weiter. Und werden zur Verfügung stehen, wenn –)

DER VORSTEHER: Sie haben ihn wiedererkannt. Ist Ihnen klar, welche Rolle er bei dieser Szene spielt?

– Nein. Er war Arzt. Was hatte er bei Erschießungen zu suchen?

DER VORSTEHER: Eben das fragen wir uns auch. Und was hatte er bei den Twardowskis zu suchen? Man habe ihn zur Jagd eingeladen, behauptete er. Eine ziemlich zweideutige Behauptung.

Immerhin hat er sich um Twardowski gekümmert –

DER VORSTEHER: Wollen Sie damit sagen, daß er sich auch bei dieser Szene – um die Opfer gekümmert habe? Glauben Sie, daß Ärzte hinzugezogen wurden, wenn man Juden und Polen exekutierte?

(Groß und blaß steht Dieters Gesicht im Raum. Wir sind einmal Freunde gewesen. Ich leugne es nicht. Oder habe ich es geleugnet – aus irgendeinem dunkeln Vorempfinden? Aber dann war das schon eine Wirkung davon, daß man mich nur diese eine einzige Spur verfolgen ließ, daß man mich auf ihn zu dirigierte, ich stand unter Zwang, und ich werde das nachher ausdrücklich noch einmal zu Protokoll geben –)

– Im Grunde ergibt sich aus der Aufnahme nur, daß er – wenn ich mich so ausdrücken soll, es ist ein medizinischer Ausdruck, ich weiß, – bei der offenbar geplanten Erschießung assistierte, nicht aber, daß er selber daran mitgewirkt hat. Ich erwähne das der Genauigkeit halber. Jedenfalls trägt er keine Waffe – und auch seine Körperhaltung läßt nicht auf eine unmittelbare Aktion schließen.

Der Vorsteher: Was bleibt dann übrig?
– Vielleicht ist er zufällig dazugekommen. Man muß dem Zufall ziemlich großen Spielraum zuerkennen. Auch in der Geschichte.
Der Vorsteher: Und sein Lachen?
– Ist es ein Lachen? Kann man ihn auf diese unwillkürliche Grimasse – wenn es eine ist – festlegen? Ich war mir auch früher oft im Unklaren darüber, ob man es als Lachen zu deuten habe oder bloß als – als eine unwillkürliche, unbewußte Nerven- oder Muskelregung, die keineswegs auf seine innere Einstellung zu dem, was vorging, schließen ließ. (Ich habe Zeit, mir sein Gesicht einzuprägen. Es ist wie eine Summe von allem, was an Erinnerungen heraufzog und vorbeizog. Und doch auch schon – Geschichte, auch schon Erinnerung. Die Aufnahme wird 1939 oder 1940 gemacht sein. Wie steht es mit Dieter heute? Würde ich ihn wiedererkennen, wenn ich ihm begegnete? Das da ist ein Gespenst. Wir gehen mit Gespenstern um – und hat es Sinn, ist es zulässig, aus solchem Umgang die Erlaubnis zu Urteilen herzuleiten – endgültigen Urteilen – mir brennen die Augen vom Hinsehen – ich habe Mühe, mich während dieser Konfrontation zu sammeln, klare Gedanken zu fassen – ich bin auf dem besten Wege –)
Der Vorsteher: Schon mehrfach war zu bemerken, daß Sie – war es wissenschaftliche Befangenheit oder persönliche Parteinahme? – unter dem Anschein der Objektivität ihrer Neigung zur – Passivität nachgaben. Tout comprendre c'est tout pardonner.
– Ich glaube auch jetzt mich nur der von Ihnen gewünschten Genauigkeit beflissen zu haben. Ich weigere mich jedenfalls, den bisher gezeigten Aufnahmen jene Beweiskraft zuzuerkennen, die sie haben müßten, um ein – ein endgültiges, ein vernichtendes Urteil über Dieter Sandberg zu fällen.
Der Vorsteher: Setzen wir diesen Teil der Beweisaufnahme fort. Das nächste Bild!
(Ich atme auf. Dieters Riesengesicht ist verschwunden. Ich konnte nicht mehr hinsehen. Ich habe zuletzt weggesehen. In Filmen sind Großaufnahmen üblich, merkwürdigerweise hat man sich daran gewöhnt. Ich werde mich wohl nie wieder

daran gewöhnen können, nachdem ich das hier gesehen habe: das Riesengesicht, die aufdringliche Summe meiner Erinnerungen. Wie kommt sie zustande? Auf technische Weise. Das heißt auf unmenschliche Weise. Wir finden nichts dabei. Wir sind keine Menschen mehr. Wir sind Unmenschen. Das zweite Bild –)

DER VORSTEHER: Die Einstellung könnte schärfer sein.

(Gleich nimmt die Aufnahme, wie gewünscht, größere Deutlichkeit an. Mir freilich tränen die Augen. Ich habe Filme gesehen, die unsere Vergangenheit derart grell beleuchteten. Hier ist es anders. Weil ich allein bin, der einzige Zuschauer. Auch allein verantwortlich? Allein schuldig? Unsinn. Aber das Gefühl davon macht sich immer stärker geltend. Damals wurde die Geschichte geplündert – Große Deutsche zeugen für Großdeutschland! Fichte zum Beispiel: Handle so, als hinge von dir allein das deutsche Schicksal ab – oder ähnlich – und die Verantwortung wäre dein. Ich bringe es nicht mehr zusammen. Wenn es aber gelten sollte, dann mußte auch, wenn es schief ging zuletzt, jeder einzelne allein die Verantwortung tragen – für das da –)

DER VORSTEHER: Nun?

– Ich sehe Frauen. Drei Frauen. Sie kommen von rechts nach links eine Straße entlang gelaufen. Richtiger wohl: über einen Hof. Im Hintergrund ist ein Haus, eine Scheune oder ein Schuppen. Seine Tür steht offen. An der Wand, rechts, lehnen landwirtschaftliche Geräte. Außer der Tür ist noch ein schmales Fenster in die Wand des Schuppens geschnitten. Darunter steht ein Trog. Ganz rechts ist ein Teil eines Bretterzaunes sichtbar. Das ist alles. Nein, nicht alles. Verzeihung. Ich muß mich erst zurechtfinden. Ich war zu lange mit meinen Erinnerungen beschäftigt, muß mich davon erst lösen. Auch der Übergang von einer Methode zur andern – (Ich versuche auszuweichen. Es ist von allem Bisherigen der peinlichste Augenblick. Man nötigt mich, Dinge zu beschreiben, die ich nicht miterlebt habe und von denen ich, als sie geschahen, nichts wußte. Doch beuge ich mich nicht nur dem Zwang des Verhörs. Nein, von dem Lichtfleck da und den wirren Zeichen darauf geht ebenfalls ein Zwang aus. Nicht nur zum Hinsehen, sondern, stärker noch, zum

Mittun auf dieser Bühne. Ich bin nicht Zuschauer. Ich sitze dem Bild nicht gegenüber. Ich trete in es ein. Katharsis nannten es die Griechen und meinten wohl ein solches Mitwirken der Zuschauer, wobei jeder sich im Innersten betroffen und getroffen fühlte. Das da ist keine äschyleische Tragödie. Es ist ein simples Foto, das man im Gepäck eines deutschen Kriegsgefangenen oder Gefallenen fand. Und doch weitet es sich vor meinen Augen, vor meinen tränenden Augen, zu tragischer Dimension, die etwas ganz anderes ist als die mechanische Verwandlung zur Großaufnahme. Handle so –)

DER VORSTEHER: Keine Abschweifung. Halten Sie sich an das, was Sie sehen.

– Sie sind völlig nackt, die drei Frauen. Sie laufen mit weitausgreifenden Schritten, mit angewinkelten Armen. Ihr Schatten läuft mit ihnen. Es wird im Sommer sein, am sonnenhellen Tage. Kräftige, ja üppige Leiber. Sie tragen übliche Frisuren, die der dritten scheint sich aufgelöst zu haben. Man muß fragen: Wohin laufen sie? Woher kommen sie? Darüber gibt das Bild keine Auskunft. Man kann es aber aus der Mitwirkung der im Hintergrund stehenden und zuschauenden Soldaten schließen. Landser in abgewetzten Uniformen. Mit dem üblichen Käppi, den Knobelbechern. Sie stehen bequem und müßig da. Ich zähle elf Männer. Junge und ältere. Die drei Frauen dürften in den Zwanzigern sein. Die dritte vielleicht erst siebzehn oder achtzehn. Merkwürdig diese mitlaufenden Schatten. Die Frauen sind nackt und barfuß. Keiner der elf Männer kommt auf den Gedanken, ihnen ein Kleidungsstück zuzuwerfen. Keiner staunt. Keiner wendet sich ab – vor Zorn oder vor Scham. Keiner –. Ich glaube, alles beschrieben zu haben, was ich sehe.

DER VORSTEHER: Können Sie sich denken, woher die Frauen kommen und wohin sie laufen?

– Wenn Vermutungen erlaubt sind. Ich nehme an, daß sie auf dem Wege ins KZ sind, in die ihnen zugewiesene Baracke. Oder – schon zum Ofen? Ich habe keine Erfahrung mit solchen Prozeduren, trotz gelegentlicher Beschäftigung mit der einschlägigen Literatur.

DER VORSTEHER: Die drei Frauen sind auf dem Wege zur ärztlichen Untersuchung.
– Im Laufschritt? Und nackt? Und an den Soldaten vorbei?
DER VORSTEHER: Auch an dem vorbei, der die Aufnahme gemacht hat. Immer war auch dieses unsichtbare Auge dabei. Doch betrachten Sie jetzt noch einmal die links vom Beschauer stehende Gruppe von drei Männern. Einer von ihnen trägt die Uniform eines Arztes.
– Sie werden es wissen. Ich kann es nicht erkennen.
DER VORSTEHER: Die nächste Aufnahme.
(Leises Geräusch, die Bilder wechseln – eins verschwindet, ein neues rückt an seine Stelle. Drei Köpfe. Großaufnahme. Nein. Ja. Doch, er ist es. Dieter Sandberg. Vielleicht würde ich ihn nicht wiedererkannt haben, hätte man mir nicht zuerst die fünf Fotos vorgelegt. Dieses schließt sich an das letzte davon, Dieter im weißen Arztkittel, folgerichtig an. Auch hier blickt er aus dem Bild heraus, ins Leere. Sieht er die Frauen? Sieht er über sie hinweg? Er konnte schon als junger Mensch, schon als Schüler diese Hochmutsmiene aufsetzen. Die vorstehenden Zähne verstärkten den Eindruck – wenn es nicht zugleich Verlegenheit war. Hat einer von den Männern neben ihm einen Witz gemacht? Über die vorbeihastenden Frauen, ihre ängstliche Eile, ihre entblößten Brüste und Schöße? Denn Dieter lacht. Ich beschwöre es: Dieter lacht. Auch die beiden andern Männer lachen. Was gibt ihnen Grund zum Lachen? Ich erinnere mich, gelesen zu haben, daß man nach dem Abwurf der Bombe auf Hiroshima die Umrisse von Menschen im Stein, im zerglühten Stein gefunden hat. So hätten sich auch die Schatten dieser Frauen in den Staub eindrücken müssen zum ewigen Zeichen der ihnen angetanen Schmach. Lacht er wirklich? Und wenn er lacht – was nötigt ihn zum Lachen? Ich darf mich mit der bloßen Feststellung nicht begnügen. Das mögen die andern tun. Ich muß nach dem wahren Grund seines Lachens fragen. Es muß nicht der Anblick der drei armen, gepeinigten, entehrten Frauen sein. Es könnte auch eine Nötigung von ganz woanders her sein. Die Kamera hat es festgehalten. Aber nur den äußeren Anblick, nicht die innere Nötigung. Man kann ja auch aus Verlegenheit lachen. Oder aus

Verzweiflung. Oder aus einem Anflug von Irrsinn. Es gibt Leute, die sich bei Begräbnissen des Lachens nicht erwehren können. Hat er gelacht, damals, als ich am Sarge von Mariechen Schimanski aus meiner Ohnmacht erwachte? Hat er gelacht, als – aber mag er doch, hier mischt sich in die fatale Gesichtsbewegung ein anderes Motiv. Es ist nicht sein Lachen allein, nicht sein eigenes Lachen. Es wird ihm von anderer Hand wie eine Maske aufgedrückt. Von einer Hand, die sich mit und an uns allen zu schaffen macht, ob wir wachen oder schlafen. Die an unserm Gesicht herummodelliert, es den tollsten schmerzlosen Operationen unterwirft. Kosmetik der Hölle. Ich habe damals für dich gefürchtet, Dieter, als wir uns an Lambeys Leiche gegenüberstanden. Kann ich, darf ich heute sagen: Es ist eingetroffen, was ich gefürchtet habe – ohne an mich selber zu denken und an die Veränderungen, die jene Hand auch an meinem Gesicht vorgenommen hat?
Ihr habt das Geheime an den Tag gebracht. Ihr habt das Verborgene offenbar gemacht. Ihr habt das Verschwiegene ausgeschwatzt. Ihr habt das Verschleierte sichtbar gemacht. Ihr habt den größeren Mut gehabt, die größere Kälte, die größere Leidenschaft – zu dem, was Lambey hat kommen sehen. Was heißt denn wiedererkennen? Doch nur: daß ich mich in dir wiedererkenne, Dieter. Ich werde das nicht laut sagen. Ich denke das zum erstenmal. Du warst mir entrückt, meilenweit entrückt, bist es wohl noch, wer weiß: sogar sternenweit – und bist mir doch schrecklich nahe. Nein, ich werde es nicht laut sagen, ich würde es doch nur falsch formulieren, und niemand würde es hier und sonst verstehen. Was will man? Warum zeigt man mir diese abscheulichen Dokumente? Nur, daß ich dich wiedererkenne und aufgrund der Dokumente verurteile? Oder will man mehr? Immer noch glotzt die Großaufnahme ins Dunkel. Immer noch thront Dieters Lachen über der Szene. Immer noch über den entblößten Oberzähnen dieser schwer deutbare Ausdruck –. Und die Verantwortung wäre dein –)
DER VORSTEHER: Die nächste Aufnahme.
(Wieder das sanfte Geräusch, der lautlose Wechsel. Noch einmal Dieter. Jetzt auf den ersten Blick erkennbar)

DER VORSTEHER: Beschreiben Sie, was Sie sehen.
– Ich sehe Dieter Sandberg. Mit zwei Kollegen. Ärzte wie er. Einer von ihnen steht halb abgewandt und macht sich an einer Apparatur zu schaffen. Dieter und der andere sitzen. Und zwar – wie sonst auf dem Bettrand – so hier auf dem Rand einer Wanne oder eines Beckens. In dem Becken liegt ein Mensch. Ein Mann. Ausgemergeltes Gesicht. Spitz herausstechende Knie. Er ist nackt. Von der Apparatur führen Schläuche oder Röhren in das Becken und zu dem im Bekken liegenden Mann. Der zweite Unbekannte berührt ihn mit der Hand. Der Mann liegt mit geschlossenen Augen. Ist er ohnmächtig oder schläft er? Dieter Sandberg blickt über das Becken, über den Mann hinweg ins Objektiv. Ernst und gesammelt. Wir haben es offenbar mit einem Experiment zu tun. Was hier vorgeht, geschieht im Dienst und im Namen der Wissenschaft. Ohne daß damit zugleich klar wäre, in wessen Dienst und Namen die Wissenschaft hier handelt. Wenn man es nicht von den Uniformen ablesen will oder von der über die Szene gebreiteten Atmosphäre. Dieters Gesichtsausdruck läßt auf ein ausgeprägtes wissenschaftliches Bewußtsein schließen. Er könnte nicht strenger, nicht kühler, nicht objektiver blicken. Offengestanden erschüttert mich das mehr als sein Lachen vorhin. Vielleicht darum, weil er hier selber mit Hand anlegt. Ich weiß nicht. Weitergehen – oder untergehen, sagte er zu Marion. Und war entschlossen, weiterzugehen. Ist er inzwischen untergegangen? Das Foto ist übrigens etwas unscharf. Doch deutlich genug, um die Hauptperson zu erkennen: Dieter Sandberg.
DER VORSTEHER: Wir sind am Ziel.
– Wenn dies das Ziel war –
(Das Bild verschwindet, ein weißes Viereck bleibt übrig, blendende Leere. Dann rutschen die Holzschirme an den Fenstern wieder hoch, Tageslicht dringt ein. Der Kommissar hantiert an dem Projektionsapparat, nimmt ihn und versenkt ihn in einen Kasten hinter dem Schreibtisch. Das Zimmer liegt in seiner tristen Banalität wieder offen da, keine Erinnerung mehr an das da, an die gespenstischen Vorgänge, die eben noch an der Wand leblos hafteten. Büro. Weiter nichts. Die Zeit –)

DER VORSTEHER: Alle Aufnahmen wurden auf polnischem Boden gemacht.
– Und die Menschen – die Objekte – verzeihen Sie –
DER VORSTEHER: Waren alle polnischer Nationalität.
– Worum handelte es sich bei der letzten Aufnahme?
DER VORSTEHER: Um einen sogenannten Unterkühlungsversuch.
– Über die Zulässigkeit von Versuchen an oder mit lebenden Menschen waren und sind, soviel ich weiß, die Meinungen der Wissenschaftler geteilt.
DER VORSTEHER: Die Richtlinien. Paragraph 5 und 9.
(Er überläßt die Antwort dem Kommissar, der sie aus einem kompendiösen Handbuch abliest:)
›Kein Versuch darf durchgeführt werden, wenn a priori ein Grund besteht für die Annahme, daß der Tod oder ein dauernder körperlicher Schaden eintreten wird, mit Ausnahme vielleicht jener Versuche, bei welchen die Versuchsleiter gleichzeitig als Versuchspersonen dienen. Ferner muß der Versuchsperson während des Versuches freigestellt bleiben, den Versuch zu beenden, wenn sie körperlich oder geistig den Punkt erreicht hat, an dem ihr seine Fortsetzung unmöglich scheint.‹
– Ein vernünftiger Grundsatz, der auch auf Verhöre Anwendung finden sollte. Verzeihung. Ich meine nicht das gegenwärtige. Ich erinnere mich an andere, denen ich selber vor Zeiten unterworfen wurde, und bei welchen mir keineswegs freigestellt war –
DER VORSTEHER: Diese und andere allgemein anerkannte Bedingungen sind nachweislich im Fall Sandberg – wie in vielen anderen ähnlichen Fällen – nicht berücksichtigt worden. Glauben Sie, daß dieser und andere einschlägige Versuche im Interesse des wissenschaftlichen Fortschrittes angestellt wurden? Sie wurden allein im deutschen Nationalinteresse vorgenommen. Uns liegt ein ärztliches Tagebuch vor, in welchem mehrfach versichert wird, die Versuche würden nicht an Häftlingen stattfinden, sondern nur an Polen – und die Polen seien ja eigentlich keine Menschen.
(Dieter – war es dies oder war es die Wissenschaft? Oder beides? Zuletzt, immer wieder tritt dies Bild mir vors Auge,

standen wir uns in der Morgenfrühe an Oberleutnant Lambeys Leichnam gegenüber. Ist das da die Konsequenz jenes Augenblickes? Gab es, wenn es das ist, keinen Ausbruch aus dem Gefängnis der Konsequenz? War der Weg von Anfang an genau vorgezeichnet? Mußtest du ihn gehen, auch wenn du ihn nicht hättest gehen wollen? Daß du schwanktest, beweist dein Besuch bei Marion. Du hättest ihn nicht wiederholt, wenn du nicht das Bedürfnis gehabt hättest, dich vor der Jugendfreundin zu rechtfertigen, wer weiß, vielleicht sogar bei ihr Schutz zu suchen. Und du wärest wohl nicht so heftig geworden gegenüber der merkwürdigen – ich habe ihren Namen nicht behalten –, wenn es dich nicht betroffen gemacht hätte, sie vor dir knien zu sehen. Also wäre immer noch Zeit gewesen, auszubrechen. Aber wahrscheinlich hattest du dich ein für allemal unterworfen. Für einen Teufelspakt gibt es keine Kündigung von seiten des Menschen. Starr und still die drei deutschen Ärzte über dem unglücklichen Polen. Schon Geschichte. Vorbei. Und doch nicht vorbei. Zu Ende und doch nicht zu Ende. Aber – ich fühle es – während der mir aufgezwungenen Konfrontation breitet sich in mir mehr und mehr ein stiller, zäher Widerstand aus. Ich habe die Reise nach Fernau in der schlichten, harmlosen Absicht angetreten, ein paar Kindheitsstätten wiederzusehen. Ich verband keinerlei politische Nebenabsichten damit und habe das deutlich genug zu Protokoll gegeben. Warum also dehnt man das Verhör derart aus, warum unterwirft man mich einer Befragung, die höchstens einem Tatverdächtigen, einem Angeklagten zugemutet werden dürfte? Warum muß ich an Dieters Stelle Rede und Antwort stehen? Unsere Trennung damals war eine endgültige gewesen. Wir haben einander nie mehr gesehen und auch nicht gesucht. Es war eine Schulfreundschaft, wenn man es denn so nennen konnte. Alles Spätere steht auf einem ganz andern Blatt, geht mich nichts an. Wohin kommen wir, wenn man uns Verantwortlichkeiten aufbürdet, die in der Wirklichkeit überhaupt keinen Grund haben, wenn zufällige Begegnungen zu persönlichen Entscheidungen aufgeplustert werden – Ich fühle mich absoluter Willkür ausgeliefert – ich – ich –)

DER VORSTEHER: Sie schweigen.

– Ich schweige, weil ich – weil ich nicht gewillt bin, für die Untaten eines andern einzustehen. Weil ich es ablehne, mich noch länger einem Verhör zu unterwerfen, das der Aufdeckung von Verbrechen dient, die ich nicht begangen habe. Weil ich – aber Sie wissen es ja. Ich habe mich heute vormittag klar und deutlich über die Motive geäußert, die meiner Reise zugrunde liegen. Es sind Motive, die überall anerkannt werden würden. Hier setzt man sich damit Verdächtigungen aus. Ich habe Ihnen lange genug Rede und Antwort gestanden. Ich bin erschöpft. Ich sehe, daß der Zug zurück nach dem Westen in etwa einer Stunde abgeht. Ich verzichte darauf, die Reise fortzusetzen. Ich werde dahin zurückkehren, woher ich gekommen bin. Ich habe kein Interesse mehr daran, wiederzusehen, was man hier offenbar –
DER VORSTEHER: Warum so aufgebracht? Hat irgend jemand ausgesprochen, daß Ihnen die Weiterreise verwehrt sei? Doch wohl nicht. Sie dürfen reisen, wohin Sie wollen. Der Zug in östlicher Richtung hat Verspätung, sie erreichen ihn noch ganz bequem. Sie können noch heute abend in Fernau sein.
(Die anscheinend ehrlich gemeinten Worte des Vorstehers sind nicht geeignet, mich zu beschwichtigen. Vielmehr mischt sich in meinen Zorn nunmehr etwas wie – Angst oder besser: Bedauern. Angst, etwas zu versäumen, wenn ich die Entlassung ernst nehme, Bedauern, daß das Verhör ganz kurz vor seinem eigentlichen Ergebnis oder Höhepunkt, oder wie mans nennen soll, abgebrochen werden könnte. So entschließt man sich, aus einer augenblicklichen Enttäuschung heraus, einer Theater- oder Konzertaufführung nicht länger beizuwohnen – um anderntags in der Zeitung zu lesen, daß der letzte Akt oder das letzte Stück alles Vorangegangene an Bedeutung übertroffen habe. Ich möchte gehen und ich möchte bleiben. Und schon setzt sich die Angst, das Bedauern in Erwartung um, als könnte jetzt –)
DER VORSTEHER: Sie zögern. Da ist es vielleicht möglich und nützlich, Sie mit noch einem Dokument bekannt zu machen, an welchem Sie mehr als nur historisches Interesse nehmen werden, ein Dokument, von dem aus auf alles Vorangegangene noch einmal ein Licht fallen und, was daran dunkel

war, zu Ihrer Zufriedenheit aufklären dürfte. Dokument 96 c, römisch sieben.
(Ein Regieeinfall? Oder was sonst? Warum hielt man mit einem so bedeutsamen Dokument so lange hinterm Berge? Ich hatte schon meinen Koffer ergriffen, war aufgestanden – das Fräulein blickte mich erstaunt an, schüttelte den Kopf, lehnte sich aufatmend zurück, Sonne, immer noch Sonne, wenn auch ihr Schein sich vertieft hat, denn es wird Abend. Der Kommissar, der zuerst aufgesprungen war, als wollte er mir bei meinem Aufbruch behilflich sein oder das Geleit geben, also war die Entlassung ernst gemeint, wendet sich wieder den vor ihm auf dem Schreibtisch ausgebreiteten blauen und roten und grünen Mappen zu, wühlt dazwischen herum und öffnet jetzt die Akte mit der gewünschten Nummer. Er bleibt stehen und liest:)
›Als die Räumung des Frauen-Konzentrationslagers Ravensbrück im Frühjahr 1945 durchgeführt wurde, übergab man die dort befindlichen Versuchspersonen dem Schwedischen Roten Kreuz. Vier von ihnen aus der zweiten und dritten Versuchsgruppe erschienen vor Gericht, schilderten die Versuche und wiesen dem Gerichtshof ihre Narben vor. Eine klinische Übersicht über die ausgeführten Operationen gab Frau Dr. Zophia Maczka, eine polnische Fachärztin für Röntgenologie, die während der größeren Zeitspanne des Krieges als polnischer Häftling in Ravensbrück festgehalten worden war. Sie arbeitete als Hilfskraft in der Röntgenstation des dortigen Reviers. In ihrer eidesstattlichen Erklärung heißt es:
Mit Tetanus war Ludmilla Kraska infiziert. Sie starb in ein paar Tagen. Mit Gasbrandbazillus war Kazimiera Kurowska infiziert. Sie starb in ein paar Tagen. Mit Oedema malignum waren: Aniele Lefanowicz, Zofia Kiecol, Alfreda Prus und Maria Kusmierzuk infiziert. Die ersten drei starben in einigen Tagen. Die Maria Kusmierzuk hat die Infektion überstanden. Sie lag mehr als ein Jahr krank, sie ist Krüppel geworden, aber sie lebt als Zeugin der Experimente.‹
(Pause. Der Kommissar hat die Akte mit dem eben Verlesenen auf das Brett sinken lassen, er setzt sich aber nicht, er steht und sieht mich an, auch er wie in Erwartung. Und das

Fräulein – sie hat das Verlesene nicht mitgeschrieben, sie hat still dagesessen, sie kennt es natürlich. Ich bin der einzige, der es nicht kennt, und auch das Fräulein sieht mich jetzt an, doch wohl, um sich davon zu überzeugen, wie dieser zuguterletzt – gewissermaßen anhangsweise – mir vorgelegte Text auf mich wirkt. Ich sitze, wie ich bisher gesessen habe, zwischen dem Fräulein und dem Kommissar, jetzt aber wie in die Zange genommen von ihrer beider Blick: die Szene nimmt jene Erstarrung an, die mir vorhin, bei Betrachtung der Diapositive, das Dargestellte so gespenstisch erscheinen ließ. Jedoch, schon vorher hatte ich dieses Empfinden gehabt und auch geäußert, wann war das? Ich bin ja wirklich vom Hundertsten ins Tausendste gekommen. Und wovon ging ich aus? Von welchem Augenblick, welchem Bild, welcher Szene? Es gehörte zu meiner Erinnerung, nicht zu den Dokumenten, und war mitten im Erzählen zum Stillstand gekommen, wie eine fotografische Aufnahme, die ja auch immer nur einen winzigen Bruchteil des Vergänglichen festhält. Jeder an seinen Platz gebannt. Dieter, der eben Angekommene, das Mädchen im Begriff, davonzulaufen – und ich in der Mitte. Ja, so war es. An dieser Stelle wurde ich unterbrochen. Sie fällt mir in diesem Augenblick wieder ein. Hat man es nicht gemerkt, ist es dem Vorsteher entgangen, daß noch etwas ausstand, worauf ich zurückkommen mußte? Er hätte mich jetzt daran erinnern müssen. Statt dessen wird mir ein Dokument mitgeteilt, das die bisherigen zwar ergänzt, doch nicht eigentlich Neues bringt – von Dieter war darin überhaupt nicht die Rede. Kein guter Regieeinfall. Dies meine Gedanken während der Pause, die gleich nach der Verlesung des Dokumentes eintrat. Stille. Erstarrung. Durchs geöffnete Fenster abendliche Vogelstimmen, ziemlich weit her, doch klar genug – in dieser eigentümlichen, herzzerreißenden Dringlichkeit, als gelte es vor Eintritt der Weltnacht noch einmal aufzujubeln, was die Stimmen, die Kehlen hergeben. Mir hingegen ist die Kehle wie zugeschnürt. Die Erstarrung greift auf mich über. Das Haus ist ein Sarg. Wir sind die Toten. Mit einer letzten, fast schon verhauchten Erwartung – worauf? Ja, worauf warten die Toten, wenn nicht auf ihre Erweckung. Wenn nicht –)

XIII

Der Vorsteher: Der Interpretation dieses Dokumentes werden Sie vielleicht noch beiwohnen wollen?
(Wieder dieser neue Ton der Höflichkeit. Einer Höflichkeit, derjenigen ähnlich, wie sie im Umgang mit Gästen üblich ist, die zum erstenmal ein Haus betreten, eine Gesellschaft besuchen: man will es ihnen erleichtern, man möchte sie über eine gewisse Verlegenheit hinwegbringen. Entgegenkommen, Wärme. Schließt das auch den Verzicht auf Weiterführung meiner Erzählung ein? Ich würde das bedauern, auch wenn – wie ich merke – der Anschluß seine Schwierigkeiten hat. Insofern wäre es mir ganz lieb, wenn – da es nun einmal auf den Tisch gelegt wurde – das Dokument zuerst an die Reihe käme, vielmehr: die Interpretation des Dokumentes, die man mir ja wohl nicht gut zuschieben kann, denn –)
Der Vorsteher: Sie sind einverstanden. Dann also.
(Das Zusammenspiel zwischen Vorsteher und Kommissar erfolgt nach schwer durchschaubaren Regeln. Entweder ergehen bestimmte Anweisungen an den jungen Mann, mit genauer Angabe der betreffenden Akte, wie soeben erst. Oder der Vorsteher läßt einfach die Stimme sinken. Oder er unterbricht sich und läßt den angefangenen Satz in der Schwebe. Wie auch immer: der Kommissar hat bisher nicht ein einziges Mal falsch reagiert. Er muß sich auf die leiseste Nuance verstehen. Ja, manchmal hatte es den Anschein, als folgte er nicht einer wörtlichen Anweisung, sondern einem – mir unsichtbaren – Wink, so als ob der Vorsteher im Raum gegenwärtig wäre, schattenhaft und leibhaft zugleich. Ich selber stehe zu ihm ja in einer ganz anderen Beziehung. Ich stehe im Gespräch mit ihm, auch wenn dieses die Art eines Verhörs hat. Ich rede ihn an, ohne ihn zu sehen. Es fiel mir zuerst schwer, ich versuchte, in einer bestimmten Richtung

zu sprechen, wandte den Kopf bald in diese, bald in jene Richtung, dann gab ich es auf und sprach nur noch vor mich hin, oder, wie das bei Protokollen sich leicht ergibt, in die Maschine, auf die flinken Hände des Fräuleins. Zwischendurch versuchte ich immer wieder einmal, die Quelle zu ermitteln, aus welcher die Worte des Unsichtbaren hervordringen: es kann ja nur eine mechanische Quelle sein, doch habe ich derartiges nicht entdecken können. Übrigens weist die Stimme des Vorstehers keinerlei Veränderung auf, wie sie bei mechanischer Übertragung sonst unvermeidlich ist. Sie klingt so unverstellt, als ob der Mann mir gegenübersäße. So nahe, so klar, so menschlich. Freilich immer in einer Art von Mittellage, frei von jeglicher Gefühlsfärbung, sei es nach oben oder nach unten zu. Insofern eben doch nicht eigentlich menschlich, bei aller Nähe wirkt sie gewissermaßen entrückt: einer Person zugehörig, die nur als Stimme vorhanden ist, sonst aber nicht. Der Bereich des Wortes greift weit hinaus über die ihm von uns zugebilligte Dimension. Wer weiß, ob wir nicht auch sonst – ich meine, abgesehen von einer Situation wie dieser hier – uns unablässig im Verhör befinden? Gib Antwort, Mensch! Ich habe die Augen geschlossen, nicht vor Müdigkeit, sondern weil ich – Aber der Kommissar, das sah ich noch, verstand sich auch diesmal auf das halbe Wort, den unsichtbaren Wink, legte das Handbuch beiseite, das Rauchen hatte er schon seit längerem, ich glaube, seitdem er den zweiten Teil von Marions Aufzeichnungen vorzulesen hatte, eingestellt. Er zögerte noch einen Augenblick, als wollte er etwas mitnehmen und wüßte nicht, was, dann drückte er die Tür der Holzschranke auf, blieb wieder stehen und warf mir einen, wie man so sagt: verständnisinnigen Blick zu, wohl um anzuzeigen, daß wir jetzt noch etwas Besonderes zu erwarten hätten, ich lasse das dahingestellt, ging dann ohne die übliche Zuflüsterung an dem Fräulein vorüber zur Tür, öffnete und verschwand. Da schloß ich die Augen. Vielleicht wirkt es auf das Fräulein befremdlich, vielleicht nimmt sie es für eine Andeutung dafür, daß ich nicht gestört sein möchte, aber womit sollte sie mich denn stören, es wäre ja nur durch eine Anrede möglich – oder mittels ihres kleinen Radioapparates, der aber durch den Verweis des Vorstehers endgültig zum Schweigen gebracht wurde. Ohne die Augen zu öffnen, merke ich, daß das Fräulein aufsteht, sich zum Fenster begibt, dort am Vorhang zieht, offenbar, um einen Sonnenstrahl, der zuletzt scharf und blendend von daher ins Zimmer, über die Schreibmaschine, einfiel, abzuwehren, dann kehrt sie wieder auf ihren Platz zurück. Ich öffne die Augen vorzeitig und sehe sie jetzt mit ihrer Frisur beschäftigt, wobei sie in einen Taschenspiegel blickt. Es macht alles, so unscheinbar es ist – hier gibt es überhaupt nur unscheinbare Handlungen –, den Eindruck von Vorbereitung. Kaum vier Minuten sind vergangen, ich stellte das auf meiner Armbanduhr fest, da öffnet sich die Tür schon wieder. Zugleich aber schließt sich der Kreis, wenn ich dem Bisherigen Kreisform zuschreiben kann, er schließt sich so genau, wie die Enden eines Metallarmbandes sich ineinanderfügen auf Grund einer präzisen Konstruktion. Und fast setzt mich diese Empfindung – von etwas mit mechanischer Sicherheit Funktionierendem, obwohl alle eben gebrauchten technischen Ausdrücke dem Vorgang überhaupt nicht angemessen sind – mehr in Verwirrung als das Geschehen selber, das an sich, wie alles, was sich hier abspielt, ganz banalen Charakter hat: denn daß ein Mensch ins Zimmer tritt und auf einem Stuhl Platz nimmt, gehört ja wohl zu den banalsten Vorgängen unseres Daseins, ereignet sich unablässig und überall. Ich aber, ich erhebe mich, ich muß mich erheben, es zieht mich von meinem Sitz, ich muß zu erkennen geben, daß ich an der Banalität des Vorganges mir nicht genügen lasse, daß ich das Ungewöhnliche, besser das Ungeheure in diesem Vorgang erkenne. Hereingekommen ist nicht nur ein Mensch, hereingekommen sind zwei Menschen. Und zwar in derselben Gruppierung, wenn ich so sagen soll, wie heute früh, als ich noch wartend auf dem Bahnsteig stand – wirklich heute früh? Wie soll ich es in die Zeitmassen einordnen, die sich inzwischen hier an mir vorübergewälzt haben? In welchem Verhältnis steht es dazu? Und wenn es sich jetzt wiederholt, was hat auch das wieder mit dem zu tun, was als Erinnerung, nun schon wieder erinnerte Erinnerung, hinter mir liegt und in den Protokollen, die das Fräulein aufgenommen hat, auf seine – nennt man es nicht so? – auf seine Auswertung wartet. Internationaler Jargon. Bürosprache. Barackensprache. Ich habe mich erhoben. Und ich sehe, wie der Kommissar mit seiner fabelhaften Last, nämlich der schmalen, zierlichen, in schwarzes Tuch gehüllten, mit übergroßer weißer Flügelhaube bedeckten Nonne, langsam ins Zimmer tappt, langsam und vorsichtig auf den leeren Stuhl zugeht, den das Fräulein mit überraschender Dienstbeflissenheit zurechtrückt, wie er die Nonne, die seinen Nacken mit einem Arm umschlungen hält, langsam und vorsichtig auf den Stuhl niedergleiten läßt, sie mit ein paar mir unverständlichen, offenbar besorgten Worten bedenkt, auf welche die Nonne leise – und offenbar dankbar – erwidert. Ihr Niedersitzen geschieht umständlich, sie hätten ihr einen bequemeren Stuhl anbieten sollen, aber vielleicht ist es so richtig, sie ist ja eine leichte, fast zerbrechlich wirkende Person. Die große breite Haube, obwohl einem riesigen Schmetterling ähnlich, lastet auf ihr mit zu großem Gewicht. Über der Brust trägt sie bis zum Hals eine Art Panzer, aus gestärkter Leinwand, ein allzustrenges Kleid, das den Körper nicht nur bedeckt, sondern geradezu auslöscht. Sie hat nun Platz genommen. Die Flügelenden der Haube zittern leise. Sie sitzt mit gesenktem Kopf, ihr Gesicht ist, da sie mit dem Rücken zum Fenster sitzt, tief verschattet. Inzwischen war der Sonnenstrahl weiter gewandert und fällt jetzt, trotz der Vorsorge des Fräuleins, wieder in die Mitte des Zimmers, wieder auf die Maschine und zuvor auf das gesenkte Haupt der Nonne. Stille. Ich bin stehengeblieben und setze mich erst auf einen Wink des Kommissars, der selber, als wäre er zum Schutz der Nonne bestellt, neben ihr stehenbleibt. Ein merkwürdiges Paar. Jetzt noch merkwürdiger als vorhin beim Eintritt ins Zimmer, ist doch kaum anzunehmen, daß man hier eine besondere Vorliebe für geistliche Personen hegt, im Gegenteil. Warum also die auffallende Behutsamkeit, mit welcher man ihr begegnet? Wie alt mag sie sein? Unbestimmbar. Ihre Hände sind unter dem Umhang versteckt. Nur die Häfte eines metallenen, vielleicht goldenen Kreuzes wird in einer Stoffalte sichtbar. Ich bin an solchen Personen immer achtlos vorübergegangen, machte mir keine Gedanken über die Voraussetzungen ihrer Lebensweise, dachte immer an Mauern, wenn ich ihnen begegnete. Damals in Fernau wandelten sie ja auch ziemlich zahlreich auf den Straßen umher, waren es polnische oder deutsche Nonnen? Spielt die Nationalität überhaupt eine Rolle in diesem Bereich? Immer noch Stille. Offenbar ist es dieselbe Nonne, die ich heute früh im Wagengang begrüßte, die mir danach im Abteil gegenübersaß, daran ist kein Zweifel. Man wird sie aus ihrem Hospital herübergeholt haben. Aber warum? Wozu? Was hat sie mit dem Thema, den Personen zu tun, um welche das Verhör bisher kreiste? Eine Nonne kam in meinen Erinnerungen nicht vor. Nie in meinem Leben, nicht mal in Krankheitszeiten. Wieder, das empfinde ich, genauso wie heute früh, sitzt sie mir gegenüber wie eine vermummte Frage. Also wird auch wohl eineAntwort gegeben werden müssen. Von wem? Ich weiß nicht –)

DER VORSTEHER: Schwester Veronika.

(Wieder dringen die Blicke des Fräuleins und des Kommissars auf mich ein, wieder sehe ich mich dieser unverhüllten Neugier ausgesetzt, deren sie sich bisher im allgemeinen enthielten, der Sonnenstrahl fällt wie ein Schwert zwischen uns. Ein kleines Zögern vorhin genügte, um diese Szene und was ihr noch folgen mag, zu ermöglichen, als ob es nicht ruhig hätte Fragment bleiben können –)

DER VORSTEHER: Walter Wilhelm Gregor.

(Es macht den Eindruck einer Vorstellung. Die Namen stehen für die Personen. Aber sie verraten nicht das geringste von der Person. Es sind Formeln, weiter nichts. Er hätte auch eine mehrstellige Zahl nennen können. Die Nonne sitzt unbewegt. Ich blicke auf meine Schuhspitzen, die im Takt auf- und niederwippen. Bin ich aufgeregt? Ich warte –)

DER VORSTEHER: Wir haben Schwester Veronika hergebeten, um an sie einige Fragen zu richten.

(An die Nonne. Nicht an mich. Ich bin gespannt auf den ersten Laut, die Stimmer verrät mehr als der Name)

DER VORSTEHER: Sie werden gebeten, Schwester Veronika, den Herrn anzusehen.

(Im allgemeinen dürfte eine Nonne an Männern vorbeisehen. Hier wird es ihr vielleicht erlaubt sein. Sie hebt den

Kopf. Ihr Gesicht wird darum nicht deutlicher. Es liegt wie zurückgezogen im Schatten der Haube. Trotzdem wird sie mich ansehen – und zwar durch eine Brille hindurch, die jeden Versuch, ihre Augen zu erkennen, unmöglich macht. Ich erwidere ihren Blick, ich habe nichts zu verbergen. Außerdem sitze ich mit dem Gesicht gegen die Fensterseite, es liegt offen vor ihr, sie darf es ruhig studieren. Gleich senkt sie wieder den Kopf)

DER VORSTEHER: Kennen Sie den Herrn?

(Ich höre sie leise erwidern: Nein. Woher denn auch? Immerhin kann ein Zeuge, ohne den Angeklagten zu kennen, etwas den Angeklagten Betreffendes wissen. Das ist möglich. Nur – wer ist hier Angeklagter? Wer ist Zeuge? Und wer ist Richter? In allem steckt irgendein Irrtum. Vielleicht sogar eine Verwechslung. Davor schützt auch die beste Methode nicht)

DER VORSTEHER: Wir haben den Herrn um verschiedene Auskünfte gebeten. Sie kennen ihn nicht, sind aber vielleicht in der Lage, etwas zur Klärung des Falles beizutragen.

(Sehr allgemein ausgedrückt und sehr vorsichtig. Worin kann der Beitrag der Nonne bestehen, die ihr Leben hinter Klostermauern zubrachte? Man müßte schon sehr weit zurückgehen –)

DER VORSTEHER: Sie werden jetzt die Freundlichkeit haben, zuzuhören, wenn Ihnen einiges aus dem Protokoll der Verhandlung vorgelesen wird.

(Verhandlung, nicht Verhör. Mir kann es gleich sein. Aber es ist mir natürlich nicht gleich. Ich hatte das Gefühl einer bestimmten Erwartung. Ich habe es jetzt wieder. Mit dem Eintritt der Nonne ist es nicht vermindert, sondern noch gesteigert worden. Was wird man ihr vorlegen? Ich kann es selber kaum übersehen, würde, wenn man es mir vorlegte, vielleicht Mühe haben, mich in all dem Gesagten wiederzuerkennen, würde vielleicht beantragen müssen, daß man mich noch einmal berichten läßt, angesichts der Lückenhaftigkeit meiner Erzählung. Sollte es nicht genügen, die Nonne kurz zu informieren? Muß es mit meinen Worten wiederholt werden? Sie hätten es auf Tonband nehmen sollen. Jetzt wird das Fräulein an der Reihe sein. Auch auf ihre

Stimme bin ich gespannt. Das Nein der Nonne kam wie gehaucht – und gleich ließ sie wieder den Kopf sinken. Das Fräulein hat keine Schwierigkeiten im Aufsuchen der betreffenden Stelle. Sie scheint vollkommen eingespielt zu sein, jeder Nuance der vom Vorsteher geäußerten Wünsche oder Befehle sofort entsprechen zu können. Sie hebt aus dem auf einem kleinen Tisch neben der Maschine liegenden Blätterstoß einige Seiten heraus und beginnt, steil aufgerichtet, zu lesen, mit einer gar nicht mechanischen Stimme, nein, sie trägt es mit merkwürdiger Dämpfung vor, es nimmt sich wie geflüstert aus. Wie von weit her. So geht man in Galerien umher oder in alten Kirchen und flüstert einander zu, was man sieht oder empfindet: der Raum gebietet das. Nicht dieser Raum, sondern ein anderer. Ich kann das jetzt nicht unterscheiden, nicht definieren. Ich sitze und lausche, meinen eigenen Worten –)

›Wir waren ein paar Minuten gegangen, da blieb Dieter stehen und sagte: Ich weiß nicht. Was meinst du? fragte ich. Kommt mir komisch vor, sagte er und hob die Hand gegen etwas in der Ferne auf uns Zukommendes. Ich sah, was er meinte: eine Gruppe von Spaziergängern, und es war schon zu unterscheiden, daß sie aus jungen Leuten bestand, nicht ganz so jungen, wie wir beide waren; schon zu unterscheiden, daß sie lachten und gestikulierten; schon zu unterscheiden, daß es sechs junge Leute waren, genauer: fünf Jungen und ein Mädchen, das einen roten Rock trug. Wir waren zwei. Schlechtes Verhältnis. Dieter blinzelte, nicht wegen der Sonne. Ich kannte das an ihm, er blinzelte, wenn er erregt war, mit seinen kleinen, hellblauen Augen. Obwohl wir standen, nahm die Entfernung zwischen uns und jenen langsam ab. Sie kamen auf uns zu. Der Fluß war leer. Hinter uns kam niemand. Sonntagnachmittag, aber eine Wolke von Feindseligkeit nahm plötzlich die Sonne weg. Sechs gegen zwei, sagte Dieter. Nun waren auch die Stimmen zu unterscheiden.‹

(Ja, gewiß, so war es, und so habe ich es erzählt, aber was soll die Wiederholung, was geht es die Nonne an, sie regt sich nicht, es wird sie langweilen, und sie wird sich ebenfalls fragen, was es sie angeht, man sollte damit aufhören. So aus

dem Zusammenhang gerissen wirkt es außerdem eigentümlich zeitlos, aber das Fräulein liest und flüstert weiter, ohne Pause, ich selber habe es so eindringlich nicht vorgetragen, in ihrem Munde klingt es, als wäre sie dabei gewesen, als vertraute sie es jemandem wie ein Geheimnis an, sie ist aber höchstens Mitte dreißig, sie kann nicht dabei gewesen sein, ein ganz unsinniger Gedanke – und wie alt ist die Nonne –)
›Sie gingen in einem Klumpen – der sich dann plötzlich auflöste, auseinanderzog, so daß sie jetzt die ganze Breite des Uferweges einnahmen, die sechs, mit kleinen Zwischenräumen. Wollen wir umkehren, fragte ich. Zu spät, erwiderte Dieter. Rechts der Fluß. Links das Gestrüpp, die Kusseln. Blitzende Libellenflügel, grüne und blaue Fliegen. Ein Mädchen ist dabei, sagte ich. Die Gesichter waren zu unterscheiden. Die hellen, die dunklen Stimmen. Die Farbe der Anzüge, des Kleides. Der in der Mitte war sicher der älteste und der Anführer. Er schrie den andern etwas zu, auf polnisch. Es waren Polen. Fünf Jungen, ein Mädchen. Sie gingen spazieren, wie wir. Aber sie machten keine Miene, uns vorbeizulassen, schoben sich in geschlossener Front gegen uns vor. Wenn sie etwas sagen, keine Antwort, hörst du, sagte Dieter. Natürlich nicht, es würde ja doch nicht zu verstehen sein. Sie konnten uns beschimpfen, ohne daß wir das merkten. Umgekehrt war es nicht möglich: alle Polen verstanden auch Deutsch –.‹
(Wie hier, wie heute. Ich wäre in der Lage, mich auf polnisch einigermaßen zu verständigen, aber sie haben mich sofort in meiner Muttersprache angeredet, der Vorsteher jedenfalls, und auch die Nonne scheint Deutsch zu verstehen. Merkwürdig, wie lange es sich erhalten hat, über die zwanzig Jahre weg, von 1919 bis zum Ausbruch des Krieges und weiter. Wie dumm die Deutschen waren, daß sie das Polnische verachteten, damals. Und erst recht später, als sie das Land wieder an sich rissen, gewaltsam und dumm –)
›Aber ein Mädchen war dabei, vielleicht – Um so schlimmer, sagte Dieter. Sie waren heran. Standen still, hell von der Nachmittagssonne, der Sonntagssonne beschienen. Keine Gymnasiasten. Keine Deutschen. Fremd. Feindlich. Standen und schwiegen und blickten auf uns. Unsre Augen taste-

ten die Mauer auf etwaige Lücken ab, ob man irgendwo durchschlüpfen könnte. Wir hatten unsere Sonntagsanzüge an. Die sechs waren in unterschiedlicher Kluft. Das Mädchen im Sonntagsstaat. Ein zierliches, mageres Ding, mit kräftigen schwarzen Zöpfen. Zwecklos, sagte Dieter durch die Zähne. Maul halten, schrie plötzlich der Anführer, der in langen Hosen steckte und eine Schirmmütze trug. Sie hatten uns als Deutsche erkannt, wie wir sie als Polen erkannt hatten. Wenn einer von unsern polnischen Klassenkameraden dabei gewesen wäre. Smoszczinski, Glydda, Nowicki, Dziurla. Waren Sie mit einem von diesen –‹

DER VORSTEHER: Nur die Erzählung, ohne die Zwischenfragen.

›Wir hielten also das Maul. Sekunden vergingen. Lange Sekunden. Zwölf Augen drüben, vier Augen hier. Kinderaugen. Jetzt angefüllt mit der schrecklichen Spannung des Hasses – denn auch wir werden ja etwas wie Haß empfunden haben, angesichts dieser Mauer quer über unserm Weg. Heftiges Herzklopfen begleitete diese Empfindung, ein Vorgefühl –‹

(Wie jetzt, wie jetzt: Herzklopfen und ein Vorgefühl – aber wovon?)

›– von Widerwärtigem machte mich zittern. Plötzlich unternahm Dieter einen Durchbruchsversuch. Er schob den Kopf vor, duckte sich, stieß auf eine der Lücken zu – womit er das Signal zum Ausbruch der Feindseligkeiten gab. Ebenso plötzlich umringten sie uns, sie waren alle etwas älter als wir, alle auch stärker, Dorfjugend, Arbeiterburschen, hier draußen galt die Stadt nichts mehr, hier herrschte Kriegszustand, Faustrecht. Sie umringten uns, sie drückten uns zusammen, wir mochten uns wenden, wohin wir wollten, ihre Arme, ihre Beine arbeiteten gegen uns, plötzlich auch mit Schnur und Strick, die sie bei sich führten, die sie uns um die Beine und um die Hände zu schlingen versuchten, schwierig genug in solchem Gedränge. Dieter schlug wie ein Wilder um sich, in dieser Wolke von Haß und Wut, diesem Knäuel von erregten Leibern, es gelang ihm, sich loszureißen, durchzubrechen, ich bemerkte es, hörte ihn rufen, daß er Hilfe holen wolle, kein übler Gedanke, es konnte sie ablenken, selbst wenn er so schnell keine Hilfe finden würde. Ich war damit einverstanden, begriff, daß es ein Täuschungsmanöver bedeutete, es gab auch mir einen Augenblick Luft. Lauf, schrie ich, lauf, und gab mich selber drein und gefangen, leistete keinen Widerstand mehr. Der Lärm ließ nach, das Gedränge, sie hatten inzwischen meine Hände gefesselt und führten mich nun zu einer der Birken am Wegrand, banden mich an den schwarzweiß gemusterten Stamm, ich wehrte mich nicht, nur als einer sich bückte, hinter mir, und an meinen Hosen nestelte, stieß ich mit den Füßen nach ihm, ganz zwecklos. Sie banden mir die Füße und zogen mir die Hosen ab, ich trug noch kurze –‹

(So Wort für Wort, sie hat nichts ausgelassen, eine beachtliche Leistung, da sie es gleich in die Maschine schrieb, ohne Umweg über das Stenogramm, jedoch, was soll es, was soll sich die Nonne dabei denken, mutet es doch sogar mich selber jetzt reichlich indezent an, Kindheitsklatsch, möchte ich sagen, aber man sieht, wie sie es auswerten, natürlich hat es gewisse psychologische Hintergründe, eine Mauer, hinter die man eigentlich nicht schauen sollte, ich habe dem Drängen auf Genauigkeit in diesem Falle zu sehr nachgegeben, ich hätte –)

›– und darüber den Matrosenanzug, den blauweißgestreiften, mit schwarzem Knoten, den Sonntagsanzug, jetzt sah unten das Hemd heraus, ich schämte mich, vor allem, weil ein Mädchen dabei war, das Hemd war kurz. Sie hatten mich mit dem Gesicht gegen den Baum gebunden, aber ich blickte mich um und sah, was sie machten: sah, daß sie vom Unterholz lange dünne Ruten abbrachen, Pidden nannten wir das – und schon pfiff und klatschte es gegen meine bloßen Waden, es schmerzte scheußlich, dann höher gegen das Gesäß, einer schlug, alle schlugen, wild durcheinander, dabei hüpften sie und schrien, ein paar Schimpfworte verstand ich, die üblichen, die sich ja wohl bis heute erhalten haben, nicht bloß unter raufenden Jungen, sondern auch in Zeitungen und Parlamenten. Ich schrie und heulte, nichts als Wut und Haß, sie trafen auch die gefesselten Hände, ich war wie von Sinnen, und jene waren es ja wohl auch – man gerät ziemlich rasch von Sinnen, wenn Gewalt am Werke ist, der die Gewalt ausübt ebenso, wie der sie erduldet –, und waren wirs, Dieter und ich, vor einer halben Stunde nicht auch gewesen, nicht auch übereinander hergefallen? Auf Dieters Hand hatte es einen Blutflecken gegeben, als ich die Bremse darauf zerquetschte, ich blutete jetzt auch, ich weinte, ich schrie – Dann plötzlich war es zu Ende –‹

(›War es zu Ende.‹ Ein leises, aber vernehmliches Echo. Das Fräulein unterbricht ihr Geflüster. Die Nonne hat sich ein wenig aufgerichtet, ohne daß sich etwas an ihrer Vermummung geändert hätte. Sie hat auch den Kopf erhoben, von daher, aus dem Haubenschatten, kam das Echo. ›War es zu Ende‹. Ja – und?)

DER VORSTEHER: Sie möchten etwas sagen, Schwester Veronika.

(Die Nonne schüttelt den Kopf, die Enden der Flügelhaube beben, als überliefe die ganze Person ein Zittern. Vielleicht war es nur eine unwillkürliche Abwehr, vielleicht wollte sie damit nur sagen: Macht jetzt ein Ende damit. Das Fräulein liest weiter –)

›– nachdem es doch wohl nur Sekunden gedauert hatte, nicht länger, als ich jetzt davon erzähle. Wie auf Kommando, und wer hatte das Kommando gegeben, der Anführer oder – Ich blickte mich um und sah sie laufen, denselben Weg, den sie gekommen waren, ich blickte in die andere Richtung, da hätte jetzt Dieter herankommen müssen, aber er kam nicht, niemand kam, er hatte sicher weit laufen müssen, um jemand zu finden, jemanden zu bitten, aber wenn niemand kam, warum waren sie so plötzlich davongelaufen? Ich hing an der Fessel, mit der sie mich wehrlos gemacht hatten, ich bückte mich, um die Hosen wieder heraufzuziehen, die mir auf die Schuhe gerutscht waren – aber da bückte sich schon jemand anderes neben mir, hinter mir, verzeihen Sie, ich habe inzwischen gelernt und mir Mühe gegeben, genau zu sein, ich werde es auch in diesem Falle sein, obwohl es mir, offen gestanden, schwerfällt, weil es sich so unwahrscheinlich ausnimmt, so abgeschmackt, so romantisch, je nachdem, es ist aber die dichteste von meinen Erinnerungen, die deutlichste, die lebendigste, wenn auch die unwahrscheinlichste. Die andern, Willibald, Poppel, Blödorn, Ma-

riechen Schimanski, Lambey, keine hatte diesen Eisengeschmack des Wirklichen, ich habe im vergangenen Jahr im Gebirge aus einer Quelle getrunken, die Eisen enthielt, so schmeckt es: so kühl, so streng, so metallisch – wieso, ich weiß es nicht, aber –. Ich blickte abwärts und sah sie knien. Wen sahen Sie knien? Sagte ich es nicht schon? Das Mädchen. Sie sagten, daß alle fortgelaufen seien. Bis auf das Mädchen. Ich sitze hier vor Ihnen, ich selber und kein Phantom. Ebensowenig war oder ist es ein Phantom, wovon ich jetzt erzähle. Lieber würde ich ja schweigen. Es ist fast, als ob ich, der hier sitzt, den Knaben, der da steht, auf den Schoß nehme und an mich drücke – ich mich selber, was machen Sie nur aus mir. Anders ausgedrückt: Ich bin der Knabe, der da am Uferweg steht, gebunden und geschunden – und bin der Mann hier, auf dem Stuhl, sein Gepäck zu Füßen, und sehe den Knaben zu –. Und was tut der Knabe? Er sieht und fühlt. Sieht, wie das Mädchen im Staube kniet –‹
(Ich halte die Nonne fest im Auge, sie regt sich wieder, ihr schwarzer faltenreicher Umhang gerät in leise Bewegung, von innen her, das goldene Kreuz verschiebt sich, und gleich darunter, durch einen Schlitz im Umhang, wird jetzt ein Teil der Hand sichtbar, nur ein Teil, es ist die rechte, und das erste, was ich feststelle, ist, daß an dieser Hand – aber bemerkte ich das nicht schon heute früh im Abteil, schlaftrunken wie ich war? Eine zierliche weiße Hand, aber verkrüppelt –)
›– fühlt, wie sie seine geschundenen Beine mit ihren Armen umfängt, mit ihren Händen berührt, ihre Lippen daraufpreßt, hierhin und dorthin, die ersten Küsse, die ich von einem Mädchen bekam, unter recht sonderbaren Umständen, nicht wahr. Ich kannte sie nicht, wußte nicht, woher sie stammte, ich blickte auf ihre Hände: braune, feste Hände, Arbeitshände, keine Sonntagshände, ich sah ihre schwarzen Augen, es wird etwas Bestimmtes darin zu lesen gewesen sein, ich verstand mich aber noch nicht darauf, es verwirrte mich nur, ich hatte keinen dringlicheren Wunsch als den, meiner Fesseln ledig zu werden, an denen ich fortwährend riß und zerrte, und wieder in meine Hosen zu kommen. Komische Widersprüche, nicht wahr, aber so vieles von dem,

was man als Knabe erlebte, ist für den erwachsenen Blick mit Komik überkräuselt, ja, und was würde man von uns gedacht haben, wenn man uns gesehen hätte, das Mächen und mich, ganz was Obszönes natürlich. Wenn man von Kindheit erzählt, kommt man überhaupt nicht um Obszönitäten herum, obwohl es etwas ganz anderes war damals, ein ziemlich verwickelter Sachverhalt, ich bin Historiker und nicht Psychologe. Es wird ja auch wieder nur ein paar Sekunden gedauert haben, lange Sekunden, während sie nicht abließ, mich zu betasten, zu streicheln, zu küssen –. Übrigens fiel mir auf, mitten in meiner Verwirrung, und auch die Schmerzen hielten noch an, daß an der einen Hand des Mädchens der Daumen fehlte, es fällt mir eben wieder ein –.‹

(Die Hand der Nonne hatte sich gleich wieder zurückgezogen, es war wohl nur ein unwillkürliches Vorschnellen gewesen, wie das Züngeln eines Schlangenkopfes, – und nun weiß ich nicht – aber das kann ja nicht sein – ich müßte sie fragen, müßte sie bitten, die Hand – ich kann mich ja getäuscht haben, ich habe mich auch getäuscht, das Protokoll stimmt, aber meine Augen müßten noch einmal befragt werden –)

DER VORSTEHER: Schwester Veronika. Wenn Sie jetzt bitte Ihre rechte Hand aufheben wollen. Ja. Noch etwas höher. Und sie gegen den Herrn – so ist es gut.

(Sie tut, wie gewünscht. Sie hält die Hand mit der Innenfläche gegen mich, eine Gebärde zwischen Eid und Segen. Das Gesicht bleibt, wie bisher, dunkel, im Schatten.

Ich habe mich nicht getäuscht, die Hand ist verkrüppelt, ihr fehlt der Daumen. Es wird ein Zufall sein, diese Übereinstimmung. Schließlich geschehen Unfälle, wobei man einen Finger einbüßt, überall und jederzeit. Ich stelle fest. Ich ziehe keine Schlüsse. Es wäre absurd, Schlüsse zu ziehen. Ich –)

DER VORSTEHER: Bemerkten Sie etwas Auffallendes an Schwester Veronikas Hand?

– Ich bemerkte, daß ihr der Daumen fehlt.

(Die Nonne läßt die Hand sinken und zieht sie gleich wieder hinter den Umhang zurück. Mit einer Bewegung, die mich mehr irritiert als der fehlende Daumen. In dieser Bewegung

lag, ich glaube nicht zu übertreiben, ein Ausdruck von Zärtlichkeit. Jener seltenen Zärtlichkeit, die nicht der Leidenschaft, sondern dem Mitleid entspringt. Mit ihrem Erscheinen und Verschwinden ist diese Hand zum Mittelpunkt des Raumes geworden. Ich würde mich nicht wundern, wenn alles weitere sich auf logische Weise um diesen Mittelpunkt ordnete. In einer Logik, die der historischen widersprechen mag, die aber zwischen dem Einst, von dem mein Bericht handelte, und dem Jetzt, in welches das Einst jetzt leibhaftig hineinragt, erst den Zusammenhang schafft und – Aber das Fräulein scheint einen unsichtbaren Wink empfangen zu haben, sie fährt, unverändert flüsternd, mit der Verlesung des Protokolls fort –)
›– es wunderte mich, vierzig Jahre sind seitdem vergangen, nie wieder habe ich daran gedacht, eine bedeutungslose Einzelheit. Natürlich sagte sie auch etwas, deutsch und polnisch durcheinander, ich hörte kaum hin, dachte nur daran, daß mein Hemd so kurz war, die Blöße kaum deckte, schauderhaft, wie ich mich schämte, endlich gelang es mir – oder ihr –, meine Füße frei zu bekommen, ich nahm keine Rücksicht auf das Mädchen, zerrte die Hose wieder hoch, knüpfte sie ans Leibchen, die Waden brannten und im Gesicht die Tränen, aber soviel hatte die sonderbare Handlungsweise des Mädchens nun doch bewirkt, daß ich über dem Verwundern den Schmerz vergaß. Sie war nun auch aufgestanden – ach, natürlich hatte sie mich überall berührt, aber alles wie ohne Absicht, oder nur in der Absicht, mir Liebes zu erweisen, das war ihr gelungen, ich fühlte die Nässe auf meiner Haut, von ihren Küssen, ich fühlte mich sonderbar glücklich, wie das so ist – und in diesem Augenblick –‹
Der Vorsteher: Schwester Veronika – Sie wollen etwas sagen.
Die Nonne: Ich erinnere mich. Ich habe genau zugehört, und obwohl ich lange nicht mehr daran gedacht hatte – es hat sich so zugetragen.
(Keine Veränderung im Dasitzen der Nonne. Sie spricht leise, und doch wirkt es lauter als der Vortrag des Fräuleins, in ihrer Stimme spricht schon das Alter mit, die Stimme bebt, die Flügelenden ihrer Haube beben auch, aber die Hände

bleiben in ihrem Versteck, sie fährt nach kurzem Besinnen fort:)
Ich hätte es nicht so deutlich, so genau beschreiben können. Ich habe andere, deutlichere und genauere Erinnerungen, nach denen man mich hoffentlich nicht fragen wird. Was damals war, das war das Paradies. Was später kam, war die Hölle. Und auch in der Erinnerung ist die Hölle aufdringlicher als das Paradies. Sie verstehen. Meine Hauptaufgabe, wenn ich das sagen darf, und ich glaube schon, daß es hierher gehört, war und ist, mit der Hölle fertig zu werden. Ich bin nicht die einzige, deren Hauptaufgabe das ist.
Der Vorsteher: Schwester Veronika, auch wenn es Ihnen Mühe macht, was verständlich ist, so bedürfen wir doch Ihrer Aussage auch zu dem, was Sie das Paradies nannten.
(Wie ist das, wenn einem ein Mensch, ein völlig unbekannter, nur daß man ihm vor vierzig Jahren, und dann nie wieder, zufällig begegnete, zufällig, aber so, daß einem diese Begegnung zu einer einzigartigen Erfahrung wurde, unbekannt und doch bekannt also, – wie ist das, wenn einem ein solcher Mensch wieder leibhaftig gegenübertritt, gegenübersitzt, es war alles vergraben unter dem Schutt der Jahre und Jahrzehnte, abgeblaßt wie alte Fotos, fortgerückt in die leeren Räume der Geschichte, aber in ihm, in diesem Menschen, der neben mir sitzt und atmet und spricht, ist es alles noch da und wieder da und dringt auf mich ein und nötigt auch mich zu solch ungeheurem Rückschwung, ohne daß etwas Besonderes geschieht: ein paar Worte fallen, ein Zeichen wird sichtbar. Wie ist das –, ich erlebe es zum erstenmal, auf dieser, wie ich ja nun sagen muß, geradezu leichtsinnig unternommenen Reise, ich wußte wirklich nicht, was ich tat, als ich den Plan dazu faßte, als ich meinem Gefühl, meiner Sehnsucht nachgab, ich nahm es nicht sehr viel wichtiger als jede andere Erholungsreise auch, ich wollte nur ein bißchen spazierengehen im Erinnerungswald. Jetzt schlägt er über mir zusammen, unentrinnbar, und der einzige Mensch, von dem in diesem Augenblick Hilfe zu erwarten ist, sitzt hier neben mir – vermummt, aber lebendig, lebendig. Ich neige mich vor, meine Hand zuckt der verborgenen Hand dieses Menschen entgegen. Ist es denn möglich: sie

war, sie ist das Mädchen, das mir damals zu Hilfe kam, mich tröstete, küßte, liebte – ihre Stimme bebt –)

DIE NONNE: Es war an einem Sonntag. Mein Vater besaß eine Sägemühle, nahe der Weichsel, nahe der Stelle, wo die Brahe in die Weichsel mündet. Auch von den Uferwiesen gehörte uns ein kleiner Teil. Wir waren vier Geschwister, die andern drei waren Knaben. Sehr verschieden – wie meine Eltern auch verschieden waren. Meine Mutter war eine Deutsche. Mein Vater ein Pole. Sie lebten gut zusammen. Unter uns Geschwistern war es nicht so gut. Die Brüder waren für alles Polnische begeistert und haßten die Deutschen. Mein Vater dachte gerecht. Meine Mutter hielt zu den Deutschen. Sie war evangelisch, mein Vater war katholisch. Wir Kinder waren alle katholisch. Lauter Gegensätze. Ich halte nichts von Gegensätzen. Damals, an jenem Sonntag – ja, wie war das? Wir hatten frei, wir trieben uns gern an den Ufern umher. Die beiden andern waren aus dem Dorf. Ich mochte sie nicht. Sie waren wild und streitsüchtig. Erst unterwegs hatten sie sich uns angeschlossen. Ich merkte, daß sie mich am liebsten nach Hause geschickt hätten. Sie hatten irgend etwas vor, warteten auf eine Gelegenheit. Ich ließ mich aber nicht fortschicken. Wir gingen dann den Uferweg entlang, stadtwärts. Der Dampfer kam flußabwärts gefahren, voll mit sonntäglich geputzten Menschen, die lachten und sangen. Ich war still. Ich war traurig. Ich hatte das Gefühl, daß etwas passieren würde. Eben darum blieb ich und ließ mich nicht fortschicken. Dann – der Herr hat das ganz richtig beschrieben –, dann sahen wir zwei Knaben auf uns zukommen. Gleich wurden die beiden aus dem Dorf aufmerksam und tuschelten miteinander und mit meinen Brüdern. Der Weg war schmal, wir gingen in einer Reihe und füllten ihn aus. Ich sagte zu meinen Brüdern: macht mal Platz, wenn andre euch entgegenkommen. Meine Brüder lachten und blieben in der Reihe, dicht nebeneinander, zusammen mit denen aus dem Dorf. Die beiden Knaben vor uns kamen aus der Stadt. Es war zu merken, daß sie etwas zögerten. Unsre Jungen lachten, sie freuten sich auf den Zusammenstoß. Der Dampfer war schon wieder weit, der Weg unbelebt. Als ob alle Leute sich verabredet hätten, den Dampfer zu benutzen. Wenn Spaziergänger gekommen wären, hätten die Jungen sich nicht so benehmen können, aber es kam niemand. Mir klopfte das Herz. Ich sagte ihnen noch einmal, sie sollten die beiden doch ruhig vorbeilassen. In diesem Augenblick aber stießen sie schon zusammen. In solchem Augenblick führt wohl der Teufel das Kommando. Und alle gehorchen.

Der Vorsteher: Also kein Paradies.

Die Nonne: Ich weiß nicht. Glücklicherweise passiert derartiges nicht alle Tage. Wie nennt man es doch. Handgemenge, nicht wahr. Ich wollte meinen Bruder, den jüngeren, zurückhalten. Aber sie waren wie von Sinnen. Die beiden aus dem Dorfe rissen meine Brüder einfach mit sich. Und während ich mit dem jüngsten rang, überwältigten sie die beiden Deutschen. Nein, es war anders. Nur den einen überwältigten sie, der andere lief fort. Ganz richtig. Und den, der nicht fortlief, den fesselten sie dann und banden ihn an den Baum und rissen Zweige ab und schlugen ihn. Sie hatten ihn halb ausgezogen. Ich sah es, und er tat mir so leid. Es war ja ganz unmenschlich und obendrein feige. Und bloß weil er ein Deutscher war, aber unsre Mutter war doch auch eine Deutsche. Meine Brüder hatten von ihr, wie ich, deutsches Blut. Was will man machen, man kann es doch nicht ändern, nicht widerrufen. Nein, sie durften es nicht, auch wenn die beiden andern es ihnen vormachten. Da habe ich geschrien. Ich weiß nicht mehr was. Es erschreckte sie. Doch, ich weiß, was ich geschrien habe. Wenn ihr nicht sofort aufhört, stürze ich mich ins Wasser. Ich hätte es auch getan. Sie kannten mich. Sie wußten, daß ich dazu fähig war. Ich konnte kein Unrecht mitansehen. Nicht von Polen gegen Deutsche, nicht von Deutschen gegen Polen. Sie werden sagen, ein fünfzehnjähriges Mädchen. Was kann das schon ausrichten. Nein, mit Gewalt gar nichts. Aber gibt es nicht noch andere Mittel? Ich habe es auch in der Schule nicht gelitten. Ich bin auch gegen Lehrer heftig geworden, wenn sie ungerecht waren. Heftig – das heißt, ich sagte es ihnen und ließ mich dafür bestrafen. Mit fünfzehn Jahren ist man viel mutiger, als man es später ist, leider. Ich rannte auf den Fluß zu – da kam mein älterer Bruder mir nach und hielt mich zurück. Da ließen

auch die andern von dem Jungen ab. Komm, sagten sie, wir gehen. Vielleicht hatten sie auch Angst, daß der andere, der weggelaufen war, Hilfe holen würde. Ich sollte mit ihnen gehen. Nein, sagte ich, geht ihr nur. Da gingen sie und ließen mich stehen. Es spielte sich alles viel schneller ab, als ich erzählen kann. Plötzlich war ich allein. Und der Junge, den sie an den Baum gebunden hatten, ich hörte ihn weinen. Ja, so war es. Ungefähr so. Ganz genau kann man es nicht wiedergeben. Es ist zu lange her.
(Bericht von der anderen Seite. Man denkt nie daran, wie es sich auf der andern Seite ausnimmt. Man lebt immer einseitig. Keine Frage, sie ist es. Nie hätte ich sie wiedererkannt. Sie muß, wenn sie damals fünfzehn war, jetzt Ende fünfzig sein. Eine ungewöhnliche Wiederbegegnung. Und auf ungewöhnliche Weise herbeigeführt. Aber was ist damit gewonnen für die Hauptlinie, für die Hauptfigur des Verhörs? Sie bestätigt ja nur, was ich berichtete. Was sie zur Ergänzung beitrug, war herzlich wenig. Wieviel ergiebiger dagegen der zweite Teil von Marions Aufzeichnungen! Ich würde gerne –)
DER VORSTEHER: Bitte weiter im Protokoll.
›– oder war es noch, als sie neben mir kniete, ja, während sie noch kniete, während ich mich hastig anzog, tauchte von stadtwärts her, laufend und vom Laufe erhitzt, Dieter auf, allein, ohne Hilfe, die ja nun auch nicht mehr nötig war, bremste mitten im Lauf, als er uns erblickte, es erschreckte uns beide, wir hatten beide nicht an ihn gedacht, und er hatte natürlich anderes zu sehen erwartet, als was jetzt zu sehen war, erst erschreckte es ihn wohl auch, dann aber – ich weiß nicht, wie ich an seiner Stelle reagiert hätte, es war ja ein ganz absonderliches Bild, das sich ihm bot –, dann verzog sich sein helles, heißes Gesicht zu einem halb spöttischen, halb wohlgefälligen Lachen, oder wie sonst, auch von der Erinnerung gilt: ich sehe und sehe doch nicht, ich höre und höre doch nicht, also lachte er wirklich oder waren es nicht auch wieder nur seine hervorstehenden Zähne, die er vor Erstaunen und Aufregung entblößte? Ich lasse das unentschieden. Und was das Mädchen betrifft, das noch zu meinen Füßen kniete, wofür ich mich auch wieder verbürgen

möchte, daß es so war, daß sie also noch nicht aufgestanden war, denn ich blickte von oben nach unten auf ihr mir zugewandtes Gesicht, ein dunkles, ausdrucksvolles, gewissermaßen funkelndes Gesicht, wenn Ihnen das etwas sagt, es gilt ja wohl besonders von ihren Augen, in denen es, aber wovon eigentlich? funkelte, damals sah ich das wohl, aber nicht so wie jetzt, machte mir keine Gedanken darüber, zumal sich alles in Sekundenschnelle vollzog, auch wenn es lange Sekunden gewesen sein werden, heute hingegen, jetzt – ja, es wird wohl Zorn gewesen sein, Zorn über diesen so hell und heiter und dreist grinsenden Burschen, diesen blonden, platten Tölpel, auch mir kam er so vor, und ich ärgerte mich, es kränkte mich, wie er dastand und lachte oder nicht lachte, denn ich hatte meine Hand dem Mädchen aufs Haar gelegt, ganz unbewußt, indessen sie meine Beine umklammert hielt. Dieter konnte sich auf das alles natürlich keinen Reim machen oder doch, und dann eben nur einen einzigen, Sie können es sich denken, muß ich es denn noch weiter – Doch, doch, Sie müssen. Hatte also meine Hand auf ihr Haar gelegt, auf dem die Nachmittagssonne brannte –‹.
(Habe ich das wirklich so ausgeplaudert? Bin ich es, war ich es, von dem da berichtet wird? Ich kann es kaum glauben. Aber das Protokoll –)
›Es fühlte sich ganz warm an und glänzte in seiner Ebenholzschwärze, es lenkte mich ab von dem andern Brand, auf meiner geschundenen Haut, und die Kleine streichelte mich, aber Dieter, wie er da stand und lachte oder nicht lachte, kam mir ganz fremd vor, ein unwillkommener Zuschauer, er da, ich hier, das Mädchen hingegen wie schon immer zu mir gehörend, sonderbarer Tausch zwischen den beiden, ich kann es eben nur andeuten. Und wann war das doch? Ich spreche von 1913. Noch kein Krieg. Nein, und doch wird er in der Luft gelegen haben und, jetzt verstehe ich Ihre Zwischenfrage, auch das gehörte wohl schon zum Kriege, Vorstufe, Vorstadium, Vorbereitung, erstes dunkles Wölkchen am Horizont, ohne Rücksicht auf die Altersstufe, vielleicht zeichnet es sich überhaupt ganz unten, ganz am Anfang, bei den Kindern, zuallererst ab. Ja, und dann – dann rührt sich die Kleine, rührt sich und springt auf, mit einer Heftigkeit,

daß sie mich fast mitreißt, aber ich halte mich aufrecht, meine Hand ist von ihrem Haupt geglitten, abwärts gefallen, mich erfaßt eine Art von Apathie, ich stehe zwischen Dieter und dem Mädchen, hilflos, und sehen Sie, dieser Augenblick, dieses Bild, diese Szene ist nun auch zum Stillstand gekommen, wie eine fotografische Aufnahme, die ja auch nur immer einen winzigen Bruchteil des Vergänglichen festhält, den man mit dem menschlichen Auge so ausgespart überhaupt nicht wahrnimmt, jeder an seinen Platz gebannt: Dieter, der eben Angekommene, das Mädchen im Begriff, davonzulaufen und ich in der Mitte. Unser Leben setzt sich aus solchen winzigen Fragmenten zusammen. Eins davon hat sich jetzt selbständig gemacht. Und es hat, wenn ich das sagen darf –‹

DER VORSTEHER: Genug – Schwester Veronika, es ist leider unerläßlich, daß Sie zu dem Ausgang der Affäre, so wie er eben dargestellt wurde, sich Ihrerseits äußern. Sie dürfen es ganz unbefangen tun. Ihr Kleid schützt Sie vor jedem Mißverständnis.

DIE NONNE: Ich fühle auch keinerlei Scheu, es zu tun. Es war ja nichts Schlimmes, nichts Ungehöriges. Die Darstellung, die der Herr von jenem weit zurückliegenden Vorgang gab, war richtig, ich sagte das schon. Aber die Deutung, die er dann hinzufügte, ist falsch. Ich muß sie wenigstens als falsch bezeichnen. Er mischt Empfindungen hinein, die er wohl gehabt haben mag, die mir aber ganz fern lagen. Was mich bewog, auf den gefesselten Jungen zuzugehen, mich vor ihm auf die Erde zu knien und ihn – Nein, es war keine Liebkosung. Auch wenn er es so empfinden mochte –

(Tritt nicht ein wenig Rot in ihr blasses Gesicht? Natürlich liegt ihr daran, jetzt nicht mißverstanden zu werden. Ich aber hatte nicht meine Meinung mitzuteilen, sondern die Empfindung, die ich damals hatte, zu demonstrieren. Ich hätte es wohl noch genauer tun sollen. Hätte sagen sollen, daß mich bis dahin noch nie ein Mädchen angerührt – ich noch nie ein Mädchen berührt hatte. Oder habe ich das gesagt? Daß also in jenem Augenblick in mir Empfindungen des Schmerzes – nach der eben erfolgten Bastonade – mit solchen der Wollust sich mischten. Rutenstreiche und Küs-

se. Sie wird ja nun sagen, was der Grund ihres Tuns war, wenn es keine erotische Bewandtnis damit hatte.)
DIE NONNE: Ich sagte schon, daß er mich dauerte. Seine Beine waren mit Striemen bedeckt, bluteten sogar hie und da. Als er mir das Gesicht zuwandte, war es von Tränen verquollen. Sie hatten ihn entblößt. Welche Schande! Ach, meine Herren, und das am Sonntag. Welche Erbarmungslosigkeit! Und meine eigenen Brüder hatten sich an der Gewalttat beteiligt. Ich war fünfzehn. Die Brüder waren der eine siebzehn, der andere dreizehn. Der jüngste hatte mitgetan, weil er fürchtete, von den älteren verspottet zu werden, wenn er sich weigerte. Ich mochte ihn am liebsten von allen meinen Brüdern. Jetzt hatten sie ihn verführt, ihn mitschuldig gemacht. Mein Kummer darüber war so groß – bitte glauben Sie es mir –, daß ich wirklich ins Wasser springen wollte. Als Alfons sich von mir losgerissen hatte, als ich sah, daß er eine auf der Erde liegende Rute ergriff und dann zuschlug, als hätte er Versäumtes nachzuholen – schrie ich, daß ich ins Wasser springen würde. Da erschraken sie, rannten mir nach, hielten mich zurück. Dann liefen sie davon, alle fünf. Ich sah ihn stehen, hörte ihn weinen. Was sollte ich tun? Ich warf mich neben ihm auf die Knie. Das war das mindeste, was ich tun konnte. Ein anderer hätte es wohl nur mit Worten ausgedrückt. Ich bin, wie Sie vielleicht merken, im Wortgebrauch ziemlich ungeschickt. Ich habe immer – nach anderem Ausdruck, nach vollständigerer Mitteilung getrachtet als durch Worte allein. Verzeihen Sie, wenn ich es nicht besser klarmachen kann. Es lag so in mir. Vielleicht, wenn ich ein anderes Erlebnis heranziehe. Es reicht in die Zeit der ersten Kommunion zurück. Sie fand in unserer kleinen Dorfkirche statt, die leider im Kriege zerstört wurde. Zuguterletzt noch, als man beim Herannahen der Deutschen – oder waren es die Russen – die große Weichselbrücke sprengte. So wurde auch das Bild zerstört, das über dem Altar angebracht war. Es zeigte die Kreuzabnahme. Der von Geißelhieben entstellte Leichnam des Herrn ist auf die Erde geglitten. Maria bettet das blutige Haupt ihres Sohnes in ihren Schoß. Eine der andern Frauen, es wird Magdalena gewesen sein, wirft sich mit dem Oberkörper

über den Leblosen. Bei Todesfällen geraten die Menschen ja leicht außer sich. Ich habe Witwen sich über das eben zugeschüttete Grab ihres Mannes werfen sehen. Auf dem Altarbild unserer Kirche schien die verzweifelte Frau ihn mit ihrem Körper zudecken zu wollen. So als ob sie die ihm angetane Schmach den Augen der Welt, dem Anblick der Sonne entziehen wollte. Das machte Eindruck auf mich. Und ist in mir geblieben. Ich könnte sagen: die Kommunion hat es in mir befestigt, für immer. Ach, meine Herren, es muß viel mehr geschehen, um die Schmach, die die Menschen einander antun, zu tilgen. Viel mehr, als gewöhnlich geschieht. Man darf darin keine Genügsamkeit kennen. Das wußte ich damals noch nicht. Aber ich tat, was getan werden mußte.

DER VORSTEHER: Ging es nicht doch etwas weit?

DIE NONNE: Man kann gar nicht weit genug gehen, um wiedergutzumachen. Glauben Sie mir.

DER VORSTEHER: Sie sind ein religiöser Mensch, und Ihr Orden schreibt es Ihnen vor.

DIE NONNE: Die religiösen Menschen haben in dieser Beziehung gar kein Vorrecht. Merkwürdig, daß die andern es ihnen so gerne zugestehen. Die Vorschriften des Ordens vermögen nur wenig, wenn nicht das Herz ihnen zuvorkommt.

DER VORSTEHER: Gerechtigkeit und Enthusiasmus – wie geht das zusammen?

DIE NONNE: Oh, dafür gibt es Beispiele genug. Ihr habt auch eine ganze Menge zugeliefert. Zuerst wenigstens.

DER VORSTEHER: Man darf es nicht verewigen wollen.

DIE NONNE: Man darf es nicht vergessen wollen.

DER VORSTEHER: Das Unrecht sollte man allerdings nicht vergessen.

DIE NONNE: Indem man es wiedergutmacht, gerät es ganz von selber in Vergessenheit.

DER VORSTEHER: Und das Unrecht, das wir erleiden?

DIE NONNE: Ebenfalls.

DER VORSTEHER: Die einzige angemessene Weise der Wiedergutmachung ist Strafe und Rache.

DIE NONNE: Was ist daran gut?

DER VORSTEHER: Glauben Sie, daß das Beispiel, das Sie da-

mals gaben, in aller Kindlichkeit und Unerfahrenheit, gewirkt hat?
DIE NONNE: Laß dein Boot übers Wasser fahren, so wirst du es wiederfinden nach langer Zeit.
DER VORSTEHER: Es ist vierzig Jahre her, und Sie wissen, was in diesen Jahren geschehen ist.
DIE NONNE: Ich bin in der Hölle gewesen.
DER VORSTEHER: Und hatten den Mut, es zu wiederholen?
DIE NONNE: Das Gute erhält sich nur durch Wiederholung.
DER VORSTEHER: Wir könnten Ihnen dazu Gelegenheit geben. Heute. Hier.
DIE NONNE: Ich glaube, Sie überschätzen Ihre Vollmacht. Solche Gelegenheiten lassen sich nicht arrangieren.
DER VORSTEHER: Zugegeben, daß Ihre Darstellung sich mit der von Herrn Gregor gegebenen deckt. Sagt Ihnen der Name etwas?
DIE NONNE: Nein.
DER VORSTEHER: Ihrer beider Darstellung blieb an der gleichen Stelle stehen. Man könnte sich denken, daß der Knabe auf die gute Absicht des Mädchens mit Fußtritten erwiderte.
DIE NONNE: Aufgeregt wie er war, hätte er das wohl können. Seine Peiniger waren geflüchtet. Was sollte er von mir halten. Er wußte ja nicht einmal, ob ich nicht auch mitgeschlagen hatte.
DER VORSTEHER: Erkennen Sie in dem Herrn – den Knaben wieder?
DIE NONNE: Nein. Ich bin übrigens kurzsichtig. Und vierzig Jahre sind wie eine Mauer.
DER VORSTEHER: Herr Gregor –
(Ich war der Auseinandersetzung mit Staunen gefolgt. Die kleine Nonne vertrat ihren extrem religiösen Standpunkt mit beachtlicher Geistesgegenwart. Enthusiasmus. Klosterenthusiasmus. Bei uns hatte ich gar keine Fühlung damit. Ich suchte es immer viel weiter östlich. Athos oder Tibet. Sie küßte meine Beine und Schenkel. Kann man glauben, daß eine Fünfzehnjährige solchen Drang zur Wiedergutmachung empfindet? Ich weiß nicht. Würde aber nicht wiedersprechen, wenn man mich fragte, ob ich es für möglich halte.

Kindheit, an ihren Grenzen anlangend, verdichtet sich zu unheimlichen Zwängen. Sie erinnert sich nicht an mich. Auch mein Name sagt ihr nichts. Also –)

DER VORSTEHER: Erkennen Sie, Herr Gregor, in Schwester Veronika jenes Mädchen wieder?

– Nein. Das heißt – wenn es dieselbe Hand wäre, wie damals, so müßte es auch dieselbe Person sein, könnte es jedenfalls sein.

DER VORSTEHER: Lassen Sie uns zu Ihrer Erzählung zurückkehren. Sie war noch nicht ganz beendet, nicht wahr. Es war noch von einer dritten Person die Rede. Erinnern Sie sich, Schwester Veronika?

DIE NONNE: Ich erinnere mich. Plötzlich stand er da. Ein kräftiger blonder Junge. Vom Laufen erhitzt.

DER VORSTEHER: Fahren Sie fort.

DIE NONNE: Ich sah ihn stehen. Daß er weggelaufen war, hatte ich nicht bemerkt. Sofort stand ich auf. Nicht weil ich mich schämte, sondern weil ich mich fürchtete.

DER VORSTEHER: Sie kannten ihn?

DIE NONNE: Ich kannte weder ihn noch den andern.

DER VORSTEHER: Hatten ihn nie gesehen?

DIE NONNE: Nie.

DER VORSTEHER: Auch später nicht?

DIE NONNE: Nein.

DER VORSTEHER: Es hätte ja sein können. Gingen Sie nicht auch in Fernau zur Schule – vielmehr in B., aber der Herr hat sich dafür einen besonderen Namen ausgedacht.

DIE NONNE: Die Stadt war nicht so klein, daß man sich wieder begegnen mußte.

DER VORSTEHER: Sie haben ihn also nie wieder gesehen.

DIE NONNE: Nie wieder.

DER VORSTEHER: Sie sagten, daß Sie sich gefürchtet hätten. Weil er so deutsch aussah? Ein richtiger kleiner Siegfried?

DIE NONNE: Ich weiß nicht. Solche Gesichter gab es ja auch sonst. Aber was auf seinem Gesichte vorging. Er lachte. Und dies Lachen war so, als ob er mir Säure ins Gesicht goß. Er hatte mich knien sehen. Sein Lachen bewies, welche Auslegung er dem gab, was er sah. Er hätte nicht kommen dürfen. Es hätte ohne Zeugen sein sollen. Er lachte –

DER VORSTEHER: Das Lachen eines Knaben. Wollen Sie es wirklich so empfunden haben?
DIE NONNE: Empfunden, ja. Ohne zu wissen, daß ich es so empfand. Aus Kindern werden Erwachsene, und dann wiederholt sich die Kindheit – in der Erinnerung. Aber mit dem Hinzutritt des Urteils. Ist es nicht so? Ich wandte mich ab und lief davon.
(Ja, so war es. Es stimmt mit meiner Erinnerung ganz überein. Sie konnte nicht wissen, daß ich mit Dieter, kaum daß sie weggelaufen war, in eine heftige Auseinandersetzung geriet. Auch mich hatte Dieters Lachen erschreckt und empört. Was hast du zu lachen? fragte ich ihn. Na höre, rief er, ihr habt euch inzwischen aber gut angefreundet. Wie hast du das bloß fertigbekommen? Ich wußte nicht, wie ich es ihm erklären sollte, wollte es ihm auch nicht erklären, ihm zu allerletzt. Wir zankten noch eine Weile hin und her, schwiegen dann und kehrten auf dem Uferweg nach Hause zurück. Ich mit dem immer noch fühlbaren Brand auf meiner Haut. Von Rutenstreichen und Küssen. Daheim verlor ich kein Wort über das Erlebte. Auch Dieter schwieg. Die Ferien kamen. Der Krieg kam. Es verlief sich. Es vergaß sich. Blick nach der Uhr, ein letztes Mal. Kein Zug ist gekommen.)
DER VORSTEHER: Herr Gregor hat Sie an einem äußerlichen Merkmal wiedererkannt.
DIE NONNE: An meiner Hand vielleicht. Ich war ein Kind von zehn Jahren, als ich damit in die Kreissäge geriet.
DER VORSTEHER: Ein kleiner Deutscher, deutsch erzogen, gegen alles Polnische eingenommen – war es nicht doch ein Ausdruck der alten dummen Unterwürfigkeit?
DIE NONNE: Ich habe gesagt, wie es gemeint war.
DER VORSTEHER: Fünfundzwanzig Jahre später fielen sie über Polen her. Unmenschen. Bestien.
DIE NONNE: Das waren die vier polnischen Knaben damals auch.
DER VORSTEHER: Es waren Kinder.
DIE NONNE: Nicht mehr ganz. Warum nötigten Sie mich denn, so weit zurückzugehen?
DER VORSTEHER: Sie hießen damals noch nicht Schwester Veronika. Sagen Sie uns, wie Sie damals hießen.

Die Nonne: Ich hieß Maria Kusmierzuk.
Der Vorsteher: In dem zuletzt verlesenen Dokument kamen verschiedene Namen vor – erinnern Sie sich, Herr Gregor?
– An den Vorgang. An die Namen leider nicht.
Der Vorsteher: Bitte den letzten Abschnitt von 96 c, römisch sieben.
(Der Kommissar – dessen Gegenwart mir erst jetzt wieder bewußt wird – wiederholt aus dem Dokument:)
›Mit Tetanus war Ludmilla Kraska infiziert. Sie starb in ein paar Tagen. Mit Gasbrandbazillus war Kazimiera Kurowska infiziert. Sie starb in ein paar Tagen. Mit Oedema malignum waren infiziert: Aniela Lefanowicz, Zofia Kiecol, Alfreda Prus und Maria Kusmierzuk. Die ersten drei starben in einigen Tagen. Die Maria Kusmierzuk hat die Infektion überstanden. Sie lag mehr als ein Jahr krank, sie ist ein Krüppel geworden, aber sie lebt als Zeugin der Experimente.‹
(Mein erster Gedanke: die verkrüppelte Hand ist eine Folge der Infektion gewesen. Dann aber kann sie nicht identisch sein mit dem Mädchen. Ich denke das mit einem Gefühl der Erleichterung – ohne es ganz zu Ende zu denken)
Der Vorsteher: Was sagen Sie zu dem eben verlesenen Text, Schwester Veronika?
(Die Nonne schweigt. Wieder scheint ein Zittern ihren vermummten Körper zu durchlaufen. Sagte sie nicht vorhin, ihre Hauptaufgabe sei, mit der Hölle fertig zu werden? Wenn sie identisch ist mit jener überlebenden Zeugin der Experimente –)
Der Vorsteher: Sie werden nicht genötigt, nähere Auskünfte über – das da zu geben. Nur sagen Sie uns, ob Sie –
Die Nonne: Damals hieß ich noch Maria Kusmierzuk.
Der Vorsteher: Und seit wann heißen Sie Schwester Veronika?
Die Nonne: Seit 1948.
Der Vorsteher: Und Sie bestätigen die Wahrheit des Dokumentes?
(Die Nonne nickt schweigend. Pause. Der Sonnenstrahl ist ein wenig gewandert. Er ist aus Licht und Staub zusammengesetzt. Wie alles Leben. Auch das ist ein Dokument. Man

beachtet es nur nicht. Man befragt es nicht und zieht keine Schlüsse daraus. Aber das ändert nichts an seiner Existenz. Maria Kusmierzuk. Maria Kusmierzuk. Ich wiederhole den Namen mehrmals, ich will ihn mir einprägen. Man läßt mir Zeit dazu, das Schweigen hält immer noch an. Das rothaarige Fräulein sitzt wie die Nonne mit gesenktem Kopf. Zukken nicht ihre Schultern? Hat sie es denn noch nicht gewußt? Ist es ihr ebenso neu wie mir? Und der Kommissar? Ich blicke mich nach ihm um. Er scheint beschäftigt, in die Lektüre eines Aktenstückes versunken. Plötzlich – als verwandelte sich der Sonnenstrahl in einen Blitz und zückte in mich hinein – wird mir klar, sonnenklar, daß ich hier anstelle von Dieter Sandberg sitze, für ihn und statt seiner verhört und zur Aussage genötigt werde. Warum? Doch wohl darum, weil er selber nicht auffindbar ist, verschollen, untergegangen. Niemand weiß es. Wenn sie es wüßten, würden sie es mir wohl gesagt haben. Und die Nonne? Mein Gott, wenn sie nun aber doch identisch ist mit dem Mädchen von damals, dann – ein phantastischer Schachzug der Wirklichkeit – dann ist sie ihm ja doch wiederbegegnet – und unter was für phantastischen Umständen – gegen die das Damalige ja nur ein kindisches Vorspiel war. Maria Kusmierzuk. Zeugin der Experimente –)

DER VORSTEHER: Es ist gut.

(Die Nonne regt sich unter ihrer Vermummung, sicher ist ihr Interesse wachgerufen, das sie ja wohl an der Person ihres Peinigers nehmen muß. Ihre verkrüppelte Hand schlüpft aus dem Umhang hervor und macht sich an dem goldenen Kreuz zu schaffen, fast spielerisch – oder berührt sie es darum, weil sie sich vor dem fürchtet, was man ihr sagen wird? Noch scheint sie im Ungewissen darüber zu sein, daß der Knabe von damals identisch ist mit –)

DIE NONNE: Es ist alles sehr merkwürdig. Aber wie rasch schrumpfen doch Städte und Straßen zusammen, wenn man sich im Flugzeug darüber hinaushebt. Und die menschlichen Stimmen unten sind schon vom dritten Stock eines Hauses nicht mehr vernehmbar. Wir wollen es also nicht zu wichtig nehmen. Denn alles mündet ebendort, von woher es auch kommt. Ich danke Ihnen.

Der Vorsteher: Einen Augenblick, Schwester Veronika. Wenn Sie noch einen Augenblick mit uns in die irdischen Zusammenhänge eintauchen wollen. Sie haben vorhin erklärt, daß Sie ihm nie wieder begegnet seien, dem sie damals als Knaben zum erstenmal begegneten. Ist Ihnen eigentlich der Name des deutschen Arztes bekannt geworden, der das Experiment leitete?
Die Nonne: Nein.
Der Vorsteher: Er hieß Dieter Sandberg. Sagt Ihnen der Name etwas?
Die Nonne: Nein.
Der Vorsteher: Dieter Sandberg hieß auch jener Knabe. Nicht wahr, Herr Gregor?
– Es war ein und dieselbe Person, die diesen Namen trug. Der Knabe ist mit dem Arzt identisch – und umgekehrt.
Der Vorsteher: Verständlich, daß Sie in dem Arzt den Knaben nicht wiedererkannten. Aber wenn Sie nun zuverlässig hören, daß die beiden identisch sind –
Die Nonne: Die Wege Gottes sind wunderbar.
Der Vorsteher: Schwester Veronika – könnte es nicht sein, daß Sie diesem Dieter Sandberg auch in der Zwischenzeit einmal begegneten – ich meine zwischen jenem Sonntag und – jenem Experiment?
Die Nonne: Ich weiß nicht, was Sie meinen.
Der Vorsteher: Wie Sie uns sagten und aus Ihrem Paß hervorgeht, und auch aus dem Dokument, trugen Sie früher den Namen Maria Kusmierzuk. Nun liegen uns aber gewisse Schriftstücke vor, aus denen zu entnehmen ist, daß Sie nicht Maria, sondern Lena hießen? Können Sie uns diesen Widerspruch aufklären?
(Lena? Man wird hier vom Feuer ins Wasser und vom Wasser ins Feuer geworfen. Wie hieß aber die Lena, von welcher Marion erzählte? Ich habe es vergessen. Kusmierzuk? Lena Kusmierzuk? Maria Kusmierzuk? Der Name kommt mir vor wie ein im Feuer glühendes Eisen, in welchem die Röte langsam ansteigt, um allmählich sich der ganzen Materie mitzuteilen. Marion – fast war mir deine Erzählung über diesem letzten Teil des Verhörs aus dem Gedächtnis gekommen, du selber warst wie ins Schattenreich zurückgetre-

ten. Jetzt, allein dadurch, daß dieser Name genannt wurde, bist du mir wieder gegenwärtig, mit allem, was du sagtest, erzähltest, mir zuflüstertest –)

DIE NONNE: Lena wurde ich nur zu Hause genannt, schon als Kind, es hatte sich so eingebürgert. Ich weiß nicht, wer es aufgebracht hat. In Wirklichkeit hieß ich Maria.

DER VORSTEHER: Und jetzt Veronika. Es geht uns nur darum, zu erfahren, ob Sie sich auch eine Zeitlang in Prondy aufgehalten haben.

DIE NONNE: Ich war dort einigemale zu Besuch.

DER VORSTEHER: Bei Förster Twardowski?

DIE NONNE: Seine Frau war meine Schwester. Aus der ersten Ehe meiner Mutter.

DER VORSTEHER: Eine Deutsche also?

DIE NONNE: Nein, auch der erste Mann meiner Mutter war Pole gewesen.

DER VORSTEHER: Und wann waren Sie bei den Twardowskis zuletzt zu Besuch?

DIE NONNE: Ich glaube –

DER VORSTEHER: Können Sie es nicht genau angeben?

DIE NONNE: Es war 1939.

DER VORSTEHER: Im Kriege oder –

DIE NONNE: Vor dem Krieg, im Krieg und nach dem Krieg.

DER VORSTEHER: Sie erinnern sich, daß Förster Twardowski von den Deutschen verhaftet wurde?

DIE NONNE: Ja.

DER VORSTEHER: Und daß er bei seiner Verhaftung mißhandelt wurde?

DIE NONNE: Ja.

DER VORSTEHER: Erinnern Sie sich an irgendeinen von den in der Försterei eingedrungenen Deutschen?

DIE NONNE: Ich erinnere mich ziemlich genau – an alles.

DER VORSTEHER: Stimmt es, daß damals auch ein Arzt mit anwesend war?

DIE NONNE: Ja.

DER VORSTEHER: Können Sie angeben, ob er sich an der Mißhandlung Ihres Schwagers beteiligte?

DIE NONNE: Das ist mir nicht erinnerlich. Vielmehr – ich weiß, daß es nicht der Fall war.

Der Vorsteher: In dem uns vorliegenden Bericht wird behauptet, er habe sich um Ihren Schwager ärztlich bemüht.
Die Nonne: Ja, das hat er getan.
Der Vorsteher: Ihnen selber ist man nicht zu nahe getreten?
Die Nonne: Nein.
Der Vorsteher: Waren Sie im Hause während des Vorfalles?
Die Nonne: Ja.
Der Vorsteher: Und waren Sie Zeugin der Mißhandlung?
Die Nonne: Ja.
Der Vorsteher: Es war Ihnen natürlich nicht möglich – einzugreifen – oder –
(Pause. Die Nonne schweigt. Sie müßte – wenn es sie wirklich betrifft, wenn Maria Kusmierzuk wirklich identisch ist mit Lena Kusmierzuk, und das hat sich ja auf ganz einfache Weise als richtig ergeben – sie müßte jetzt sagen, wovon Marion so eindringlich erzählte. Es ist aber etwas anderes, wenn man es von einem dritten erzählt bekommt, und etwas anderes, wenn es die Person selber ist – Lena selber – Lena –. Ich erinnere mich an meinen letzten Besuch in Prondy. Frühjahr 38. Hochzeit bei den Twardowskis. Sie waren kinderlos, aber ihre Nichte, Zofia, wurde von ihnen wie ihr eigen Kind gehalten, sie richteten ihr die Hochzeit im Forsthause. Ich fuhr mit Marion und Werner hinüber. Eine merkwürdige Runde war da versammelt. Man sprach deutsch und polnisch durcheinander. Die politische Spannung hätte es verbieten müssen, aber sie feierten ohne Rücksicht auf die Politik. Bei den Twardowskis war es möglich, ob es anderswo auch möglich war, weiß ich nicht. Man hatte mir meinen Platz bei Tische neben einer jungen polnischen Lehrerin angewiesen, die aus Fernau gekommen war. So gab es gleich ein gemeinsames Thema. Ich war zwei Tage in Warschau gewesen, meine ursprüngliche Absicht, einen Abstecher nach Fernau zu machen, hatte ich aufgeben müssen. Nun ließ ich mir um so lieber erzählen. Die Lehrerin war auch recht mitteilsam, wunderte sich nur immer wieder, daß es, wie sie sagte, schon so entsetzlich lange her sei – nämlich, was ich in Fernau erlebt hatte. Allerdings waren zwanzig Jahre seitdem vergangen. Natürlich kannte sie niemanden

von den Menschen, auf die es mir ankam. Wir unterhielten uns nicht von den Menschen, sondern von Straßen und Plätzen und Häusern. Nicht ganz einfach, weil alle Namen verändert waren. Es war wie ein Vexierspiel. Das Fräulein ging unbefangen darauf ein, amüsierte sich über meine Neugierde. Das Theater? – Nein, das gibt es nicht mehr. Wir haben ein neues Theater, das im Winter spielt. Das Gymnasium? – Ach, das mit dem Turm? Ja, das gibt es noch. – Unterrichten Sie dort? – Nein, ich bin Volksschullehrerin. – Und der große Speicher? – Was für ein Speicher? – Gleich hinter der Brücke, an der Brahe. Aus Fachwerk, von oben bis unten, ein riesiger Bau. – Ah ja, ein richtiges Kolosseum. – So sagte sie. Ich war nie auf den Gedanken gekommen, das friderizianische Magazin mit dem römischen Kolosseum zu vergleichen. Aber eins der Fernauer Kinos hieß so: Kolosseum. Kennen Sie das? – Nein. – Fahren denn die Dampfer noch immer zur Weichsel? Und die Brücke? Das Schloß? Ich fragte und fragte. Das Fräulein zeigte nicht das geringste Interesse daran, daß Fernau damals eine deutsche Stadt gewesen war. Sie kannte nur das polnische Fernau. Schließlich brach ich ab, um ihr mit meiner Neugier nicht lästig zu fallen. Außerdem war ich abgelenkt worden. Und zwar von einem uns schräg gegenübersitzenden Gast. Genauer: von einem Paar schwarzer Augen in einem schmalen, wie von einem geheimen Leiden gezeichneten Gesicht. Ich erkundigte mich bei meiner Nachbarin, wer die Dame sei. Ach, sagte sie in ihrer unbekümmerten, beinah schnippischen Art, das ist doch die Lena. Ich bat sie um nähere Erklärung. Die Lena – das klang so selbstverständlich, als ob man das einfach zu wissen hätte. Ich kam aus Deutschland, ich hatte Mühe, mich hier zurechtzufinden, das Gespräch über Fernau hatte meine Verwirrung noch gesteigert. Eine Verwandte des Hauses?, fragte ich. Ja, sagte die Lehrerin, die einzige Schwester von Frau Twardowski. Es wurde viel geraucht zwischen den einzelnen Gängen des Hochzeitsmahles. Die Gesichter wurden bald vom Kerzenschimmer erhellt, bald vom Tabakrauch verhüllt. Die Lena. Die Frau, die diesen Namen trug, gehörte zum Hause, machte aber den Eindruck einer Fremden. Vergeblich fragte ich mich, was an ihr diesen

Eindruck hervorrief. Kein schönes Gesicht. Ich schätzte ihr Alter auf etwa vierzig. Sie war unverheiratet. Einmal blickte sie zu mir herüber, ließ ihre dunklen Augen, wie mir schien, mit kühler Neugier auf mir ruhen. Gleich sagte ich mir, daß sie mich wahrscheinlich überhaupt nicht wahrgenommen hatte. Sie saß zwischen einer bejahrten Dame, die offenbar schwerhörig war, und einem jungen Mann, der sich aber nur mit seiner anderen Nachbarin beschäftigte, einem viel und laut lachenden jungen Mädchen. Derartige Vereinsamungen mitten in großer Gesellschaft kommen vor, das war nichts Besonderes. Zu Lena paßte es aber, sie machte an sich den Eindruck eines einsamen, einsam lebenden Menschen, der auch in Gesellschaft einsam blieb. Meine Erkundigungen stießen bei meiner Nachbarin nicht auf die gleiche Bereitwilligkeit wie vorher mein soviel aufdringlicheres Fragen nach Fernau einst und jetzt. Ich bemerkte in ihrem hübschen Gesicht einen Zug von Unbehagen, ja, von Gewöhnlichkeit. Ich erfuhr, daß Lena ebenfalls Lehrerin gewesen sei. Gewesen? Ja, sie hat es nicht ausgehalten, sie mußte um ihre Entlassung einkommen. Und – ich wollte weiter fragen, aber das Fräulein schnitt mir die Frage mit der unwirschen Bemerkung ab, daß die Lena überhaupt nicht unter Menschen passe. Und warum nicht? Sie beugte sich zu mir herüber und flüsterte: Weil sie ein bißchen verrückt ist. Ich erschrak. Denn der Mensch, von dem wir sprachen, saß mit an der Tafel, wenn auch nicht nahe genug, um unser Gespräch zu verstehen. Ich blickte hinüber. Sie saß mit gesenktem Kopf, ihre eine Hand hielt den Fuß des Weinglases umfaßt, die andere war unter dem Tisch verborgen. Sie saß still, wie nachdenkend. Niemand kümmerte sich um sie. Meine Nachbarin wurde von dem ihr zur Rechten sitzenden Herrn ins Gespräch gezogen, ich fand keine Gelegenheit mehr, sie weiter auszufragen, abgesehen davon, daß sie mit ihrer letzten Bemerkung offenbar auch ihr letztes Wort in der Angelegenheit gesagt zu haben schien. Später, nach Tisch, als man sich im Hause zerstreute, blieb die Lena unsichtbar. Ich fragte Frau Twardowski. Sie sagte, ihre Schwester sei leidend und habe sich zurückgezogen.

Ein bißchen verrückt. Jetzt erinnere ich mich daran. Ich

habe meinen Bericht mit der Erinnerung an Willibald begonnen. Auf ihn hätte die Bemerkung der Lehrerin unbedingt zugetroffen. Aber was die Nonne sagte, erzählte, wie sie Rede und Antwort stand, das ließ nicht im geringsten den Schluß auf Geistesgestörtheit zu. Und wenn sie also identisch ist mit jener Lena – und das ist sie, das ist sie unzweifelhaft: schon damals empfand ich die Bemerkung meiner Tischnachbarin als töricht, als roh und frivol. Aber selbst ihre Schwester, die Förstersgattin, schien in dieser Richtung von ihr zu denken, jedenfalls war in das Bedauern, mit welchem sie von ihr sprach, deutlich eine Spur von Verlegenheit gemischt, wie es immer dann der Fall zu sein pflegt, wenn der Familiennormalität durch ein von der Norm abweichendes Mitglied Abbruch getan wird. Lena oder Maria Kusmierzuk. Jetzt Schwester Veronika. 1914 und 1938 begegneten wir einander, ohne voneinander zu wissen. 1938 und 1939, wahrscheinlich auch früher schon, seitdem sie verheiratet war, kreuzte Marion ihren Weg. 1913 und 1939 griff Dieter Sandberg in ihr Leben ein, man wird es ja einen Eingriff nennen dürfen. Denn er war es doch wohl, der dann noch einmal, ein letztes Mal, und nun in furchtbarer Überlegenheit, sie in sein Verhängnis mit hineinriß – wenn die Vermutung des Vorstehers zutrifft –)

DER VORSTEHER: Wir möchten Sie gerne schonen, Schwester Veronika, und Ihnen keine weitere Mühe bereiten. Jedoch von Ihrer Aussage hängt der Erfolg der Untersuchung ab. Bitte, sagen Sie uns doch, ob Sie – wenn Sie in ihm schon nicht den Knaben von damals wiedererkannten – ob Sie nicht in ihm den Arzt wiedererkannten, der 1939 bei den Twardowskis –

DIE NONNE: Ich habe ihn damals überhaupt nicht angesehen.

DER VORSTEHER: Aber er stand doch vor Ihnen, im Hause und dann noch einmal, vierzehn Tage später, abends –

DIE NONNE: Ich kann das nicht erklären.

DER VORSTEHER: Sie waren ihm entgegengetreten.

DIE NONNE: Nie hätte ich ihm entgegentreten können, dazu fehlte es mir ebensosehr an Mut wie an Kraft.

DER VORSTEHER: Man muß es vielleicht anders ausdrücken. Herr Gregor meinte –

(Unmöglich. Er spricht von etwas, wofür es hier, in seinem Bereich, keinen Ausdruck gibt. Die Nonne in ihrer Dunkelheit drückte es aus. Aber wortlos. Ich habe kein Recht, es in Worte zu fassen –)
– Ich hatte da nichts zu meinen. Meine Schwester war die einzige Zeugin.
DER VORSTEHER: Sie etwa nicht? Da Sie beide zögern, davon zu sprechen, muß ich es tun. Schwester Veronika, Sie traten ihm auf eine in der Welt ungebräuchliche, aber in Ihrem Orden gebräuchliche Weise entgegen. Damals, 1913, am Uferweg. Sehr viel später, 1939, bei der Verhaftung Ihres Schwagers, und gleich darauf abends, am See. Und Sie wollen sich nicht erinnern –
DIE NONNE: Weil ich kniete, sah ich ihn nicht. Dazu kniet man ja.
DER VORSTEHER: Um nicht zu sehen?
DIE NONNE: Um etwas anderes zu sehen.
DER VORSTEHER: Nämlich was?
DIE NONNE: Das Unsichtbare.
DER VORSTEHER: Und wie war es, als er Ihnen zuletzt begegnete, zu allerletzt? Sie wissen, was ich meine?
DIE NONNE: In der Hölle.
DER VORSTEHER: Man hatte Ihnen gesagt, was man vorhatte?
DIE NONNE: Nein.
DER VORSTEHER: Sie kamen unvorbereitet in den Versuchsraum?
DIE NONNE: Ja.
DER VORSTEHER: Wie lange Zeit hatten Sie schon im Konzentrationslager zugebracht?
DIE NONNE: Zwei Jahre.
DER VORSTEHER: Erinnern Sie sich an die polnische Ärztin, die bei dem Experiment zugegen war?
DIE NONNE: Sie war nicht zugegen. Sie hat es bloß aufgeschrieben.
DER VORSTEHER: Also war nur der deutsche Arzt zugegen.
DIE NONNE: Ich weiß es nicht.
DER VORSTEHER: Es hätte ja sein können, daß er Sie wiedererkannte?

DIE NONNE: Ich weiß es nicht.
DER VORSTEHER: Hat er mit Ihnen gesprochen?
DIE NONNE: Nein.
DER VORSTEHER: Sie wollen es nicht beschreiben?
DIE NONNE: Ich kann es nicht.
DER VORSTEHER: Warum nicht?
DIE NONNE: Weil die Hölle unbeschreiblich ist.
DER VORSTEHER: Sind Sie niedergekniet?
DIE NONNE: Ich wollte es. Aber er ließ es nicht zu.
DER VORSTEHER: Also erkannte er Sie daran wieder.
DIE NONNE: Vielleicht.
DER VORSTEHER: Was tat er?
DIE NONNE: Er riß mich hoch.
DER VORSTEHER: Wie damals in Prondy.
DIE NONNE: Ja.
DER VORSTEHER: Sagte er etwas?
DIE NONNE: Er sagte, ich wäre verrückt.
DER VORSTEHER: Gehörten Sie damals schon dem Orden an?
DIE NONNE: Nein. Ich nahm den Schleier erst nach dem Kriege.
DER VORSTEHER: In welchem Jahr?
DIE NONNE: 1948.
DER VORSTEHER: Und wann war das da, das andere?
DIE NONNE: 1943.
DER VORSTEHER: Sie lagen danach ein Jahr lang krank.
DIE NONNE: Ja.
DER VORSTEHER: Noch einmal: es ist durch Zeugenaussagen und durch verschiedene Dokumente als wahr erhärtet, daß es in jedem Fall Dieter Sandberg war – damals am Flußufer, später in Prondy, zuletzt im Konzentrationslager.
DIE NONNE: Gottes Wege sind nicht nur wunderbar, sondern auch dunkel.
DER VORSTEHER: Und was hat Sie dazu veranlaßt, den Schleier zu nehmen, wie Sie sagten?
DIE NONNE: Die Dunkelheit Gottes. Ich könnte auch sagen: die Hölle, in die er mich gehen ließ.
DER VORSTEHER: Ein sonderbarer Gott.
DIE NONNE: Wenn man kniet, ist es anders.

DER VORSTEHER: Sie leiden noch an den Folgen des Experimentes.
DIE NONNE: Ich habe es überstanden.
DER VORSTEHER: Sie mußten bis hierher getragen werden.
DIE NONNE: Amputierte gibt es viele.
DER VORSTEHER: Wir haben Aufnahmen davon.
DIE NONNE: Wovon?
DER VORSTEHER: Von dem, was man Ihnen und den vielen andern angetan hat. Von den Experimenten.
DIE NONNE: Aufnahmen?
DER VORSTEHER: Es bedarf nur eines Worten von Ihnen und –
DIE NONNE: Fotografische Aufnahmen?
DER VORSTEHER: Auch Filme.
DIE NONNE: Sie haben die Hölle auch noch fotografiert, gefilmt?
DER VORSTEHER: Es hatte immerhin zur Folge, daß die an den Experimenten beteiligten Personen, die für die Experimente Verantwortlichen später in ihren Verstecken aufgestöbert und ihrer Strafe zugeführt werden konnten. Mit einigen Ausnahmen leider, ich weiß, vielleicht sogar mit vielen Ausnahmen, wir lassen jedoch nicht ab –
DIE NONNE: Wer der Hölle entronnen ist, möchte unter keinen Umständen noch einmal in sie zurückkehren, auch nicht mit Hilfe von Dokumenten, Filmen und dergleichen.
DER VORSTEHER: Verständlich. Aber die wenigen Zeugen, welche die Experimente überlebt haben, müssen schon mithelfen, die Verbrecher zu verfolgen.
DIE NONNE: Ich bin außerstande, mich an einer Verfolgung zu beteiligen. Ich bitte, mich zu entlassen.
DER VORSTEHER: Sie wollen sich nicht überzeugen –
DIE NONNE: Nein.
DER VORSTEHER: Dann müssen Sie aber noch mit dem Herren dort –
(Ich war auch diesem seltsam gedrängten und von heimlicher Spannung erfüllten Dialog mit Staunen gefolgt. Kein Religionsgespräch. Doch knisterte es darin von Anspielungen auf eine innere Mitte, die der Vorsteher offensichtlich zu meiden schien, während die Nonne, obwohl sie davon so-

viel mehr wußte als er, sie eher zu verbergen trachtete. Der Dialog war noch nicht am Ende angelangt –)

DIE NONNE: Warum wollen Sie den Toten nicht die Ruhe gönnen?

DER VORSTEHER: Welchen Toten?

DIE NONNE: Ich meine es bildlich. Sie sind nicht Gott. Sie haben nicht die Macht, Tote zu erwecken.

DER VORSTEHER: Sicher nicht. Doch die Macht, die wir besitzen, müssen wir auch ausüben.

DIE NONNE: Was für eine Macht?

DER VORSTEHER: Verbrechen aufzudecken, die Verbrecher zu verfolgen und zu bestrafen.

DIE NONNE: Eine kleine Macht.

DER VORSTEHER: Sie kennen die Welt nicht.

DIE NONNE: Die Welt vielleicht nicht. Aber die Hölle.

DER VORSTEHER: Es ist bedauerlich, daß Menschen wie Sie uns nicht unterstützen, uns im Gegenteil daran hindern, unsere Pflicht zu tun.

DIE NONNE: Mit der Hölle wird man auf Ihre Weise nicht fertig, das ist es.

DER VORSTEHER: Menschen wie Sie bringen die Welt in Unordnung.

DIE NONNE: Damit stellen Sie uns auf eine Stufe mit den Verbrechern, welche Sie verfolgen und bestrafen.

DER VORSTEHER: Es kann nicht ausbleiben.

DIE NONNE: Wir müssen es uns gefallen lassen.

DER VORSTEHER: Brechen wir ab, es wird sonst uferlos.

DIE NONNE: Ich hoffe nicht, daß ich –. Ach, ich habe schon viel zu viel gesagt. Verzeihen Sie, ich bin es sonst nicht gewöhnt. Es ist das erste Mal. Mir wäre wirklich lieber, wenn man mich dazu nicht genötigt hätte. Mit Worten wird alles verändert, entstellt, erwürgt. Bitte, entlassen Sie mich.

(Und ich? Wenn er sie jetzt wirklich entließe, würde ich kein einziges Wort mit ihr gesprochen haben! Es war höchste Zeit, daß ich mich rührte, und die letzte Gelegenheit, mich zu äußern. Mir war auch, als ob man es von mir erwartete, daß es jedenfalls die beiden außer der Nonne noch anwesenden Personen, der Kommissar und das Fräulein, von mir

erwarteten. Wieder fühlte ich ihrer beider Blicke mit heißer Neugier auf mir ruhen)
– Ehe Schwester Veronika sich entfernt, möchte ich doch auch noch ein Wort –
(Aber ich kam nicht weiter, die Nonne unterbrach mich, und zwar mit einer Heftigkeit, die man ihr nicht zugetraut hätte, die aber wohl immer zu ihr gehörte und immer dann hervorbrach, wenn sie die Worte beiseite warf, um sich dem Lauf der Dinge mit ihrer ganzen Existenz, das heißt aber mit ihrem ganzen Leibe entgegenzuwerfen. So tat sie – zu meinem Erstaunen, ja Entsetzen – auch jetzt. Die strenge Vermummung löst sich, aus dem schwarzen Umhang fahren ihre beiden Hände hervor, als gelte es, etwas Fallendes festzuhalten, stoßartig, nehmen jedoch auf ihrem Wege das sonst still an seiner Kette hängende Kreuz mit, umschließen es und strekken sich mir nun gefaltet entgegen, in einer Gebärde, die einer Beschwörung gleichkommt – erschrocken fahre ich zurück, denn es ist darin die gleiche Wucht und Leidenschaft und Dringlichkeit, als ob sie stattdessen vor mir knien würde. Ich fühle, es ist die neue Art ihres Kniens, da man ihr dieses ja unmöglich gemacht hat: ihr fehlt nicht nur der rechte Daumen, ihr fehlen auch – ich weiß nicht, ein Fuß oder ein Bein. Der Kommissar ist aufgesprungen und neben ihren Stuhl getreten, es macht den Eindruck, als würde sie im nächsten Augenblick, wie vom Gewicht des Kreuzes und ihrer Gebärde gezogen, vornübersinken, er legt beide Hände sanft auf ihre Schultern. Mir aber drängt sich unwillkürlich derselbe Ausruf über die Lippen, zu welchem mich ihr Erscheinen heute früh im Zuge nötigte – heute früh? Es ist eine Ewigkeit her –)
– Gelobt sei Jesus Christus.
(Und sie erwidert, bei wieder in ihre schwarze Vermummung zurückgleitenden Händen:)
In Ewigkeit, Amen.
(Und fällt in ihr voriges Dasitzen zurück, in sich gekehrt, gesenkten Hauptes, die Flügelenden ihrer unförmigen Haube zittern heftig. Ich unterwerfe mich. Ich schweige. Alle schweigen. Jetzt auch die Vogelrufe draußen. Es ist Abend geworden. Über dem Walde werden die ersten Sterne her-

austreten. Das Fräulein hat alles mitgeschrieben, auch die letzten Worte – die einzigen, die zwischen der Nonne und mir gewechselt wurden. Jetzt beugt sie sich tief über ihre Maschine. Ihre Hände packen das graue Metall rechts und links. Der Kommissar steht, die Hände auf den Schultern der Nonne, wie abwartend – gleich wird ihn der Befehl des Vorstehers treffen. Gleich – Aber dann ist es ein anderes Geräusch, das in unser Schweigen bricht, unsere Erstarrung löst. Es ist das helle, grelle Signal, das den eben einlaufenden Zug ankündigt – noch außerhalb der Station, aber doch schon nahe, schon sehr nahe. Ich blicke auf die Uhr: es entspricht genau der Ankunftszeit des Nachmittagszuges aus Osten. Ich habe mir die Züge gemerkt. Ein ganz mechanischer Gedanke, mit der Farbe des Bedauerns: sollte der nach Osten fahrende inzwischen passiert haben und von mir unbemerkt weitergefahren sein? Aber der Vorsteher hätte dann nicht so sicher verheißen können, daß ich diesen, der sich zwar verspäten würde, noch bequem erreichen werde. Diese der Zeit geltenden Überlegungen rühren nicht an die noch immer still und reglos verharrende Gegenwart. An der eben beschriebenen Haltung der Nonne, des Fräuleins, des Kommissars hat sich nichts verändert. Dies war noch nicht das Stichwort –)

DER VORSTEHER: Sie sind entlassen.

(Der Kommissar rührt sich wieder, nimmt die Hände von den Schultern der Nonne – und nun sehe ich mit meinen Augen, was ist. Wenn man amputiert hat, müßte oder könnte sie eine Prothese tragen. Aber davon ist nichts zu merken. Die Leichtigkeit, die mir an ihr auffiel, rührt von nichts anderem her, als daß sie, wie ich schon ahnte, keine Füße hat. Sie schwebt. Schwebt von ihrem Stuhl herüber in die Arme des jungen Mannes, der sie – ich muß schon sagen – mit demütiger oder ehrfürchtiger Gebärde umfaßt, sie aufhebt, ihre schmächtige Figur in seinen einen Arm bettet, den andern um ihre Hüfte legt, während sie, in unbewußtem Zusammenspiel der Bewegungen, ihren einen Arm, aus dem Umhang hervor, um seine Schulter, seinen Nacken gleiten läßt. Sie stehen. Ich habe mich erhoben. Auch das Fräulein ist aufgestanden, bewegt sich aber gleich weiter zur Tür hin

und öffnet. Feierlicher Abgang der Zeugin. Ihr Gesicht habe ich nicht zu sehen bekommen. Was wir miteinander gesprochen haben – über den Abgrund der Zeit hinweg – es muß genügen, es genügt. Sie drei Worte. Ich drei Worte. Die Tür schließt sich. Ich stehe und warte. Das Fräulein ist zur Maschine zurückgekehrt und jetzt mit dem Zusammenraffen ihrer Blätter beschäftigt. Bin ich entlassen?)
DER VORSTEHER: Wollen Sie nicht gehen? Ihr Zug ist gekommen.
(Mein Zug. Also der aus Westen? Dann müßte der aus Osten Verspätung haben, ebenfalls Verspätung. Polnische Wirtschaft, würde man früher gesagt haben, ich kann leider nicht verhindern, daß mir der dumme Ausdruck ins Gedächtnis kommt – zuguterletzt noch dieser dumme Ausdruck, der glücklicherweise nicht mehr protokolliert wird. Ich bücke mich zu meinem Koffer, ich nehme den Mantel von der Stuhllehne, ergreife meinen Hut. Ich gehe an dem Fräulein vorbei, verbeuge mich und sage:)
– Ich danke Ihnen.
(Sie blickt flüchtig auf und erwidert ebenso flüchtig:)
Ich habe nur meine Pflicht getan.

XIV

Ich gehe zur Tür, öffne – niemand ruft mich zurück, entgegen der leisen, hauchartigen Befürchtung, daß es alles anders gemeint sein könne, daß – ich habe früher derart Erfahrungen gemacht – ein einziges kurzes Kommando alle Hoffnungen auf Freiheit niederschlagen werde. Aber nein. Ich verlasse das Zimmer, ziehe die Tür hinter mir zu. Ich gelange auf den Korridor, in dem die Glühbirnen jetzt kalten Glanz verbreiten. Ich gehe zum Ende des Korridors, öffne und trete hinaus. Dann wende ich mich zurück, gegen die Längsseite der Baracke, gelange zum Fahnenmast. Das rote Tuch hängt still, mit unkenntlichem Wappen. Drüben der Wald, jetzt eine schon in schwarze Dämmerung übergehende grüne Mauer, in welcher die roten Stämme verglühen. Ich habe Mühe, mich gegen die Versuchung zu wehren, statt weiter zum Bahnsteig zu gehen, mich dort hinüber, in die Tiefe des Waldes zu flüchten, es wäre die konsequente Fortsetzung des in der Baracke Erlebten. Doch immer noch unterliege ich dem Befehl des Unsichtbaren, der bis zuletzt unsichtbar geblieben ist und es auch wohl bleiben wird. Ich wende mich ab vom Wald, von seinem Dunkel, seinen Geheimnissen, vom Wald der Erinnerung, des Anfanges, der Kindheit. Versunken. Vorbei. Ich habe einen anderen, bequemeren Zugang. Freude erfaßt mich darüber, daß es so ist, daß ich die Reise fortsetzen, meinen Zug besteigen, mein Abteil betreten, in den Abend hinein, ins Land hinaus fahren werde, spät, aber nun endlich, nun doch noch, kein kleiner Knabe. Ich muß die Unterführung benutzen. Der Zug steht auf dem Gleis, das ich heute früh auf Anweisung des Vorstehers überschritt. Ich eile hinab und wieder hinauf. Wie damals. Umsteigen hieß immer auch diesen Tunnel benutzen. Es war ein kleiner Reiz mehr an der sonst so reizlo-

sen Station, deren polnischen Namen ich jetzt wieder auf der Holztafel lese:
W–I–E–R–S–C–Z–O–C–H–L–A–W–I–C–E.
Und auf dem kleineren Schild an der Wagenwand dicht vor mir:
Poznań – Warszawa.
Ich weiß, daß er in Fernau halten wird. Daß ich wirklich, wie der Vorsteher versprach, noch heute abend in Fernau sein werde.
Noch einen Augenblick zögere ich, aus einem unbestimmten Gefühl, als gelte es noch etwas zu besorgen, zu –. Da erblicke ich gegen die Lokomotive hin, es wird der zweite Wagen sein, eine Gruppe. In der Dämmerung des nur schwach beleuchteten Bahnsteigdaches erkenne ich den Kommissar mit der Nonne und im Gespräch mit beiden den Vorsteher, erkennbar an seiner roten Dienstmütze und dem Signalstab in der abwärts hängenden Hand. Meine drei Partner. Ich sollte diesen Zug benutzen, man hat es mir nicht nur erlaubt, man hat mich ausdrücklich dazu aufgefordert. Jetzt sieht es so aus, als kennte man mich nicht, als hätte man mich vergessen, wollte von mir nichts wissen. Diese deutlich zur Schau getragene Gleichgültigkeit irritiert mich. Schließlich schafft auch ein Verhör gewisse menschliche Beziehungen, zumal wenn es, wie das hinter mir liegende, sich in humanen Formen bewegte. Aber nichts geschieht, was auf ein Interesse an meiner Person schließen läßt. Ich bin der einzige, der hier zusteigt. In zwei Minuten muß der Zug abgehen. Ich möchte mich bemerkbar machen, aber wie? Ich könnte rufen, aber das geht nicht. Bedarf es denn einer nochmaligen Ermunterung? Plötzlich löst sich die Gruppe auf. Der Kommissar trägt seine Last zur Wagentür. Der Vorsteher ist ihm beim Einsteigen behilflich. Alles geht leicht und unauffällig vor sich. Der Vorsteher schließt die Tür von außen. Er blickt zurück, wobei er mich eigentlich erkennen müßte. Doch nein, er übersieht mich. Er hebt die Kelle, setzt die Signalpfeife an die Lippen, und gleich gerät der Zug in Bewegung. Ich merke es aber erst, als er schon in schnellerem Rollen ist – wie heute früh –, ostwärts: Wagen auf Wagen rollt an mir vorüber, der ich fassungslos zurückbleibe. An den Abteil-

fenstern stehen Leute, niemand winkt, lauter gleichgültige Gesichter. Wagen auf Wagen und schon der letzte, in dem ich auf der Herreise gesessen habe – es ist furchtbar, ich habe Mühe, ein zorniges Weinen zu unterdrücken. Doch – warum bin ich nicht eingestiegen? Der Vorsteher hat mich nicht daran gehindert. Er war beschäftigt und er ist es noch. Denn in diesem Augenblick – ich habe das neue Signal überhört – fährt auf dem gegenüberliegenden Gleis der aus Osten, aus Posen und Warschau kommende Zug ein, um etwa zehn Minuten verspätet. Ich sehe ihn einfahren, sehe den Vorsteher über den Bahnsteig schlendern, ohne Eile. Der Zug hält.

Ich kann mich nicht entsinnen, mich je in meinem Leben in einem solchen – ebenso lächerlichen wie beklemmenden – Dilemma befunden zu haben. Ohne mein geringstes Mitwirken bin ich soeben in eine bestimmte Richtung gedrängt worden – wie schon den ganzen Tag, drüben in der Baracke –, bin der eigenen Entscheidung überhoben worden, ein winziges Zögern scheint den Ausschlag gegeben zu haben. Und, allerdings, der Vorsteher hat mich nicht angerufen, wie es doch üblich ist, mich nicht zum Einsteigen aufgefordert. Er hat es mir überlassen. In so unscheinbare Zeitspannen drängen sich unsre wichtigsten Entscheidungen ja oft genug.

Ich gehe nun auch hinüber zum eben eingefahrenen Zug. Ich lese die Schrift auf dem Wagenschild: Berlin – Köln. Lese sie mit einem Gefühl der Erleichterung, ja Dankbarkeit. Ich weiß, was ich zu tun habe. Ich trete auf den Einstieg zu, der mir am nächsten ist. Ich öffne die Tür – der einzige, der einsteigt –, hebe den Koffer, schwinge ihn in den offenen Gang, ziehe den Fuß von der Treppe, schließe die Tür.

Dilemma, sagte ich. Richtiger müßte es heißen: Entrükkung. Denn ich tue alles ohne den geringsten inneren Widerstand, obgleich ich genau das Entgegengesetzte tue von dem, was ich heute früh und noch vor wenigen Minuten hatte tun wollen.

Und schon setzt sich auch dieser Zug in Bewegung. Ich werfe meinen Koffer auf das Sitzpolster des menschenleeren Abteils und eile dann ans Wagenfenster, lasse es herab und

beuge mich hinaus. In der nun schon dicht gewordenen Dunkelheit brennen vereinzelte Lichter, vom Wasserdampf des Zuges umflort. Nichts sonst ist zu sehen, nur der Vorsteher. Er steht da – und dies ist der einzige Erinnerungssplitter aus einem Verhör von mehr als zehn Stunden Dauer – wie damals im Schlosse des Grafen Lansky der livrierte Diener: dunkel und starr, ein Denkmal, immer tiefer ins Dunkel zurücksinkend, wie wir ins Dunkel fahren, immer tiefer ins Dunkel.
Ich kehrte ins Abteil zurück, ordnete mein Gepäck ohne Hast und ohne Trauer. Ich fand, daß ich im richtigen Zuge saß. Auch wenn die Reise, die ich mit so großen Erwartungen angetreten habe, vergeblich gewesen war.

Die Dokumente auf Seite 77/78 und 289 wurden dem Buche ›Medizin ohne Menschlichkeit. Dokumente des Nürnberger Ärzteprozesses. Herausgegeben und kommentiert von A. Mitscherlich und F. Mielke. Fischerbücherei, 1960‹ entnommen. Die Wiedergabe erfolgte im originalen Wortlaut.
Der Text auf Seite 144 ist entnommen dem Buche von Gerhard Schoenberner ›Der gelbe Stern‹ aus dem Verlag Rütten & Loening in Hamburg.